CLANS

OF

DRAGONS

I

MISCHLINGSBLUT

ÜBER DIE AUTORIN

Isabell Bayer ist 1993 geboren und wohnt in einem Drei-Generationen-Haus in Hohenfels, in Bayern. Mit dem 18. Lebensjahr bekam sie ihren treuen Wegbegleiter, Multiple Sklerose und so schlimm diese Diagnose für sie war, sie brachte Isabell Bayer doch auch zum Schreiben. Denn der Realität zu entfliehen ist oft der einzige Weg, um wieder einen klaren Kopf zu bekommen. Die Welt der Dark-Romance-Fantasy hat die Autorin bereits als Jugendliche fasziniert und schnell hat sie das Genre für sich entdeckt. So begann ihr Weg als Schriftstellerin und die Entstehung ihrer Bücher. Anfang 2023 gründete sie zusammen mit Liesa Marin den Lycrow Verlag.

I

CLANS OF

DRAGONS

MISCHLINGSBLUT

Von Isabell Bayer

IMPRESSUM

Titel: Clans of Dragons – 1 – Mischlingsblut
Autorin: Isabell Bayer
ISBN: 9783989425255
© 2024 Lycrow Verlag
Alle Rechte vorbehalten.

Lycrow Verlag GbR
Schillerstraße 8
17266 Teterow
info@lycrowverlag.de

Bestellung und Vertrieb:
Nova MD GmbH, Vachendorf

WIDMUNG

Liebe Liesa,
dieses Buch ist für dich.
Wie Tayel hast du vieles durchgemacht,
dich aber nie unterkriegen lassen.
Und wie Meron bist du deinen Weg gegangen,
um heute da zu stehen, wo du jetzt bist.
Sei stolz auf dich, denn ich bin es!

TRIGGERWARNUNG

Liebe Leserinnen und Leser,

bevor ihr in die Geschichte von Tayel und Meron eintaucht, möchte ich euch eine kleine Warnung mit auf den Weg geben.
Es werden Themen vorkommen, die manch eine oder einen möglicherweise triggern.
Von expliziten Szenen bis hin zu Folter ist vieles dabei.
Wenn ihr euch in manchen Punkten unsicher seid, lest bitte die ausführliche Triggerwarnung am Ende des Buches.

Ansonsten wünsche ich euch viel Lesevergnügen!

Eure Isabell

KAPITEL 1

TAYEL

Die hohen Mauern der Festung zeichneten sich seit geraumer Zeit am Horizont ab.

Je näher sie kamen, desto größer wurde Tayels Nervosität.

„Du musst dich beruhigen", zischte Ravina ihm zu.

Seine Schwester hatte leicht reden.

Zwei Jahre lang hatte er sich von allem abgeschottet, hatte seine Ruhe haben wollen und niemanden an sich herangelassen.

Ravinas dauernde Versuche, ihn aus seinem Versteck zu locken, war er irgendwann müde geworden.

Und hatte nachgegeben.

„Lass mich einfach in Ruhe", brummte er unwillig und hörte, wie einige ihrer Begleiter nach Luft schnappten.

Niemand sprach so mit der Dragos, der Anführerin ihrer Sippe.

Doch Tayel konnte es sich herausnehmen, immerhin war er Ravinas jüngerer Bruder.

Seine Schwester war vor fünf Jahren zur Dragos aufgestiegen, nachdem ihre vorherige Anführerin im gesegneten Alter von 340 gestorben war.

Ravina selbst war gerade einmal 35.

Unter Drachen war es allerdings nicht unüblich, dass die Dragos so früh ihren Platz einnahmen, denn sie reiften schnell heran, trotz ihrer langen Lebensspanne.

Wie die Menschen galten sie mit 18 als erwachsen und wurden in der Gesellschaft auch so behandelt.

Ravina war ihr gesamtes Leben auf den Posten der Dragos vorbereitet worden, denn ihre Anführer wählten die Drachen nicht, sie wurden so geboren.

In Ravinas Nacken befand sich ein Mal, das dem Wappen der Golddrachen eins zu eins glich und eben dieses zeichnete sie als Dragos aus.

Ihr Schicksal war vom Tag ihrer Geburt in Stein gemeißelt gewesen.

Tayel liebte seine Schwester und hatte sie schon von Kindesbeinen an verehrt. Sie hatten ein inniges Verhältnis und er wusste, er würde nie von ihrer Seite weichen.

So war es auch nicht verwunderlich gewesen, als Ravina ihn am Tag ihrer offiziellen Ernennung zu ihrem persönlichen Vertrauten und Stellvertreter erklärte.

Tayel fühlte sich bis heute geehrt und war mit der Zeit in die Position hineingewachsen.

Doch vor zwei Jahren änderte sich alles auf schreckliche Weise. Sein Leben zerbrach, ebenso wie sein Herz.

Eilig schüttelte Tayel die Erinnerungen ab, ehe sie ihn einfangen konnten.

Diesen scharfen und tödlichen Klauen war er viel zu lange nicht entkommen ...

„Dragos Ravina, das Tor wird geöffnet", sprach einer der voranschreitenden Drachen.

Tayel und seine Schwester liefen in der Mitte ihrer Gruppe, bestehend aus zwanzig Leuten.

Sie waren ein Stück weit vor der Festung auf einer riesigen Lichtung im Wald gelandet.

Diese war genau dafür gedacht, denn wenn die Drachensippen sich versammelten, reisten sie in Scharen.

Den kurzen Weg hatten sie nun zu Fuß in ihrer menschlichen Form zurückgelegt, um zu zeigen, dass sie nicht in böser Absicht kamen.

Dennoch wurden Waffen getragen, jeder der Krieger führte mindestens ein Schwert mit sich, auch Ravina, deren Klinge quer über dem Rücken lag. Der dunkle Griff, mit dem violetten Edelstein im Knauf, glitzerte im Licht der aufgehenden Sonne.

Tayel musterte seine Schwester und musste lächeln, sie war eine bildschöne Frau.

Hochgewachsen, nur unwesentlich kleiner als er selbst, mit langen schwarzen Haaren, die ihr in losem Zustand fast bis zur Hüfte fielen. Gerade war die dunkle Pracht zu einem strengen Zopf geflochten, der immer einen Teil ihres Nackens freigab.

Ravina hatte ein schmales Gesicht, aber volle Lippen und helle violette Augen.

Ein Merkmal der Frauen ihrer Familie, bisher waren sie alle damit geboren worden.

Heute trug seine Schwester ein schwarzes Kleid mit violetten Ornamenten. Es lag eng an, war jedoch an den Seiten geschlitzt, um die Bewegungsfreiheit zu sichern, denn Ravina war vielleicht die Dragos, aber sie konnte auch hervorragend kämpfen.

Niemand legte sich leichtfertig mit ihr an und er selbst hatte schon mehrfach als Trainingspartner fungieren müssen ... und nicht immer gewonnen.

„Nehmt Haltung an!", forderte Ravina und straffte selbst die Schultern. „Ich bin gespannt, wer zuerst einen Streit vom Zaun bricht."

Tayel brummte und legte die Hand auf den Griff seines Schwertes. Er war nicht erpicht darauf, auf die anderen Sippen zu treffen. Wie seine Schwester so treffend formuliert hatte, war es nur eine Frage der Zeit, ehe sich die Dragos und ihre Stellvertreter an die Kehle gingen. So zivilisiert sie sich alle gaben, in ihrem Inneren waren sie Drachen ... Und diese regelten die Dinge zumeist mit Klauen, Zähnen und Feuer.

Sie durchschritten das Tor der Festung und betraten somit den Hoheitsbereich der Nachtdrachen.

Wie erwartet, befanden sich viele von ihnen in menschlicher Gestalt im Hof und flankierten die zahlreichen Ein- und Ausgänge.

Der dunkle Steinboden hatte schon unzählige Kämpfe gesehen und war von ihnen gezeichnet.

Tayel ließ den Blick schweifen und musterte die anderen Drachen, die sie argwöhnisch, aber nicht feindselig betrachteten.

„Dragos Ravina", erklang eine weibliche Stimme und Tayel richtete seine Aufmerksamkeit auf eine Frau, die nur wenig kleiner als seine Schwester sein musste.

Ihr etwas dunklerer Teint hob sich von dem weißen Kleid ab, das sie trug. Es reichte bis knapp über den Boden und stand im Kontrast zum Namen ihrer Sippe.

Nachtsippe.

„Dragos Serafia", sprach Ravina und ein kleines Lächeln legte sich auf ihre Lippen. „Es ist mir wie immer eine Freude, deine Festung besuchen zu dürfen."

Serafia gab ihren Wachen ein Zeichen und sie machten den Weg zu ihr frei.

Ravina tat es ihr gleich und schon schritten die beiden Dragos aufeinander zu. Tayel wich nicht von der Seite seiner Schwester, ebenso wie Serafias Stellvertreter ... dessen Name ihm entfallen war.

Als der Mann ihn fixierte, hielt Tayel den Blick und bekam nur aus dem Augenwinkel mit, wie Ravina und Serafia sich offiziell begrüßten.

Beide deuteten dabei eine respektvolle Verneigung an.

„Ihr seid willkommen", verkündete Serafia und die unterschwellige Anspannung, die in der Luft gelegen hatte, verschwand.

Ihr Stellvertreter lächelte kurz und neigte den Kopf, was Tayel eilig erwiderte. Er kannte das Protokoll und wusste, wie er sich zu verhalten hatte.

„Tayel, es ist eine Weile her", wurde er jetzt auch von Serafia begrüßt.

Er wandte sich der Dragos zu und verneigte sich, tiefer als seine Schwester es getan hatte.

„Das ist es in der Tat, Dragos Serafia. Ich freue mich, erneut zu Gast in Eurer Festung zu sein."

Tatsächlich war er zuletzt vor drei Jahren hier gewesen.

Damals ... als alles noch in Ordnung gewesen war.

„Ich weiß, es ist schon lange her, doch mir ist es ein persönliches Anliegen, dir mein Beileid für deinen Verlust auszusprechen", sagte Serafia, auf deren Miene sich Bedauern zeigte.

Sogleich versteifte Tayel sich.

Er wollte nicht daran erinnert werden ... an ihn.

„Vielen Dank", brachte er gepresst über die Lippen und senkte den Blick.

„Können wir hineingehen? Der Himmel kündigt Regen an", meinte Ravina und Tayel war ihr dankbar, dass sie das Thema wechselte.

Serafia ging, Gott sei Dank, darauf ein und sie betraten die Festung.

Tayel ließ immer wieder den Blick schweifen und versuchte, die eisige Kälte zu ignorieren, die sich in seinen Knochen festgesetzt hatte.

Ein einfacher Satz, eine kleine Erinnerung an den Mann, den er einst so sehr geliebt hatte ... und schon drohte seine Fassade in sich zusammenzufallen.

Selbst nach zwei Jahren saß der Schmerz so tief, dass die Wunde, die Everts Ableben geschaffen hatte, noch immer blutete.

Während Tayel in Gedanken versunken war, liefen sie eine Treppe nach oben.

Dort wurden alle, bis auf ihn und Ravina, von Serafias Leuten in Empfang genommen. Sie würden jetzt ihre Quartiere bekommen, um sich von der Reise erholen zu können.

Tayel blieb bei seiner Schwester und fand sich kurz darauf vor einer gewaltigen Flügeltür wieder. Sie wurde von vier Wachen, zwei Männern und zwei Frauen in polierten Rüstungen mit dem Wappen der Nachtdrachen, flankiert.

Sobald sie ihnen entgegenblickten, wurden die Flügeltüren eilig geöffnet.

Tayel wollte schon eintreten, als sein Nacken warnend kribbelte. Er hielt inne und blickte über die Schulter, doch niemand war zu sehen.

„Tayel", zischte Ravina leise und er beeilte sich, ihr zu folgen.

Was war das gewesen?

Sein Instinkt war etwas, auf das Tayel sich immer und zu jeder Zeit verlassen konnte.

Doch warum hatte er gerade Alarm geschlagen?

Er konnte sich nicht weiter damit beschäftigen, da die Türen hinter ihm geschlossen wurden.

„Sind denn die Dragos der anderen beiden Sippen bereits hier?", wollte Ravina wissen.

„Namika von der Lichtsippe ist gestern eingetroffen, Kayla von der Blutsippe lässt noch auf sich warten", antwortete Serafia. „Aber wir wissen, dass sie einen dramatischen und gern auch verspäteten Auftritt bevorzugt."

Seine Schwester schnaubte.

„In der Tat. Wir werden sehen, ob sie es bis zum offiziellen Treffen zur Mittagszeit schafft."

Es war noch früh am Morgen, also bestand zumindest die Möglichkeit.

Tayel ließ die beiden Dragos reden und blendete den Großteil des Gespräches aus.

Stattdessen blickte er sich in dem großen Thronsaal um und stellte schnell fest, dass sich seit seinem letzten Besuch nichts verändert hatte.

Der dunkle Boden vom Hof war hier ebenfalls zu finden, wenn er auch nicht so abgenutzt wie unten wirkte. Der hohe Raum wurde von acht Säulen gestützt, die in den Farben der Nacht bemalt waren.

Mehrere Fenster säumten den Saal zu beiden Seiten und gaben den Blick auf die Ländereien um den Bau frei.

Um die Festung erstreckte sich ein gewaltiges Waldgebiet, welches immer mal wieder von kleinen Dörfern und Siedlungen durchbrochen war.

Die Menschen hielten sich gern in der Nähe von Drachen auf, da sie sich von ihnen Schutz versprachen.

Zwischen ihren Völkern herrschte seit langer Zeit Frieden, sie hatten sich in Zeiten der Not zusammengetan und ihren gemeinsamen Feind, die Dämonen, zurückgedrängt.

Die 24 Königreiche der Menschen erstreckten sich inzwischen über die gesamte Welt.

Tayel hatte bisher nur wenig davon gesehen, die anderen Kontinente zu bereisen war ihm nie ein Anliegen gewesen.

Der, auf dem er lebte, reichte ihm allemal.

Hier gab es neben den vier Drachensippen auch zwei Dämonenzonen und ein großes Königreich.

Sippen gab es ebenfalls weltweit, aber Tayel war nicht bekannt, wie viele es waren.

Sie setzten sich an den langen Tisch, der das Zentrum des Saales bildete.

Zwölf Stühle standen dort, sodass bei einem Sippentreffen alle genügend Platz hatten.

Serafia ließ sich an der Spitze der Tafel nieder, denn als Dragos der Festung gebührte ihr der Sitz.

Tayel hielt sich an seine Schwester, die sich zu Serafias Rechten niederließ.

Die Sonne stieg immer höher und kurz bevor die Mittagszeit begann, traf auch endlich Kayla mit ihrer Blutsippe ein.

Ihr spätes Kommen wurde fast schon gelangweilt von den anderen Dragos zur Kenntnis genommen, man hatte nichts anderes erwartet. Doch nun konnte das Treffen offiziell beginnen, die Anführerinnen begrüßten sich und gingen in die Festung.

Als sich schließlich die Türen des Thronsaales schlossen, fand sich Tayel am Tisch mit den Dragos der vier Sippen und ihren Stellvertretern wieder.

„Nun, Serafia", begann Namika, die Dragos der Lichtsippe. „Wie ist die Lage in deinem Land? Dein Gebiet grenzt an die Aschezone, wie verhalten sich die Dämonen?"

Allein bei der Erwähnung von Dämonen überlief es Tayel kalt. Er wollte nichts mit diesen widerwärtigen Kreaturen zu tun haben, die ihm das genommen hatten, was er so sehr geliebt hatte.

Evert.

„Es ist ruhig", antwortete Serafia. „Jedes Eindringen in mein Gebiet wird hart bestraft, die Dämonen haben es verstanden und meiden mein Land. Sie wissen, hier droht ihrer Art der Tod."

Die Dragos klang selbstsicher, sie hatte das Kinn stolz emporgereckt.

„Das ist gut", meinte Namika, deren dunkelblaue Augen blitzten. „Mir ist allerdings zu Ohren gekommen, dass die Dämonen sich weiter ausbreiten."

Die Worte riefen Schweigen hervor.

„Das kann nicht sein", ereiferte sich Kayla. „Wie sollte diese Brut sich ausbreiten können? Nach der Aschezone ist nur karges Land, ehe der Ozean beginnt. Wie wir wissen, scheuen Dämonen das Wasser, sie können sich vermehren, aber ihr Gebiet ist begrenzt."

„Woher kommt dieses Gerücht?", wollte Ravina wissen, die Namika fixierte.

„Man hört so einiges, wenn man mehr herumkommt", antwortete die andere Dragos nichtssagend.

Tayel musste ein Schnauben unterdrücken.

Namika spielte, ihr Gerede war wahrscheinlich sogar haltlos.

Es zielte nur darauf ab, Serafia in ihrer Position zu schwächen und sie Lügen zu strafen.

„Unsinn!", zischte Serafia und strich sich das lange Haar zurück. „Die Dämonen sind unter Kontrolle, kümmere du dich lieber um die Menschen, Namika."

Tayel wusste, die Hauptstadt des Königreichs befand sich nicht weit von Namikas Festung. Sie hatte den meisten Kontakt mit dem Königspaar.

Die Dragos der Lichtsippe winkte ab.

„Mach dir um die Menschen keine Sorgen, sie sind zufrieden, der Handel funktioniert und wir haben keine Probleme."

Das war eindeutig, mehr würde sie zu diesem Thema nicht sagen.

„Keine Probleme, aber natürlich", spottete Kayla. „Solange du weiter mit dem Menschenmann ins Bett gehst, wird sich das auch nicht ändern, richtig?"

Tayels Brauen schossen in die Höhe.

Stimmte das etwa?

Das wäre ein gewaltiges Vergehen, denn Drachen durften sich laut Gesetz nur mit anderen Drachen paaren.

Das galt für jede Art von sexuellem Kontakt.

Egal, ob man mit demjenigen fest zusammen war oder nicht.

„Wie kannst du es wagen?", fauchte Namika und ihre blauen Augen leuchteten gefährlich.

Kayla grinste ohne Reue. „Immerhin hört man so einiges, wenn man herumkommt ... waren doch deine Worte, meine Teuerste."

„Genug jetzt!", befahl Serafia, deren Tonfall schneidend war. „Was sollen diese haltlosen Anschuldigungen? Wir sind die Dragos der vier Sippen! Da sollten wir uns besser zu benehmen wissen."

Das ließ die beiden Streitenden schweigen, wenn sie sich auch weiter mit Blicken erdolchten.

Tayel entspannte sich langsam wieder, hatte er doch kurz Sorge gehabt, dass die Situation eskalieren könnte.

Der Thronsaal war vielleicht groß, aber wenn sich hier drin mehrere Drachen verwandeln sollten, wäre der gesamte Bau in Gefahr.

Erneut kribbelte Tayels Nacken und er blickte zu den Fenstern ihm gegenüber.

Was zum ...?

Hatte dort eben jemand hineingeblickt?

Sie waren im zweiten Stockwerk der Festung, eigentlich war das nicht möglich.

Er blinzelte.

Nein, da musste er sich vertan haben.

Himmel nochmal, was war nur mit ihm los?

Spielte sein Instinkt jetzt völlig verrückt?

Verdammt, Tayel hatte gewusst, dass es keine gute Idee war, Ravinas Festung zu verlassen.

Hätte er doch nie auf seine Schwester gehört.

Die feinen Härchen in seinem Nacken waren aufgerichtet und sein Herz schlug einen schnelleren Rhythmus an.

Sogar sein Drache hob träge in ihm den Kopf.

Tayel sog witternd die Luft ein, was übersah er?

„Wenn es doch keine Probleme gibt, wieso sind wir dann überhaupt hier?", wollte Kayla gelangweilt wissen. Die Dragos der Blutsippe warf ihr langes, fast weißes Haar zurück und verschränkte die Arme vor der Brust, wodurch ihr Busen, der sich unter dem dunklen Kleid abzeichnete, angehoben wurde.

„Niemand sagt, dass es keine Probleme gibt", erinnerte Ravina sie. „Wir alle wissen, wieso wir hier sind. Damit wir uns um die Mischlinge kümmern."

Tayel sah auf.

Mischlinge, so wurden die Kinder zweier verschiedener Völker bezeichnet.

Da es den Drachen per Gesetz verboten war, sich mit Menschen oder gar Dämonen zu paaren, wurden diese Wesen als Abscheulichkeiten angesehen.

Sie durften nicht existieren und wurden rigoros gejagt.

Dennoch gab es sie und das wusste jeder.

Gerade die Menschen verstanden nicht, wo das Problem lag, wenn sich das Blut zweier Völker mischte, sodass sie die Mischlinge unter sich willkommen hießen.

Das war allen Dragos ein Dorn im Auge, doch da niemand einen Konflikt heraufbeschwören wollte, kümmerten sie sich heimlich still und leise um die Mischlinge.

Was meistens auch funktionierte.

„Sind denn welche gesichtet worden?", wollte Serafia wissen. „In meinem Land wäre mir davon nichts zu Ohren gekommen."

„Erst kürzlich erledigten wir zwei, die sich zu weit weg von ihrem Menschendorf gewagt hatten", verkündete Kayla und grinste dabei, als wären die Toten Trophäen.

Tayel war zwar ebenfalls der Meinung, dass gemischtes Blut nicht gut war und tunlichst vermieden werden musste, aber deshalb töten?

Nein, das sah er nicht so, wobei ihm klar war, dass er mit dieser Meinung ziemlich allein dastand, weshalb er sie für sich behielt.

„Das ist gut", kommentierte Namika und nickte Kayla anerkennend zu. „Aber wir müssen diese Brut aus den Städten der Menschen hervorlocken, um sie vernichten zu können. Wie stellen wir das an?"

„Immer langsam", bat Ravina. „Wenn wir offensiv gegen sie vorgehen, wird das die Menschen darauf aufmerksam machen. Wir wissen, dass sie nichts gegen die Mischlinge haben und uns dann als Mörder sehen würden. Das könnte den Frieden gefährden."

Das stimmte, Gott sei Dank und nahm sowohl Namika als auch Kayla den Wind aus den Segeln.

Tayel unterdrückte ein Seufzen.

Sein Blick ging erneut zum Fenster, wo er vorhin das Gefühl gehabt hatte, dass jemand hineinblickte. Nichts war zu sehen, doch sein Instinkt warnte ihn weiterhin.

Wieder witterte er und hielt dann den Atem an.

Nein, das konnte nicht sein ...

Die Spur war dünn und kaum vorhanden, fast wäre sie ihm gar nicht aufgefallen, aber ...

„Dämon", kam es ihm über die Lippen. „Hier riecht es nach Dämon."

KAPITEL 2

MERON

Er hätte nicht kommen sollen.

Oh verdammt, wieso war er nur so dumm gewesen?

Neugier hatte ihn aus seinem sicheren Quartier getrieben, obwohl es ihm streng verboten war!

Jetzt eilte er panisch durch die Flure der Festung und betete, dass ihn niemand entdeckte.

Meron war ein talentierter Kletterer und deshalb zu einem der Fenster des Thronsaales emporgestiegen.

Dämlich, das war einfach dämlich gewesen!

Dieser Mann, er hatte Meron gesehen, da war er sich sicher ... und jetzt steckte er in Schwierigkeiten.

„Durchsucht die Festung!", schallte es an seine Ohren und er keuchte.

„Oh, bitte nicht", wisperte er und lief die Treppe hinauf. Er musste in sein Quartier, dort wäre er sicher.

Schnell bog er in den nächsten Gang ein und kollidierte mit einem Fremden.

Meron taumelte zurück und landete auf dem Hintern.

„Verzeiht!", rief er aus und wollte wieder auf die Füße kommen.

Er hoffte inständig, der andere würde seinen Geruch nicht bemerken.

Nein, er war kein Dämon, zumindest kein vollwertiger. Meron war ein Mischling ... was sozusagen noch schlimmer war.

Er sollte nicht existieren und wurde als Abscheulichkeit angesehen.

Kaum jemand wusste von seiner Existenz ...

„Halt!", rief der Fremde und Meron schnappte nach Luft, als er am Arm gepackt und herumgeschleudert wurde. Er prallte gegen die Wand und wurde sofort dagegen gedrückt.

Ein Unterarm lag in seinem Nacken und fixierte ihn.

Gefangen ...

Merons Herz raste.

„Bitte, so lass mich gehen!", flehte er, doch der andere schnaubte nur.

„Hierher! Ich habe den Dämon!", brüllte der Kerl so nah an Merons Ohr, dass er zusammenzuckte.

Als Schritte erklangen, schloss er die Augen.

Verdammt, er hatte ein Problem.

Hart wurde er von der Wand weggezogen und zu Boden gestoßen, sodass er sich auf den Knien wiederfand.

„Wie kommt ein Dämon in die Festung der ...", begann die große Frau, die ihn mit kalten violetten Augen musterte.

„Moment. Du bist kein reiner Dämon. Dein Geruch ... in dir steckt auch ein Drache."

„Mischling!", keuchten mehrere der Anwesenden und Meron fuhr erneut zusammen.

„Bringt ihn in den Thronsaal!", forderte die Frau vor ihm. „Dort werden wir über ihn und sein Vergehen richten."

Vergehen ... Dass er lebte, war schon eine Straftat.

Er fügte sich, etwas anderes blieb ihm nicht übrig, und ließ sich von den Männern und Frauen zum Thronsaal bringen.

Dass Dragos Serafia dort auf sie wartete, war für ihn keine Überraschung.

Sie blickte ihm direkt in die Augen. Angst war darin zu erkennen, doch sie blieb auf ihrem Stuhl sitzen.

Genau vor ihr wurde Meron erneut auf die Knie gestoßen.

„Wir haben diesen Mischling auflesen können", berichtete eine der Wachen. „Wollt Ihr ihn selbst töten, Dragos?"

Serafia hob die Hand.

„Nein, niemand wird ihn töten."

Kurz herrschte Schweigen, ehe die Frau mit den violetten Augen vortrat.

„Was hast du gesagt? Wieso sollten wir ihn leben lassen? Du kennst das Gesetz! Nenne mir einen Grund, wieso wir ihn verschonen sollten."

Meron sah zwischen den beiden Dragos hin und her, ehe er erneut Serafias Blick begegnete.

Deren Lippen verzogen sich zu einem kaum merklichen Lächeln.

„Weil er mein Sohn ist."

In der darauffolgenden Stille hätte man selbst einen Grashalm fallen hören können.

„Dein was?", schrie eine der anderen Frauen, wohl auch eine Dragos.

„Wie kannst du solch ein Ding dein Kind nennen? Runter mit seinem Kopf!"

Meron ballte die Fäuste und starrte zu Boden.

Oh, was hatte er nur getan?

Angst schnürte ihm die Kehle zu.

Er wusste, dass er nicht hier sein sollte, dass sein Leben keinen Wert besaß ... aber er hatte doch nie jemandem etwas getan.

Warum wollten sie ihn tot sehen, nur für das, was er war?

„Rühre ihn an und du bist es, die den Kopf verlieren wird, Namika!", fauchte seine Mutter und ihr Stuhl gab ein Quietschen von sich, als sie auf die Füße sprang. „Meinen Sohn rührt niemand an, wenn er keinen Krieg mit mir riskieren will, habt ihr mich verstanden?"

„Das kannst du nicht ernst meinen. Denk nach, du kennst unsere Gesetze", drängte die Dragos mit den violetten Augen aufgebracht. „Du hast selbst schon Mischlinge getötet. Ich verstehe ja, dass er dein Sohn ist, aber ..."

„Nichts verstehst du!", zischte Merons Mutter. „Niemand von euch! Meron mag ein Mischling sein, aber er ist mein Kind. Wer es wagt, ihn anzurühren, wird mit meinem Zorn rechnen müssen."

„Du kannst Warnungen und Drohungen aussprechen, wie du willst", knurrte die vierte Dragos. „Mischlinge müssen sterben, so ist es seit jeher, da bildet auch deine Brut keine Ausnahme. Ich nehme Krieg und Kampf in Kauf, Serafia. Gegen jeden."

Meron zitterte, er würde hier sterben.

„Kayla, bitte, halte dich zurück", bat die Dragos mit den violetten Augen. „Niemand will Krieg, doch wir alle achten unsere Gesetze. Nicht wahr, Serafia?"

Meron hörte, wie seine Mutter tief Luft holte.

„Das tue ich ... aber nicht, wenn es um mein Kind geht. Er hat niemandem etwas getan, er lebt hier in der Festung. Bitte, habt Gnade."

Noch nie hatte er gehört, wie seine Mutter so offen um etwas gebeten, nein, gefleht hatte. Sie war stark, selbstsicher und ihr Wort stand über allem anderen in ihrem Reich. Und jetzt bettelte sie um Gnade, seinetwegen. Es tat ihm im Herzen weh, sie dazu gezwungen zu haben und zeitgleich hoffte er darauf, dass die anderen Dragos Erbarmen zeigen würden.

„Nein", kam es zischend von Kayla. „Sein Tod ist gewiss, ansonsten kommt der Krieg von meiner Seite!"

Dieser Hass, ging es Meron durch den Kopf, war so tief und schien unglaublich alt. Was hatten Mischlinge wie er dieser Drachenfrau getan, dass sie seine Art so unbedingt tot sehen wollte?

„Wir sollten das unter uns besprechen", meinte Dragos Namika, die sich nach ihrem ersten Ausbruch wieder gefangen hatte. „Wenn der Knabe ein Quartier hat, dann bring ihn dorthin. Wir reden ohne zusätzliche Ohren."

„In Ordnung", stimmte Serafia zu und Meron wurde auf die Füße gezogen.

„Ich übernehme ihn", erklang eine bekannte Stimme und Meron lugte zu Raylan, seinem Leibwächter und einzigem Freund in der gesamten Festung.

Raylans Miene war hart und bar jeder Emotion, als er ihn am Arm griff und aus dem Saal führte.

Der Weg zurück zu seinem Quartier war Meron noch nie so lang vorgekommen und als die Tür ins Schloss fiel, brach er zusammen.

„Was habe ich nur getan?", krächzte Meron und schlug die Hände vors Gesicht.

„Ja, das würde mich auch interessieren", kommentierte Raylan und eine schwere Hand legte sich auf seine Schulter. „Was hattest du dort verloren? Du weißt doch, dass die Dragos der vier Sippen sich dieses Mal bei uns versammeln! Es war dumm von dir, deine Räumlichkeiten zu verlassen."

Das wusste Meron und doch ...

Er schüttelte Raylans Hand ab und kam auf die Füße.

Eilig lief er durch den Wohnbereich, stieß die Tür zur Waschkammer auf und fiel erneut auf die Knie.

Würgend übergab er sich in einen der Holzeimer, an dessen Rand er sich festklammerte.

Hinter sich hörte er Raylan seufzen und als er sich von dem Eimer zurückzog, wischte der Mann ihm mit einem Lappen den Mund sauber.

„Deine Mutter muss jetzt vor den drei Dragos geradestehen", murmelte Raylan. „Was meinst du, wird dabei herauskommen? Du hast die anderen Anführerinnen gehört, sie fordern deinen Tod."

Meron schluckte hart und nahm den Becher Wasser, den sein Leibwächter ihm reichte. Er spülte sich den Mund aus, ehe er den Rest des Wassers trank.

„Ich weiß, ich habe es gehört", entgegnete er und starrte zu Boden. „Mein Leben ist verwirkt. Mutter wird nichts tun können, um mich zu retten, das ist mir klar. Es tut mir leid, sie in diese Lage gebracht zu haben, das hat sie nicht verdient."

Auch wenn seine Worte aufrichtig klangen, hatte Meron Angst. Er wollte nicht sterben.

„Sie wird sicher nachher zu dir kommen, nachdem das Gespräch mit den anderen Dragos beendet ist", meinte Raylan. „Warte auf sie und bei Gott, bleib in deinem Quartier, hast du mich verstanden? Ich halte vor der Tür Wache."

Meron nickte und sah seinem einzigen Freund nach, als er das Zimmer verließ und die Tür hinter sich schloss.

Erst dann stand Meron auf und ging in den Wohnbereich, wo er sich in seinem alten Sessel niederließ.

Im Kamin brannte ein lauschiges Feuer, das ihn eigentlich hätte wärmen müssen. Doch alles, was er fühlte, war eisige Kälte.

Sein gesamtes Leben hatte sich seit jeher in diesem Quartier abgespielt.

Mutter hatte nie einen Hehl daraus gemacht, dass er eigentlich nicht existieren sollte.

Dennoch liebte sie ihn, so sehr, dass sie ihn vor aller Welt geheim gehalten hatte.

Nur dank ihr war er noch hier und jetzt hatte er alles verdorben. Mit seiner grenzenlosen Neugierde und seinem unbedachten Handeln.

Warum hatte er sich nicht zusammengerissen?

Er schloss die Augen, all das Nachdenken brachte ihn nicht weiter. Aus dieser misslichen Lage gab es kein Entkommen mehr.

Als die Tür ohne vorheriges Klopfen kurze Zeit später aufgerissen wurde, musste Meron sich nicht umwenden, um zu wissen, dass seine Mutter gekommen war.

„Wie konntest du nur?", keifte sie und es knallte, als die Tür wieder ins Schloss fiel.

„Es tut mir leid", murmelte er und hielt den Blick dabei ins Feuer gerichtet.

„Leid?", stieß sie hervor. „Weißt du, was ich mir gerade alles habe anhören müssen? Wie mich die anderen Dragos behandelt haben? Verdammt, Meron! Es ist dein Leben, das hier auf dem Spiel steht!"

Er schluckte hart, ehe er aufstand und sich zu ihr umwandte.

„Ich weiß und mir ist klar, dass ich großes Unheil über dich gebracht habe. Es tut mir auch leid, aber jetzt kann ich es nicht mehr rückgängig machen. Was soll ich denn tun?", wollte er wissen und merkte, wie sich ein Kloß in seiner Kehle ausbreitete.

Meron war schon als Junge nah am Wasser gebaut gewesen, doch jetzt drängte er die Tränen hart zurück.

Es war sein eigenes Vergehen, da verdiente er es nicht, weinen zu dürfen.

„Du kannst nichts tun", wies ihn Serafia barsch zurecht, ehe sie zu ihm trat und ihn in den Arm nahm. „Und leider bin auch ich machtlos, mein Sohn."

Genau vor diesen Worten hatte er sich gefürchtet, selbst wenn ihm eigentlich klargewesen war, dass sie nichts mehr für ihn würde tun können.

„Es tut mir so leid, mein Junge. Würde es einen Weg geben, dich zu retten", murmelte seine Mutter und er erwiderte die Umarmung.

„Schon gut", raunte er heiser und merkte jetzt doch, wie sich vereinzelt Tränen aus seinen Augenwinkeln lösten. „Es ist meine Schuld, ich hätte gehorchen müssen. Aber ich bin immerhin 26 Jahre alt und nur durch dich durfte ich so lange hier leben. Ich danke dir für alles, was du für mich getan hast."

Dass Serafia darauf nichts erwiderte und ihn nur fester an sich drückte, ließ sein Herz schmerzen.

Er wusste, dass sie mit den Tränen kämpfte, doch eine Dragos weinte nicht.

Auch nicht vor ihrem eigenen Sohn.

„Eine Woche", stieß sie schließlich hervor. „Wir haben eine Woche, ehe ich dich persönlich töten soll."

Das war ein weiterer Schlag.

Meron hätte gehofft, dass eine der anderen Dragos sich seiner annehmen würde, aber doch nicht seine Mutter!

Das war grausam.

„Kann es nicht jemand anders sein?", wollte er wissen. „Wieso du?"

„Damit ich mich beweise und dem Posten der Dragos auch weiterhin würdig bin", erklärte sie.

Meron keuchte. „Das ist furchtbar!", stieß er hervor und drückte seine Mutter an sich, wobei er zitterte.

„Du solltest dich weniger um mich sorgen, mein Sohn, als um dich selbst", erinnerte Serafia ihn.

„Mein Leben ist verwirkt, damit muss ich mich abfinden", entgegnete er in barschem Tonfall, der seine eigentliche Angst verstecken sollte.

Die Tränen waren mittlerweile versiegt und er wischte auch die letzten Spuren davon weg.

Dabei löste er sich von seiner Mutter.

„Ich bin dir dankbar für jedes Jahr und jeden Tag, den ich bei dir leben durfte. Es ist mehr, als die meisten anderen Mischlinge in ihrer Existenz bekommen. Es tut mir nur leid, dass du mich selbst töten musst. Das ist nicht recht …"

Sie sah ihm in die Augen, einen langen Moment, dabei bemerkte er, wie ihre Kehle hart arbeitete.

„Ich liebe dich, Meron."

Er lächelte, sein Herz schmerzte.

„Ich dich auch, Mutter."

Damit verließ Serafia ihn und kaum war er allein, kam die Kälte zurück.

Er ließ sich wieder in seinem Sessel nieder und starrte in die Flammen des Kamins.

Eine Woche … Sieben Tage … Dann wäre alles vorbei.

Meron hatte nie Pläne geschmiedet, sich nie ausgemalt, was er würde tun können, doch dass sein Leben jetzt bereits vorbei wäre, damit hatte er nicht gerechnet.

Und dabei war es seine eigene Schuld.

Er stieß den Atem zwischen den Zähnen aus und stand wieder auf.

Mit langen Schritten durchquerte er den Raum und trat ans Fenster heran, welches auf den Innenhof wies.

Sein Quartier lag versteckt, sodass man vom Hof aus, sein Fenster nicht sehen konnte, außer man suchte bewusst danach.

Wie gern würde er auch dort unten herumlaufen, die frische Luft genießen, sich die Beine vertreten.

Nachdenken. Hier, eingesperrt in seine Räumlichkeiten, fühlte er sich erdrückt, als würden die Wände mit jedem Atemzug näherkommen.

Sein Herz wollte sich ebenfalls nicht beruhigen und raste weiterhin in seiner Brust.

So viele fremde Drachen in der Festung, all die Mitglieder der anderen Sippen. Jeder von ihnen wollte Meron tot sehen.

Würde er einen Fuß nach draußen setzen, würden sie keine Gnade walten lassen.

Mal davon abgesehen, dass Raylan vor der Tür Wache hielt.

Sein ältester und einziger Freund passte immer auf ihn auf. Ob er wollte, oder nicht.

Wie oft Raylan ihn schon vor schlimmen Strafen bewahrt hatte, konnte Meron nicht mehr zählen, aber er war ihm unglaublich dankbar.

Der ältere Drache war stets auf seiner Seite gewesen, hatte zu ihm gestanden, selbst bei Debatten gegen Serafia.

Auch als Meron ein dummer und eingebildeter Heranwachsender gewesen war, hatte Raylan sich nicht abschrecken lassen.

Er war bei ihm geblieben. Immer.

Für Meron war der Mann wie ein älterer Bruder oder ein wohlwollender Onkel.

Aber zeitgleich war Raylan auch sein Leibwächter und Aufpasser.

Meron konnte also nirgendwohin.

Warten ... das war alles, was er tun durfte.

Die Tage absitzen und darauf warten, dass sein Schicksal sich erfüllte und er durch die Hand seiner Mutter den Tod finden würde.

Allein beim Gedanken daran wurde ihm speiübel und er klammere sich an den Fenstersims.

Plötzlich schoss eine brennende Hitze durch seinen Körper und Meron keuchte.

Er taumelte vom Fenster zurück, doch da war das Gefühl auch schon wieder verschwunden.

Verwirrt blickte er an sich hinab und sah sich dann um, konnte aber nichts Ungewöhnliches erkennen.

„Was war das?", fragte er in den leeren Raum und schluckte.

Es war ihm, als würde er ein Schnauben hören, doch es befand sich niemand im Quartier.

Blinzelnd zwang er sich dazu, sich wieder zu beruhigen. Nach einem tiefen Atemzug gelang ihm das auch und Meron ging zu seiner kleinen Speisekammer.

Jeglicher Hunger war ihm zwar vergangen, aber darin befand sich neben dem Essen etwas Met und der würde ihm gerade wirklich guttun.

Er hörte schon, wie Raylan ihn wieder zurechtwies, dass es nicht gut sei, zu trinken.

Erst recht nicht für einen Mischling, dessen Kräfte sich bisher nicht gezeigt hatten.

Das würden sie jetzt auch nie tun, ging es Meron durch den Kopf. Also spielte es keine Rolle mehr, ob er sich jeden Tag seines verbleibenden Lebens bis zur Besinnungslosigkeit betrank.

Es war egal.

Alles war egal.

KAPITEL 3

TAYEL

Er hatte dort weggemusst.

Sofort!

Während alle nach dem Mischling gesucht hatten, war Tayel aus dem Thronsaal geeilt.

Dämonen, nein, nie wieder wollte er einem dieser scheußlichen Monster gegenüberstehen. Selbst, wenn es nur ein Mischling war.

Wie von Sinnen war er aus dem Hauptgebäude der Festung gerannt und saß nun im Innenhof.

Es kostete ihn einiges an Überwindung, sich nicht zu verwandeln und einfach nach Hause zu fliegen.

Er sollte nicht hier sein, die Erinnerungen an die Geschehnisse vor zwei Jahren waren schlichtweg noch zu frisch.

Sie schmerzten, und jetzt dieser Mischling ...

Nein, er würde mit Ravina sprechen, es hatte keinen Sinn, er musste zurück.

Dunkel drangen Stimmen an seine Ohren und Momente später kamen zwei Männer aus dem Gebäude.

„Ich glaube das nicht, es muss sich um eine Lüge handeln!", empörte sich einer von ihnen.

Tayel blickte auf.

„Was ist denn los?"

Die Nachtdrachen sahen auf ihn nieder und hielten inne.

„Bist du nicht einer der Begleiter von Dragos Ravina?", fragte der Mann, der eben gesprochen hatte.

Tayel nickte.

„In der Tat. Ich bin ihr Bruder und Stellvertreter."

Die Kerle tauschten Blicke.

„Wieso bist du dann nicht im Thronsaal oder hast bei der Suche geholfen?", fragte der zweite Mann.

Tayel biss die Zähne zusammen und erhob sich.

„Wie wäre es, wenn ihr meine Frage beantwortet?", schlug er in hartem Tonfall vor, was die beiden zurückweichen ließ.

Tayel war sich seines Auftretens bewusst, er konnte den perfekten Stellvertreter der Dragos mimen.

„Der Mischling wurde gefasst", brummte der Kerl, der zuvor gesprochen hatte. „Und es heißt, er sei der Sohn unserer Dragos Serafia."

„Was eine Lüge sein muss", knurrte der andere Nachdrache und verschränkte die Arme vor der Brust.

Das war interessant ...

Tayel nickte. „Danke für die Information."

Damit ließ er die Kerle stehen und ging zurück in die Festung. Wenn das der Wahrheit entsprechen sollte, wäre im Thronsaal ein gewaltiger Aufruhr zu erwarten.

Und er war nicht da, um an Ravinas Seite zu sein!

Verdammt und da schimpfte er sich Stellvertreter.

Über sich selbst im Geiste fluchend eilte er die Treppen nach oben, doch als er beim Thronsaal ankam, waren die Flügeltüren geschlossen.

Die dortigen Wachen teilten ihm mit, dass sich die Versammlung aufgelöst hatte und Ravina in ihr Quartier gebracht worden war. Nachdem sie ihm den Weg gezeigt hatten, ging Tayel zähneknirschend durch die Flure. Er witterte und fand Ravinas Duft, ehe er kurz darauf vor einer Tür innehielt.

Er hob die Hand, aber bevor er klopfen konnte, wurde sie aufgerissen und er blickte in die wütend blitzenden Augen seiner Schwester.

„Das wird aber auch Zeit!", keifte sie. „Rein mit dir!"

Tayel stieß ein Seufzen aus und trat ins Quartier.

„Verzeih", begann er und wandte sich um.

Nur um eine flache Hand gegen die Wange geklatscht zu bekommen. Die Wucht ließ seinen Kopf zur Seite fliegen und er taumelte einen Schritt zurück, ehe er sich fangen konnte.

„Verdammt nochmal, Tayel!", knurrte Ravina. „Ich habe dich mitgenommen, damit du mir zur Seite stehst! Ich konnte mich doch bisher immer auf dich verlassen. Was sollte das also vorhin? Wieso hast du mich stehengelassen? Weißt du, was das für ein Bild für die anderen Dragos gibt?"

Er rieb sich die pochende Wange und ließ den Blick schweifen.

Direkt hinter ihm befand sich der Essbereich mit einem großen Tisch. Dort schnappte er sich einen Stuhl und ließ sich darauf nieder.

„Ich habe nicht nachgedacht", gestand er und beobachtete, wie Ravina zu ihm trat. Auch sie griff einen Stuhl und setzte sich.

„Das ist mir klar. Was ich nicht kenne, ist das Warum."

Tayel verzog das Gesicht, er wollte nicht darüber sprechen, aber es blieb ihm wohl nichts anderes übrig.

„Ich habe den Dämon oder besser gesagt den Mischling gerochen", erklärte er. „Das hat ausgereicht, um mich ... ja, ich weiß nicht, wie ich es ausdrücken soll, um meinen Verstand zu vernebeln. Ich konnte nicht klar denken, alles in mir schrie nach Flucht. Also bin ich geflohen."

Ravina taxierte ihn, ehe ihre Miene weicher wurde.

„Der Kampf gegen die Dämonen steckt dir bis heute in den Knochen."

Das war keine Frage, dennoch nickte er.

„Was denkst du denn? Damals habe ich Evert verloren. Jede Nacht sehe ich in meinen Träumen, wie diese Bestien ihn niedermetzeln. Seither bin ich keinem Dämon mehr begegnet und als ich diesen Duft heute im Thronsaal wahrgenommen habe ... ich konnte einfach nicht an mir halten."

Es war keine Entschuldigung, denn sein Verhalten war eines Stellvertreters nicht würdig und somit nicht zu entschuldigen. Doch wenigstens erklären musste er sich seiner Schwester und der Dragos.

Ravina stieß den Atem aus und legte ihm eine Hand auf den Unterarm.

„Ich verstehe, dass es dich getroffen hat. Als deine Schwester kann ich das nachvollziehen und es tut mir leid. Aber ich bin auch die Dragos unserer Goldsippe und als diese bin ich hier. Mit dir als meinem Stellvertreter. Und in diesem Punkt hat dein Verhalten ein sehr schlechtes Licht auf mich geworfen."

Tayel verzog das Gesicht.

Verdammt, das hatte er hervorragend hinbekommen. Wenn er jetzt auch noch den Wunsch äußern würde, nach Hause fliegen zu dürfen, würde Ravina ihm wohl den Kopf von den Schultern schlagen.

„Aber", sprach Ravina weiter und er sah wieder auf. „Deine Flucht wurde von Serafias Geständnis verdrängt. Der Mischling ist ihr Sohn."

Dann hatten die beiden Nachtdrachen die Wahrheit gesprochen, ging es ihm durch den Kopf.

„Unglaublich, dass gerade eine Dragos einen Mischling zur Welt gebracht hat", murmelte er und schüttelte dabei den Kopf. „Was ist mit ihm geschehen? Wurde er gerichtet?"

Als Ravina verneinte, hoben sich seine Augenbrauen. Damit hatte er nicht gerechnet.

„Serafia bestand darauf, dass ihr Sohn am Leben bleibt. Namika und gerade Kayla waren außer sich und haben mit Krieg gedroht. Es war keine leichte Verhandlung und auch, wenn ich nicht dafür bin, dass Mischlinge existieren, so kann ich Serafia verstehen, dass sie ihren Sohn nicht verlieren will."

Tayel nickte langsam.

Die Lage war verzwickt.

„Aber Namika und Kayla haben nicht einen Deut mit sich reden lassen", erzählte seine Schwester. „Jetzt ist die Abmachung, dass Serafia eine Woche bleibt, ehe sie ihren Sohn höchstpersönlich töten muss."

Grausam.

Das war das erste und einzige Wort, was zu dieser sogenannten Abmachung passte.

„Das könnt ihr nicht von ihr verlangen", ereiferte Tayel sich. Auch wenn er kein Vater war, allein die Vorstellung, das eigene Fleisch und Blut zu töten ... einfach schrecklich!

„Um einen Krieg zu verhindern, wird es passieren", beschied Ravina ihn. „Es ist besser so, ansonsten müssen auch wir uns wappnen. Namika und Kayla sind außer sich, sie lassen nicht mit sich reden. Die beiden mögen sich gern in Wortgefechten und Lügen messen, aber wenn sie sich zusammenschließen, könnte das eine Katastrophe auslösen."

Das stimmte, immerhin war Namika auch eine starke Verbündete der Menschen.

„Wie hast du dich in dem Ganzen positioniert?", wollte er wissen.

Ravinas Miene blieb bar jeder Emotion.

„Ich habe mich größtenteils zurückgehalten, aber ich achte die Gesetze. Der Mischling muss sterben, so schlimm es für Serafia ist."

Er nickte, aber verstehen konnte er es nicht.

Der Hass gegenüber Mischlingen war groß, sie waren wider die Natur. Doch noch nie hatte Tayel den Wunsch verspürt, sie auszulöschen. Selbst, wenn dieser hier einen Dämonenanteil in sich trug.

„Denk bitte an das Fest heute Abend", erinnerte Ravina ihn und erhob sich.

Blinzelnd sah er ihr nach. „Fest?"

Sie durchquerte den Wohnraum ihres Quartiers, ehe sie an einer angrenzenden Türe stehenblieb und über die Schulter zu ihm zurückblickte.

„Ich habe dir erzählt, dass am Abend nach dem großen Treffen ein Fest stattfindet."

Tayel schüttelte sich.

„Ich hasse Feiern jeder Art, das weißt du. Außerdem ist Serafia gewiss nicht nach einem solchen Abend zu Mute, wenn sie in Kürze ihr Kind töten soll."

Ravina ließ ein Schnauben hören.

„Mag sein, aber sie ist eine Dragos. Sie wird die Festlichkeit nicht absagen und du wirst hingehen. Es ist deine Pflicht."

Damit verschwand sie aus dem Raum und Tayel knurrte unzufrieden.

Das fehlte ihm jetzt gerade noch.

Zwar würde er nicht Gefahr laufen, einem Dämon zu begegnen, aber nach einem geselligen Abend in Gesellschaft war ihm definitiv nicht.

Seit Everts Tod hatte er solche Treffen gemieden und sich zurückgezogen. Dass Ravina ihm jetzt keine Wahl ließ, gefiel ihm nicht.

„Du wirst dich amüsieren!", erklang ihre Stimme aus dem Schlafzimmer, wie er annahm. „Und es wird Zeit, dass du dich wieder umsiehst, mein lieber Bruder."

Umsehen?

Tayel hob die Brauen und schnaubte geringschätzig.

„Ich brauche weder das eine noch will ich das andere", teilte er seiner Schwester mit. „Gibt es hier ein zweites Schlafzimmer oder muss ich auf dem Boden vor dem Kamin nächtigen?"

„Du könntest in einem warmen weichen Bett schlafen!", meinte Ravina und streckte den Kopf aus dem anderen Raum. „Es gibt hier viele schöne Männer, die dich gewiss nicht ablehnen würden."

Er warf ihr einen genervten Blick zu und stand auf.

„Wenn du mir keine Antwort gibst, finde ich es eben selbst heraus."

Ravina verdrehte die Augen.

„Dort drüben geht es zur Waschkammer und daneben ist ein zweites Schlafzimmer. Es gehört dir."

Bevor Ravina noch mehr sagen konnte, öffnete er die Tür und huschte in das freie Zimmer.

Achtlos streifte er sich die Stiefel ab und ließ sich ins Bett fallen.

Starr blickte er zur steinernen Decke auf und knurrte.

Ja, er hätte zuhause bleiben sollen, aber jetzt war er hier und würde tun, was er musste. Und wenn es eine Feier war, die es zu überstehen galt.

Wenn er so darüber nachdachte ... früher hatte er so etwas gemocht.

Gemeinsam mit Evert hatte er es sogar genossen.

Sein Liebster war ein fröhlicher und friedvoller Mann gewesen. Trotz seiner Drachennatur hatte Evert jeden Kampf gescheut und sich stets auf seine Führung und Stärke verlassen.

Gerade deshalb fraß es Tayel bis heute auf, dass er ihn damals nicht hatte beschützen können.

Die Erinnerungen an jenen schicksalhaften Tag waren so frisch, als wäre das Unglück erst gestern geschehen.

Zusammen mit Evert hatte er einen einfachen Spazierflug unternommen und war dann in einem Waldgebiet fernab von Dörfern und Siedlungen gelandet.

Sie hatten die Zeit zu zweit genossen und sogar vorgehabt, die Nacht dort zu verbringen.

Aber es war alles anders kommen.

Als Tayel seinen Liebsten für einen Moment aus den Augen gelassen hatte, um ihnen etwas zum Abendessen zu jagen, waren sie gekommen.

Dämonen. Vier an der Zahl.

Ravinas Gebiet grenzte an keine Zone der Dämonen, von daher war es bis heute ein Rätsel, woher diese Wesen gekommen waren.

Sie hatten sich auf Evert gestürzt und Tayel hatte es erst gehört, als dieser sich in seinen Drachen verwandelte und nach ihm gebrüllt hatte.

Im dichten Waldgebiet hatte Tayel nicht die Möglichkeit gehabt, sich zu wandeln, also war er zu Fuß gerannt.

Doch er kam zu spät.

Die Dämonen hatten es geschafft, Evert tödlich zu verletzen.

Als Tayel eintraf und sich ebenfalls verwandelte, um sie zu verscheuchen, lag Evert bereits im Sterben.

Im Gegensatz zu seinem Liebsten war Tayel ein herausragender Kämpfer, egal in welcher Gestalt.

Einen der Dämonen hatte er töten können, die anderen drei waren im Wald verschwunden.

Nachdem er sich sicher gewesen war, dass die Kreaturen nicht zurückkommen würden, hatte er sich Evert zugewandt. Sein armer Mann war so schwach gewesen, dass er es nicht einmal geschafft hatte, wieder seine menschliche Gestalt anzunehmen.

Everts großer und prächtiger Drache war in einer gewaltigen Blutlache am Boden gelegen.

Es hatte Tayel das Herz zerrissen.

Und was hatte er getan?

Nichts ... denn es war offensichtlich gewesen, dass die Wunden zu schwer waren, selbst für einen Drachen.

Sie hatten gute Heilkräfte, aber gegen vier ausgewachsene Dämonen hatte sogar ein Drache schlechte Chancen. Vor allem, wenn er im Kampf nicht ausgebildet war.

Tayel hatte das Einzige getan, was ihm in diesem Moment möglich gewesen war.

Er hatte sich zu Evert gelegt, ihm Wärme gespendet und war bei ihm geblieben.

Nur wenige Momente später hatte sein Liebster ihn ein letztes Mal angesehen, ehe das Licht in seinen warmen brauen Augen ein für alle Mal erlosch.

Etwas Nasses lief Tayel über die Wange und er wischte es weg.

Tränen.

Er weinte.

Wie jedes Mal, wenn ihn die Erinnerungen an Everts schrecklichen Tod überkamen.

Es tat so furchtbar weh ... wäre er doch von Anfang an bei ihm geblieben.

Die Jagd hätte warten können, verdammt!

Alles wäre anders verlaufen, hätte Tayel Evert nicht zurückgelassen.

„Zu spät", murmelte er in den leeren Raum. „Jetzt ist es zu spät."

Er drehte sich zur Seite und schloss die Augen.

Egal, was Ravina sagen würde, er hatte kein Interesse an einem Fest und würde das Quartier nicht mehr verlassen.

Er wollte nur noch nach Hause, verdammt.

In seine eigenen Räumlichkeiten und wieder zur Ruhe finden.

Hier in der Festung war er ständig angespannt und mit dem Wissen, dass hier ein Dämonenmischling hauste, würde er wohl nicht einmal ein Auge zubekommen.

Übermorgen würden sie abreisen und irgendwie würde er die Zeit bis dahin überstehen. Hoffte er.

„Tayel! Es wird Zeit, mach dich fertig!"

Ravinas forsche Stimme riss ihn aus seinem leichten Dämmerschlaf und er hob träge die Lider.

„Muss ich wirklich mit?", fragte er überflüssigerweise und war nicht überrascht, als die Tür aufgerissen wurde.

„Du lässt mich nicht noch einmal stehen, haben wir uns verstanden?", stellte Ravina klar und war in diesem Moment ganz und gar die Dragos der Goldsippe.

Tayel setzte sich auf und hob die Hände.

Eine Diskussion war sinnlos, zumal er wusste, dass sie recht hatte.

„Verstanden", brummte er und kam auf die Beine. „Ich mache mich fertig. Wann müssen wir los?"

Ein Blick zum Fenster zeigte, dass der Abend noch nicht einmal graute.

„Wir haben ein wenig Zeit, aber ich dachte mir, ich wecke dich lieber früher als später", teilte ihm seine Schwester mit. „Vor allem, weil es noch etwas anderes zu besprechen gilt ... Aber sag, hast du geweint?"

Verdammt, das sollte sie eigentlich nicht sehen.

Er winkte ab.

„Nein, nur zu oft gegähnt", entgegnete er und hoffte, sie würde es dabei belassen.

„Lügner", warf sie ihm an den Kopf. „Haben dich wieder die Erinnerungen übermannt?"

Er stieß ein Seufzen aus und nickte.

„Ja, haben sie, aber ich komme zurecht. Lass es bitte auf sich beruhen."

Wenn er sie so direkt bat, würde sie hoffentlich sehen, dass es ihm ernst war. Tat sie nicht.

„Tayel, es ist jetzt zwei Jahre her", erinnerte sie ihn. „Ich weiß, du hast Evert geliebt und er war ein aufrichtiger und wunderbarer Mann, aber die Zeit bleibt nicht stehen, nur weil er nicht mehr ist. Dein Leben liegt vor dir!"

Tayel knurrte grollend, was sie endlich verstummen ließ.

„Lass es!", zischte er. „Ich will davon nichts hören, du weißt nicht, wovon du sprichst. Kümmere du dich um deine Pflichten, ich erfülle meine. Um mehr geht es erst einmal nicht."

Ravina hob die Brauen und ließ den Blick über ihn gleiten.

„Du verschwendest dein Leben, kleiner Bruder. Du musst damit aufhören. Evert hätte es so gewollt."

Bevor er ihr eine bissige Erwiderung an den Kopf werfen konnte, schloss sie die Tür.

Tayel ballte die Fäuste, er zitterte und mit einem Mal wirbelte er zur Seite und donnerte die Faust gegen die massive Steinwand.

Sofort durchzuckte ihn Schmerz und er musste die Zähne zusammenbeißen, um nicht zu schreien.

Aber nicht wegen der Pein, zumindest nicht wegen seiner Hand.

Sein Herz schmerzte und mit jedem Wort seiner Schwester war die Wunde weiter aufgerissen.

Beruhigen, er musste sich beruhigen ...

Bewusst atmete er mehrfach durch und schloss dabei die Augen.

„Lass mich nicht warten!", rief Ravina aus dem Wohnbereich und er stieß die Luft zwischen den Zähnen aus.

„Komme schon", brummte er und schüttelte die Hand aus, auf der getrocknetes Blut klebte. Seine Knöchel waren bei dem Schlag aufgeplatzt, aber dank seiner Heilkräfte waren die Wunden schon gut verkrustet.

Bis zum Fest würden sie weg sein.

Er griff das weiße Laken vom Bett und riss ein Stück davon ab, um es sich um die Hand zu wickeln, ehe er barfuß das Zimmer verließ.

„Was gibt es zu besprechen?", wollte er wissen und trat zu Ravina, die vor einem der Fenster stand.

„Ich werde übermorgen abreisen", teilte seine Schwester ihm mit und er nickte.

„Ich weiß, so war es ausgemacht. Unsere Schar wird die Festung im Morgengrauen verlassen", meinte er und legte den Kopf schief. „Moment. Du sagtest, ‚du‘ wirst übermorgen abreisen. Was hat das zu bedeuten?"

Ein ungutes Gefühl überkam ihn und als Ravina sich mit ernster Miene zu ihm umwandte, ahnte er, dass dieses Gespräch nicht gut für ihn ausgehen würde.

„In einer Woche wird der Mischling von Serafia getötet", sagte seine Schwester. „Je zwei aus jeder Sippe sollen Zeuge dieser Tat werden. Ich wählte Amira und dich."

Ihn?

Tayel klappte der Mund auf.

„Was? Ich soll hierbleiben? Nein, auf keinen Fall!"

Ravina hob die Hand.

„Ich habe dich nicht darum gebeten, Bruder, ich befehle es dir. Es mag dir wie eine Strafe vorkommen, dass ich dich hierlasse, aber es ist das Gegenteil, Tayel. Du musst aus deinem eigens geschaufelten Grab hervorkommen und wieder beginnen, zu leben. Hier hast du die Zeit, zu dir zu finden und dich unter Leuten zu bewegen. Es wird dir guttun."

Guttun ... es würde ihm guttun ...

„Ravina, wenn du das machst ...", knurrte er, doch er konnte den Satz nicht vollenden.

Was sollte er dann auch tun?

Er hatte den Posten als ihr Stellvertreter angenommen und diese Stellung war eine Lebensaufgabe.

Er würde sie erst verlieren, wenn Ravina ihn freigab oder falls sie sterben sollte.

„Das vergesse ich dir nicht", grollte er, was ihm allerdings nur ein wissendes Lächeln einbrachte.

„Warten wir es ab, vielleicht wirst du mir dafür noch danken, mein kleiner Bruder."

KAPITEL 4

MERON

Blut, überall war Blut. Der gesamte Thronsaal war damit besudelt.

„Was ist passiert?", wisperte Meron und lief auf leisen Sohlen über den dunklen Boden. „Mutter!"

Auf dem Thron, der ein gutes Stück hinter dem langen Tisch stand, lag Serafia, ihre Beine hingen leblos über eine Armlehne.

Meron rannte, das glitschige Blut ließ ihn rutschen. Er taumelte und fiel vor dem Thron auf die Knie.

Serafias Oberkörper hing über die andere Armlehne und Meron starrte in die toten Augen seiner Mutter.

„Nein", stieß er bebend hervor. „Warum? Wer hat das getan?"

Sein Herz raste, er atmete keuchend und seine Hände zitterten, als er mit den Fingerspitzen über die Wange seiner Mutter strich.

„Du."

Meron zuckte zurück, Serafias Lippen bewegten sich kaum merklich.

„Ich?", fragte er. „Ich würde dir nie etwas antun!"

„Du", wiederholte sie und er kam strauchelnd auf die Beine.

Das konnte nicht stimmen, er konnte sich nicht daran erinnern!

„Mischling!"

„Tötet ihn!"

„Abscheulichkeit!"

Meron wirbelte herum, die Flügeltüren des Thronsaals waren aufgestoßen worden und Nachtdrachen liefen herein.

„Ich habe nichts getan!", schrie Meron ihnen entgegen und hob die Hände.

Erschrocken keuchte er, als er die langen roten Klauen sah, in die sich seine Finger verwandelt hatten. Die Farbe zog sich über seine Hände, die größer und kräftiger geworden waren.

Diese Pranken gehörten nicht zu einem Drachen.

Dämon ...

„Nein!", japste Meron und fiel vom Sessel.

Auf dem Teppich vor dem Kamin liegend, versuchte er zu Atem zu kommen.

Sein Herz würde ihm gleich aus dem Brustkorb springen, wenn er sich nicht beruhigte.

Einen solchen Traum hatte er lange nicht mehr gehabt.

Früher, als seine Mutter ihn bezüglich des Dämonenanteils in ihm aufgeklärt hatte, ja, da hatte er sich öfter im Albtraum gesehen, wie er Leid und Tod über die Festung brachte ...

Aber das war viele Jahre her.

Er kam auf die Beine und ging zu dem Wasserfass, welches in einer Ecke beim Kochbereich stand. Dort schöpfte er sich einen Becher und trank ihn in einem Zug aus.

„Meron? Bist du wach?", erklang Raylans Stimme und er blickte zur Tür.

„Komm rein."

Sein Leibwächter trat ins Quartier und musterte ihn besorgt.

„Hattest du einen Albtraum?"

Meron lächelte freudlos.

„Ja, aber das ist kaum verwunderlich, nicht?"

Raylan stieß den Atem aus und kam zu ihm.

„Das ist leider wahr. Die Nacht ist schon hereingebrochen und es findet gerade das Fest statt."

Stirnrunzelnd blickte Meron zu seinem Leibwächter

„Was für ein Fest?"

Raylan machte eine wegwerfende Handbewegung.

„Jedes Sippentreffen endet in einem feierlichen Abend, so auch dieses."

Meron schnaubte.

„Dann können sie diesmal ja gleich doppelt feiern, immerhin werden sie einen widerwärtigen Mischling töten, nicht?"

Sein Freund stieß ein dumpfes Knurren aus.

„Sie sollten sich schämen, alle zusammen, aber diese Dragos sind so in ihren alten Gesetzen gefangen ..."

Meron hob die Brauen, so hatte er den älteren Drachen noch nie sprechen hören.

„Wie meinst du das?", wollte er wissen und Raylan lehnte sich gegen eines der Regale.

„Dass alles veraltet ist", erklärte er. „Die Reinheit des Blutes, ja, ja, wie sie darauf pochen, und dabei ist es blanker Unsinn. Wenn wir uns nicht mit anderen Völkern mischen dürfen, werden wir irgendwann aussterben."

So hatte Meron das noch nicht betrachtet, aber im Prinzip stimmte es schon. Oder sollten sich künftig Schwestern und Brüder paaren?

Die Vorstellung ließ ihn schaudern.

„Du musst fliehen, wenn du überleben willst, mein junger Freund."

„Was?", fragte Meron irritiert. „Fliehen? Wie? Und wo soll ich schon hin? Einen Mischling wird niemand aufnehmen, außerdem kenne ich mich in der Welt nicht aus. Die Festung habe ich nur wenige Male verlassen."

Raylan wies zum Fenster.

„Du kannst gut klettern, also könntest du es schaffen, zu entkommen", meinte er. „Willst du dein Schicksal wirklich annehmen? Ohne wenigstens zu versuchen, ein Leben zu bekommen? Die Menschen sind Mischlingen gegenüber offen, sie lassen sie unter sich wohnen. Dort hättest du die Möglichkeit, aber dafür musst du kämpfen."

Meron biss sich auf die Unterlippe.

Könnte er es schaffen? Ja, er war schon hin und wieder draußen gewesen, der Wald war ihm nicht fremd, aber weiter entfernt hatte er sich noch nie. Er wusste nicht, was ihn dort erwarten würde.

Andererseits sollte er in der Festung in wenigen Tagen gerichtet werden und sterben.

Meron konnte kämpfen, Raylan hatte ihn persönlich in der Kunst des Schwertkampfes unterrichtet.

Seine Mutter wusste davon nichts, das hatten sie beide immer heimlich getan.

„Hast du tatsächlich aufgegeben? Willst du sterben?", wollte Raylan wissen.

„Nein", antwortete Meron ehrlich, denn er fürchtete den Tod.

„Dann überlege dir, wie du weitermachen willst. Ich muss jetzt zur Feierlichkeit, wir sehen uns morgen", verabschiedete sich sein Freund und ließ ihn allein.

Meron schöpfte noch einen Becher Wasser und ging damit zum Fenster. Er blickte über den Innenhof hinweg auf den großen Wald.

„Flucht", murmelte er. „Kann ich das?"

Die Frage konnte er sich nicht beantworten, aber wenn er es nicht versuchen würde, würde er es nie erfahren.

Er stellte den Becher auf das Sims und wandte sich seinem Kleiderschrank zu.

Darin befand sich auch ein Rucksack, den er jetzt hervorholte.

Er war nervös, seine Finger zitterten, als er sich Kleidung nahm und in den Beutel packte.

„Ich kann das", sprach er sich selbst Mut zu und kramte auch seine wenigen Waffen hervor. Zwei Dolche und ein Kurzschwert, mehr besaß er nicht. Alle drei hatte Raylan ihm ins Quartier geschmuggelt, damit er trainieren konnte. So hatte Meron sich oft viele Tage vertrieben, denn all die Zeit allein und eingesperrt zu verbringen, das konnte unglaublich einsam sein ...

Aus seiner Vorratskammer holte er noch Proviant und zwei Trinkschläuche, die er mit Wasser aus dem Fass füllte und ebenfalls verstaute.

Dann trat er nochmal ans Fenster.

Diesmal ging sein Blick in den Innenhof.

Es war mitten in der Nacht, dennoch konnte er ein paar Männer und Frauen sehen, die sich unterhielten und miteinander lachten.

Ein Kerl lief soeben aus einem der Seiteneingänge des Hauptgebäudes.

Sofort weiteten sich Merons Augen.

Das war der Drache, der ihn durch das Fenster des Thronsaales erspäht hatte!

Er wirkte gehetzt und fuhr sich hektisch durchs Haar. Doch ehe er durch einen anderen Eingang verschwinden konnte, hielt er plötzlich inne.

Der Fremde hob den Blick und sah direkt in seine Richtung. Meron hielt den Atem an.

Nein, der Kerl konnte ihn nicht sehen, unmöglich. Sein Fenster lag gut versteckt.

Dennoch war es ihm, als blickten diese fast schon roten Augen geradewegs in seine Seele.

Ein dunkles Schnauben war zu hören und Meron zuckte erschrocken zusammen, wobei er vom Fenstersims zurücktrat.

Er brauchte einen Augenblick, um zu verstehen, dass das Geräusch aus seinem Inneren gekommen war.

Sein Drachenanteil hatte sich gerade zum ersten Mal in seinem Leben gerührt.

Wegen des Fremden?

Meron wusste es nicht und es war egal.

Er musste hier weg, so schnell es ging.

Nach einem tiefen Atemzug spähte er hinaus, der Drache war verschwunden, was ihn irgendwie erleichterte.

Meron zwang sich zur Geduld, er wartete, bis der Innenhof leer war, was nicht allzu lange dauerte.

„Jetzt oder nie", murmelte er, schulterte seinen Rucksack und öffnete das Fenster.

Raylan hatte recht.

Kampflos aufgeben wollte er nicht und wenn er es schaffte, zu fliehen, hätte er wenigstens die Chance auf ein Leben außerhalb der Festung.

Er stieg auf den Sims und lugte nach draußen.

Es war nicht das erste Mal, dass er auf diesem Weg aus seinem Quartier ausbrach.

Schon als Junge hatte er es gern getan und dadurch seine Kletterfähigkeiten geschult.

Genau das kam ihm jetzt zugute, als er sprang und gekonnt auf einem der unter ihm liegenden Balkone landete.

Dabei zog ihn allerdings das Gewicht seines Rucksacks zur Seite, sodass er sich abrollen musste und gegen das steinerne Geländer prallte.

„Autsch", keuchte er und verzog das Gesicht.

Hoffentlich hatte das niemand gehört!

Er kam auf die Beine und spähte in den Wohnraum, der hinter dem Balkon lag.

Keiner war zu sehen, offensichtlich waren sie wirklich alle bei der Feier.

Gut für ihn.

Meron hätte den Weg über den Innenhof wählen können, dann wäre er allerdings nicht an den Wachen am Tor vorbeigekommen. Ihm blieb nur eine Möglichkeit, aus der Festung zu gelangen.

Er stieg auf das Geländer und sah zur großen Mauer, die den kompletten Bau umgab.

Entschlossenheit packte ihn, er konnte es schaffen!

Meron taxierte die Wand der Festung und tastete sie mit den Fingern ab, bis er eine Einkerbung fand.

An dieser konnte er Halt finden und zog sich nach oben. Er dankte Gott und vor allem Raylan, dass er darauf bestanden hatte, dass Meron trainierte. Jeden Tag. Ansonsten wäre er nie im Stande gewesen, hier zu klettern.

Auch jetzt keuchte er vor Anstrengung, und als er mit dem Fuß abrutschte, biss er sich fest auf die Zunge, um nicht aufzuschreien.

Er schmeckte Blut und zappelte kurz, ehe er sich wieder fing und gegen die Wand presste.

Sein Herz raste und er schluckte.

„Das war knapp", murmelte er und lugte nach unten. Einen Sturz aus dieser Höhe würde er zwar überleben, aber dann wäre an Flucht nicht mehr zu denken.

Er beeilte sich, voranzukommen, und stieß erleichtert den Atem aus, als er die Kante der Mauer greifen konnte.

Es war still, nur die Geräusche der Feier drangen aus dem Hauptgebäude, sodass Meron sich auf die Mauer ziehen konnte.

„So weit, so gut", befand er, blieb aber in der Hocke.

Niemand war zu sehen, die Wachen waren wohl auf ein Minimum reduziert worden, da keiner glaubte, dass die Festung angegriffen werden würde, wenn sich alle vier Dragos mit ihren Scharen hier versammelten.

Was auch nicht geschehen würde, aber so konnte Meron die Flucht ergreifen.

Er blickte die massive Steinwand hinab und leckte sich die Lippen. Es wäre so einfach, würde er sich verwandeln können, aber das hatte er in seinem gesamten Leben noch nicht geschafft.

Weder den Drachenanteil noch den Dämonenanteil in sich hatte er irgendwie berühren können.

„Verdammter Mist", schimpfte er leise. Er konnte unmöglich einfach hinunterspringen. Dabei würde er sich wahrscheinlich beide Beine brechen.

Meron sah sich hilfesuchend um, wobei sein Blick an einem Baum hängen blieb, der der Festung ziemlich nahestand.

Mit genügend Anlauf könnte es ihm gelingen, in die Baumkrone zu springen.

Theoretisch.

Sollte er das nicht schaffen, würde er als Fladen auf dem Boden enden.

Keine prickelnden Aussichten ...

„Wer hält eigentlich Wache? Wenn wir uns alle auf der Feier tummeln, wird Dragos Serafia uns die Haut abziehen!", drang eine fast schon panische Stimme zu ihm empor.

Er erstarrte und hielt den Atem an, bewegte nicht einen Muskel und betete, dass sie ihn nicht bemerken würden! Sein Geruch könnte ihn verraten, sollte der Wind sich drehen.

„Jetzt beruhige dich, niemand wird uns wegen irgendetwas strafen", entgegnete eine Frau. „Zwei sind auf Wache, der Rest kann ganz offiziell feiern. Also entspann dich, nimm dir einen Becher Met und genieße den Abend!"

Meron lauschte und als die Schritte langsam verklangen, wagte er es, durchzuatmen.

„Jetzt ist es aber genug des Zögerns", murmelte er und leckte sich die Lippen. „Entweder es klappt, oder ich breche mir alle Knochen. Also los."

Damit fixierte er den Baum, auf den er springen wollte, und begann zu laufen.

Dabei gab er seine Deckung auf und musste einfach darauf hoffen, dass ihn niemand sah.

Zumindest erklangen keine Rufe, als er bis zum Ende der Mauer sprintete ...

Und sprang.

Der Wind pfiff ihm um die Ohren und er musste einen Schrei unterdrücken.

Die Baumkrone kam näher, der Boden aber auch.

Mit einem lauten Keuchen prallte er gegen unzählige kleine Äste und versuchte, irgendwie Halt zu finden.

Es gelang ihm nur schwer und als zwei dickere Äste unter seinem Gewicht nachgaben, stürzte er zu Boden.

Dabei konnte er immer wieder an den Baumstamm greifen, um seinen Aufprall zumindest zu bremsen.

Dennoch presste es ihm die Luft aus den Lungen, als er schließlich auf seinem Rucksack landete.

„Aua", stieß er hervor und blieb erst einmal liegen, um zu Atem zu kommen.

„Ich bin draußen ... ich bin wirklich im Wald!"

Zeit zum Ausruhen hatte er allerdings nicht, denn sein Verschwinden würde irgendwann bemerkt werden und dann wären sie auf der Suche nach ihm.

Deshalb rappelte Meron sich auf die Füße, prüfte, ob bei seinem Gepäck alles in Ordnung war, bevor er schleunigst loslief.

Ein Ziel hatte er keines, er wusste nicht, wo Siedlungen oder Dörfer lagen.

Doch alles war besser, als in der Festung zu sitzen und auf den sicheren Tod zu warten.

Dennoch packte ihn nach kurzer Zeit die Wehmut.

Er blieb stehen und sah zurück.

„Es tut mir leid, Mutter", murmelte er und schluckte. „Hoffentlich sind die anderen Dragos' nicht zu sehr erzürnt über meine Flucht."

Wenn seine Mutter jetzt noch mehr Probleme bekommen würde ... Meron seufzte.

„Sie werden äußerst wütend sein und glauben, dass Serafia etwas damit zu tun hat", erklang plötzlich eine Stimme und Meron wirbelte erschrocken herum.

„Was? Raylan?", fragte er und entspannte sich. „Was machst du denn hier? Wieso bist du nicht beim Fest?"

Sein Freund grinste, doch es erreichte seine Augen nicht.

„Weil ich sehen wollte, wie weit du es schaffst, Junge."

Meron legte den Kopf schief, irgendetwas stimmte hier nicht.

„Die Festung liegt hinter mir, jetzt muss ich einen sicheren Ort finden", meinte er und trat einen Schritt zurück.

Sein Instinkt warnte ihn vor Raylan und das war noch nie vorgekommen.

Der ältere Drache kam langsam auf ihn zu, dabei hob er die Hände.

„Wieso weichst du zurück, mein Freund? Ich will dir doch nichts Böses", versicherte er ihm. „Meron, du musst jetzt mit mir kommen, ich werde dich in Sicherheit bringen."

Was?

„Zurück zur Festung?", fragte Meron argwöhnisch und machte immer einen Schritt nach hinten, wenn Raylan einen nach vorne tat.

„Nein, natürlich nicht", erwiderte der andere kopfschüttelnd. „Es gibt einen sicheren Ort, dort wird dir kein Leid geschehen. Aber dafür musst du mich begleiten, ich bringe dich persönlich zu ihm."

Zu ihm ...

„Wer ist ‚er'?", wollte Meron wissen und tastete nach dem Griff seines Schwertes, das an seiner Hüfte hing.

Raylan war stärker und viel erfahrener als er, dennoch würde Meron sich nicht kampflos geschlagen geben, auf keinen Fall!

„Regent Aegon", antwortete sein ehemaliger Leibwächter. „Er will dich in seinen Reihen haben und du wirst ihm sicherlich gute Dienste erweisen."

Regent ...

So wurden die Herrscher der Dämonen bezeichnet!

„Du willst mich an den Dämonenregenten ausliefern?", fragte Meron fassungslos und zog jetzt sein Schwert. „Vergiss es! Ich komme nicht mit dir, du bist doch von Sinnen! Verschwinde!"

Raylan lachte unbeeindruckt und zog seine Klinge.

„Das war keine Frage, junger Freund. Du kommst mit mir, ob du willst, oder nicht."

Und schon rannte der andere mit gezücktem Schwert auf ihn zu.

Meron blockte den ersten Schlag und sogar den zweiten, dabei musste er zurückweichen, denn Raylan war verflucht stark.

Er trieb ihn nach hinten und als die Waffen sich das nächste Mal kreuzten, war die Wucht zu groß.

Meron schrie auf, er verlor seine Klinge aus der Hand und sie segelte ins nahegelegene Gebüsch.

„Du hast keine Chance gegen mich, Mischling", teilte Raylan ihm spöttisch lachend mit. „Ergib dich und komm mit mir, dann wird dir nichts geschehen. Zwing mich nicht, dir wehzutun."

Schwer atmend und mit rasendem Herzen starrte Meron auf die Schwertspitze, die auf ihn gerichtet war.

Raylan war nie sein Freund gewesen, dämmerte es ihm.

Selbst die Rolle als Leibwächter musste nur gespielt gewesen sein.

„Das war schon immer dein Plan, oder?", verlangte er zu wissen. „Sobald ich mich aus der Festung befreien könnte, wolltest du mich ausliefern. Aber warum hast du so lange gewartet?"

Meron versuchte, Zeit zu schinden, er musste sich einen Fluchtplan überlegen!

Sein ehemaliger Freund schnaubte.

„Ich kann dem Regenten keinen unfähigen Mischling präsentieren. Zuerst musstest du dich und deine Fähigkeiten beweisen. Und das hast du heute getan. Um den Rest wird Aegon sich gewiss persönlich kümmern."

Es war also tatsächlich alles eine große Lüge ...

All die Jahre hatte dieser Mistkerl ihm etwas vorgespielt, ihn glauben gemacht, er wäre auf seiner

Seite und hätte kein Problem mit dem Blut, das in seinen Adern floss.

Wut stieg in Meron auf, seine Sicht begann sich rötlich zu färben.

„Wie konntest du mir in die Augen sehen und mir all das nur vorspielen? Ich mag ein Mischling sein, aber du bist Abschaum!", spie er aus und als der Mann einen weiteren Schritt auf ihn zumachte, wobei das Schwert gefährlich nahe an Merons Brust herankam, fühlte er, wie etwas in ihm barst.

Ein Schrei entwich seiner Kehle, der mehr nach einem Fauchen klang. Blitzschnell schlug er die Klinge zur Seite und sah, wie Raylans Augen sich weiteten.

Doch der Kerl kam nicht dazu, einen Laut von sich zu geben.

Meron donnerte ihm die Faust ins Gesicht, sodass es ihn von den Füßen holte.

Sein Herz raste, ihm war übel und seine Sicht begann zu verschwimmen. Das Rot wurde schwarz und er keuchte. Seine Beine protestierten und wollten sein Gewicht nicht mehr tragen.

Raylan lag derweil bewegungslos auf dem Boden.

Tot? Er wusste es nicht und gerade war es egal.

Taumelnd lief er tiefer in den Wald hinein, während sein Herzschlag immer lauter in seinen Ohren dröhnte.

Atemlos hielt er sich an Baumstamm für Baumstamm fest, ehe seine Beine nachgaben und er auf dem Boden landete.

Der Aufprall ließ ihn japsen und er wollte sich sogleich wieder aufrappeln, aber jegliche Kraft schien aus seinem Körper gewichen zu sein.

Er konnte nicht mehr ... und glitt in die Schwärze.

KAPITEL 5

TAYEL

Das Fest war in vollem Gange und Tayel stand gelangweilt an einem der Stehtische.

Ravina unterhielt sich interessiert mit einem der höherrangigen Nachtdrachen, was er nur am Rande mitbekam.

Mittlerweile hatte er den dritten Becher Met und die goldene Flüssigkeit war das Einzige, was ihn diesen Abend halbwegs überstehen ließ.

Sein Nacken kribbelte ... schon wieder.

Er lugte zur Seite und begegnete dem Blick eines blonden Mannes mit hellblauen Augen.

Auch ein Nachtdrache ...

Der Fremde lächelte und prostete ihm mit seinem Becher zu.

Um nicht unfreundlich zu erscheinen, erwiderte Tayel die Geste.

Ah verdammt, schon kam der Kerl auf ihn zu.

„Du siehst aus, als würdest du dich gern in Luft auflösen", meinte der Nachtdrache und Tayel bemühte sich um ein halbwegs ehrliches Lächeln.

„Nun ja, solche Feiern zählen nicht unbedingt zu meinen Lieblingsbeschäftigungen."

Der andere lachte und stellte seinen Becher auf dem Tisch ab.

„Ich bin Javier und teile deine Abneigung", ließ er ihn wissen.

Tayel musste ein Seufzen unterdrücken.

Wie Javier ihn ansah, gefiel ihm nicht. Der Mann erhoffte sich wohl eine Nacht mit ihm, woran er absolut kein Interesse hatte.

Als ihn Ravinas Ellbogen in der Seite traf, hätte er fast seinen Met verschüttet und knurrte seine Schwester genervt an.

„Was?", wollte er wissen und sie winkte ihn zu sich.

Er bat Javier, ihn kurz zu entschuldigen, und trat mit ihr ein paar Schritte vom Tisch weg.

„Javier ist einer von Serafias höheren Generälen in der Festung", erklärte sie ihm.

„Und?", wollte er desinteressiert wissen und hoffte, sie würde den Wink verstehen.

„Er ist ein starker und guter Mann, vielleicht passt er zu dir", meinte sie. „Und es würde nicht schaden, wieder etwas mehr aus dir rauszukommen."

Ihre anhaltenden Versuche, ihn in eine Beziehung zu drängen. Doch er hielt sich zurück, stattdessen ließ er nur ein Brummen hören.

„Wir werden sehen und jetzt kümmere dich um deine Angelegenheiten. Ich komme wunderbar allein zurecht."

Ravina grinste, sie schien sein Nachgeben als Sieg zu interpretieren. Sollte sie, solange er seine Ruhe hatte.

Er ging zurück zu seinem Tisch, wo Javier ihn mit hochgezogenen Augenbrauen ansah.

„Deine Dragos scheint dich recht einzunehmen."

Tayel winkte ab.

„Nein, eigentlich nicht, aber da sie zudem meine Schwester ist, kommt es da hin und wieder zu kleineren ... nennen wir es Auseinandersetzungen."

Der Nachtdrache lachte und nippte an seinem Met.

„Soso. Nun und wie gedenkst du den Abend noch zu verbringen? Willst du wirklich die ganze Zeit über hier an dem Tisch stehen?"

Tayel wollte genau das, denn dann wäre das Fest hoffentlich bald vorbei und der Met würde ihm auch nicht ausgehen.

Aber er fühlte Ravinas Blick im Rücken, sie beobachtete ihn doch allen Ernstes!

„Klingt, als hättest du einen besseren Vorschlag?", meinte Tayel und verzog die Lippen zu einem Lächeln, das seine Augen nicht erreichte.

Doch das schien Javier nicht zu stören.

„Oh, in der Tat. Hättest du Lust auf einen kleinen Spaziergang durch die Festung?"

Nein.

„Ja", antwortete er und trank den Becher aus.

Als er Javier aus dem Saal folgte, merkte er, dass das Getränk so langsam Wirkung zeigte. Seine Sinne waren nicht mehr so geschärft, wie er es gewohnt war, und die Geräusche klangen dumpfer.

„Alles in Ordnung?", fragte Javier, der neben ihm herlief. „Zu viel Met?"

Tayel winkte ab, passte dabei aber auf, den Kopf nicht großartig zu bewegen, denn ja, ihm war auch ein wenig schwindlig.

Verdammt, das war ihm im Saal gar nicht aufgefallen. „Nein, eigentlich nicht, aber anscheinend ist er hier stärker als bei uns. Wo willst du denn mit mir hin?"

Javier grinste und winkte ihn einfach weiter.

Als sie um die nächste Ecke bogen, landeten sie in einer Sackgasse.

„Ich dachte, du kennst dich hier aus", murmelte Tayel, da wurde er auch schon am Arm gegriffen und gegen die Wand gedrückt.

Er keuchte und riss die Augen auf, als Javier ihn küsste.

Sofort versteifte er sich und griff nach Javiers Schultern. Er wollte den Mann von sich schieben, aber irgendwie fehlte ihm die Kraft dazu.

Verdammter Met, sein Körper gehorchte ihm nicht mehr richtig.

Außerdem fühlte es sich gar nicht so schlecht an ...

Seine Finger vergriffen sich im Stoff von Javiers Oberteil und er erwiderte den Kuss.

„Ich kenne mich sehr gut hier aus", ließ ihn der Nachtdrache wissen. „Und hier wohne ich."

Tayel hatte die Tür gar nicht gesehen, die sich zu seiner Linken befand.

Der Kerl hatte ihn also direkt zu seinem Quartier gebracht.

Ob das wirklich eine gute Idee war?

Er wusste es nicht, aber sein Kopf verweigerte in diesem Moment die Zusammenarbeit, sodass er sich von Javier hineinführen ließ.

„Du bist mir sofort aufgefallen, als ich den Thronsaal betreten habe", ließ Javier ihn wissen und zog ihn an sich.

Erneut trafen sich ihre Lippen und diesmal erwiderte Tayel den Kuss sofort.

Sein Herz schlug schneller und zum ersten Mal seit zwei Jahren flutete Begierde seinen Körper.

Dennoch wisperte eine Stimme in seinem Hinterkopf, dass er es nicht tun sollte.

„Ist das so?", wollte er wissen, während der Nachtdrache die Hände unter sein Oberteil schob.

„Oh ja, und ich hatte gehofft, du würdest ebenfalls auf mich aufmerksam werden."

Also hatte Tayels Instinkt ihn nicht getrogen.

Schon musste er an Ravinas Worte denken, dass er aus sich herauskommen und anfangen sollte zu leben.

Aber war es das, was er hier tat?

Als sich Javiers Finger an seiner Hose zu fassen machten, versteifte er sich erneut.

Nein, das war es nicht.

Die Knöpfe seines Hemds waren bereits geöffnet und die gierigen Blicke des anderen Mannes gefielen ihm ganz und gar nicht.

Bevor Javier seinen Gürtel öffnen konnte, schob Tayel ihn bestimmt von sich.

„Stopp", stieß er hervor. „Das war eine schlechte Idee."

Javier blinzelte irritiert, ließ jedoch die Hände sinken.

„Was meinst du? Was ist auf einmal los?"

Das konnte Tayel selbst nicht sagen, aber ihm wurde regelrecht übel bei dem Gedanken, sich von dem anderen berühren zu lassen.

Er wich noch einen Schritt zurück und schloss die Knöpfe wieder.

„Verzeih, ich kann das hier nicht", teilte er Javier mit, dessen Miene von Verwirrung zu Missbilligung wechselte.

„Wirklich? Du gehst freiwillig mit mir ins Quartier, küsst mich und jetzt machst du einen Rückzieher? Was bist du denn für ein Mann?"

Trotz des Mets in seinem Blut konnte Tayel langsam wieder klar denken und ließ bei dieser Anschuldigung ein Knurren hören.

„Du hast lediglich ausgenutzt, dass ich getrunken habe, und hattest nie Interesse an mir als Person", gab er zurück. „Und darauf habe ich keine Lust. Also spare dir deine bissigen Worte, ich verschwinde."

Ehe Javier etwas erwidern konnte, huschte er aus dem Quartier und warf die Tür hinter sich ins Schloss.

Was hatte er sich nur dabei gedacht?

Evert wäre empört, würde er wissen, was Tayel sich beinahe geleistet hätte. Nein, so ein Mann war er nie gewesen und wollte es gewiss auch nicht werden.

Mehrfach fuhr er sich durchs Haar und rieb sich dabei übers Gesicht, ehe er den Gang entlanglief.

Fluchend blieb er bei einer Gabelung stehen und sah sich um.

„Hervorragend", murrte er, denn er hatte sich augenscheinlich verlaufen.

„Kann man Euch helfen?"

Er wandte sich um und fand sich einer jungen Frau gegenüber, die ihn skeptisch musterte.

„Ja, das wäre zu freundlich von Euch", antwortete er. „Ich bin eigentlich auf der Suche nach meinem

Quartier, das ich mir mit Dragos Ravina teile. Leider ist mein Orientierungssinn in der Festung nicht der Beste."

Die Drachenfrau gab ein unbestimmtes Brummen von sich, ehe sie die Arme vor der Brust verschränkte.

„Interessant. Euer Weg hat Euch weit von besagtem Quartier weggebracht und ich ahne, warum."

Die Missbilligung war deutlich zu hören, aber Tayel würde nicht darauf eingehen.

Er war ein erwachsener Mann und würde sich von einer Fremden gewiss nicht tadeln lassen wie ein kleiner Junge. Immerhin war er der Stellvertreter einer Dragos, verflucht.

„Also sagt Ihr mir den Weg oder möchtet Ihr mich nur weiterhin anstarren?", wollte er mit bewusst genervtem Tonfall wissen.

Sie hob die Brauen, enthielt sich aber jeden weiteren Kommentars, was auch besser für sie war.

„Geht durch den Innenhof, da kommt Ihr schneller zu dem Teil des Gebäudes, wo Euer Quartier liegt. Den Gang da entlang und dann links. Dort befindet sich der Zugang zum Innenhof. Nehmt den gegenüberliegenden Eingang und steigt die Treppen hinauf."

Er nickte ihr dankend zu und ging los, wobei er sich zwang, langsam und entspannt zu laufen. Sie brauchte nicht zu wissen, dass er am liebsten aus dem Gebäude sprinten würde. Tayel war erleichtert, als er die Tür zum Hof aufstieß und an die frische Luft trat. Noch immer hatte ihn ein beklemmendes Gefühl im Griff und das Wort ‚Verrat', hallte in seinen Gedanken wider.

Fast schon hektisch lief er über den geräumigen Freiplatz und hielt auf den anderen Eingang zu.

Doch kurz bevor er die Tür erreichte, richteten sich die feinen Härchen in seinem Nacken auf.

Was zum ...?

Irritiert blieb er stehen und hob den Blick.

Jemand beobachtete ihn, da war er sich sicher.

Doch erspähen konnte er niemanden.

Sein Drache hob in seinem Inneren den Kopf und gab ein grollendes Knurren von sich, als würde er Gefahr wittern.

„Wo?", fragte er leise, bekam aber keine Antwort.

Nur einen Moment später beruhigte sich sein Instinkt und auch sein Drache entspannte sich.

„Das war merkwürdig", befand er und zog die Tür auf, um die Festung zu betreten.

Der Gang kam ihm schon bekannter vor und jetzt hatte er keine Schwierigkeiten mehr, das Quartier zu finden.

Noch immer konnte er aus dem Thronsaal, der nicht allzu weit weg lag, Gelächter vernehmen.

Die ausgelassene Stimmung half ihm allerdings nicht dabei, sich besser zu fühlen.

Beinahe hätte er mit diesem Javier geschlafen.

Mittlerweile ließ ihn die Vorstellung schaudern und er kam sich regelrecht dreckig vor.

Wie hatte Ravina nur auf die Idee kommen können, dieser Nachtdrache könnte zu ihm passen?

Er trat sich die Stiefel ab und nahm sich einen Becher Wasser, ehe er in sein Schlafzimmer ging und sich an die Bettkante setzte.

„Bin ich ein Narr, Evert?", fragte er in die Leere.

Hin und wieder sprach er mit seinem verstorbenen Liebsten, denn ihm fehlten die aufmunternden Worte, die dieser für jede noch so schwierige Situation gefunden hatte.

„Warum habe ich dich nur allein gelassen ... es tut mir so leid", wisperte er und schloss dabei die Augen.

Sein Herz schmerzte und jetzt kam er sich erst recht wie ein mieser Verräter vor.

Wie konnte er behaupten, Evert noch immer zu lieben, und zeitgleich einen anderen küssen?

„Tayel? Bist du etwa hier?", erklang Ravinas Stimme und er verzog das Gesicht.

Wieso war sie schon zurück, war die Feier zu Ende?

Er erhob sich, trank sein Wasser aus und ging hinüber in den Wohnbereich, wo er den Becher auf den Esstisch stellte.

„Bin ich", antwortete er. „Ist die Festlichkeit beendet worden?"

Ravina stemmte eine Hand in die Hüfte und hob die Augenbrauen.

„Nein, noch nicht, aber mir genügt es. Doch warum bist du hier? Wo ist Javier?"

Er knurrte dumpf.

„Der Kerl ist nichts für mich, ich habe ihn zurückgelassen und bin hergekommen. Und bevor du etwas sagst, lass es! Es ist meine Entscheidung, die ich vor dir nicht zu rechtfertigen brauche, verstanden?"

Ja, das war bissig gewesen und wahrscheinlich auch gar nicht nötig, aber er hatte keinen Bedarf nach einer weiteren Diskussion mit seiner Schwester.

Ravina hob die Hände.

„Was ist denn passiert, dass du so aufgebracht bist?", wollte sie wissen und diesmal schwang Sorge in ihrer Stimme mit. „Du weißt, du kannst mit mir reden."

Das war ihm bewusst, aber er wollte schlichtweg nicht.

„Es hat einfach nicht gepasst und als ich nein sagte, gefiel ihm das nicht", antwortete er kurz angebunden. „Das war es auch schon. Ich bin gegangen und will jetzt nur noch meine Ruhe. Und nach Hause, so schnell es geht."

Sie schüttelte den Kopf und trat näher.

„Es tut mir leid, dass es zwischen euch nicht gepasst hat, aber dennoch steht meine Entscheidung, Bruder, du bleibst hier. Eine Woche."

Tayel ballte die Fäuste und knurrte.

„Du liebst es einfach, wenn ich leide, oder? Bedeute ich dir so wenig?"

Ravina keuchte und wich zurück, dieser Schlag hatte offensichtlich gesessen!

„Wie kannst du das sagen?", wollte sie schockiert wissen. „Du bist mein jüngerer Bruder und ich liebe dich, Tayel! Ich kann es nur nicht ertragen, wenn du dir dein eigenes Grab schaufelst und dich darin verschanzen willst! Das bist doch nicht du."

Er schnitt mit der Hand durch die Luft.

„Ich trauere! Du kannst es nicht verstehen, weil du noch nie jemanden so geliebt hast, aber nun lass mir doch meinen Freiraum. Ich vergrabe mich nicht, ich brauche nur Zeit."

Kopfschüttelnd begann sie, im Zimmer auf und abzulaufen.

„Wie lange soll das noch so gehen?", wollte sie wissen. „Jeder hat das Recht zu trauern, das tat ich auch, als ich von Everts Tod erfahren habe. Er war ein aufrechter und guter Mann. Es ist unglaublich schade, dass ihn dieses Schicksal ereilt hat, aber es ist jetzt eben auch nicht mehr zu ändern! Was würde Evert sagen, wenn er dich so sehen würde? Du bist längst nicht mehr der Mann, der du noch vor zwei Jahren warst."

Tayels Blut begann zu kochen, Wut stieg in ihm auf.

„Das stimmt, der bin ich nicht", grollte er. „Mir wurde das Herz aus der Brust gerissen und meine Schwester hat nichts anderes zu tun als darauf herumzutrampeln! Vielleicht ist es gut, dass ich ein paar Tage hier bin, weg von dir, dann könnte es mir glatt gelingen, einen klaren Gedanken zu fassen."

Ja, das hätte er nicht sagen sollen.

Schmerz flackerte in Ravinas hellvioletten Augen und er wollte auf sie zutreten.

„Schwester, ich ...", setzte er an, aber sie wandte sich ab.

„Schon gut, du hast recht", sagte sie und ging zu ihrem Schlafzimmer. „Gute Nacht, Tayel."

Eilig verschwand sie darin und die Tür fiel leise ins Schloss.

Er ließ die Schultern hängen und blickte auf das dunkle Holz.

Konnte er denn gar nichts richtig machen?

Die Wut verrauchte und machte Traurigkeit Platz.

Seufzend ging er zum Fenster und blickte hinaus.

„Was zum ...?", murmelte er und blinzelte mehrfach.

Da rannte doch jemand auf der Festungsmauer und das auch noch ziemlich schnell.

Bis zur Zinne lief der Mann ... und sprang.

Tayels Mund klappte auf.

Wieso sollte jemand ... Moment.

Der Mischling!

Wäre es möglich, dass der Kerl das Fest als Deckung genutzt hatte, um zu fliehen?

Er biss sich auf die Unterlippe, das würde er herausfinden.

Kurz überlegte er, Ravina über seine Entdeckung zu unterrichten, aber schlussendlich wusste er nicht, ob er mit seiner Vermutung richtig lag, also ließ er es.

Tayel stieg in seine Stiefel, nahm sein Schwert und warf sich einen Mantel über, ehe er das Quartier verließ und nach unten ging. Im Innenhof schritt er bis zum Tor, das um diese Zeit natürlich geschlossen war.

„Öffnet mir bitte das Tor", sagte er zu den beiden diensthabenden Nachtdrachen, die ihn fragend anblickten.

„Um diese Zeit? Das ist eigentlich nicht üblich."

Tayel lächelte.

„Ich nutze gern die Nacht, um ein wenig die Waldluft zu genießen. Das tue ich zumindest zuhause öfter. Ist es hier verboten? Davon sagte mir meine Dragos nichts."

Sie schüttelten den Kopf und nachdem sie einen weiteren Blick getauscht hatten, öffneten sie ihm.

Er huschte durch den Spalt hinaus und versprach, erst nach dem Morgengrauen zurückzukommen.

Tayel lief die Mauer entlang bis zu der Stelle, an der der Mann gesprungen war.

Tatsächlich konnte er bei einem nahestehenden Baum ziemlich viele kaputte Äste am Boden entdecken, ebenso wie einen deutlichen Abdruck.

Er ging in die Hocke und strich über das plattgedrückte Gras, dabei witterte er.

Sofort verspannte Tayel sich.

Seine Vermutung war gerade bestätigt worden, denn der Geruch trug ganz klar einen Dämonenanteil.

„Wo bist du hin?", fragte er und kam auf die Füße.

Er ging in den Wald hinein und griff nach seinem Schwert.

Die Klinge glitt mit einem leisen Kratzen aus der Scheide und Tayel blickte sich aufmerksam um.

Sein Herz schlug viel zu schnell, der Dämonengeruch ließ Erinnerungen in ihm aufkommen, die er nur mit Mühe unterdrücken konnte.

Ein Teil von ihm wollte kehrtmachen und zurück in die Festung laufen, weg von der potenziellen Gefahr.

Aber die Waffe in seiner Hand gab ihm die Sicherheit, weiterzugehen.

Immer wieder sog er den Atem tief ein und konnte so der Spur folgen.

Seine Drachensinne waren selbst in dieser Gestalt aktiv, sodass er im Dunkeln ohne Probleme sehen konnte.

Der Met war auch weitestgehend aus seinem Körper, zumindest hatte die betäubende Wirkung deutlich nachgelassen.

Auf einer sehr kleinen Lichtung blieb er stehen.

„Ein Kampf", murmelte er und betrachtete den aufgewühlten Boden. Auch ein leichter Blutgeruch lag in der Luft.

War dem Mischling jemand gefolgt? Hatte vielleicht noch wer die Flucht bemerkt?

Tayel lief weiter, die Spur wurde deutlicher und er beschleunigte seine Schritte.

„Sieh an", brummte er und blieb stehen, als er eine Gestalt am Boden liegen sah. Langsam trat er darauf zu, der Dämonengeruch ging definitiv von dem Bewusstlosen aus.

Tayel behielt das Schwert in der Hand, griff den Mischling aber bei der Schulter und drehte ihn auf den Rücken.

Verflucht, der Mann konnte nicht älter als er selbst sein, vielleicht war er sogar jünger.

Er biss sich auf die Unterlippe.

Dämon ...

Das Wort hallte wie ein Mahnmal in seinem Kopf wider und er griff das Schwert fester.

Szenen eines längst vergangenen Kampfes drängten sich vor sein inneres Auge und er knurrte einen Fluch, als seine Finger zu zittern begannen.

Er könnte ihn jetzt und hier erledigen, dann wären sie den Mischling los und Serafia würde nicht gezwungen sein, ihren eigenen Sohn zu töten.

Aber irgendwie wollte die Klinge seinem Befehl nicht folgen und das war nicht den Erinnerungen geschuldet, die ihn nicht in Ruhe lassen wollten.

Nach kurzem Zögern schob er sie zurück in die Scheide und verschränkte die Arme vor der Brust.

Nur langsam bekam er sich wieder in den Griff und endlich beruhigte sich sein Herzschlag.

Aufmerksam taxierte er den Mann vor sich.

„Und was mache ich jetzt mit dir?"

KAPITEL 6

MERON

Sein Kopf schmerzte und ein leises Stöhnen kam ihm über die Lippen, als er langsam aus der Bewusstlosigkeit auftauchte.

Was war passiert?

Nur zögernd kehrten die Erinnerungen zurück.

Raylans Verrat, der Kampf und seine Flucht.

Der Dämonenanteil in ihm hatte sich zum ersten Mal gezeigt, nur dadurch hatte er seinen ehemaligen Leibwächter zurückschlagen können.

„Sieh an, kommst du endlich zu dir?"

Moment, wer war da bei ihm?

Meron blinzelte und blickte in fast rote Augen, die ihn argwöhnisch musterten.

„Du", murmelte er, ehe er es sich verkneifen konnte.

Er hatte den Mann, der ihn durch das Thronsaalfenster erspäht hatte, sofort erkannt.

Der Drache hob eine Augenbraue.

„Was ist mit mir?"

Meron leckte sich die trockenen Lippen und setzte sich langsam auf.

Der Drache wich etwas zurück, behielt ihn aber im Blick.

„Nichts", entgegnete Meron. „Ich habe dich nur schon einmal durchs Fenster gesehen."

Unsicherheit machte sich in ihm breit.

Was tat der Mann hier draußen?

Wollte er ihn zurück in die Festung bringen?

Wieso hatte er dann gewartet, bis Meron zu sich kam?

Tatsächlich blitzte es in den roten Augen und der Mann verschränkte die Arme vor der Brust.

„Ist das so? Interessant. Wie ist dein Name, Mischling?"

Meron kam langsam auf die Füße und setzte ein eher wackeliges Lächeln auf.

„Ich bin Meron und wie heißt du?"

Der Golddrache schien zu überlegen, ob er ihm das überhaupt mitteilen sollte, zumindest zögerte er kurz.

„Tayel. Sag mir, was hat dich dazu getrieben von der Festungsmauer in einen Baum zu springen?"

Was? Er war beobachtet worden?

Das war ihm fast schon unangenehm und Meron rieb sich den Nacken.

„Nun ja, mir fehlten die Alternativen", erklärte er. „Aber warum willst du das wissen? Wenn du mich beobachtet hast und weißt, wer ich bin, bist du doch gewiss nicht hier, um einen Plausch mit mir zu führen."

Tayel schüttelte den Kopf.

„Das ist wahr, allerdings bin ich mir nicht sicher, was ich mit dir anfangen soll."

Sofort keimte Hoffnung in Meron.

Wenn er Tayel dazu bringen könnte, ihn gehen zu lassen, hätte er eine Chance!

„Vielleicht dürfte ich einen Vorschlag machen?", meinte er versucht scherzhaft, was ihm einen kühlen Blick einbrachte.

„Eher weniger."

Das hatte er befürchtet, dennoch behielt er das Lächeln bei.

„Du hast mich schon einmal nicht umgebracht", meinte Meron. „Das ist etwas Gutes, zumindest für mich."

Tayel schnaubte.

„Ja, für dich, für mich weniger. Man erwartet, dass ich dich zurückbringe oder zumindest töte. Immerhin bist du ein Mischling."

Oh, wie Meron es hasste, darauf reduziert zu werden.

„Du kennst meinen Namen", entgegnete er. „Ich bin, was ich bin, aber dafür kann ich nichts. Oder hast du dir ausgesucht, als Drache geboren zu werden? Ich wurde nicht gefragt."

Vielleicht war es nicht das Klügste, so zu reagieren, aber nach der Auseinandersetzung mit Raylan und der Offenlegung, dass dieser Mistkerl ihn all die Jahre belogen hatte, ... dann seine Dämonenseite, die sich gezeigt hatte, und die Flucht.

Meron war ziemlich durcheinander, klar denken konnte er kaum und er wollte eigentlich nur eines.

Weg von hier.

Von allem.

Einmal in Sicherheit sein, ohne fürchten zu müssen, getötet oder verachtet zu werden.

„Niemand sucht sich aus, zu leben", gab Tayel zurück. „Das ist mir klar, aber dennoch ändert es nichts an der Tatsache, dass Mischlinge nicht existieren sollten."

Sollten.

Allein dieses Wort ließ Meron wieder etwas mehr Selbstbewusstsein bekommen.

Tayel schien nicht ganz so verbohrt in seinen Ansichten zu sein, wie manch andere Drachen.

„Möglich", gab Meron zu. „Aber wenn sich die Drachen nie mit anderen Völkern paaren dürfen, wo soll das enden? Irgendwann müssten sich dann Geschwister vereinen. Das kann doch nicht der Sinn der Gesetze sein."

Dass Tayel da gleich weiß um die Nase wurde, ließ Meron stutzen ... und den Mann wirklich niedlich aussehen. Was?

Moment, das ging jetzt in die völlig falsche Richtung!

„Nein, das kann es nicht", murmelte Tayel und zog die Brauen zusammen. „Nichtsdestotrotz werde ich dich zur Festung zurückbringen. Mit etwas Glück kannst du die Dragos mit diesen Worten überzeugen."

Meron machte einen Schritt nach hinten.

Nein, auf keinen Fall würde er zurückgehen!

„Bitte", kam es ihm über die Lippen, während sein Puls schon wieder in die Höhe schoss.

Die Ränder seines Sichtfeldes begannen, sich rötlich zu färben, und seine Fingerspitzen kribbelten.

Tayels Augen weiteten sich und Angst war darin zu erkennen.

„He, ganz ruhig", bat der Golddrache stammelnd und tat nun seinerseits einen Schritt zurück. Eine Hand tastete dabei an der Hüfte nach dem Griff des Schwertes.

Wieso hatte der Kerl Angst vor ihm?

Meron folgte Tayels Blick, der sich auf seine Hände gerichtet hatte und er schnappte nach Luft.

Sie hatten sich in die Pranken aus seinem Traum verwandelt!

Lange dicke rote Finger, an denen gebogene Krallen zu sehen waren.

Die rote Haut zog sich über seine Hand und verschwand unter dem Saum seines Oberteils.

Was geschah mit ihm?

War das wieder der Dämonenanteil?

„Ich will das nicht", wisperte er ohnmächtig und sah Tayel in die Augen. „Hilf mir!"

Wieso er gerade den Mann um Hilfe anflehte, der ihn eigentlich zurück zur Festung bringen wollte, wusste er nicht, aber er hatte gerade einfach nur Panik.

Tayel zog die Brauen zusammen und ließ die Hand zögerlich vom Schwertgriff gleiten.

„Atme langsam durch", befahl der Golddrache. „Konzentriere dich auf deinen Herzschlag, werde ruhig. Ich will dir nichts antun, du bist sicher ... und ich werde dich auch nicht in die Festung zurückbringen. Wir ... wir finden eine andere Lösung."

Eine andere?

Meron traute dem Mann zwar nicht, aber die Worte zeigten Wirkung. Er konnte sich beruhigen, atmete langsamer und das Rot zog sich zurück, bis seine Hände wieder normal geworden waren.

„Dein Dämonenanteil scheint stark zu sein", murmelte Tayel, der sichtlich erleichtert wirkte.

„Das weiß ich nicht", gab Meron ehrlich zurück. „Ich habe bisher noch nie einen der beiden Teile in mir erreichen können."

Das entsprach jetzt nicht mehr ganz der Wahrheit, immerhin hatte sein Drache beim Anblick von Tayel im Innenhof reagiert.

Doch das brauchte der Kerl nicht zu wissen.

„Zumindest scheint sich dein dämonisches Blut zu melden, wenn du in Gefahr bist", meinte der Golddrache. „Was an sich nicht schlecht sein muss, denke ich. Gut, dann sag mir, was ist dein Ziel?"

Freudlos lächelnd zuckte er die Achseln.

„Ich habe keines", gestand er. „Ich wollte nur raus aus der Festung. Die Chance auf ein Leben haben. Ich hörte davon, dass die Menschen Mischlingen gegenüber nicht ganz so abgeneigt wären. Doch ich kenne mich in den Wäldern nicht aus und weiß nicht, wo ich ein Dorf oder gar eine Stadt finden kann."

Es brachte ihm nichts, Tayel zu belügen, denn der Mann konnte sich gewiss sowieso denken, dass er noch nicht viel von der Welt gesehen hatte.

Tatsächlich wirkte der Drache nicht sonderlich überrascht und stieß ein Seufzen aus.

„Ravina wird mich köpfen lassen", murrte er und fuhr sich durch das dunkle Haar. „Vielleicht kann ich dir helfen."

Meron blinzelte, hatte Tayel das gerade wirklich gesagt?

„Meinst du das ernst?", fragte er unsicher. „Ich bin schon einmal verraten worden ..."

Tayel nickte, doch dann runzelte er die Stirn.

„Wer hat dich verraten?"

Es stach ihm in der Brust, allein bei der Erinnerung an das Gespräch mit Raylan.

„Mein ehemaliger Leibwächter", antwortete Meron. „Ich dachte, er sei mein Freund und stünde mir zur Seite, aber nein, da habe ich mich getäuscht. Alles war eine Lüge, mein ganzes Leben lang."

Er klang selbst in seinen eigenen Ohren niedergeschlagen und wollte sich eigentlich nicht so schwach zeigen, aber die Wunde war zu frisch und schmerzte einfach schrecklich.

„Das tut mir leid", hörte er Tayel sagen und hob den Blick. „Dieser Raylan scheint ein ziemlicher Mistkerl zu sein. Jemandem Freundschaft vorzuspielen ist niederstes Niveau."

Das sah Meron ganz genauso.

„War er es, gegen den du gekämpft hast?", wollte Tayel wissen und kurz stutzte Meron.

Woher wusste der Golddrache von seiner Auseinandersetzung?

„Ähm, ja", antwortete er. „Aber wie ...?"

Tayel lächelte schmallippig.

„Ich kann hervorragend Spuren lesen und mein Geruchssinn funktioniert. Deinen Duft habe ich sofort herausgefiltert, Kampfspuren waren am Boden zu sehen und deshalb war es ziemlich offensichtlich."

Meron nickte verstehend, ja, das klang logisch.

So etwas war ihm nie beigebracht worden, aber er wusste, dass man es erlernen konnte.

„Und wie kannst du mir helfen?", wollte er wissen, als sich das Schweigen in die Länge zog.

„Ich bin hier zwar nicht heimisch, aber auf dem Flug zur Festung habe ich ein paar Dörfer gesehen", erklärte Tayel. „Ein oder zwei sind nicht so weit entfernt und wenn du dorthin gelangst, könnten die Menschen dir zumindest Unterschlupf gewähren. Dortbleiben kannst du auf Dauer nicht, aber für den Moment wärst du sicher, denn die Menschen dulden es nicht, wenn Mischlinge gejagt werden."

Es wäre eine Möglichkeit, zumindest eine kurzfristige.

„Hilfst du mir, dorthin zu gelangen?", wollte er wissen und ballte die Fäuste, denn seine Hände zitterten. Er war nervös und betete, dass er einen Verbündeten gefunden hatte.

Tayel hingegen zögerte, er wirkte unsicher und blickte über die Schulter zurück in Richtung Festung.

„Verflucht", knurrte er barsch und wandte sich ihm wieder zu. „Ja, aber sobald wir das Menschendorf erreichen, bin ich weg. Verstanden?"

Meron musste sich zusammenreißen, um nicht vor Erleichterung in die Knie zu sinken.

„Danke", raunte er und lächelte leicht. „Dann sollten wir wohl keine Zeit verlieren. Wo geht es hin?"

Er drehte sich um, wobei seine Beine plötzlich unter ihm nachgaben und er mit einem Keuchen auf den Knien landete.

„Anscheinend nicht weit", meinte Tayel und trat zu ihm. „Es hat dich wohl angestrengt, den Dämonenanteil in dir zu nutzen. Das heißt, wir werden es in dieser Nacht nicht weit schaffen. Ein Stück müssen wir dennoch zurücklegen, und wenn ich dich trage, denn so nah bei der Festung würden wir viel zu leicht und zu schnell entdeckt werden."

Da hatte der Mann recht.

Meron versuchte, auf die Füße zu kommen, aber seine Beine zitterten noch immer, sodass er ziemlich unsicher taumelte.

Tayel knurrte einen Fluch und griff ihn an der Schulter.

Er zog ihn zu sich und schlang einen Arm um seine Mitte.

„Leg deinen Arm um mich, ich stütze dich", befahl ihm der Golddrache.

Meron zögerte, tat dann aber wie geheißen und tatsächlich half Tayel ihm.

Er war noch immer nicht sicher, was er von dem Kerl halten sollte, aber gerade war er seine größte Chance auf Freiheit.

Die einzige Hilfe, die er hatte.

Also ging er langsam mit ihm tiefer in den Wald, wobei er sich arg auf Tayel stützen musste, was diesem aber nichts auszumachen schien.

„Ich habe dich im Thronsaal beim Treffen gesehen. Du bist doch der Stellvertreter einer Dragos, richtig?", wollte Meron wissen, denn das Schweigen wurde langsam drückend.

Tayel nickte.

„Richtig. Von Dragos Ravina. Die zufällig auch meine ältere Schwester ist."

Da schossen Merons Augenbrauen in die Höhe.

„Du bist der Bruder einer Dragos und hilfst einem Mischling wie mir?", fragte er überrascht, was Tayel doch tatsächlich lachen ließ.

„Klingt nach einem äußerst schlechten Scherz, oder?", fragte der Golddrache. „Eigentlich hatte ich vor, dich zurückzubringen oder sogar eigenhändig zu töten, um es deiner Mutter zu ersparen."

„Was interessiert dich meine Mutter?", wollte Meron wissen und Tayel brummte.

„Die Gesetze mögen alt sein und wir ehren sie, aber sie sind nicht alle sinnvoll. Ich hatte noch nie etwas gegen Mischlinge wie dich. Dämonen, ja, die hasse ich und würde sie liebend gern allesamt tot sehen ... aber das ist eine andere Geschichte."

Außer Raylan hatte Meron noch nie einen Drachen so über die Gesetze sprechen hören. Und sein ehemaliger Leibwächter war kein gutes Beispiel, immerhin hatte der Mistkerl ihn verraten ... und wollte ihn an den Dämonenregenten ausliefern.

Ob er das Tayel besser erzählen sollte?

„Es ist in Ordnung, wenn man vermeiden will, dass Mischlinge geboren werden", sprach dieser aber gerade einfach weiter. „Doch ich finde es nicht gut, deren Leben zu nehmen, denn wie du selbst gesagt hast, keiner von uns wird danach gefragt, ob er oder sie so geboren werden will."

Meron musterte Tayel verstohlen von der Seite und merkte, wie er unwillkürlich lächeln musste.

„Deine Einstellung gefällt mir", meinte er und als Tayel den Kopf drehte, kreuzten sich ihre Blicke.

Der Moment hielt nicht lange, aber Meron stockte geradewegs der Atem.

Dann wandte Tayel sich eilig wieder nach vorne.

„Das kann ich mir denken, aber wenn es jemand anderes erfahren würde, hätte ich wohl ein Problem."

Meron blinzelte mehrfach und versuchte, das prickelnde Gefühl in seinem Inneren loszuwerden.

Woher war das denn auf einmal gekommen?

„Ja", gab er zurück. „Stimmt wahrscheinlich."

Wieder breitete sich Schweigen aus und es war Meron, als würden sich alle Haare an seinem Körper aufrichten.

„Es ist bestimmt nicht leicht, als Bruder einer Dragos aufzuwachsen, oder?", fragte er, um die Stille zu füllen.

„Ravina und mich trennen nur wenige Jahre", antwortete Tayel, der beinahe erleichtert klang. Anscheinend war es ihm ebenso unangenehm.

„Ich bin mit ihr zusammen aufgewachsen, wir haben ein enges und gutes Verhältnis ... weshalb sie mir auch den Kopf dafür abreißen wird, weil ich dir helfe."

Meron schmunzelte, er hörte den liebevollen Tonfall heraus und sein Herz stach ihm in der Brust.

Wie sehr er sich solch eine Verbundenheit wünschte.

Jemanden, mit dem er seine Gedanken und seine Ängste teilen konnte ... einen Partner.

Aber so etwas gab es für ihn nicht und würde es auch nie geben. Nicht für einen Mischling.

Er konnte froh sein, wenn er die kommenden Tage überleben würde, denn die Drachen aus der Festung wären ziemlich bald auf der Suche nach ihm.

Und Raylan war auch noch irgendwo hier draußen.

„Wen hattest du, als du klein warst?", wollte Tayel wissen, was Meron erstaunte.

Ob der Mann sich wirklich dafür interessierte, oder schlicht die Zeit mit einem Gespräch vertreiben wollte?

„Niemanden", antwortete er ehrlich. „Einmal von meiner Mutter und später Raylan abgesehen, weiß kaum jemand von meiner Existenz. Alle, die davon wissen, meiden mich und wollen nichts mit mir zu tun haben. Raylan, so dachte ich, wäre mein Freund, aber auch da habe ich mich getäuscht. Es war alles eine Lüge und ich bin darauf hereingefallen."

Tayel brummte dumpf.

„Es tut mir leid, dass du keinen hattest. Aber sag, dieser Raylan, der dich vorhin angegriffen hat ... wo ist er jetzt? Eine Leiche habe ich nicht gesehen, also hast du ihn nicht getötet. Wenn er die Wachen in der Festung zu Hilfe holt, könnten wir ein Problem bekommen."

Meron biss sich auf die Unterlippe.

„Er wird ziemlich sicher nicht in die Festung zurückgehen", meinte er zögernd. „Raylan hat ein anderes Ziel, er möchte mich nicht tot sehen."

Da zuckte Tayels Blick zu ihm.

„Sondern?"

Sein Tonfall war argwöhnisch und Meron ahnte, dass er Schwierigkeiten bekommen würde, da er es ihm nicht gleich gesagt hatte.

„Raylan will mich an den Dämonenregenten Aegon ausliefern. Der hätte es wohl gern, wenn ich in seinen Reihen stehen würde", erklärte er.

Tayel hielt abrupt inne, was Meron ins Straucheln brachte. Nur dank dem Golddrachen, der ihn festhielt, landete er nicht erneut auf den Knien.

„Der Dämonenregent selbst?", fragte Tayel fassungslos. „Was hätte der Kerl für eine Verwendung für dich?"

Meron schüttelte den Kopf.

„Ich weiß es nicht und Raylan hat nichts dazu gesagt. Es lag ihm nicht daran, mit mir zu reden, wenn du verstehst."

Eine Mischung aus Unglauben und auch Angst spiegelte sich in den rötlichen Augen des Golddrachen wider, ehe er einen barschen Fluch ausstieß und Meron einfach weiterzog.

„Das gefällt mir nicht ... ich habe keinen Bedarf, erneut Dämonen zu begegnen."

Da schien mehr dahinterzustecken, aber Meron glaubte nicht, dass sich Tayel ihm in diesem Punkt anvertrauen würde, also fragte er erst gar nicht nach.

Diesmal brach keiner von ihnen das Schweigen, doch einige Zeit später merkte Meron, dass seine Beine schwerer wurden, jeder Schritt wurde zur Qual und erste Schweißperlen liefen ihm über die Schläfen.

„Tayel", sprach er den Golddrachen an. „Ich kann nicht mehr ... bitte, ich brauche eine Pause."

Er war es in keiner Weise gewohnt, so viel und lange zu laufen, und keuchte vor Anstrengung.

Tayel musterte ihn und nickte.

„Gut, dann suchen wir einen Lagerplatz, der geschützt liegt, sodass du Ruhe finden kannst."

Dankbar folgte Meron dem Drachen und als der Wald dichter wurde und sie endlich eine kleine Freifläche entdeckten, ließ Tayel ihn langsam zu Boden.

Meron stöhnte erleichtert und streckte die Beine aus.

„Oh mein Gott, mir tut alles weh!"

Tayel legte den Kopf schief und schmunzelte.

„Dir fehlt eindeutig Training, Junge."

Junge?

Meron schnaubte.

„He, nenn mich nicht Junge, ich bin 26."

„So?", fragte Tayel. „Dann sind wir nur drei Jahre auseinander ... Junge."

Der Kerl ärgerte ihn absichtlich, was Meron die Augen zu schmalen Schlitzen zusammenkneifen ließ.

„Hmpf!", machte er und verschränkte die Arme vor der Brust.

Sein Herz schlug schneller und seine Mundwinkel zuckten, dieses leichte Geplänkel tat ihm gut.

„Willst du nicht einmal deinen Rucksack abnehmen? Er muss dich doch langsam erdrücken", meinte Tayel und da war etwas Wahres dran.

Also legte er ihn ab, zog ihn aber sogleich zu sich.

„Ich habe ein wenig Proviant dabei", erklärte Meron und holte etwas zu essen und die beiden Wasserschläuche hervor, wovon er einen dem Golddrachen reichte.

Dieser nahm ihn sichtlich dankbar entgegen und trank einen großen Schluck.

Meron tat es ihm gleich und als die kühle Flüssigkeit seine Kehle hinablief, entwich ihm ein genüssliches Stöhnen und er schloss die Augen.

Dabei merkte er, dass Tayels Blick weiterhin auf ihn gerichtet war.

Immer wieder hatte der Mann zu ihm gelugt, während sie durch den Wald gelaufen waren.

Wieso und warum lösten seine Blicke so ein wohliges Gefühl in ihm aus?

KAPITEL 7

TAYEL

Was tat er hier?

Diese Frage ging Tayel schon die ganze Zeit nicht aus dem Kopf.

Er war hier rausgekommen, um den Mischling zu suchen, aber gewiss nicht, um ihm zu helfen!

Verdammt, Ravina würde ihn dafür sicher erdolchen.

Was hatte ihn nur dazu bewogen, Meron bei seiner Flucht zu unterstützen?

Der Mann hätte es aus eigener Kraft kaum weiter als wenige Schritte geschafft. Die Drachen aus der Festung hätten ihn schnell eingeholt und zurückgebracht.

Ja, Tayel hätte es eigenhändig tun können. Und doch war er hier. Deutlich weiter weg von der Feste Serafias und in Begleitung des gesuchten Mischlings, der in weniger als acht Tagen seinen Kopf verlieren sollte.

„Ich sehe richtig, wie Rauch aus deinen Ohren steigt", meinte Meron, der ihn müde anlächelte.

Tayel biss die Zähne zusammen, als er den Blick aus grünen Augen erwiderte.

Schon stockte ihm unwillkürlich der Atem und nur einen Moment später stach es in seiner Brust.

Nein, er durfte keine Sympathie für diesen Mann entwickeln. Er war laut den Gesetzen der Drachen eine Abnormität, die nicht existieren sollte.

Aber Tayel hatte noch nie allzu viel auf diese alten Ansichten gegeben.

Und was er in sich fühlte, war nicht nur einfaches Wohlwollen ... da war etwas anderes und das machte ihm Angst.

„Mach dir darüber keine Gedanken", erwiderte er. „Ich überlege nur, wie wir weiterverfahren und wie ich das alles meiner Schwester erkläre."

Das entsprach teilweise sogar der Wahrheit ...

Meron schwieg daraufhin und schloss die Lider.

Tayel beobachtete den Mann, immer wieder zuckte sein Blick zu dem Mischling.

Ihr winziges Versteck sorgte dafür, dass er ständig Merons Duft in der Nase hatte. Er unterdrückte ein knurren, wieso roch dieser Kerl so gut?

Als sogar ein leises Schnarchen ertönte, seufzte Tayel.

Er übernahm die Wache, denn auch, wenn sie weiter von der Festung weg waren, hieß es nicht, dass sie in Sicherheit sein mussten.

Es war nicht klar, ob schon jemand auf Merons Flucht aufmerksam geworden war.

Dragos Serafia war gewiss auf der Feier, das Protokoll ließ es nicht zu, dass sie die Festlichkeit früh verließ. Sie musste bis zum Ende bleiben.

Und wenn Drachen eines konnten, dann feiern.

Und trinken, wie er selbst bewiesen hatte.

Gott sei Dank war sein Kopf mittlerweile klar und der Alkohol beeinträchtigte ihn nicht mehr.

Tayel zwang sich, durchzuatmen und sich zu entspannen.

Er blieb wachsam und die Nacht schritt ohne Zwischenfälle voran.

Als jedoch plötzlich ein Keuchen erklang, erschrak er und sah zu Meron.

Der Mann zitterte und zog die Augenbrauen im Schlaf zusammen.

Seine Lippen waren einen Spalt breit geöffnet und er atmete viel zu hektisch.

Tayel griff ihn an der Schulter und rüttelte ihn.

„Meron, wach auf, du hast einen Albtraum."

Ehe er sich versah, war der Mischling plötzlich auf ihm. Tayel schnappte nach Luft und wurde mit dem Rücken ins Gras gedrückt.

Meron saß auf seinen Hüften, die grünen Augen aufgerissen und eine Hand zum Schlag erhoben.

„Meron!", zischte Tayel. „Ich bin es, Tayel. Jetzt beruhige dich."

Nur langsam blinzelte der Mischling, während Tayels Herz viel zu schnell schlug.

Verflucht, er hatte nicht einmal bemerkt, dass der Mann sich bewegt hatte.

Er war ein ausgezeichneter Kämpfer und hatte sich bereits in unzähligen Auseinandersetzungen bewiesen.

So etwas war ihm allerdings noch nicht passiert.

„Was ... Was ist los?", murmelte Meron und blickte auf ihn nieder. „Wieso sitze ich auf dir?"

Tayel knurrte dumpf.

„Würde ich auch gern wissen und jetzt geh bitte von mir runter."

Meron verzog das Gesicht und stieg eilig von ihm, wobei er sah, dass Tayels Wangen eine dunkelrote Färbung annahmen.

„Es tut mir leid, ich ähm ...", stammelte der Mischling und Tayel kam auf die Füße.

„Schon gut", wiegelte er ab. „Du hattest einen Albtraum und warst wohl noch darin gefangen, als ich dich geweckt habe."

Meron sah ihn irritiert an, dann nickte er langsam.

„Ja, stimmt, da war ein Traum, aber ich kann mich nicht mehr daran erinnern. Habe ich dich verletzt?"

Die Frage ließ Tayel die Augenbrauen heben.

„Du bist vielleicht schnell, aber du bist kein ausgebildeter Kämpfer, Kleiner. Ich wollte dir einfach nicht wehtun."

Tja, das stimmte jetzt nicht wirklich, denn Meron hatte ihn tatsächlich überrascht, aber das musste er ihm nicht auf die Nase binden.

„Ach so, ja, dann danke", meinte der Mischling, ehe er die Augen zu schmalen Schlitzen zusammenkniff. „Und könntest du mich bitte beim Namen nennen? Ich bin weder ein Junge noch ein Kleiner. Auch, wenn du etwas größer bist als ich."

Tayel stieß ein Schnauben aus und verschränkte die Arme vor der Brust.

„Du bist aber ganz schön empfindlich."

Meron schüttelte den Kopf.

„Das hat mit Respekt zu tun", erklärte er. „Ich weiß, dass ich nur ein Mischling bin, aber auch ich habe einen Namen."

Darum ging es ihm also.

„Du sagtest, du hattest neben deiner Mutter und deinem Leibwächter nicht viel Kontakt zu anderen in der Festung", meinte Tayel. „Aber mit ein paar hattest du dennoch Umgang, oder?"

Meron zuckte die Achseln und rieb sich über einen Oberarm.

„Ja, hin und wieder, wenn auch sehr selten. Jedoch haben sie mir stets zu verstehen gegeben, dass ich nicht erwünscht bin, und niemand hat meinen Namen benutzt. Außer Mutter und Raylan."

Tayel neigte verstehend den Kopf.

„In Ordnung, künftig werde ich dich nur noch mit Meron ansprechen, versprochen."

Warum war es ihm so wichtig, dass der Mischling sich nicht schlecht fühlte?

Als es in Merons Augen blitzte und er lächelte, blieb Tayel kurz die Luft weg.

Dieser Mann ... was machte er mit ihm?

„Danke, das bedeutet mir viel", erwiderte Meron und ließ sich langsam wieder auf dem Boden nieder.

„Du bist ein guter Mann, Tayel. Ich bin froh, dich getroffen zu haben."

Auch das kam unerwartet und nachdem er sich ebenfalls gesetzt hatte, sah er zu Meron.

„Du kennst mich nicht", erinnerte er ihn.

Meron grinste unbeschwert.

„Mag sein, aber was ich bisher gesehen habe ... du bist mir sympathisch. Ich bin eigentlich niemand, der schnell Vertrauen fasst, was meinem bisherigen Leben geschuldet ist ... aber du ... ich mag dich."

Tayel starrte den Mischling an.

War das eine Art Falle?

Wollte Meron etwas von ihm?

Aber er half ihm doch schon, was könnte der Mann noch begehren?

Außerdem ... nein, Tayel glaubte nicht, dass Meron dunkle Absichten hegte. Das konnte er sich nicht vorstellen.

„Wie fühlst du dich?", fragte Tayel, der nicht recht wusste, was er auf die Worte erwidern sollte.

„Besser, meine Beine tragen mein Gewicht zumindest wieder und das Zittern hat aufgehört", antwortete Meron und streckte besagte Beine von sich.

„Gut, dann sollten wir aufbrechen", meinte Tayel und stand wieder auf. „So können wir erneut eine gute Strecke zurücklegen, bis die nächste Pause fällig wird."

Mit großen Augen sah Meron zu ihm auf.

„Bitte? Jetzt? Mitten in der Nacht?"

„Ja, wieso nicht?", wollte Tayel wissen. „Du kannst doch im Dunkeln sehen, oder?"

Immerhin war Meron ein Mischling, er trug sowohl Drachen- als auch Dämonenblut in sich und beide Völker konnten hervorragend in der Nacht sehen.

„Ja, schon, aber ...", murmelte Meron, stand jedoch auf.

„Aber was?", wollte Tayel wissen und trat näher an ihn heran.

„Ach nichts", winkte Meron ab und setzte erneut ein Lächeln auf, doch diesmal war es wirklich schlecht gespielt. „Gehen wir."

Tayel beobachtete, wie der Mischling seinen Rucksack schulterte und merkte, dass Merons Finger zitterten.

Nicht stark, aber doch ein wenig.

„Sag mir einfach, was das Problem ist", bat Tayel bewusst sanft. „Hier sind nur du und ich, wovor fürchtest du dich?"

Meron drehte sich zu ihm um, das Lächeln war verschwunden.

„Ich war noch nie nachts im Wald", erklärte er. „Dafür sind mir aber von Mutter und auch von Raylan Geschichten erzählt worden. In der Dunkelheit sollen sich die Dämonen über die Grenzen zu uns ins Gebiet wagen und hier ihr Unwesen treiben."

Das hörte Tayel zum ersten Mal, aber gut, er war hier auch nicht heimisch.

„Die Grenze zur Aschezone ist noch mindestens sieben Tagesmärsche entfernt", versuchte er den jüngeren Mann zu beruhigen. „Hier sind bestimmt keine Dämonen, wir sind sicher. Einzig ein paar Wölfe und Hirsche können uns begegnen, doch die haben gewiss mehr Angst vor uns als wir vor ihnen."

Meron wirkte nicht überzeugt, aber nach einem Augenblick nickte er.

„In Ordnung, ich hoffe, du hast recht."

Sie nahmen ihren Marsch auf und hielten auf eines der Menschendörfer zu, das Tayel bei seinem Flug zur Festung gesehen hatte.

Er fühlte Merons Nervosität, die auch nach einiger Zeit nicht weniger wurde.

Als dann plötzlich ein Knurren erklang, zuckte selbst Tayel zusammen.

„Verzeih", murmelte Meron und er wandte sich zu dem Mischling um, der sich den Bauch rieb.

„Nervosität schlägt mir auf den Magen."

Bitte?

Tayel stieß ein Seufzen aus und fuhr sich durchs Haar.

„Willst du etwas essen?", fragte er und Meron nickte.

„Nur eine kleine Pause, ich bin gleich fertig."

Tayel blieb stehen, während der Jüngere in seinem Rucksack herumkramte.

Witternd sog Tayel die Luft ein, konnte aber keine bekannten Düfte wahrnehmen. Es waren also keine Drachen in der Nähe.

Wenigstens etwas.

„Hier."

Irritiert sah er zu Meron, der ihm einen Streifen getrocknetes Fleisch hinhielt.

Er nahm es nach kurzem Zögern.

„Danke."

Meron lächelte und aß selbst etwas von dem Fleisch, während Tayel erst einmal daran schnupperte.

Es roch gut und auch ihn plagte schön langsam der Hunger. Da er sich nicht vorstellen konnte, dass das Essen vergiftet war, aß er alles auf und nahm danach dankend noch einen zweiten Streifen, den Meron ihm reichte.

„Sag mal, hast du einen Geliebten?", fragte der Mischling und Tayel verschluckte sich fast an seinem letzten Bissen.

Er hustete und schüttelte dabei den Kopf.

„Nein, wieso fragst du?", wollte er wissen, als er sich wieder gefangen hatte.

Meron zuckte die Achseln und richtete den Blick dabei eilig zu Boden.

„Ich war nur neugierig, immerhin bist du ... nun ja, eben ein attraktiver Mann."

Tayel starrte den Mischling an und merkte, wie er lächeln musste.

Meron war niedlich und noch recht unbeholfen, aber er trug offensichtlich das Herz auf der Zunge und sprach aus, was ihm durch den Kopf ging.

Das gefiel ihm ... irgendwie.

„Wenn du das sagst", gab er achselzuckend zurück, wobei ihm Everts Gesicht vor dem inneren Auge erschien.

„Ich hatte einen Mann, doch er verstarb", erzählte er, auch wenn er gar nicht wusste, wieso er es mit Meron teilte. Er kannte ihn immerhin kaum.

„Oh?", machte dieser und sah zu ihm auf. „Das tut mir leid. Wart ihr verpaart?"

Tayel schüttelte erneut den Kopf.

„So weit ist es nicht gekommen. Wir haben gewartet, wollten die Zeit einfach so genießen und haben uns sehr geliebt. Doch das Schicksal wollte nicht, dass wir zusammenbleiben konnten."

Meron erhob sich und trat zu ihm.

Ehe Tayel erkennen konnte, was der Mann vorhatte, wurde er auch schon von ihm in den Arm genommen.

„Das ist grausam und es tut mir schrecklich leid für deinen Verlust."

Starr wie eine Steinstatue stand er in der Umarmung und erneut stieg ihm Merons Duft in die Nase.

Wieso roch der Kerl so gut?

Tayel hob die Hände, er sollte ihn von sich schieben, das war nicht gut. Doch stattdessen legte er die Arme um den etwas schmächtigeren Mann.

„Danke", raunte er. „Es schmerzt bis heute wie am ersten Tag."

„Natürlich, wie könnte es auch nicht?", meinte Meron und lächelte traurig. „Wenn man liebt, dann vergeht die Liebe nicht, nur weil der Partner nicht mehr ist."

Dieser Mann verstand ihn besser als seine eigene Schwester. Ravina hatte mit ihm getrauert, aber jetzt lag ihr mehr daran, dass er mit jemandem ins Bett stieg, und sie ließ ihn mit der Trauer ziemlich allein.

„Da hast du recht", stimmte Tayel zu und sah Meron in die Augen.

Dieses helle warme Grün raubte ihm bei jedem Blickkontakt den Atem und ließ sein Herz schneller schlagen.

Wieder sah er Evert vor seinem geistigen Auge, aber der Schmerz, der dabei in ihm aufwallte, war anders.

Warum? Wegen Meron?

Tayel wusste es nicht und das behagte ihm ganz und gar nicht.

„Sieh an, sieh an, du hast einen neuen Freund gefunden", erklang eine männliche Stimme und Tayel reagierte sofort.

Er löste sich von Meron und schob den Mischling hinter sich, wobei er zeitgleich sein Schwert zog.

„Das ist Raylan", knurrte Meron hinter ihm und bestätigte somit Tayels Vermutung.

Der ehemalige Leibwächter des Mischlings hatte also nach der ersten Niederlage nicht aufgegeben.

Wenig überraschend.

Tayel taxierte ihn, in der Festung war er ihm nicht begegnet, an diesen überheblichen Gesichtsausdruck würde er sich erinnern.

Raylan war in etwa so groß wie er selbst, hatte dunkelblondes Haar und hellgraue kalte Augen.

„Du bist doch der Begleiter von Dragos Ravina", meinte Raylan, der gerade ebenfalls ein Schwert zog. „Wieso hilfst du einem Mischling? Was hat deine Sippe mit ihm vor?"

Tayel ließ den älteren Mann nicht aus den Augen.

Wenn Raylan als Leibwächter für den Sohn seiner Dragos eingesetzt worden war, dann war er gewiss ein hervorragender Kämpfer, den es nicht zu unterschätzen galt.

„Meine Sippe hat hiermit nichts zu tun", teilte er dem Kerl mit. „Mich würde eher interessieren, was einen Drachen dazu bewegt, mit einem Dämon zusammenzuarbeiten?"

Raylans hellgraue Augen blitzten.

„Das geht dich nichts an. Wichtig ist nur, dass die Summe stimmt, die ich für die Ablieferung des Mischlings bekomme. Du hast mit Meron nichts zu tun, gib ihn mir und deine Sippe wird nie von deinem Vergehen erfahren, Golddrache."

Tayel stieß ein Knurren aus.

„Du nennst es ein Vergehen, wenn ich das Leben eines Unschuldigen retten will?"

Raylan lachte und wies mit der Schwertspitze in Merons Richtung.

„Er ist ein Mischling! Du kennst unsere Gesetze, er darf nicht existieren. Was ist dein Plan? Willst du ihn zu den Menschen bringen, in der Hoffnung, dass sie ihn aufnehmen? Dir muss klar sein, dass die Sippen Jagd auf ihn machen werden. Du rettest ihn nicht, du zögerst das Unausweichliche nur hinaus."

Und dieser Kerl hatte sich all die Jahre lang als Merons Freund und Vertrauter ausgegeben?

Tayel musste nicht nach hinten blicken, er fühlte Merons Enttäuschung, seine Fassungslosigkeit und auch die Wut, die in ihm keimte.

Er konnte es verstehen und fixierte Raylan.

„Rede dir ein, was du willst, aber wenn du Meron begehrst, musst du erst an mir vorbei", teilte er dem älteren Drachen mit und packte den Griff seines Schwertes fester.

„Tayel", hörte er Meron leise wispern. „Raylan ist stark, unterschätze ihn nicht."

Er neigte den Kopf, konzentrierte sich aber weiterhin auf Raylan, der bereits auf ihn zugeschossen kam.

Tayel blockte den ersten Angriff und schlug Raylan zurück.

Doch wie er erwartet hatte, war der Mann ein geübter Schwertkämpfer.

„Riskier dein Leben nicht für einen Nichtsnutz", zischte Raylan, als sich ihre Klingen das nächste Mal kreuzten. „Er ist es nicht wert, glaub mir."

Dass der Kerl so schlecht über Meron sprach, ließ eine ungeahnte Flamme der Wut in Tayel entstehen.

Als ein dunkles Grollen seine Kehle verließ, klang das deutlich mehr nach Drache als nach Mann.

„Der Einzige, der nichts wert ist, bist du!", knurrte er und leitete die Wucht von Raylans nächsten Schlag mit einer geschickten Drehung seiner Klinge zur Seite.

Dabei geriet Raylan kaum merklich ins Straucheln, doch es genügte für Tayel, um zum nächsten Hieb anzusetzen.

Raylan keuchte, als die Klinge ihn an der Seite traf und hätte der Kerl keine Lederrüstung getragen, hätte ihm der Schlag eine tiefe Verletzung zugefügt.

So konnte der Mistkerl sich zur Seite retten und wirbelte erneut zu ihm herum.

„Du stehst auf der falschen Seite, Golddrache!", donnerte Raylan und auch in seiner Stimme war der wütende Drache zu hören.

Tayel stieß ein Schnauben aus und fühlte, wie die scharfen Klauen seines eigenen Drachen von innen gegen seine Haut drückten.

Hätten sie mehr Platz, würde er ihn nur zu gern freilassen ...

Doch so blieb ihm nur der Kampf in dieser Gestalt und den würde er gewiss nicht gegen den Bastard verlieren!

Diesmal war er es, der angriff und auf Raylan zuhielt.

Dieser kniff die hellgrauen Augen zusammen und als sich ihre Klingen erneut kreuzten, stoben sogar einige Funken.

„Ich bin, wo ich hingehöre", teilte er knurrend mit. „Und du wirst Meron nicht zu nahekommen!"

Er sah, wie es in Raylans Augen blitzte, und als er ihn von sich stieß, prallte der ältere gegen einen Baumstamm.

Tayel sah seine Chance, ein Hieb und er hätte den Mistkerl erledigt.

Sein Schwert sauste auf Raylan zu, doch mit einem Mal schob sich Meron zwischen sie.

Der Mischling hatte seine eigene Klinge gezogen und blockte seinen sicherlich tödlichen Schlag ab.

„Tayel, stopp!", rief er und schon schoss Raylan hinter Meron vorbei.

Doch statt ihn anzugreifen, verschwand der Feigling im Wald.

Tayel knurrte und ließ die Waffe sinken.

„Was hast du dir dabei gedacht?", verlangte er von Meron zu wissen und funkelte ihn wütend an.

Der Mischling schluckte sichtlich, hielt seinem Blick aber stand.

„Ich möchte nicht, dass wegen mir Leute ihr Leben lassen müssen. Nicht einmal Raylan."

Bitte was?

Tayel konnte nicht glauben, was er da hörte.

„Wie töricht bist du?", keifte er und schob das Schwert in die Scheide zurück. „Der Mistkerl will dich dem Dämonenregenten ausliefern und du rettest sein Leben? Er wirft dich Dämonen zum Fraß vor und schert sich nicht darum, was aus dir wird!"

Meron fuhr sichtlich zusammen.

„Ich weiß, aber ich bin nicht wie er", sagte er leise. „Mir sind andere nicht egal und auch, wenn er mich verraten hat, den Tod hat er nicht verdient."

Tayel lachte hart und trat zurück.

„Dir ist nicht zu helfen, Meron! Denkst du wirklich, Raylan wird von seinem Ziel ablassen? Er wird dir folgen, dich suchen und erst aufhören, wenn er dich bei Aegon abgeliefert hat! Du willst sein Leben retten und lässt zu, dass deines verwirkt. Du bist ein Narr!"

Merons grüne Augen glitzerten verdächtig, doch seine Stimme blieb ruhig.

„Vielleicht hast du recht ... aber ich will besser als er sein, Tayel. Ich weiß jetzt, dass ich ihm nichts bedeute, jedoch hat er mir etwas bedeutet und wenn ich ehrlich bin, tut er es immer noch. Wenn du ihn tötest und das, um mich zu schützen, dann wäre das schlicht falsch. Ich ... ich will das eben nicht!"

Tayel knurrte und wandte sich ab.

„Du hast dich entschieden, Meron und Gott allein weiß, wohin es dich führen wird. Aber hier endet unsere gemeinsame Reise. Geh und finde deinen Weg, doch tu das ohne mich."

Er ließ den Mischling stehen und ging in Richtung Festung los. Dass Meron so töricht war, konnte er nicht verstehen. Raylan hatte versucht, ihn auszuliefern, hatte ihn verraten und hätte gewiss auch Tayel getötet.

Und was tat der Mischling? Rettete dem Bastard das Leben! Tayel knurrte wütend und beschleunigte seine Schritte.

Als er eine Anhöhe erklommen hatte, hörte er plötzlich einen Schrei. Sofort wirbelte herum.

„Meron", keuchte er und ballte die Fäuste.

Er hatte recht gehabt.

Raylan war nicht allzu weit weggewesen und hatte nur auf eine Möglichkeit gewartet, an Meron heranzukommen. Doch das hatte der Mischling sich selbst zuzuschreiben, immerhin hatte er zugelassen, dass Raylan floh. Tayel hätte ihn töten können, wäre Meron nicht dazwischengegangen.

„Selbst schuld", brummte er und wandte sich ab.

Doch seine Beine verweigerten den Dienst, nicht ein Schritt gelang ihm und es war Tayel, als würde er seinen Drachen grollen hören.

„Ah verdammt!", zischte er und drehte sich wieder um. „Das kann ich nicht zulassen."

Auch, wenn Merons Handeln ihn noch immer wahnsinnig wütend machte, wollte Tayel keinesfalls, dass der Mann dem Dämonenregenten ausgeliefert wurde.

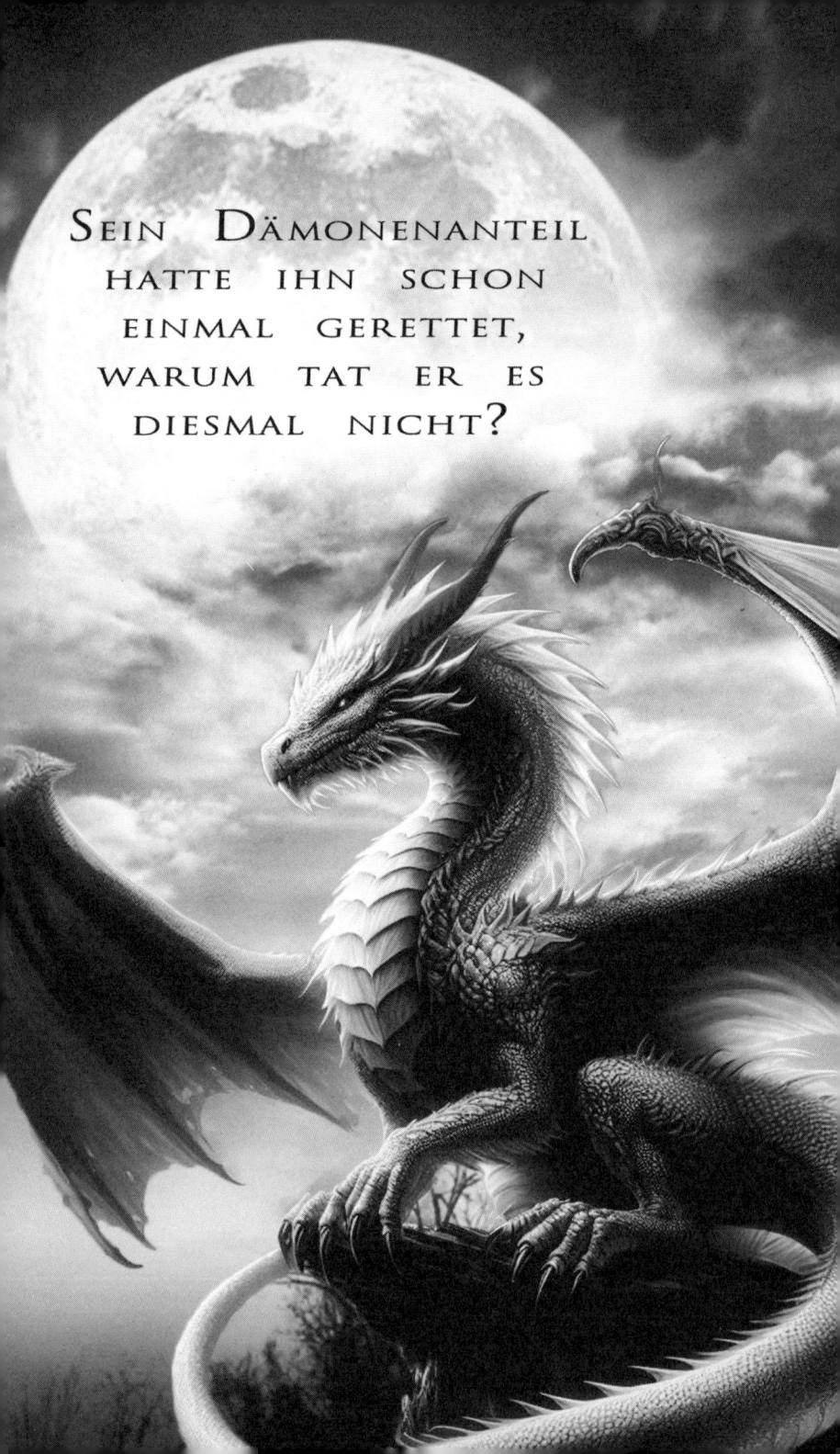

SEIN DÄMONENANTEIL
HATTE IHN SCHON
EINMAL GERETTET,
WARUM TAT ER ES
DIESMAL NICHT?

KAPITEL 8

MERON

Meron schmerzte der Kopf, seine Schläfen pochten extrem und er schmeckte Blut.

Oh, er war so ein Narr gewesen ...

Schon wieder!

Er hatte Raylan das Leben gerettet, denn auch, wenn er den Mann dafür hasste, dass er ihn verraten hatte, so wollte Meron nicht, dass seinetwegen jemand sterben musste.

Doch das hatte er schnell bereut.

Sehr schnell.

Raylan war nicht weggelaufen wie vermutet, er hatte sich nur verschanzt und auf eine neue Gelegenheit gewartet.

Durch den Streit mit Tayel war die zügig dagewesen.

Meron hatte seinen ehemaligen Freund nicht einmal kommen sehen, da hatte ihn schon der erste Schlag getroffen.

Der Schmerz hatte ihm den Atem geraubt und Meron hatte keine Möglichkeit gehabt zu schreien. Der nächste Hieb hatte ihn bereits das Bewusstsein verlieren lassen.

Seine Dämonenseite hatte diesmal keine Chance gehabt, sich überhaupt bemerkbar zu machen.

Jetzt blinzelte er langsam, doch sehen konnte er nicht viel. Ein miefender Sack war ihm über den Kopf gezogen worden und er wurde getragen.

Eine massige Schulter bohrte sich in seinen Bauch und machte ihm das Atmen schwer.

„Ich bin wach", krächzte Meron und sogleich wurde er hart abgesetzt. Seine Beine gaben bei der plötzlichen Belastung nach und er sackte zu Boden.

Nicht einmal abstützen konnte er sich, denn seine Hände waren auf dem Rücken gefesselt.

„Gut geschlafen, mein Freund?", erklang Raylans Stimme und der Sack wurde ihm abgenommen.

Meron blinzelte mehrfach, die Sonne ging gerade auf und sie liefen direkt darauf zu. Die hellen Strahlen blendeten ihn und er brauchte einen Moment, um überhaupt etwas zu erkennen.

Raylan stand mit einem triumphierenden Grinsen auf den Lippen vor ihm, doch er war nicht allein.

Ein Mann und eine Frau flankierten ihn, wobei der Kerl Meron definitiv getragen hatte.

Er war nicht so groß wie Meron selbst, aber deutlich breiter und massiger. Sein Kopf wirkte zu klein für die Schultern und die dunklen Augen glitzerten unheilvoll.

Etwas Bedrohliches ging von ihm aus und als sein Blick zu der Frau glitt, musste er sich auf die Zunge beißen, um nicht zu keuchen.

Dämonin, hallte es in seinem Kopf und er schluckte.

Die Frau hatte rötliche Haut und drei Augen.

Das Dritte prangte auf ihrer Stirn und war pechschwarz, während die anderen beiden weißlich schimmerten.

Leicht nach hinten gebogene Hörner thronten auf ihrem Kopf, auch sie waren schwarz.

„Du hast dir also Verstärkung besorgt", stellte er fest und musste sich räuspern, als seine Stimme mehr wie ein Krächzen klang.

„Nun ja, wenn die Dämonenseite in dir erwacht und ich dich nicht töten darf, ist es ratsam, nicht allein unterwegs zu sein", erklärte Raylan, als sei es das Normalste der Welt.

Allein das ließ Übelkeit in Meron aufsteigen.

Wieso nochmal hatte er das Leben dieses Monsters verschonen wollen?

Oh, hätte er nur auf Tayel gehört!

„Dein neuer Freund hat dir aber schnell den Rücken gekehrt", sprach Raylan weiter. „Anscheinend ist er doch zur Vernunft gekommen. Du bringst den Drachen nur Unheil, Meron. Dein Platz ist bei den Dämonen, dort bist du auch sicher."

„Sicher?", spuckte Meron aus. „Du schlägst mich nieder und entführst mich! Was davon bedeutet bitte für dich Sicherheit? Du handelst zu deinem eigenen Vorteil, ich bin dir vollkommen egal."

Das Grinsen des anderen wackelte keinen Deut.

„Richtig", gab er schamlos zu. „Dank dir werde ich ein sorgloses Leben haben und kann mich von der Sippe abspalten. Dann bin ich endlich frei."

Es schauderte Meron und er konnte nur den Kopf schütteln.

„Wie ist es dir bloß gelungen, mich all die Jahre an der Nase herumzuführen?", wollte er wissen. „Ich habe dir nie etwas bedeutet."

Da zuckte Raylan die Achseln.

„Nie ist vielleicht zu viel gesagt, aber als ich davon hörte, dass der Dämonenregent einen Mischling sucht, war mir klar, dass du mir von Nutzen sein wirst. Das Serafia ausgerechnet mich auserwählt hat, um dein Leibwächter zu werden, spielte mir da natürlich in die Karten. Aber hin und wieder darf man auch einmal Glück haben, oder?"

Raylan war verrückt, ging es Meron durch den Kopf. Dieser Kerl handelte mit einem Leben wie mit einem Stück Gold.

„Genug geredet, wir setzen den Weg fort, immerhin wollen wir den Wald schnellstmöglich hinter uns lassen", befand Raylan und die Dämonin trat auf Meron zu.

Sogleich wich er zur Seite, aber die Frau war schneller. Sie folgte seinen Bewegungen, schien sie sogar zu erahnen, und ehe Meron sich versah, war sie hinter ihm.

„Keine Sorge, Junge, sie wird dir nichts tun, sofern du brav meinen Befehlen folgst", teilte Raylan ihm mit und wandte sich zum Gehen.

„Jetzt komm."

Meron war hin und hergerissen.

Er wollte dieser Dämonenfrau nicht den Rücken zuwenden, aber auch nicht Raylan und dem massigen Kerl mit den dunklen Augen! Die ganze Situation im Geiste verfluchend, lief er Raylan nach, lugte dabei aber hin und wieder über die Schulter.

Dass die Dämonin die Lippen dann stets zu einem Lächeln verzog, das aber alles andere als freundlich war, ließ die Panik in seinem Inneren ansteigen.

Wie zur Hölle sollte er aus dieser Situation herauskommen?

Kämpfen konnte er, war aber jedem der drei hier sicherlich heillos unterlegen.

Könnte er doch nur auf seine beiden Wesensseiten zurückgreifen, dann wäre er nicht völlig machtlos!

Sein Dämonenanteil hatte ihn schon einmal gerettet, warum tat er es diesmal nicht?

„Was will der Dämonenregent eigentlich von mir?", wollte Meron wissen.

Raylan ließ sich zu ihm nach hinten fallen und lief nun neben ihm her.

„Das weiß ich nicht und es ist mir auch egal", teilte er ihm mit. „Aegon ist schon eine ganze Weile auf der Suche nach einem Mischling wie dir."

Meron legte den Kopf schief, je mehr Informationen er aus Raylan herausbekommen konnte, desto besser. Vielleicht würde ihm etwas davon später noch nützlich sein.

„Ein Mischling wie ich? Also mit Dämonen- und Drachenanteil?", hakte er nach und Raylan nickte.

„Ja, so heißt es, und danach sucht der Regent schon über 20 Jahre."

„Dann hat er vielleicht von mir gehört", meinte Meron nachdenklich, wusste aber nicht, wie das passiert sein sollte.

Immerhin war er erst 26 und seine Mutter hatte stark darauf geachtet, dass wirklich nur äußerst vertrauenswürdige Personen von ihm wussten.

Na ja, Raylan hatte auch von ihm erfahren, ging es Meron durch den Kopf. Womöglich gab es noch einen Verräter in der Nachtdrachensippe.

„Auch das weiß ich nicht", meinte Raylan. „Doch als Serafia mich dir als Leibwächter zuteilte, sah ich meine Chance. Deine Ausbildung konnte ich ja selbst in die Hand nehmen, da legte sie mir keine Steine in den Weg. Also kann ich dem Regenten jetzt einen Mischling anbieten, der auch noch halbwegs gut kämpfen kann. Um den Rest wird Aegon sich gewiss selbst kümmern."

Das machte Meron nicht gerade Mut, aber zeitgleich ging ihm noch immer durch den Kopf, wer von den Leuten, die von ihm wussten, den Dämonenregenten wohl auf ihn aufmerksam gemacht haben könnte.

Ihm fiel niemand ein.

„Dann will er mich also nicht töten?", fragte er vorsichtig, was Raylan laut lachen ließ.

„Bist du verrückt? Natürlich nicht! Ich sagte doch, du bist dort sicherer als bei den Drachen! Aegon will dich als Kämpfer in seinen Reihen, wenn ich ihn richtig verstanden habe. Also hast du in der Aschezone nichts zu befürchten. Dämonen sind nicht so gegen Mischlinge wie unsere halsstarrigen Dragos."

Meron biss sich auf die Unterlippe.

Er war an sich noch nie einem Dämon begegnet, einmal von der Frau abgesehen, die hinter ihm ging.

So wusste er nur das, was ihm über dieses Volk erzählt worden war. Die Geschichten reichten weit zurück, bis zum großen Krieg, der die Drachen und Menschen dazu gebracht hatte, sich zu verbünden.

Dadurch konnten die Dämonen zurückgeschlagen werden und waren jetzt in ihre Zonen gepfercht.

Laut den Erzählungen seiner Mutter wurden die Grenzen immer bewacht, sodass es keinem Dämon gelingen konnte, sein Gebiet zu verlassen.

Doch das entsprach eindeutig nicht der Wahrheit, denn immerhin war die Frau hier.

Und der Kerl war gewiss kein Mensch und nach Drache roch er auch nicht. Also konnte er nur ebenfalls ein Dämon sein.

Wenn die beiden ihre Zone verlassen konnten, dann schafften das auch andere.

„Du solltest aufhören, dich dagegen zu wehren, Meron", meinte Raylan plötzlich mit sanfterer Stimme. „Dort könntest du ein neues Leben beginnen. Nicht eingesperrt in ein lausiges Quartier. Stell dir nur einmal vor, dass du dich frei bewegen kannst, trainieren, Kontakte knüpfen und vieles mehr."

Das klang alles nicht schlecht, wie Meron fand, aber dass es bei den Dämonen sein sollte, fühlte sich einfach grauenhaft falsch an.

Ja, er war zum Teil einer von ihnen, aber das war auch schon alles. Er wollte nie etwas mit diesem Volk zu tun haben. Meron begehrte doch nur eines, endlich in Frieden leben zu können.

„Für was soll ich trainieren?", fragte er nach einem Moment des Schweigens. „Bereitet der Regent sich auf einen Krieg vor? Wollen die Dämonen es erneut versuchen?"

Er war beim großen Krieg nicht dabei gewesen, das war viele Jahrzehnte her, aber er hatte genug darüber gehört, um zu erahnen, dass unzählige Unschuldige damals ihr Leben gelassen hatten ...

Niemals wollte er ein Teil von so etwas sein!

„Du bist wirklich wissbegierig, so kenne ich dich ja gar nicht", meinte Raylan und stieß ihm lachend in die Seite. „Von einem geplanten Angriff weiß ich nichts, ich bin jedoch auch nicht mit dem Regenten selbst vertraut, zumindest nicht so, dass er mir seine Pläne verraten würde. Aber mach dir darüber keine Gedanken, du wirst es sicherlich noch früh genug erfahren."

Damit beschleunigte Raylan seine Schritte und Meron sah ihm unschlüssig hinterher.

Ein Leben bei den Dämonen, wäre das tatsächlich eine Alternative, über die er nachdenken sollte?

Sogleich erschien das Gesicht seiner Mutter vor seinem inneren Auge ... ebenso wie Tayels.

Beide wären sie wohl entsetzt von ihm, wenn sie wüssten, über was er sich Gedanken machte.

Aber in seiner jetzigen Situation hatte er kaum eine Wahl, oder?

Verdammt, seine Schläfen begannen zu pochen und so langsam fiel ihm das Gehen schwerer.

Die Schläge, die Raylan ihm verpasst hatte, forderten ihren Tribut, denn auch, wenn Meron ein Mischling war, so hatte er noch keinen festen Zugriff auf die beiden Seiten in ihm. Dadurch funktionierten seine Heilfähigkeiten auch nicht im üblichen Maß.

Ein Stich fuhr ihm durch die Brust und er zog die Augenbrauen zusammen.

Er hätte sich nicht mit Tayel streiten dürfen ...

Bitte was?

Wo kam das denn auf einmal her?

Meron blinzelte und war einen Moment unachtsam.

Dadurch stolperte er über eine aus dem Erdboden ragende Wurzel und fiel zu Boden.

Seine Hände waren noch immer auf dem Rücken gefesselt, sodass er mit dem Gesicht im Dreck landete.

Das feuerte seinen schmerzenden Kopf erneut an und ihm entrang sich ein gequältes Stöhnen.

„Sei doch vorsichtig, du Narr", schimpfte Raylan, griff ihn am Arm und zog ihn wieder auf die Füße. „Was ist los mit dir?"

Meron sah seine Chance, etwas Zeit zu schinden!

„Meine Beine geben nach und mir schwirrt der Kopf", erklärte er leise und rümpfte die Nase, als er merkte, dass ihm etwas herauslief.

„Verdammt", knurrte Raylan, der die Augen zusammenkniff. „Machen wir eine kurze Pause, aber wenn du dann nicht weiterlaufen kannst, wird Riker dich tragen, verstanden?"

Riker, so hieß der Kerl mit den dunklen Augen also.

Sogleich nickte Meron und ließ sich von Raylan helfen, sodass er sich auf den Boden setzen konnte.

„Könntest du mir die Fesseln abnehmen?", fragte er vorsichtig. „Ich laufe nicht weg ... einmal davon abgesehen, dass ich das auch gar nicht könnte."

Sein ehemaliger Leibwächter musterte ihn skeptisch, nickte dann aber.

„Ein Versuch und ich lasse dir die Beine brechen", schärfte er ihm ein und Meron seufzte erleichtert, als ihm die drückenden Fesseln abgenommen wurden.

Er schloss die Augen, sein Kopf pochte immer stärker und er legte sich langsam zurück, um die Ruhephase zu nutzen, um Kraft zu sammeln.

„Meron?"

Blinzelnd drehte er sich um.

Wann war er denn aufgestanden?

Er befand sich auf einer Lichtung und als er sich umwandte, sah er Tayel auf sich zukommen.

Der Golddrache wirkte besorgt. Bei Meron angekommen, legte er ihm die Hand auf die Wange.

„Wo bist du? Ich kann dich nicht finden."

„Wovon sprichst du?", fragte Meron verwirrt. „Du bist doch hier, direkt vor mir."

Tayel schüttelte jedoch den Kopf.

„Nein, nicht so, wie es sein sollte. Du ... du bist weg."

Er verstand nicht, was Tayels Problem war, doch dessen Hand an seiner Wange fühlte sich so schön warm an. Meron schmiegte sich an die Berührung und schloss kurz die Augen.

„Geht es dir gut? Was haben sie mit dir gemacht?", fragte Tayel und wieder musste Meron die Stirn runzeln.

„Ich weiß nicht, wovon ...", setzte er an, ehe die Erinnerungen wie ein Sturm über ihn hereinbrachen.

Er keuchte und griff Tayel bei den Schultern.

„Raylan ... er hat mich entführt. Aber wieso bin ich jetzt hier? Und wo sind wir überhaupt?"

Tayels freie Hand legte sich auf seine Hüfte, während sein Daumen über Merons Wangenknochen strich.

„Atme, hier kann uns niemand finden. Es ist die Ebene der Träume. Eigentlich können sich nur verpaarte Drachen darin bewegen, weshalb mir nicht klar ist, wie wir beide hier sein können."

Traumebene?

Davon hatte Meron noch nie etwas gehört, aber egal, wie es möglich war, er freute sich unglaublich, den Mann wiederzusehen.

„Ich hätte auf dich hören sollen", murmelte Meron geschlagen und schob sich noch etwas dichter an Tayel heran. Er suchte Nähe und Trost ...

Da glitt einer von Tayels Armen um seine Mitte und zog ihn an sich.

„Ich bin auf der Suche nach dir", raunte er an Merons Ohr. „Halte durch, ich werde dich finden. Nicht noch einmal werde ich jemanden verlieren."

Merons Augen weiteten sich.

Tayel sprach, als würde er ihm wirklich etwas bedeuten, aber dabei kannten sie sich kaum.

Doch wenn er an dessen Kampf mit Raylan dachte ... auch da hatte Tayel ihn schon schützen wollen.

Ein wohlig warmes Gefühl breitete sich in Merons Brust aus und er hob den Kopf.

„Danke", raunte er und sah Tayel in die rotbraunen Augen.

Darin lag eine Wärme, die sich ihren Weg bis zu Merons Herz bahnte und es schneller schlagen ließ.

„Ich habe versprochen, dir zu helfen, und das werde ich", erwiderte Tayel und senkte den Kopf, bis seine Stirn an Merons lag.

Jetzt konnte er Tayels Atem auf seiner Haut fühlen.

Warum kam der Mann ihm plötzlich so nahe?

Lag es an diesem Ort, war es vielleicht doch nur ein Traum?

„Was machst du mit mir?“, fragte Meron leise und krallte sich an Tayels Schultern fest.

„Das sollte ich eigentlich dich fragen“, brummte Tayel und lachte leise.

Allein dieses Geräusch ließ die feinen Härchen in Merons Nacken zu Berge stehen.

Noch nie war er einem anderen Mann so nahe gewesen, zumindest nicht auf diese Weise.

Trost hatte ihm Raylan hin und wieder gespendet, aber das war alles gelogen gewesen.

Bei Tayel fühlte es sich anders an.

Aufrichtig und ... gut.

Ihre Lippen waren kaum einen Fingerbreit voneinander entfernt und mit einem Mal ergriff ihn Nervosität.

„Willst du ... mich küssen?“

Verflucht noch eins, das fragte man doch nicht!

Meron stieg die Röte in die Wangen, wieso konnte er nicht ein einziges Mal nachdenken, bevor er sprach?

„Ja, das möchte ich, wenn du es erlaubst“, antwortete Tayel völlig ruhig.

Das raubte Meron den Atem.

Er wollte es?

„Das tue ich“, brachte er kaum hörbar über die Lippen, doch es genügte Tayel, denn er küsste ihn.

Es durchfuhr Meron wie ein Blitzschlag und er schmiegte sich an den größeren Mann.

Der Kuss war sanft und forschend, worüber er unglaublich dankbar war, denn Meron besaß keinerlei Erfahrung.

Doch das Gefühl war berauschend und er wollte immer mehr davon.

Seine Hände vergriffen sich fester in Tayels Schultern und als sich seine Lippen teilten, schlüpfte Tayels flinke Zunge in seinen Mund.

Meron keuchte und erzitterte, während er sich in Tayels Hände gab.

Dessen Zunge lotete ihn aus und neckte seine eigene, forderte sie zum Spiel.

Nach einem Moment begriff Meron, wie es funktionierte, und konnte den Kuss richtig erwidern.

Als daraufhin Tayels Knurren erklang, erschauderte Meron und es begann in seinen Lenden zu ziehen.

Erst als das Verlangen nach Luft zu groß war, trennten sie sich und er versuchte, zu Atem zu kommen.

Plötzlich vibrierte der Boden unter ihren Füßen und Tayel griff ihn fest am Arm.

„Halte durch! Ich finde dich!"

Im nächsten Moment verschwand der Golddrache und alles wurde schwarz.

Meron schlug die Augen auf und blickte in das emotionslose Gesicht des massigen Mannes, der vor ihm in die Hocke gegangen war.

„Kannst du laufen?", wollte Riker wissen, wobei seine Stimme fast schon wie ein Knurren klang.

Sollte Meron verneinen, würde der Dämon ihn tragen und darauf konnte er verzichten.

„Kann ich", bestätigte er und kam auf die Füße.

Zwar zitterten sie, aber sie trugen ihn, was in diesem Fall genügte.

„Keine Pause mehr, ehe wir den Wald verlassen haben", ließ Raylan ihn wissen und schon wurde er vorangescheucht.

Meron tat, was ihm befohlen wurde und hielt mit den dreien Schritt.

Seine Gedanken kreisten um den merkwürdigen Traum, wenn es denn einer gewesen war.

Er leckte sich die Lippen und es war ihm, als könne er Tayel noch immer schmecken.

War das möglich? Gab es eine Traumebene, auf der sich verpaarte Drachen treffen konnten? Wieso war sie dann für Tayel und ihn offen gewesen?

Meron verstand das nicht, aber egal, was vorhin geschehen war, es gab ihm Kraft.

Halte durch! Ich finde dich!

Die Worte hallten in seinem Kopf wider und er wollte es glauben, wollte darauf vertrauen, dass Tayel sich auf die Suche nach ihm gemacht hatte.

Der Tag schritt voran und als sie die Grenze des Waldes erreichten, lag eine offene Steppe vor ihnen.

„Ab hier können wir fliegen", sagte Raylan und Meron versteifte sich sofort.

„Ich kann mich nicht verwandeln, das weißt du doch", erinnerte er den Drachen, der jedoch schnaubte.

„Natürlich, du musst dich dafür auch nicht wandeln, denn du wirst auf mir sitzen."

Er sollte auf Raylans Rücken fliegen?

Oh nein, ganz gewiss nicht!

„Nein", keuchte Meron und wollte zurückweichen, doch dabei hatte er die Dämonin vergessen.

Sie griff ihn sofort von hinten an beiden Armen und schob ihn vorwärts.

„Das war keine Frage, Mischling", zischte Raylan und einen Moment später löste sich sein Körper auf.

Unzählige Funken sprühten, als sich aus dem Mann binnen eines Wimpernschlages ein Drache formte.

Raylans Drache war dunkelgrau, die dicken Klauen fast schwarz, während die Augen in vertrautem Hellgrau leuchteten.

Die spitze Schnauze öffnete sich und präsentierte die scharfen und tödlichen Zähne darin.

Das Tier war mehr als doppelt so groß wie Meron und neben der Angst, die in ihm aufkam, fühlte er auch Ehrfurcht. Sie ergriff ihn immer, wenn er einen Drachen erblickte.

Egal, ob es Raylan war, diese Wesen waren einfach ... majestätisch.

Die ledrigen Flügel öffneten sich, als der Drache sich streckte und ein dumpfes Schnauben von sich gab.

Die massigen Vorder- und Hinterläufe endeten in dicken Klauen, die sich etwas in die Erde gruben, ehe Raylan sich niederlegte.

„Los jetzt", knurrte die Dämonin und schob Meron nach vorne.

Auch wenn er nicht wollte, so blieb ihm erneut nichts anderes übrig.

Mit zittrigen Fingern kletterte er auf den riesigen Drachen und versuchte, einen halbwegs sicheren Sitz zu finden. Die glatten warmen Schuppen machten das im ersten Moment schwierig und Meron presste die Beine gegen den großen Körper.

Raylan ließ ihm kaum Zeit, er erhob sich und Meron hatte seine Probleme, sich festzuhalten.

„Fall nicht runter, Mischling. Tot bringst du mir nichts."

Raylans Stimme klang in dieser Gestalt noch dunkler und vor allem dumpfer.

Dabei hatte das Drachenmaul sich nicht einmal bewegt, was Meron immer wieder erstaunte.

Er hielt sich mit einem Kommentar zurück und als Raylan die Flügel entfaltete, drückte er sich gegen die Schuppen und presste die Augen zusammen.

Er schickte ein Stoßgebet gen Himmel, hoffentlich würde er diesen Flug überleben.

KAPITEL 9

TAYEL

Tayel war auf die Knie gefallen, direkt auf den weichen Waldboden.

Sein Atem ging hektisch und seine Sicht klärte sich nur langsam.

Er war in der Traumebene gewesen ... mit Meron.

Wie war das nur möglich?

Seine Hände zitterten, als er sie anhob, um sie zu betrachten.

Er hatte den Mann berührt, ihn sogar geküsst.

Das konnte keine Halluzination gewesen sein und auch kein simpler Traum.

Meron musste ihn irgendwie gerufen haben und Tayel hatte instinktiv geantwortet.

Sie waren nicht verpaart, weshalb das eigentlich nicht hätte funktionieren dürfen, aber dennoch war es passiert.

Dieser Kuss war ihm durch und durchgegangen.

Dabei hatte er sich doch geschworen, dem Mischling keinesfalls näherzukommen.

Womöglich hatte es an der Traumebene gelegen?

Er hatte Gerüchte gehört, dass die Empfindungen sich an diesem Ort deutlich verstärken sollten.

Er selbst war bis auf das heutige Erlebnis noch nie dort gewesen, aber es hatte sich auf jeden Fall wahnsinnig intensiv angefühlt.

Langsam drang ihm die Kälte des Bodens durch den Stoff seiner Hose, was ihn wieder zu Besinnung kommen ließ.

Tayel kam auf die Füße und klopfte sich den Dreck von der Kleidung.

Sein Mund war staubtrocken und er leckte sich die Lippen.

Eigentlich war er auf der Suche nach Meron gewesen. Den Ort, an dem Raylan sie angegriffen hatte, hatte Tayel bereits passiert.

Er wollte der Spur der Männer folgen, als die Traumebene ihn in sich gezogen hatte.

Er hatte nicht gewusst, wie ihm geschah und erst, als er Meron erblickte, hatte er es begriffen.

Seine Hände ballten sich zu Fäusten und er sog witternd die Luft ein.

Die Spur war noch vorhanden, aber er musste sich beeilen, wenn er die beiden einholen wollte.

Tayel zwang sich vorwärts, er musste Meron finden.

Verdammt, noch einmal würde er nicht zu spät kommen, auf keinen Fall!

„Ich bin ein Narr", schimpfte er sich selbst und schüttelte den Kopf. „Warum habe ich den Mischling zurückgelassen?"

Aus der Wut heraus hatte er nicht klar denken können und dafür musste Meron jetzt bezahlen.

Er beschleunigte seine Schritte, wobei ihm eine kleine Stimme in seinem Hinterkopf zuflüsterte, dass er ein Verräter war.

Das entsprach zum Teil der Wahrheit, irgendwo.

Er hatte Meron geküsst, wenn auch nur in der Traumebene, und das, obwohl er behauptete, Evert noch immer zu lieben.

Tat er das denn?

Tayel musste nicht lange nachdenken, ja, er liebte Evert und das würde niemals enden. Dieser Mann war ein wundervoller Teil seines Lebens gewesen, den er nicht missen wollen würde.

Sie hatten eine großartige Zeit zusammen gehabt und Evert war so besonders gewesen in seiner Art.

So friedfertig und liebevoll.

Tayel vermisste seinen Partner noch immer schrecklich, aber irgendwie merkte er auch, dass er begann, sich von der Vergangenheit zu lösen, die ihn seither in ihren Klauen hielt.

Da stockte er in seinem Lauf und senkte den Blick zu Boden.

Bedeutete das ebenfalls, dass er sich von Evert löste?

Von ihm abwendete?

Es war ihm, als könne er das vertraute Lachen seines Geliebten hören.

Tayel lehnte sich gegen einen Baumstamm und schloss die Augen.

„Was mache ich hier nur?"

Erst stieß er Meron von sich, weil der Mischling sich wie ein Narr verhalten hatte, doch im nächsten Moment küsste er ihn in der Traumebene und versprach, ihn zu finden.

„Evert, was soll ich tun?"

Natürlich würde er keine Antwort bekommen, aber sein damaliger Partner war immer positiv gestimmt und hatte zu jeder noch so ausweglosen Situation aufmunternde Worte gefunden.

„Tayel, wenn du das arme Holz noch länger so böse anstarrst, fängt es von selbst an zu brennen", meinte Evert und stieß ihn grinsend in die Seite. „Jetzt hör doch einmal auf, ständig über alles nachzugrübeln, und genieße die Zeit. Ist es hier nicht wunderschön?"

„Ja, schon", brummte Tayel unzufrieden und ließ sich auf dem Holzstamm nieder, der hinter ihm lag. „Aber ich bin noch immer wütend auf Ravina."

Evert lachte und schüttelte den Kopf.

„Warum? Weil sie dich zwingt, mit mir ein paar Tage zu verbringen und auszuspannen? Mein Liebster, du arbeitest jeden Tag für unsere Dragos und erledigst Unmengen an Aufgaben. Dir steht es auch zu, etwas Ruhe zu finden, denkst du nicht?"

Tayel rümpfte die Nase.

Er ließ sich zur Seite fallen, sodass sein Kopf auf Everts Schoß landete.

„Ja, du hast recht, aber dennoch ... ich würde lieber weiterarbeiten, denn die Sachen werden ja nicht erledigt, wenn ich nicht da bin. Es bleibt alles liegen,

also werden die Tage nach diesem Ausflug hier wirklich anstrengend sein."

Als Everts Finger durch sein Haar strichen, schloss Tayel seufzend die Augen und brummte wohlig.

„Sie werden dir sicherlich etwas übriglassen, aber so schlimm, wie du denkst, wird es schon nicht werden", versuchte sein Geliebter, ihn zu beruhigen.

Tayel schnaubte.

„Du bist zu gutgläubig, Evert ... das faule Pack lässt alles stehen und liegen ... aber dennoch, ich bin bei dir und das ist es mir wert."

Er fühlte Everts Lippen auf seinem Haar und lächelte.

„Ich genieße jeden Moment mit dir", raunte Evert. „Immerhin weiß man nie, wie viel Zeit man miteinander hat, nicht wahr?"

Tayel hob die Lider.

„Wieso sagst du das?", fragte er und sah zu ihm auf.

Evert lächelte unbeirrt weiter.

„Weil es der Wahrheit entspricht. Wir wissen nicht, wie unser Leben verlaufen wird, aber wir werden jeden Tag so annehmen, wie er kommt. Zusammen."

Zusammen ... Das Wort hallte in seinen Gedanken wider und Tayel seufzte leise.

„Ach Evert, unsere gemeinsame Reise war viel zu schnell zu Ende", murmelte er und rieb sich über die schmerzende Brust.

Er konnte noch immer das liebevolle Lächeln seines Partners sehen, aber daneben erschien ein anderes Gesicht.

Hellgrüne warme Augen, die sich auf ihn richteten.

Meron.

Tayel blinzelte, und die Bilder lösten sich auf.

War Meron etwa dabei, Everts Platz einzunehmen?

Er schüttelte den Kopf.

Nein, das war nicht möglich, erst recht nicht so schnell, sie kannten einander kaum.

... und doch hatte sich die Ebene der Träume, die eigentlich ausschließlich für verpaarte Drachen existierte, für sie geöffnet ...

Aber Tayel konnte so viel grübeln, wie er wollte, Meron war in Gefahr und sollte er ihn nicht retten, würde er nie herausfinden, was das zwischen ihnen beiden war.

Entschlossen setzte er seinen Marsch fort und folgte der seichter werdenden Fährte. Seine Nase funktionierte hervorragend, dadurch verlor er sie nicht, aber nach kurzer Zeit mischte sich ein höchst unwillkommener Duft dazu.

Dämonen ...

Schwefel und Asche lagen in der Luft.

Er biss die Zähne zusammen und zog sein Schwert.

Vielleicht stimmten die Geschichten, von denen Meron erzählt hatte, doch und die Dämonen trieben in diesem Gebiet ihr Unwesen.

Hatte Dragos Serafia ihre Pflichten vernachlässigt und diesen Monstern dadurch Tür und Tor geöffnet?

Oder war es Raylan zu verdanken, dass die Dämonen hier waren?

Der Kerl arbeitete für den Regenten der Aschezone, es wäre ihm also zuzutrauen, dass er dort mehr Verbündete hatte.

Verflucht, es würde kein leichtes Unterfangen werden, Meron zu befreien, wenn zudem Dämonen mit im Spiel waren!

Der Geruch dieser Kreaturen wurde obendrein stärker, während Merons und auch der von Raylan schwächer wurden. Sein Drache ließ ein warnendes Knurren in seinem Inneren erklingen und Tayel wirbelte mit erhobener Klinge herum.

Gerade noch rechtzeitig, um den schwarzäugigen Dämon abzuwehren, der auf ihn zugeschossen kam.

Der Mann besaß eine dunkelrote Haut, die mehr nach dickem Leder aussah, und zwei leicht nach hinten ragende Hörner thronten auf seiner Stirn.

Auch sie schimmerten in dunklem Rot und besaßen schwarze Spitzen.

„Kehr um, wenn du nicht sterben willst", grollte der Kerl, was mehr nach einem Zischen klang und besser zu einer Schlange passen würde.

„Hat Raylan dich geschickt?", wollte Tayel wissen, der sich für den nächsten Angriff bereitmachte. „Arbeitest du mit diesem Speichellecker zusammen?"

Der Dämon ließ ein grollendes Knurren hören und hob eine klauenbewehrte Hand, um auf ihn zu weisen.

„Ich arbeite mit niemandem, aber wenn ich einen lausigen Drachen töten kann, sage ich nicht nein."

Tayel schnaubte und ließ seinen inneren Drachen präsenter werden, wodurch sich seine Sicht noch einmal schärfte, und er wusste, seine Augen leuchteten nun in feurigem Rot.

„Du kannst dich hier nicht verwandeln", erinnerte der Dämon ihn spottend. „Ich gebe dir noch eine letzte Chance umzukehren ... aber wenn du mir einen Gefallen tun willst, dann greif an und lass mich dich zerfetzen!"

Diese Arroganz widerte Tayel an und er packte sein Schwert fester.

Er hatte nie wieder einem Dämonen begegnen wollen, geschweige denn gegen einen kämpfen. Nicht seit Everts Tod ... aber jetzt ging es nicht um Evert, sondern um Meron. Und der Mischling war am Leben, ihm konnte er noch helfen.

„Du stehst im Weg", knurrte Tayel und griff an.

Gekonnt schwang er seine Klinge und grinste, als der Dämon nicht schnell genug ausweichen konnte.

Doch die Schneide durchdrang nicht einmal die Haut!

Tayel versuchte zurückzuweichen und riss den freien Arm hoch, um sein Gesicht zu schützen.

Sogleich fühlte er, wie scharfe Klauen durch sein Oberteil drangen und sich in sein Fleisch bohrten.

Schmerz explodierte in seinem Arm und ein Keuchen kam ihm über die Lippen, ehe er dem Dämon einen Tritt versetze und ihn zurückwarf.

Dabei entglitt ihm sein Schwert und er beeilte sich, es zu greifen. Seine Hand fasste ins Leere und ein heftiger Schlag traf seine Seite.

Tayel taumelte und fiel einen Abhang hinab.

Er schnappte mehrfach nach Luft, als er auf Ästen und Steinen aufprallte und schließlich in einem großen Gebüsch zum Liegen kam.

Verdammt, dieser Dämon hatte ihn getäuscht, er war sogar schneller als Tayel!

„Nun komm wieder auf die Beine, Drache!", hörte er den Bastard lachend rufen und als er aufblickte, konnte er sehen, wie der Dämon das Schwert hinter sich in den Wald warf.

Unerreichbar für Tayel.

„Oder ist das Spiel etwa schon vorbei?", wollte der Dämon enttäuscht wissen und kam langsam den Abhang hinuntergelaufen. „Nach deinem Spruch hätte ich mehr von dir erwartet."

Tayel biss die Zähne zusammen und schob sich nach hinten aus dem Gebüsch.

Flucht, er musste fliehen und einen Ort finden, an dem er sich verwandeln konnte. Hier war der Wald zu dicht und sollte der Dämon ihn erwischen, wäre das mit ziemlicher Sicherheit sein Ende. Seine linke Seite und auch seine Schulter schmerzten. Er konnte sein eigenes Blut riechen und wusste, der Dämon würde ihn finden, egal, wie weit und wohin er laufen würde.

Diese Biester besaßen ebenso gute Nasen wie Drachen und wenn es um Blut ging, machte ihnen niemand etwas vor.

Würde auch er von einer dieser Kreaturen getötet werden wie Evert?

Nein!

Das Wort dröhnte laut in seinem Kopf und Tayel hätte schwören können, dass es Everts Stimme gewesen war, die es ihm zugerufen hatte.

Er schüttelte den Kopf, ihn ergriff eine merkwürdige Benommenheit, dennoch rannte er.

Einfach geradeaus, tiefer in den Wald, in der Hoffnung, eine passende Lichtung für eine Verwandlung zu finden.

„Ich sehe dich! Lauf schneller, Echse!"

Das schallende Lachen des Dämons ließ die Haare in seinem Nacken zu Berge stehen.

Er hasste es, wie Beute herumgehetzt zu werden, und auch sein Drache grollte unzufrieden.

Tayel blinzelte, seine Sicht begann zu verschwimmen. Was zur Hölle war auf einmal los mit ihm?

Die Wunde an seinem linken Arm pochte schmerzhaft und er warf einen schnellen Blick darauf.

„Gift!", keuchte er, denn die komplette Haut um den Bereich hatte sich schwärzlich verfärbt.

Der dreckige Dämon hatte ihn vergiftet!

Mitten unter seinem Lauf gaben seine Beine plötzlich nach und Tayel stürzte erneut.

Er schnappte nach Luft und krümmte sich zusammen, als heftiger Schmerz durch seine Glieder schoss und ihn fast schon lähmte.

„Das Gift wirkt bereits, du bist so gut wie tot", hörte er den Dämon lachend rufen. „Wehre dich nicht, es ist vergebens. Meinem Gift ist noch niemand entkommen."

„Tayel! Tayel, komm zu dir!"

Wer rief ihn?

Langsam und träge blinzelte Tayel, er schaffte es kaum, die Lider richtig zu heben.

„Evert?", flüsterte er leise und blickte in die vertrauten Augen seines Liebsten. „Wie ist das möglich? Du bist tot."

„Das bin ich, aber du nicht", entgegnet Evert und schenkte ihm ein besorgtes Lächeln. „Was ist mit dir,

dass du dich von einem einfachen Dämon niederstrecken lässt? Das ist nicht der Mann, den ich kannte."

Tayel zuckte bei den Worten zusammen, sie hallten regelrecht in seinen Ohren und er hatte Mühe, bei Bewusstsein zu bleiben.

„Es ... es ist Gift", murmelte er und leckte sich die Lippen. „Ich kann nichts tun."

„Was? Du kannst nichts tun?", wiederholte Evert und sein Gesicht kam dabei immer näher.

„Doch, Tayel, denk nach! Du bist stärker als ein läppischer Dämon!"

Tayel verzog das Gesicht.

„Und warum habe ich dich damals nicht schützen können?", fragte er, wobei ihm das Herz schmerzte.

„Weil meine Zeit abgelaufen war", antwortete Evert und seine Stimme klang unglaublich sanft dabei. „Ich war kein Kämpfer und sie waren schlichtweg zu viele. Hör endlich auf, dir deshalb Vorwürfe zu machen, Tayel. Denn du bist es, der jetzt zählt. Dein Leben! Also kämpfe!"

Tayel schlug die Augen auf, sein Drache brüllte in seinem Inneren und drängte nach draußen.

Nur einen Moment lang taxierte er seine Umgebung. Die Bäume waren lichter geworden, jetzt könnte er es wagen. Tayel vertraute seiner anderen Hälfte ... und verwandelte sich.

„Was zum ...?", hörte er den Dämon rufen, während Tayels Körper sich binnen eines Wimpernschlages auflöste.

Die Verwandlung schmerzte nicht, sie löste ein unglaublich berauschendes Gefühl in ihm aus.

Im nächsten Moment gruben sich seine gewaltigen Klauen in die Erde, während einige dünnere Bäume protestierend ächzten, als seine massige Gestalt ihren Platz einforderte.

Tayel riss das Maul auf und stieß ein donnerndes Brüllen aus. Aus dem Augenwinkel konnte er erkennen, dass der Dämon versuchte, zu fliehen.

Er riss den Kopf herum und wollte instinktiv auf das Feuer zurückgreifen, das tief in ihm brannte, aber dadurch würde er all die Bäume um sich herum in Flammen hüllen, das konnte er nicht tun.

Also setzte er, so gut es ihm möglich war, nach vorne und griff den Dämon.

Er erwischte ihn mit zwei Klauen und das genügte, um den Mann zurückzureißen.

Das laute Kreischen des Mistkerls schmerzte in Tayels Ohren und er ließ den Dämon zu Boden knallen.

Ohne ihm auch nur die Chance zu geben, noch einmal auf die Füße zu kommen, holte Tayel aus und trieb dem Kerl die gewaltigen Klauen in den Körper.

Die Augen des Dämons weiteten sich, dann erlosch das Leben darin.

Tayel zog die Krallen zurück und beobachtete, wie das dunkle Blut den Boden durchtränkte.

Er knurrte und wandte den Blick ab.

Schnaubend erhob er sich auf die Hinterbeine und sah über die Wipfel einiger Bäume hinweg.

In der Ferne konnte er einen Schatten erkennen, den er fixierte. Durch seine außergewöhnliche Sicht konnte er den Schatten nach einem Moment immer klarer sehen.

Ein Drache, definitiv, und er flog weg von der Festung Serafias.

Ob es sich um Raylan handelte, war nicht klar, aber die Richtung würde zumindest passen, denn weit dort hinten lag die Aschezone.

Tayel grollte und ließ sich wieder auf alle viere fallen, um sich umzusehen. Mit aller Kraft schlug er einige kleinere Bäume nieder und schaffte sich so Platz.

Dieser merkwürdige Traum oder die Vision von Evert ... was auch immer das gewesen war, sein Partner hatte recht. Es ging jetzt um ihn, um sein Leben und um das von Meron.

Er breitete die Flügel aus und biss die Zähne fest zusammen, als er sich mit harten Flügelschlägen in die Lüfte erhob. Schon flog er über den Wald hinweg, dabei hatte er den Drachen in der Ferne weiterhin im Blick. Es war Raylan, er musste es einfach sein!

Wieder hörte er das Echo von Everts Stimme in seinem Kopf.

Meine Zeit war abgelaufen, du bist es jetzt, der zählt. Dein Leben, also kämpfe!

Evert hatte recht, das sah er nun ein, denn so schön die Zeit mit seinem Liebsten damals gewesen war, sie war vorbei.

Meron, halte durch, ich bin auf dem Weg!

DIESER KUSS ...
UND WENN ES AUCH
NUR EIN TRAUM
GEWESEN WAR, ER
HING IHM NOCH
IMMER NACH.

KAPITEL 10

MERON

Der Wind pfiff eisig kalt an ihm vorbei und Meron krallte sich mit aller Kraft an Raylans Drachen fest.

Sie flogen schon eine Weile und bei jedem neuen Flügelschlag fürchtete Meron, den Halt zu verlieren.

Der Mann nahm keinerlei Rücksicht auf ihn und obwohl Raylan ihn laut eigener Aussage nicht tot sehen wollte, würde er es bald sein, wenn der Kerl so weitermachte.

Die Strecke bis zur Aschezone würden sie unmöglich durchfliegen können, die gesamte Reise würde mehrere Tage in Anspruch nehmen, selbst auf Flügeln.

Schon jetzt sehnte Meron festen Boden unter den Füßen herbei, aber da würde er sich noch gedulden müssen.

Als sein Herz plötzlich einen Satz in seiner Brust tat, hielt Meron den Atem an.

Was war los?

Er horchte in sich hinein, bekam jedoch keine Antwort.

Langsam löste er das Gesicht von Raylans Rücken und lugte vorsichtig über die Schulter.

Durch den peitschenden Wind konnte er kaum etwas erkennen, aber er glaubte, in der Ferne einen Verfolger zu sehen.

In der Luft konnte das nur ein Drache sein.

Er schluckte.

Entweder jemand aus der Festung war ihnen auf den Fersen oder ... Tayel.

Hatte der Golddrache sein Wort gehalten und war er tatsächlich auf der Suche nach ihm?

Meron wollte es unbedingt glauben, dann gäbe es wenigstens noch etwas Hoffnung!

Außerdem ließ der Gedanke daran, Tayel wiederzusehen, ein warmes Gefühl in seiner Brust entstehen.

Dieser Kuss ... und wenn es auch nur ein Traum gewesen war, er hing ihm noch immer nach.

All die Zeit allein in der Festung hatte er sich nach Zuneigung gesehnt. Einem Freund und Partner.

Ein Teil von sich wünschte sich mittlerweile, dass er genau das in Tayel gefunden haben könnte.

Meron schüttelte den Kopf.

Er sollte darüber gerade nicht nachdenken, immerhin hatte er ganz andere Probleme.

Er lugte an Raylans massigem Körper vorbei nach unten. Gerade überquerten sie einen recht kleinen Wald, der sich inmitten der riesigen Steppe befand. Meron meinte auch, etwas weiter weg Rauch aufsteigen zu sehen. Vielleicht ein Menschendorf?

Oh verdammt, wäre er doch in der Lage, sich zu verwandeln!

Bei den Menschen hätte er die Chance, aufgenommen zu werden und wenigstens für den Moment in Sicherheit zu sein.

Ein Brüllen drang an seine Ohren und das trotz des pfeifenden Windes.

Wieder lugte er nach hinten, der andere Drache holte auf.

Raylan ließ ein dunkles Grollen hören, das unter Meron vibrierte.

Zu was sind diese dreckigen Dämonen eigentlich nutze?

Sein ehemaliger Leibwächter klang äußerst wütend und plötzlich sanken sie deutlich ab.

Meron verlor kurz den Halt an den Schuppen und er hob sich sogar von Raylans Körper, ehe er ihn wieder greifen konnte und sich an ihn presste.

„Bist du verrückt?", schrie Meron laut. „Ich dachte, du willst mich lebend? Mach so weiter und ich ende als Blutfleck auf dem Boden!"

Halt den Mund und sieh besser zu, dass das nicht passiert, Mischling.

Raylan schlug erneut mit den Flügeln und flog dabei einen engen Bogen, sodass Meron wieder große Probleme bekam, sich halten zu können.

Er zitterte und sein gesamter Körper protestierte unter der Anstrengung, dennoch hielt er die Augen offen, um immer wieder zu dem anderen Drachen spähen zu können.

Mittlerweile war es sich sicher, dass es Tayel sein musste.

Was ihn allerdings irritierte, war, dass dieser so schnell aufholen konnte.

Er runzelte die Stirn, wieso flog Raylan nicht zügiger? War das eine weitere Falle?

Nein, dafür hatte der Kerl geradezu wütend geklungen, als ihm klargeworden war, dass Tayel ihnen folgte.

Wieder änderte Raylan die Richtung und Meron rutschte beinahe hinunter.

Er fand im letzten Moment Halt an einer hervorragenden Schuppe und konnte sich wieder hinaufziehen. Dabei bemerkte er auf der Unterseite von Raylans linken Flügel eine tiefe und vor allem lange Narbe.

Vielleicht flog er deshalb nicht so schnell, weil er es einfach nicht mehr konnte.

Genau das könnte seine Chance sein.

Wenn Tayel sie erreichen würde ... ja, was dann?

Würde er Raylan in der Luft angreifen?

Oh Gott, das klang gar nicht gut!

Wie genau sollte Meron sich bei dieser Höhe retten können, ohne sich alle Knochen zu brechen?

Er hoffte inständig, dass Tayel dafür eine Lösung hatte.

Raylan zog mit einem Mal das Tempo an, wobei Meron ein Grollen vernehmen konnte, in dem definitiv Schmerz mitschwang.

Dann lag er wohl richtig mit seiner Vermutung, dass die alte Wunde seinen ehemaligen Leibwächter beeinträchtigte.

Meron lugte zurück und keuchte.

Tayel kam viel zu schnell auf sie zu!

Die beiden Drachen würden ...

Da passierte es.

Der gewaltige rotbraune Drache krachte fast ungebremst in Raylan.

Meron schrie panisch und sie verloren rasant an Höhe.

Riesige Kiefer schnappten und etwas spritzte Meron ins Gesicht und in die Augen.

Seine Sicht war komplett verschwommen und einen Moment später griff er ins Leere.

„Nein!", japste Meron und fiel.

Der Wind zog schneidend an ihm vorbei, doch der Fall war schneller zu Ende, als erwartet.

Dennoch presste ihm der Aufprall die Luft aus den Lungen und er stöhnte gequält.

Ganz in seiner Nähe gab es einen lauten Knall und Gebrüll erscholl.

Meron wischte sich die Augen und blinzelte hektisch.

„Oh verflucht!", zischte er und rappelte sich eilig auf.

Schmerz schoss dabei durch sein rechtes Bein und er humpelte in Richtung des kleinen Waldes.

Tayel hatte Raylan zu Boden gebracht, die beiden Drachen bekämpften sich mit Zähnen und Klauen.

Sie waren in etwa gleich groß, auch wenn Tayel etwas massiger als Raylan war.

Meron konnte sich nicht damit aufhalten, den Kampf zu beobachten, er rannte, so schnell es sein verletztes Bein zuließ.

Er wollte auf keinen Fall riskieren, zwischen die beiden zu geraten, das wäre sein sicherer Tod.

Als er die ersten Baumreihen passierte, ließ er sich schwer atmend zu Boden sinken. Er zitterte stark und merkte erst jetzt, dass sein Hosenbein blutdurchtränkt war.

„Mist", fluchte Meron und zog den Stoff vorsichtig nach oben.

Gebrochen war es nicht, aber er musste auf etwas gelandet sein, dass sich in sein Fleisch gebohrt hatte. Da genügte bei diesem Sturz wohl auch schon ein Ast.

Mit zusammengebissenen Zähnen griff er den linken Ärmel seines Oberteiles und riss ihn nach mehreren Versuchen ab. Immer wieder lugte er zwischen den Bäumen zu Tayel und Raylan, die sich weiterhin heftig bekämpften.

Mittlerweile brannte sogar ein Teil der Steppe!

„Verflucht ihr Narren", knurrte Meron. „Ihr könnt doch hier nicht alles in Flammen hüllen!"

Er dachte an das Dorf, welches nicht allzu weit von hier entfernt sein konnte, immerhin hatte er auf Raylans Rücken Rauch aus dem Ort aufsteigen sehen.

Sollte das Feuer sich ausbreiten, könnte es die Menschen dort bedrohen.

Meron band den Ärmel um seine Verletzung und machte ihn mit einem Knoten fest, wobei ihm ein Keuchen entwich.

Er kam auf die Füße und musste sich dabei an einem Baumstamm abstützen, um sein Bein zu entlasten.

„Tayel", murmelte er und blickte zu den Drachen.

Sollte er ihn wirklich mit Raylan zurücklassen?

Oh verdammt, Meron war ihm ja auch keine Hilfe, also wieso hierbleiben?

Er biss sich auf die Unterlippe. Tayel war gekommen, wie er es im Traum versprochen hatte, da konnte Meron ihn doch jetzt nicht alleinlassen!

Er zuckte zusammen, als er beobachtete, wie Raylan ein harter Schlag mit dem Schwanz gelang, der Tayel beinahe zu Boden schickte.

Instinktiv wollte Meron loslaufen und irgendwie helfen, doch er war machtlos. Und zudem verletzt.

Es blieb ihm nichts anderes übrig, als daran zu glauben, dass Tayel die Oberhand gewinnen würde und Raylan ... tötete.

Warum tat ihm der Gedanke noch immer weh?

Er wusste, dass der Kerl ein Monster war und den Tod verdiente.

Das hatte Raylan mehr als einmal bewiesen.

Meron konnte über sich selbst nur den Kopf schütteln. Natürlich hatte es auch schöne Zeiten gegeben, wo Raylan wirklich an seiner Seite gewesen war, aber das alles war Lug und Trug gewesen.

Das wusste er heute und doch wollte ein Teil von ihm es schlichtweg nicht glauben.

Der naive kleine Junge, der sich immer nach einem Freund und Vertrauten gesehnt hatte, wollte nicht akzeptieren, dass Raylan ihn nur benutzt hatte.

„Genug", beschied er sich selbst und lief tiefer in den Wald. Er musste Abstand gewinnen.

Tayel würde ihn schon finden.

„Wo willst du denn hin, Mischling?", erklang eine Frauenstimme und Meron zuckte zusammen.

Die Dämonin, die Raylan und ihn begleitet hatte, trat zwischen den Bäumen hervor und fixierte ihn.

„Wie kannst du hier sein?", keuchte er fassungslos.

Sie waren geflogen und auch, wenn Raylan eher langsam unterwegs gewesen war, konnte sie doch unmöglich mit ihnen mitgehalten haben.

Er schluckte und wich zurück.

Offensichtlich doch.

„Du läufst in die falsche Richtung, Mischling", teilte sie ihm mit und schritt langsam auf ihn zu. „Sei gehorsam und dreh wieder um. Der Regent wartet bereits auf dich."

Meron biss die Zähne zusammen und suchte vergeblich nach einem Ausweg.

„Was will dein Regent von mir?", fragte er und hoffte, so etwas Zeit schinden zu können.

„Das wirst du bald herausfinden", war die knappe Antwort und sie beschleunigte ihre Schritte. „Jetzt geh zurück oder ich breche dir beide Beine und trage dich eigenhändig!"

Meron hob die Hände.

„Ist ja gut", murmelte er und tat, als würde er sich umdrehen wollen.

Wie erwartet trat die Dämonin nahe an ihn heran, sie wollte ihn vor sich hertreiben.

Sie war nur wenig kleiner als er und die Hörner auf ihrem Kopf waren überaus furchteinflößend, ebenso wie dieses dritte Auge, dass direkt in ihn hineinzusehen schien.

„Versuche es nicht", riet sie ihm, noch ehe er seinen nächsten Gedanken zu Ende bringen konnte. „Ich weiß, was du vorhast, Mischling und es wird dir nicht gelingen."

Meron blinzelte, noch hatte er gar nichts vorgehabt, aber ... Er erstarrte und fixierte das weiße Auge auf ihrer Stirn.

„Du denkst richtig", teilte sie ihm mit und verzog die Lippen zu einem gefährlichen Lächeln. „Ich kann in deinen Kopf blicken und bin dir immer einen Schritt voraus. Du kannst mir also nicht entkommen."

Das war ein furchtbarer Albtraum!

Meron schlitterte von einem Unheil in das nächste.

„Spuck keine so großen Töne!", donnerte ein Mann und Meron hob die Brauen, als sich gleich drei Dämonen zwischen den Bäumen zeigten und sich ihnen näherten. „Gib uns den Mischling, dann ersparst du dir einen qualvollen Tod."

Die Dämonin wandte Meron den Rücken zu und ließ ein grollendes Knurren hören.

„Verschwindet!", zischte sie. „Er gehört mir und ich bringe ihn zum Regenten. Ihr kommt zu spät!"

Die Männer bauten sich drohend auf und Meron wich leise und unauffällig zurück.

Wer war denn noch alles auf der Suche nach ihm?

Als die Dämonen aufeinander losgingen, wandte er sich ab und rannte, so schnell es sein Bein zuließ.

Weg hier, bloß weit weg hier!

Die Frau war gewiss verdammt stark, aber ob sie es gleich mit drei anderen Dämonen aufnehmen konnte, war äußerst fraglich.

Und während sie ihn einfach ausliefern wollte, war ungewiss, was diese Kerle mit ihm anstellen würden.

Meron hatte keinen Bedarf an neuen Feinden, die seinen Tod forderten, davon gab es schon genug.

„Lauf, kleiner Mischling, aber du entkommst mir nicht!", rief eine Männerstimme und Meron richteten sich die Nackenhaare auf.

Verflixt, genau das hatte er befürchtet!

Er lugte über die Schulter und keuchte, der Kerl war ihm schon sehr nahe.

Da holte der Dämon aus, in seiner Hand lag eine Peitsche und ehe Meron reagieren konnte, traf sie ihn an der Schulter.

Brennender Schmerz explodierte in ihm und er schrie auf, als er zu Boden stürzte.

„Hab ich dich", grollte der Mann triumphierend und gab ihm keine Chance, sich aufzurappeln. Er setzte sich kurzerhand auf ihn und drückte ihn mit seinem Gewicht in die Erde.

„Der Regent will dich lebend", murmelte der Dämon und griff ihn fest im Nacken.

Meron keuchte und versteifte sich, Furcht flutete ihn und ließ sein Herz schneller schlagen.

„Aber wann hat man schon einmal die Chance, einem Mischling den Kopf abzureißen", sinnierte der Mann weiter und Meron fühlte, wie sich spitze Klauen in die empfindlichen Seiten seines Halses bohrten.

„Bitte", kam es ihm zittrig über die Lippen, während seine Sicht begann, sich rötlich zu färben.

Er fühlte, wie sich etwas in ihm regte und versuchte, seinen Körper einzunehmen.

Hitze floss durch seine Adern und ließ ihn gequält stöhnen. Er hörte, dass der Dämon redete, aber er verstand kein Wort. Zu sehr dröhnte sein eigenes Blut in seinen Ohren.

Die Welt wurde rot und als die Präsenz in ihm versuchte, ihn einzunehmen, ließ Meron es zu.

Es war, als würde er neben sich stehen und beobachten können, was passierte.

Sein Körper veränderte sich, die Haut wurde rötlich schwarz und plötzlich flog der Dämon von ihm hinunter. Meron brauchte einen Moment, um zu begreifen, dass ihm ein langer, dornenbesetzter schwarzer Schwanz gewachsen war. Damit hatte er den Kerl von sich geworfen und sprang jetzt auf die Füße.

„Lass dich leiten, fühle die Kraft in dir!"

Die Stimme schallte in seinem Kopf und Meron runzelte die Stirn. Sie war ihm gänzlich unbekannt.

Schon bewegte sein Körper sich weiter, setzte dem verwirrten Dämon nach, der versuchte, auf die Beine zu kommen.

Er riss ihn sogleich wieder zu Boden und sein Schwanz wickelte sich um dessen Hals.

Die Dornen, die aus ihm ragten, bohrten sich in die rote Haut und als der Mann nach Luft schnappte, floss Blut aus seinem Mund. Merons Hände, die sich in die Klauen aus seinem Albtraum verwandelt hatten, bohrten sich zudem tief in den Brustkorb des Dämons.

Dieser keuchte gequält und versuchte zappelnd, ihn von sich zu schieben. Doch Meron kannte keine Gnade.

Er brach den Brustkorb des Kerls auf wie eine Nuss und sah ihm in die Augen, als das Leben aus ihnen wich.

Genugtuung und Euphorie erfassten ihn, der Duft des Blutes war berauschend und er leckte sich die Lippen.

„Koste es!"

Wieder erklang die fremde Stimme in seinem Kopf.

Meron war nicht mehr er selbst, er vernahm nur noch den lockenden Geruch und wollte mehr davon.

Er hob die gekrümmten Klauen an die Lippen und betrachtete das dunkle Blut, ehe er es ableckte.

Der Geschmack explodierte regelrecht auf seiner Zunge und aus Merons Kehle drang ein Knurren, das ihm selbst die Haare zu Berge stehen ließ.

Seine dämonische Seite hatte die komplette Kontrolle an sich gerissen.

Meron war in seinem Inneren gefesselt, schlug gegen unsichtbare Wände und schrie aus voller Kehle. Ohnmächtig musste er alles mit ansehen und das Grauen schien kein Ende zu nehmen.

Sämtliche Versuche, sich zu befreien, brachten nichts, er konnte sich dem Griff seines Dämons nicht entwinden und japste nach Luft, als er erkannte, dass dieser sich an dem Toten labte, wie an einem Festschmaus.

„Oh verflucht", erklang eine Frauenstimme und Meron konnte erkennen, dass die Dämonin zwischen den Bäumen in seine Richtung blickte. Sie war verletzt, Blut lief an ihr herab, aber sie hatte die anderen beiden Angreifer besiegt.

Jetzt wollte sie ihn offensichtlich zurückholen, doch mit seiner dämonischen Seite hatte sie nicht gerechnet.

Erneut entrang sich Merons Kehle ein grollendes Knurren und er kam auf die Beine, wobei sich sein Schwanz vom Hals des Toten löste.

Ohne zu zögern, hielt er auf die Frau zu, die sich mit einem erneuten Fluch umdrehte und rannte.

Sie war unfassbar schnell und Merons Dämon hatte merklich Probleme, mit ihr mitzuhalten. Er knurrte und fauchte frustriert, als ihm seine auserkorene Beute entwischte und er mitten im Wald zum Stehen kam.

Witternd hob er den Kopf und suchte sein nächstes Opfer. Er wollte mehr, viel mehr!

Die Gier war geweckt und sie schien unstillbar.

KAPITEL 11

TAYEL

Schwer atmend drückte Tayel die Krallen seiner Hinterbeine in die Erde und fixierte dabei Raylan, der sich gerade etwas von ihm zurückgezogen hatte. Über die grauen Schuppen des anderen Drachen lief dunkles Blut, ebenso wie über seine eigenen.

Sie hatten beide bereits einiges einstecken müssen, wobei Tayel weiter von seiner Sorge um Meron getrieben wurde.

Der Mischling war bei ihrem Kampf in der Luft von Raylan gefallen und er hatte schon das Schlimmste befürchtet. Gott sei Dank hatte er Meron kurz darauf in den Wald laufen sehen. Doch wie es ihm jetzt ging und ob er Hilfe brauchte, war nicht klar, was Tayel schier verrückt machte. Nicht weniger schlimm war die Tatsache, dass Raylan sein Feuer genutzt und damit die Steppe teilweise in Brand gesetzt hatte.

Tayel grollte und öffnete das Maul einen Spalt.

Er war selbst verletzt und würde nicht mehr lange durchhalten, wenn das so weiterginge. Aber dieses Mal würde Raylan ihm nicht entkommen.

Da drang ein Schrei an seine Ohren und sein kompletter Körper erstarrte zu Stein.

Meron!

Raylan nutzte seine kurze Unaufmerksamkeit und erhob sich in die Lüfte.

Tayel brüllte und breitete die Flügel aus, doch als der andere in Richtung Aschezone flog, hielt er inne.

Feigling, dachte sich Tayel und wollte schon zum Wald, um Meron zu helfen.

Doch das Feuer ... wenn er sich nicht darum kümmerte, würde es sich unkontrolliert ausbreiten.

So blieb ihm nichts anderes übrig, als die Brände mit einem Gegenfeuer zu löschen und dafür zu sorgen, dass den Flammen die Nahrung ausging. Das dauerte jedoch für seinen Geschmack viel zu lange!

Als sich endlich der letzte Brandherd in Rauch auflöste, lief Tayel auf allen vieren zum Wald. Die Strecke war nicht weit, fliegen hätte ihn in diesem Fall mehr Kraft gekostet.

Bei den Bäumen angekommen leitete er die Verwandlung ein und fand sich einen Wimpernschlag später auf zwei Beinen wieder.

Keuchend griff er an einen Baumstamm und lehnte sich dagegen, um zu Atem zu kommen.

Raylan hatte ihn mehrfach gut erwischt und auch, wenn seine dicken Schuppen ihn vor tödlichen Verletzungen geschützt hatten, reichten die Wunden aus, um ihn zu schwächen. Er blinzelte hektisch, um seine Sicht zu klären, und eilte weiter.

„Meron!", rief er und witterte, was ihn erneut keuchen ließ. Dämonen. Hier waren definitiv Dämonen im Wald.

Tayel knurrte und wich zurück.

Er war geschwächt und würde einen Kampf mit einem Dämon auf zwei Beinen nicht gewinnen.

Sorge und Furcht rangen in ihm und plötzlich erspähte er eine Frau, die auf ihn zueilte. Er trat aus dem Wald und fixierte die Dämonin. Sogleich griff er nach seinem inneren Drachen, der sich bereitwillig erhob.

Doch noch bevor er die Verwandlung vollziehen konnte, war die Frau an ihm vorbeigerauscht.

Irritiert blickte Tayel ihr nach.

Was konnte einer Dämonin solche Angst einjagen, dass sie lieber die Konfrontation mit einem Drachen in Kauf nahm, als sich im Wald zu verschanzen?

Unsicher lief er an der Baumreihe entlang. Wenn er tiefer hineingehen würde, könnte er sich gewiss nicht mehr verwandeln.

Er blickte der Frau hinterher und schüttelte den Kopf.

„Reiß dich zusammen", knurrte er und eilte los.

Erneut sog er witternd die Luft ein und suchte nach Merons Duft.

Was er fand, war Blut. Viel Blut.

Er musste auch nicht weit laufen, um den Grund dafür zu entdecken.

Einen völlig entstellten Dämon, der in seinem eigenen Blut lag. Die Augen waren weit aufgerissen, der Schrecken lag noch darin, auch wenn sich längst der Schleier des Todes darübergelegt hatte.

Nur ein anderer Dämon wäre dazu in der Lage, so etwas zu bewerkstelligen.

Tayel trat vorsichtig näher und musterte den Toten, während er Luft holte.

„Meron", murmelte er sorgenvoll. Er konnte den Duft des Mischlings unverkennbar wahrnehmen. Der Mann war also hier gewesen, doch war er auch für den Toten verantwortlich?

Tayel konnte sich nicht vorstellen, dass Meron jemanden tötete, dazu hatte der Mischling noch zu wenig Erfahrung. Und wenn er nur daran dachte, wie Meron reagiert hatte, als Tayel Raylan erledigen wollte, nein, das konnte unmöglich er angerichtet haben.

Und doch beschlich ihn ein ungutes Gefühl, als er Merons Fährte folgte.

Es war ihm, als hätte sich der Duft des Mischlings verändert, er roch mehr nach ... nach Dämon.

Tayel hielt inne, seine Beine zitterten und das lag nicht an den Verletzungen, die er durch den Kampf bekommen hatte.

Könnte es sein, das Meron sich seiner Dämonenseite ergeben hatte?

Wenn, dann könnte der Mischling auch ihn angreifen und womöglich sogar töten.

Es wäre klüger, den Wald zu verlassen und auf offener Fläche zu bleiben.

Aber Tayel zögerte, er wollte nicht davonlaufen und Meron seinem Schicksal überlassen. Immerhin musste auch er verletzt sein und wenn sein Dämon die Kontrolle übernommen hatte, war er völlig hilflos.

„Lass das nicht die falsche Entscheidung sein", murmelte er und setzte seinen Weg fort.

Meron war schnell unterwegs, sodass Tayel, so gut es ihm möglich war, in einen Lauf verfiel.

Der Mischling schien ein Ziel zu haben und eine böse Vorahnung keimte in Tayel.

Auf dem Weg hierher hatte er ein Dorf der Menschen erspähen können.

Sollte Meron es angreifen, würde er ihm nicht mehr helfen können, denn dann würden selbst die Menschen seinen Tod fordern.

Er schluckte hart, das durfte nicht passieren.

Allein beim Gedanken daran, Meron zu verlieren, zog sich alles in ihm schmerzhaft zusammen. Dieser Mann war ihm in der viel zu kurzen Zeit, die sie sich bisher kannten, sehr wichtig geworden.

Eine Tatsache, die Tayel immer bewusster wurde und die er mit Faszination, aber auch mit Sorge betrachtete.

Etwas weiter vor sich konnte er eine kleinere Lichtung erkennen und der Geruch von Blut und ebenso Merons wurden stärker.

Tayel verlangsamte seine Schritte und lugte zwischen den Bäumen hindurch.

Er schlug sich die Hand vor den Mund, um ein Keuchen zu unterdrücken.

Seine Befürchtung hatte sich bewahrheitet.

Meron war von seiner dämonischen Seite übernommen worden.

Genau aus diesem Grund waren Mischlinge so gefährlich. Gerade, wenn sie sowohl Drachen- als auch Dämonenblut in sich trugen.

Meron hatte nie gelernt, damit umzugehen, und jetzt hatte eine der Wesensseiten ihn in ihrer Gewalt. Wahrscheinlich war er selbst angegriffen worden und wie damals bei ihrer ersten Begegnung, hatte seine dämonische Hälfte sich gezeigt.

Nur war sie diesmal nicht wieder verschwunden, sondern hatte Meron unter sich begraben.

Tayel ballte die Fäuste, er atmete flach, um ja keinen Ton von sich zu geben. Noch hatte der Mischling ihn nicht bemerkt.

Aber was sollte er jetzt tun?

Meron stellen? Fliehen?

Schon blitzte Everts grausiger Tod vor seinem inneren Auge auf.

Damals hatte er seinen Liebsten nicht retten können und jetzt sollte er sich mit einer dämonischen Seite messen, um Meron zu helfen?

War das überhaupt möglich?

Er wusste es nicht und das ließ ihn verzweifeln.

Wenn Meron sich selbst verloren hatte, wäre das Gnädigste, was Tayel tun könnte, ihn zu töten.

Doch der bloße Gedanke daran ließ das Herz in seiner Brust schmerzen.

Er wollte wenigstens versuchen, den Mann zu erreichen.

Irgendwie musste es ihm gelingen.

Noch ehe er etwas unternehmen konnte, erhob Meron sich soeben und wandte sich in seine Richtung.

Tayel hielt den Atem an, als er dem Blick aus tiefroten Augen begegnete.

Meron war weit weg, so viel stand fest.

Sein Mund war blutverschmiert, die Flüssigkeit tropfte ihm vom Kinn.

Selbst seine Haut hatte sich verfärbt und war nun eine Mischung aus Schwarz und Rot.

Sie wirkte ledrig und robust, wobei viel Blut an ihm klebte, es hatte auch seine Kleidung durchdrungen, die an manchen Stellen zerfetzt war.

„Meron", raunte Tayel und hob abwehrend die Hände. „Ich bin es, bitte, du kennst mich."

Ein Knurren hing in der Luft und Meron leckte sich die Lippen.

Er ließ ihn keinen Moment lang aus den Augen und Tayel wich zurück.

Verdammt, der Mischling war tief in sich selbst vergraben und die dämonische Seite wollte nur eines.

Blut.

Er hatte bereits Gerüchte gehört, dass es Unterarten von Dämonen gab, die sich sogar davon ernährten, gesehen hatte er es allerdings noch nicht.

Und eigentlich auch keinen Bedarf danach gehabt.

„Meron, sieh mich doch an", bat er eindringlich. „Ich weiß, du bist da drin, erinnere dich! Du kennst mich."

In seiner Stimme schwang hörbar Angst mit und als Meron sich etwas nach vorn duckte, rannte Tayel.

Schon hörte er schnelle Schritte hinter sich und verfluchte sich selbst für seine Dummheit.

Hätte er auf seinen Instinkt gehört, wäre er außerhalb des Waldes geblieben und hätte einfach gewartet!

Hektisch blickte er sich um und zischte einen Fluch.

Die Bäume um ihn herum waren kerngesund, stark und auch recht dick. Sollte er sich also verwandeln, würde er sich mit ziemlicher Sicherheit viele Knochen brechen.

Das fiel demnach weg.

Tayel sprang zur Seite, als er Meron nah hinter sich hörte, doch der Mischling war schneller als er.

Der Hieb saß und Tayel verlor den Boden unter den Füßen.

„Ah!", keuchte er und krachte gegen einen Baum.

Instinktiv duckte er sich, gerade noch rechtzeitig, denn er konnte aus dem Augenwinkel sehen, wie ein langer dornenbesetzter Schwanz sich um den Stamm wickelte.

Die Dornen verlängerten sich sogar und bohrten sich ins Holz.

„Verflucht", zischte er und eilte weiter.

Meron fauchte, was frustriert klang, und Tayel lugte über die Schulter zurück.

Der Mischling versuchte, seinen Schwanz vom Baum zu lösen, die Dornen hatten sich wohl zu tief ins harte Holz gegraben.

Das gab Tayel einen Vorsprung, wenn auch nur einen kleinen.

Erst als plötzlich kindliches Lachen an seine Ohren drang, merkte er, dass er in Richtung des Menschendorfes lief.

„Oh, nicht doch", keuchte Tayel und blieb abrupt stehen. Er wirbelte herum, um sich Meron zu stellen. Er musste ihn von den Menschen fortlocken!

Verdammt, wieso war ihm das nicht früher aufgefallen?

Schon konnte er den wütenden Mischling erkennen, der im schnellen Lauf auf ihn zuhielt.

Wieder hörte er Gelächter und diesmal schien es auch zu Meron vorzudringen.

Der Mann hielt inne und blickte an Tayel vorbei.

„Meron, vergiss es", knurrte er und trat in sein Sichtfeld. „Du kommst diesen Leuten nicht zu nahe.

154

Sie sollen dir Sicherheit bieten, wie soll das funktionieren, wenn du sie angreifst?"

Er wusste, dass Meron ihn nicht hören konnte, aber er wollte versuchen, irgendwie zu ihm durchzudringen.

„Du erinnerst dich an unseren Plan?", fragte er und blickte in die blutroten Augen. „Weg von der Festung deiner Mutter, damit du in Sicherheit bist. Die Menschen können dir helfen, deshalb sind wir hier."

Meron ließ ein Knurren hören, sein Schwanz peitschte aufgeregt hinter ihm hin und her.

„Ich will dir ebenfalls helfen, mein Freund", sprach Tayel sanft. „Weißt du denn nicht mehr, was in der Traumebene geschehen ist? Ich hatte dir versprochen, dich zu finden, und das habe ich. Nun komm wieder zu dir, damit wir gemeinsam weitermachen können. Meron, bitte, ich weiß, du bist da drin."

Ihm richteten sich die Härchen im Nacken auf und es war, als könnte er Merons Schrei vernehmen.

Trauer, Frust und Wut waren darin zu hören.

Der Mischling kämpfte um die Kontrolle, erlangte sie aber einfach nicht zurück.

Oh, wie sehr Tayel sich gerade wünschte, ihn dabei unterstützen zu können!

Warum nur konnte er nie etwas ausrichten, wenn es darum ging, die zu schützen, die er liebte?

Moment, was?

Tayel stutzte und sah den knurrenden Dämonenmischling vor sich an.

Meron ... Das war Meron, sein Mischling.

Tayel zog die Brauen zusammen und hörte, wie sein Drache bestätigend in ihm schnaubte.

Wann war das passiert?

Wie konnte er sich in jemanden verlieben, den er kaum kannte?

Er verstand es nicht, aber allein die Begegnung in der Traumebene hätte ihm dahingehend schon ein Hinweis sein sollen.

Sie waren nicht verpaart und doch hatten sie zueinandergefunden.

„Ruhig", bat er und begann, auf Meron zuzugehen. „Ich weiß, du bist da drin und du siehst mich."

Tatsächlich knurrte Meron sogleich lauter und wich zurück, die klauenbewehrten Hände erhoben.

„Komm zu mir zurück", sprach Tayel weiter und lächelte dabei. „Ich sehe dich, Meron, nur dich. Du bist der Grund, aus dem ich hier bin. Weil ich bei dir sein möchte und dir helfen."

Wieder trat der Mischling mehrere Schritte zurück, die roten Augen flackerten und er griff sich fauchend an den Kopf.

In Tayel keimte Hoffnung, ja, so würde er es schaffen, an ihn heranzukommen.

„Hör auf meine Stimme", befahl er lauter. „Folge ihr, Meron. Komm zu mir zurück!"

Da fiel der Mischling auf die Knie und donnerte die Klauen in die weiche Erde.

Ein lautes Brüllen entwich seiner Kehle und Tayel schlug sich die Hände vor die Ohren.

Diese Lautstärke schmerzte ihn regelrecht.

Dann hob Meron den Kopf, das Rot seiner Augen hatte sich zurückgezogen und einem warmen Grün Platz gemacht ... worin schreckliche Panik glitzerte.

„Lauf! Lauf weg, Tayel! Ich kann ihn nicht halten!", keuchte Meron atemlos. „Schnell!"

Tayel schnappte nach Luft und taumelte zurück. Binnen eines Wimpernschlages war das Rot in Merons Blick zurückgekehrt und der Mischling fletschte angriffslustig und wütend die Zähne.

„Oh, nein", zischte Tayel und fühlte, wie scharfe Dornen sich in sein Bein bohrten.

Er schrie auf und wollte sich losreißen, doch zu spät.

Merons Schwanz schlang sich um sein Bein und riss ihn nach vorne. Er strauchelte und stolperte zu Boden.

Sofort war Meron über ihm und holte mit einer klauenbewehrten Hand aus.

Tayel kreuzte die Arme vor dem Gesicht und versuchte, mit den Beinen seinen Bauch zu schützen.

Jetzt würde er doch genauso enden, wie Evert es getan hatte. Oder zumindest fast.

Evert war von Dämonen getötet worden, er selbst von einem Mischling, der sich in sein Herz geschlichen hatte.

DAS BLUT WAR
ÜBERALL, ES WAR
IN SEINE KLEIDUNG
GESICKERT,
ER TRIEFTE
REGELRECHT DAVON.

KAPITEL 12

MERON

Die Gier war gewaltig und das Blut lockte ihn, verführte ihn und doch war da dieser Schrei.

Er hatte sich in seinem Kopf festgesetzt, zerrte und kämpfte in ihm.

Seine Klauen rissen an dem Mann, sein Opfer keuchte und wand sich unter ihm.

Der Duft des Drachen ließ den Schrei in ihm noch lauter werden und er zuckte zusammen.

Ein grollendes Knurren kam über seine Lippen, von denen Speichel und Blut tropfte.

„Stopp! Hör auf!"

Seine Klauen hielten inne, ehe sie sich erneut in sein Opfer bohren konnten, das mittlerweile erschlafft war.

Es war ihm, als würde jemand ein Schwert in seinem Kopf schwingen.

Er fauchte, sprang auf die Beine und griff sich an den Schädel. Knurrend taumelte er und prallte gegen

Bäume, ehe er zu Boden ging und sich zusammenkrümmte.

„Lass ihn in Ruhe!"

Wer sprach da? Wer war das?

Viel zu lange brauchte er, um zu verstehen, dass er es selbst war ...

Meron schnappte nach Luft und setzte sich auf.

Er blickte an sich nieder und begann zu zittern.

Das Blut war überall, es war in seine Kleidung gesickert, er triefte regelrecht davon.

„Was habe ich getan?", wisperte er und erkannte seine eigene Stimme kaum.

Viel zu dunkel, beinahe grollend und kratzig.

Als er die Hände hob, weiteten sich seine Augen und er keuchte. Diese dunkelroten Finger mit den langen Klauen stammten aus seinen Albträumen.

Die dämonische Seite in ihm hatte die Führung übernommen.

„Nein", stieß Meron hervor und merkte, wie die gewaltige Kraft sich erneut seiner bemächtigen wollte.

Da zuckte sein Blick zu dem am Boden liegenden Mann.

„Tayel", flüsterte er schockiert und drängte den Dämon in sich mit aller Macht zurück.

„Nein!", knurrte er und erhob sich. „Verschwinde!"

Ein frustriertes Jaulen erklang in seinem Kopf, ehe sein Körper wieder normal wurde, die Haut ihre eigentliche Färbung annahm und jegliches Rot und Schwarz verschwand.

Kaum war Meron sich sicher, wieder sein eigener Herr zu sein, rannte er zu Tayel und ließ sich vor ihm auf die Knie fallen.

„Tayel, bitte, wach auf", murmelte er mit zittriger Stimme und betrachtete die zahlreichen Verletzungen des Golddrachen.

„Oh verdammt, das sieht nicht gut aus!"

Meron hatte in seiner dämonischen Form gewütet wie ein Monster und dabei Tayels Unterarme zerfetzt. Das bloße Fleisch war zu sehen und Blut lief in stetem Strom aus den Wunden hervor.

Meron griff sein Hosenbein und riss es am Oberschenkel ab. Der robuste Stoff wehrte sich, aber als er ein kleines Messer bei Tayel entdeckte, nahm er es zur Hilfe.

So gelang es ihm, Streifen aus der Hose zu schneiden und damit den Drachen notdürftig zu versorgen.

Dabei achtete er darauf, nicht noch mehr Dreck und Schmutz in die Wunden zu bringen.

„Warum heilst du nicht?", fragte er den Bewusstlosen und biss sich auf die Unterlippe.

Drachen verfügten über hervorragende Selbstheilungsfähigkeiten, das hatte er bei seiner Mutter und auch schon bei Raylan beobachten können.

„So heile dich doch!", flehte er, aber bei Tayel tat sich rein gar nichts.

Fluchend stand Meron auf und hob den etwas größeren Mann in seine Arme.

Er biss die Zähne zusammen und lief in Richtung des Menschendorfes.

Seine dämonische Hälfte hatte schon darauf zugehalten, so wusste er, wo der Ort lag.

Kaum schritt Meron kurze Zeit später keuchend aus dem Wald, rief er auch schon laut: „Hilfe! Bitte! Ich brauche Hilfe!"

Es war noch helllichter Tag und einige der Dörfler waren auf den Feldern, die sich teilweise um den Ort verteilten.

Mehrere von ihnen wurden auf Merons Ruf aufmerksam. Doch sie starrten ihn lediglich an, niemand näherte sich ihm.

„Bitte!", rief er nochmal. „So helft mir!"

Da kam endlich Bewegung in die Leute und drei eilten zu ihm.

„Was ist passiert?", wollte einer von ihnen wissen und keuchte, als er Tayel musterte. „Wer war das?"

Meron schluckte, ihm zitterten die Beine.

„Wir sind von einem Dämon angegriffen worden", berichtete er, denn die Leute mussten nicht wissen, das Meron den armen Tayel so zugerichtet hatte.

Er wollte unbedingt bei ihm bleiben und nicht riskieren, von den Menschen davongejagt zu werden.

„Dämonen?", murmelte einer von ihnen. „Verdammt, diese widerlichen Kreaturen haben nichts in unseren Wäldern verloren. Bringen wir euch zu den Heilern."

Erleichtert folgte Meron den Leuten ins Dorf.

„Trage ihn hier rein", befahl einer der Menschen und Meron betrat ein Haus, in dem es ziemlich stark nach Kräutern roch. Er folgte den Leuten in einen großen Raum, in dem ein massiver Holztisch stand.

„Leg ihn darauf, unsere Heilerinnen werden sich um ihn kümmern", meinte einer der Menschen und Meron setzte Tayel vorsichtig ab.

Noch immer bewegte sich der Golddrache nicht und ein dicker Knoten bildete sich in Merons Bauch.

Wenn Tayel sterben sollte ... nein, Meron wollte darüber nicht nachdenken.

Er würde überleben, er musste einfach!

Mit zittrigen Fingern strich Meron ihm eine Haarsträhne aus dem Gesicht, ehe er vom Tisch zurücktrat, um den zwei Frauen Platz zu machen, die sich sogleich Tayel besahen.

„Komm bitte mit mir", brummte einer der Männer und Meron folgte ihm, wenn auch nur widerwillig, nach draußen.

„Er ist ein Drache, nicht wahr?", wollte der Mensch wissen und Meron nickte.

Das war ziemlich offensichtlich, ein einfacher Mensch wäre solchen Wunden längst erlegen.

„Und du?", hängte der Mann an und Meron zögerte.

Sollte er die Wahrheit sagen? Immerhin hatte er sich ursprünglich Schutz in diesem Dorf versprochen.

„Ich bin ein Mischling", antwortete er nach einem Augenblick des Schweigens und hoffte, keinen Fehler zu begehen.

Die Augenbrauen des Mannes hoben sich, dann verschränkte er die Arme vor der Brust.

„Das habe ich mir schon fast gedacht", meinte er und Meron stutzte.

„Ach ja?"

Der Mensch nickte.

„Du hast den Drachen so zugerichtet, oder? An deinen Händen klebt so viel Blut und ich glaube sogar, Fleischreste unter den Fingernägeln zu sehen."

Meron versteifte sich und lugte auf seine Hände, die sich zu Fäusten ballten.

„Ich ...", setzte er an, wagte es aber nicht, weiterzusprechen. Scham und Angst kämpften in ihm und er ließ sich abrupt auf die Knie fallen.

„Ja, ich habe ihn angegriffen", gab er preis. „Ich wurde entführt und als ich die Möglichkeit zur Flucht hatte, wurde ich von Dämonen attackiert. Da hat sich meine dämonische Hälfte offenbart ... und mir jegliche Kontrolle entrissen. Tayel hat versucht, mir zu helfen, aber ... ich war zu schwach und kam erst zu mir, als ich ihn schon verletzt hatte."

Es wirklich auszusprechen fühlte sich an, wie Glassplitter zu kauen, und er verzog das Gesicht.

Von sich selbst angeekelt wurde ihm regelrecht übel.

„Atme durch und bitte, steh auf", forderte der Mensch und Meron kam der Aufforderung langsam nach. „Wir wissen sehr gut, wie gerade die Drachen mit Mischlingen umgehen. Du bist in meinem Dorf sicher, aber wir müssen uns auch vergewissern, dass von dir keine Gefahr ausgeht. Bis dein Freund uns bestätigen kann, dass du zu ihm gehörst und kein Widersacher der Nachtsippe bist, wirst du in unseren Kerker gesperrt."

Auch wenn die Aussicht darauf, die nächste Zeit in einer Zelle zu verbringen, nicht gerade berauschend war, so würde er sich wenigstens ausruhen können und die Gewissheit haben, dass Tayel geholfen wurde.

„Einverstanden", erwiderte er deshalb und wagte ein kleines Lächeln. „Dürfte ich vorher darum bitten, mich zu waschen?"

Der Mann nickte. „Sicher, diesen Geruch würde ich meinen Leuten nicht für längere Zeit zumuten wollen."

Meron zuckte zusammen, stank er wirklich so schlimm? Ein kurzer Blick an sich hinab und er rümpfte die Nase.

„Ja, verständlich."

Der Mann, der sich als Dorfoberhaupt herausstellte, hieß Lyo und brachte ihn in das Gebäude, in dem sich auch der Kerker befand.

Meron war erleichtert, dass er sich zuvor in aller Ruhe waschen konnte und nahm Lyo sogar noch das Versprechen ab, ihn zu benachrichtigen, sollte etwas mit Tayel sein.

Er bekam Kleidung, die frühere Gefangene im Kerker zurückgelassen hatten. Sie passte nicht richtig, aber es genügte ihm allemal.

Nachdem er sauber war und sich endlich wieder wie er selbst fühlte, setzte er sich gehorsam in eine der Zellen, wo die Gittertür sogleich geschlossen und verriegelt wurde.

„Brauchst du was?", wollte sein Wärter wissen. „In Kürze kommt unsere Köchin und bringt Essen und Trinken. Hier haben wir kaum etwas."

Meron lächelte dankbar.

„Wenn ich davon nur ein wenig bekommen könnte, warte ich liebend gern."

Der Mensch taxierte ihn, ehe er nickte und sich abwandte. Die robuste und dicke Holztür schloss sich hinter dem Mann und nun war Meron komplett allein.

Der Raum fasste vier Zellen, die von einem Flur getrennt wurden. Ein kleines Fenster spendete Licht und an zwei Wänden hing je eine Fackel.

Es war kühl, aber nicht unangenehm, und als Meron die dünne Decke, die auf seiner Pritsche lag, ergriff und sich damit zudeckte, war es fast schon gemütlich.

Er war unglaublich müde und erschöpft, doch Schlaf konnte er keinen finden.

Zu sehr kreisten seine Gedanken um Tayel ...

Meron lugte auf seine Hände, jetzt waren sie wieder sauber, doch zuvor hatte das Blut des Golddrachen daran geklebt.

Wie hatte das alles nur passieren können?

Bevor er die Festung seiner Mutter verlassen hatte, hatte er noch nie ein Problem mit irgendeiner der Seiten in ihm gehabt.

Ach verdammt, ja wie auch?

Sie hatten sich nicht gezeigt, kein bisschen.

Der Drachenanteil schlief noch immer tief und fest, nur der Dämon hatte sich gerührt und ihm dabei mehr als einmal das Leben gerettet.

Dafür aber auch getötet und sein zweites Opfer wäre um ein Haar Tayel gewesen.

Er schauderte und schloss die Augen. Gott sei Dank hatte er rechtzeitig die Kontrolle wiedererlangt. Meron hätte es nicht ertragen, wenn er Tayel getötet hätte.

Obwohl er den Mann noch immer kaum kannte und so gut wie nichts über ihn wusste, war er ihm sehr schnell unglaublich wichtig geworden.

Meron zog die Beine an und schlang die Decke fester um sich.

Dabei war alles für ihn noch immer kaum zu glauben.

Erst vor wenigen Tagen war er aus der Festung geflohen, um seinem sicheren Tod zu entgehen.

Seine Mutter ... was sie wohl gerade durchstehen musste?

Immerhin würden die anderen Dragos gewiss vermuten, dass sie ihm bei der Flucht geholfen hatte.

Raylans Verschwinden war sicherlich ebenfalls längst bemerkt worden und auch das von Tayel.

Ob dessen Sippe bereits auf der Suche nach ihm war? All das Chaos ... und das nur wegen ihm.

Einem einfachen Mischling, der nie hätte geboren werden sollen.

Meron fühlte sich schlecht, womöglich wäre es besser gewesen, sich seinem Schicksal zu fügen?

Nein, so durfte er nicht denken.

Nur, weil er nicht dem Gesetz der Drachen entsprach, war sein Leben nicht weniger wert. Das hatte seine Mutter einst zu ihm gesagt.

Zwar hatte Serafia sich nie die Mühe gemacht, zu verbergen, dass er nicht existieren sollte, doch hatte sie es ihm immerzu unter die Nase gerieben, aber das nur, um ihm klarzumachen, wie vorsichtig sie sein mussten.

Meron wusste, dass sie ihn liebte, und allein deshalb hatte er sich stets an jede Vorsichtsmaßnahme gehalten. Bis auf das eine Mal ... und das hatte den gewaltigen Stein ins Rollen gebracht, der jetzt alles veränderte.

Es quietschte, als die Tür geöffnet wurde, und Meron setzte sich sofort auf.

War etwas mit Tayel?

„Ich bringe das Essen", verkündete eine Frau, die ihn neugierig musterte. „Kann bitte mal jemand die Zellentüre aufsperren?"

Den letzten Satz rief sie über die Schulter, während Meron sich um ein Lächeln bemühte. Der Duft, der aus der Tonschale stieg, ließ seinen Magen freudig knurren und er legte sich die Hand auf den Bauch.

Eine der Wachen kam und sperrte auf, sodass die Frau ihm das Essen geben konnte.

„Habt vielen Dank", sagte Meron und deutete eine Verbeugung an.

Sie erwiderte sein Lächeln zögernd und musterte ihn dabei erneut.

„Ich habe noch nie einen Mischling gesehen", meinte sie vorsichtig.

Meron zuckte die Schultern. „Nun, ich sehe mich täglich im Spiegel", erwiderte er versucht scherzhaft, was ihm einen verwirrten Blick einbracht.

Ehe die Frau noch etwas fragen konnte, scheuchte die Wache sie hinaus, sperrte die Zelle wieder ab und ließ ihn allein.

Meron seufzte, ein kleines Gespräch hätte ihn auf andere Gedanken bringen können, doch nun gut, jetzt hatte er immerhin zu essen.

Der Eintopf schmeckte nicht schlecht, aber er musste sich jeden Löffel hineinquälen, obwohl er großen Hunger hatte.

Die Angst um Tayel ließ seine Kehle eng werden.

Meron senkte den Löffel und seufzte.

Was war der Mann für ihn?

Sein Herz schlug sogleich schneller in seiner Brust, als er über diese Frage nachdachte.

Beantworten konnte er sie nicht, zumindest nicht mit Worten, aber eines war klar, er wollte Tayel auf keinen Fall verlieren.

Mit der freien Hand rieb er sich über die Brust und versuchte zu verstehen, wieso er so extrem reagierte.

War es möglich, dass er Gefühle für Tayel entwickelt hatte?

Nach nur wenigen Tagen, in denen sie zum Teil auch noch getrennt gewesen waren?

Sofort blitzte die Erinnerung an diesen Traum in seinem Kopf auf.

168

Die Traumebene, die verpaarten Drachen vorbehalten war. Meron leckte sich die Lippen, der Kuss war ihm damals schon durch und durch gegangen und wenn er nur intensiv genug darüber nachdachte, meinte er, dass seine Lippen noch immer prickelten.

„Jetzt habe ich ein neues Problem", flüsterte er in den leeren Raum. „Wie soll ich ihm das bloß sagen?"

Und wie würde Tayel darauf reagieren?

Meron stellte das Essen beiseite und stand auf, um in der kleinen Zelle auf und ab zu laufen.

Ob Tayel ihn von sich stoßen würde?

Vielleicht, aber warum hätte er ihn dann geküsst?

Meron rauchte der Kopf und er lehnte die Stirn gegen die kühlen Gitterstäbe.

Aber selbst wenn Tayel ebenfalls etwas für ihn empfinden würde, wie sollten sie zusammen sein?

Meron konnte auf keinen Fall verlangen, dass Tayel seine Sippe, seine Schwester und Familie, zurückließe.

Das wäre grausam und würde er nicht wollen.

Dieser Gedanke sollte nicht so wehtun, dachte er bei sich und seufzte, wobei er die Augen schloss.

All das Grübeln brachte ihn jetzt sowieso nicht weiter, denn solange Tayel noch bewusstlos war, konnte er nicht mit ihm sprechen.

Erst musste sich der Mann erholen und Meron hoffte inständig, dass bei all den Verletzungen keine Schäden bleiben würden.

Er verzog das Gesicht und setzte sich wieder auf seine Pritsche.

Ohne richtigen Appetit nahm er die Schale und aß den Eintopf auf.

Er brauchte Kraft für das, was vor ihm lag.

Denn mit oder ohne Tayel, er war auf der Flucht und die Menschen würden ihm wohl kaum ewig Unterschlupf gewähren.

Auch, wenn er es schätzte, dass sie ihn überhaupt aufgenommen hatten, wäre es falsch, das zu glauben.

Denn schlussendlich brachte er die Leute im Dorf in Gefahr.

Meron ahnte, dass Raylan nicht tot war, der Kerl war gewieft und würde sich nicht so leicht unterkriegen lassen. Nicht umsonst hatte er in der Festung eine solch hohe Stellung bekleidet. Das bedeutete, dass er noch immer dort draußen war und Meron traute ihm durchaus zu, einen weiteren Versuch zu unternehmen, um ihn zum Dämonenregenten zu bringen.

Allein beim Gedanken, die Aschezone zu betreten, wurde Meron speiübel, doch gleichzeitig fühlte er, wie der Dämonenanteil in ihm zufrieden grollte.

Ja, er war zum Teil ein Dämon, aber das bedeutete nicht, dass er dieses Volk näher kennenlernen wollte.

Nicht nach dem, was sie ihm jetzt schon alles angetan hatten.

Er stellte das Tablett mit der leeren Schale zu Boden und streckte sich wieder auf der Pritsche aus.

„Hoffen wir das Beste", murmelte er und schloss die Augen, wobei er alle Götter der Welt darum bat, Tayel wieder aufwachen zu lassen.

Und das bald.

KAPITEL 13

TAYEL

Etwas Weiches wurde über ihn gelegt und Finger strichen ihm das Haar aus der Stirn.

Tayels Bewusstsein kehrte nur langsam zurück und träge öffnete er die Lider.

„Ah, sieh an, du bist wach", erklang eine Frauenstimme und eine junge Dame mit blondem langen Haar, das zu einem Zopf geflochten war, blickte lächelnd auf ihn nieder.

Tayel blinzelte mehrfach.

Wo zur Hölle war er?

Und wo war Meron?

Erschrocken setzte er sich auf, was die Frau zurücktaumeln ließ.

„Huch, was ist denn los?", fragte sie irritiert und er schwang die Beine vom Bett.

„Wo ist er?", wollte er wissen. „Wo ist Meron?"

Sie hob die Hände und wich zurück.

„Bitte, so beruhige dich", bat sie. „Wenn du deinen Begleiter meinst, es geht ihm gut, er ist unter Bewachung, doch niemand hat ihm etwas getan."

Tayel stieß den Atem aus und nickte langsam.

„Also ist er hier ... aber, wo genau sind wir?"

Ihr Lächeln kehrte zögernd zurück und sie ließ die Arme wieder sinken.

„Ihr seid in unserem Dorf. Einige der Feldarbeiter waren mit dem Vorsteher draußen und haben den Hilferuf deines Freundes gehört. Sie brachten euch her und um dein Leben stand es nicht gut."

Tayel zog die Brauen zusammen und blickte an sich herab.

„Warum bin ich nackt?", keuchte er und zog die Decke, die heruntergerutscht war, über seinen Schoß.

Seine Empörung ließ die Frau schmunzeln.

„Deine Kleidung war voller Blut und wir mussten uns um die Verletzungen kümmern. Dabei konnten wir keine Rücksicht auf deine Sachen nehmen. Sie sind kaputt, bitte verzeih."

Voller Blut, ja, das stimmte.

Die Erinnerungen kamen schlagartig zurück.

Die Verfolgung von Raylan und der Kampf mit dem anderen Drachen. Allein der hatte ihn schon geschwächt.

Dann zuvor der Dämon, der ihn mit seinen Giftklauen erwischt hatte ... und schlussendlich Meron. Gegen den er sich nicht mehr zu Wehr hatte setzen können.

Die scharfen Klauen des Mischlings hatten an seinen Armen gerissen und sich bis auf den Knochen in sein Fleisch gegraben.

172

Deshalb waren jetzt auch seine Arme bandagiert und zeigten teilweise dunkle Blutflecken.

„Du sagtest etwas davon, dass mein Freund um Hilfe gerufen hat", meinte Tayel.

Hieß das, dass Meron wieder von selbst zu sich gefunden hatte?

Oder hatten die Menschen ihn überwältigen können und er war ebenso verletzt?

„In der Tat", bestätigte die Frau. „Wieso ist das verwunderlich? Gehört ihr denn nicht zusammen?"

Tayel sah auf und schüttelte den Kopf.

„Doch, tun wir, das wollte ich damit nicht sagen. Bitte verzeih, ich bin wohl noch nicht ganz wach."

Erneut blickte er auf die Bandagen und griff den Anfang der Binde, der etwas hervorstand.

„He, nicht!", befahl die Frau, die offensichtlich eine Heilerin war und eilig zu ihm trat, um ihm auf die Finger zu schlagen. „Ich habe das erst vorhin ordentlich verbunden. Du musst heilen, das dauert."

Tayel knurrte ohne Nachdruck und schüttelt die Hand aus.

„Ich bin ein Drache und verfüge über gute Selbstheilungsfähigkeiten", erklärte er, doch die Frau stemmte nur die Hände in die Hüften.

„Mag sein, aber du bist mit Dämonengift in Berührung gekommen, was dafür gesorgt hat, dass deine Heilung langsam vonstattengeht. Das heißt, hinlegen und ausruhen."

Unwillig ließ er sich wieder ins Bett sinken und zog dabei die Decke über sich.

„Ich fühle mich gut", murrte er, was ihm einen strengen Blick einbrachte.

„Ich kann verstehen, dass du nach deinem Begleiter sehen willst, aber keine Sorge, er ist in besten Händen. Niemand rührt ihn an und wir wissen, dass er ein Mischling ist."

Hörte er da eine Anklage in ihrer Stimme?

Er blickte zu der Frau und versuchte, ihre strenge Miene zu deuten.

„Du scheinst nicht erfreut darüber, dass er in eurem Dorf ist."

Sie schnaubte und schüttelte den Kopf.

„Ich habe nichts gegen Mischlinge, aber es wundert mich, dass gerade ein Drache mit ihm reist. Wie kommt das?"

Tayel stieß ein Seufzen aus und sah zur Decke empor.

„Das ist eine lange Geschichte, aber wichtig ist nur, dass es ihm gut geht."

Sie schwieg und schien auf etwas zu warten, doch als Tayel nichts mehr sagte, trat sie zu seinem Bett.

„Seid ihr ein Paar? Reist du deshalb mit ihm, weil du dich in ihn verliebt hast?"

Er starrte sie einen Moment lang an, die Fragen hatten ihm wortwörtlich die Sprache verschlagen.

Als er still blieb, lächelte sie plötzlich sanft.

„Liebe ist wundervoll", meinte sie. „Da ist es egal, ob man Mensch, Drache, Mann oder Frau ist."

Sie tätschelte ihm die Schulter, ehe sie zur Tür ging.

„Ich komme nachher mit einer Mahlzeit zurück. Ruh dich bis dahin aus, dann kannst du gewiss zu deinem Liebsten."

Er hätte sie korrigieren sollen, dachte sich Tayel, als er allein in seinem Bett lag und der Frau nachblickte.

Meron war nicht sein Liebster, sie waren kein Paar.

Und doch hatten ihn diese Worte so sehr getroffen, dass er den Mund nicht mehr aufbekommen hatte.

Was empfand er für Meron?

Als dieses Mal Everts Gesicht vor seinem inneren Auge auftauchte, war das nicht mit Schmerz verbunden.

Zum ersten Mal seit zwei Jahren musste er lächeln, als er an seinen verstorbenen Mann dachte.

Evert hätte niemals gewollt, dass er sich so gehenlassen und allein bleiben würde.

Nein, Evert hätte nichts dagegen, wenn Tayel sich neu verlieben würde, da war er sich jetzt sicher.

Doch hätte er eine Zukunft mit Meron und würde dieser das überhaupt wollen?

Der Kuss in der Traumebene hatte sich auf jeden Fall nicht so angefühlt, als wäre er erzwungen gewesen.

Und es musste auch etwas bedeuten, dass sie beide dort gewesen waren.

Tayel zerbrach sich den Kopf, er wusste nicht, wie er Meron unter die Augen treten sollte.

Nervosität ergriff ihn und am liebsten wollte er aufspringen und einfach nach ihm suchen.

Hauptsache, er war wieder in seiner Nähe.

Tayel schnaubte.

Meine Güte, er benahm sich wie ein Bursche, der sich zum ersten Mal verliebt hatte!

Kopfschüttelnd stieß er den Atem aus und setzte sich wieder auf.

Er würde Ärger von der Heilerin bekommen, aber diese Bandagen juckten fürchterlich.

Tayel löste sie und ließ die Bänder achtlos zu Boden fallen. Dann musterte er seine Arme.

Die Wunden waren verheilt, beinahe vollständig.

Die hellen Hautstellen waren frisch und dünn, sie würden noch eine Weile empfindlich sein, doch der Schmerz war vollkommen verklungen.

Seine Heilkräfte waren zurück, das Dämonengift störte ihn nicht länger, was ihn lächeln ließ.

Er ballte eine Hand zur Faust und hörte seinen Drachen in sich zufrieden grollen.

„So, hier habe ich einmal das Essen", erklang die Stimme der Heilerin und schon betrat sie den Raum.

Als sie ihn erblickte, ließ sie die Schultern hängen, was das Tablett in ihren Händen gefährlich ins Wanken brachte.

„Sagte ich nicht, die Bandagen sollen dranbleiben?", wollte sie mit scharfer Stimme wissen.

Tayel zeigte ihr seine Arme.

„Danke, ich weiß, aber nicht nötig, die Verletzungen sind abgeheilt."

Sie trat auf ihn zu und stellte das Tablett auf den kleinen Tisch, der sich neben dem Bett befand.

Dann griff sie seine Handgelenke und drehte die Arme, um wirklich jede Stelle genau betrachten zu können.

„Sieht tatsächlich danach aus", räumte sie ein, verschränkte aber dennoch die Arme vor der Brust. „Doch ich spreche solche Anweisungen nicht umsonst aus. Auf den Binden waren Kräutermischungen, die hätten dir trotzdem noch geholfen. Jetzt hast du sie verschwendet."

Tayel fuhr zusammen, nun war auch klar, wieso alles so gejuckt hatte.

Das hatten manche Heilkräuter so an sich.

„Verzeih, das wusste ich nicht", entschuldigte er sich, denn immerhin war die Heilerin so freundlich gewesen, sich um ihn zu kümmern, da musste er sich jetzt auch benehmen.

„Egal, dir scheint es gut zu gehen, also sei es drum", meinte sie nach einem letzten strafenden Blick. „Iss, dann kommst du auch wieder zu Kräften und hier drin befindet sich Kleidung, sie müsste dir passen."

Damit zog sie einen Beutel hervor, den sie über den Rücken geworfen hatte und den sie ihm nun reichte.

„Hab vielen Dank für deine Hilfe", sagte Tayel und deutete eine Verbeugung an.

Da kam auch ihr Lächeln zurück.

„Gern, wir helfen immer, wenn wir können. Aber jetzt iss und kleide dich an, dann komm nach unten. Ich bin mir sicher, du möchtest so schnell es geht zu deinem Liebsten."

Wieder korrigierte er sie nicht und als die Heilerin ihn alleingelassen hatte, verschlang Tayel gierig die Mahlzeit.

Denn sie hatte recht, er wollte zu Meron. Schon, um sicherzugehen, dass es ihm auch wirklich gut ging.

Er wollte sich gar nicht vorstellen, wie schlecht sein Mischling sich gefühlt haben musste, als er wieder zu sich gekommen war.

Tayel zog die Augenbrauen zusammen.

Sein Mischling?

Jetzt war Meron also schon ‚sein' Mischling. Ob der Mann das genauso sehen würde?

Und da kam die Nervosität auch wieder zurück.

Tayel schloss die Augen, es genügte, er musste sich zusammenreißen. Vor den Menschen wollte er sich auf keinen Fall etwas anmerken lassen, und was Meron anging, sollten sie erst einmal reden, bevor er hier irgendwelche ‚sein' – Ansprüche stellte.

Nachdem er fertiggegessen hatte, durchsuchte Tayel den Beutel und fand eine dunkelbraune Hose, die ihm tatsächlich recht gut passte, und ein etwas abgegriffenes, beiges Oberteil, welches zwar ein wenig zu eng saß, ihn aber nicht in der Bewegungsfreiheit behinderte.

Seine Stiefel hatten die Kämpfe Gott sei Dank überlebt.

Sie standen neben dem Bett und Tayel zog sie an. Dann verließ er das Zimmer und sah sich um. Schnell fand er eine alt wirkende Treppe, die bei jedem seiner Schritte ein gefährliches Ächzen hören ließ.

Unauffällig konnte man sich in diesem Haus auf keinen Fall bewegen.

Unten entdeckte er die Heilerin zusammen mit einem Knaben von vielleicht 13 Jahren, der an einem Tisch saß. Die Frau hatte sich an eines der hohen Regale gelehnt, die eine der Wände des Raumes säumten.

An einer anderen Wand befand sich eine Kochstelle mit offenem Feuer. Darüber hing, in einer dafür vorgesehenen Vorrichtung, ein großer Kessel.

„Das ging aber schnell", meinte die Heilerin und trat zu ihm.

Tayel bemerkte die neugierigen Blicke des Jünglings, der sich allerdings zurückhielt und ihn lediglich beobachtete.

„Wie du schon selbst festgestellt hast, möchte ich wirklich gern zu Meron", erklärte er und lächelte leicht, woraufhin sie nickte.

„Natürlich. Komm mit."

Der Junge blieb in der Stube zurück, während Tayel ihr aus dem Haus folgte.

Mittlerweile war die Nacht hereingebrochen, er musste also eine ganze Weile bewusstlos gewesen sein. Die Kämpfe und vor allem das Gift hatten ihm ziemlich zu schaffen gemacht. Es war wohl doch sehr knapp gewesen und er hätte um ein Haar sein Leben verloren.

Die Heilerin brachte ihn zu einem etwas größerem Gebäude und als sie die Tür aufstieß, hatte Tayel sofort Merons Geruch in der Nase.

Der Mischling war definitiv dort drinnen.

„Wir haben die Bestätigung, das die beiden zusammengehören", begrüßte die Frau die zwei Wachen, die ihr zunickten, Tayel aber eher skeptisch musterten.

„Verstehe", brummte einer von ihnen. „Weiß unser Oberhaupt schon Bescheid?"

Sie schüttelte den Kopf.

„Nein und ich bin auch nicht seine Laufdame. Also geh und sag es ihm selbst. Derweil kann er hier zu seinem Mann."

Die Wache, die von ihr befehligt worden war, schnaubte zwar, gehorchte aber, wenn auch lauthals vor sich hin fluchend.

Der zweite wachhabende Mann schüttelte den Kopf.

„Du sollst unseren Nachwuchs nicht immer herumkommandieren. Sie fürchten sich sowieso schon alle vor dir."

Die Heilerin grinste und es blitzte in ihren Augen.

„Zurecht und der Knabe kann ruhig etwas tun, also lass ihn schimpfen. Nun, ist es in Ordnung, wenn er hier zu dem Mischling geht?"

Tayel räusperte sich.

„Mein Name ist Tayel, Werteste", stellte er sich vor und ärgerte sich, das nicht längst getan zu haben. Woher sollte die Heilerin auch seinen Namen kennen?

„Ich weiß, das wurde mir mitgeteilt", erwiderte diese und Tayel blinzelte. „Ach so?"

Sie ignorierte ihn und als die Wache einen Schlüssel hervorholte und ihnen bedeutete, ihm zu folgen, tat er das ohne Widerwort.

Sie liefen eine kurze Treppe nach unten, woraufhin eine weitere Tür folgte.

Bei jedem Schritt wurde Merons Duft stärker und Tayel musste an sich halten, um nicht an den Menschen vorbeizustürmen.

Kaum waren die zwei in den dahinterliegenden Raum getreten, huschte er schon hinterher.

„Meron", stieß er hervor und gewaltige Erleichterung erfasste ihn. Zwar hatten die Menschen immer wieder bestätigt, dass er hier wäre, aber ohne es mit eignen Augen zu sehen, waren Tayel doch Zweifel geblieben.

Der Mischling lag auf einer Pritsche und blinzelte träge, als er ihn ansprach.

Doch dann sprang er plötzlich auf und griff die Gitterstäbe der Zellentür.

„Tayel! Du bist bei Bewusstsein, oh, Gott sei Dank!"

„Ich sperre auf", brummte die Wache und kaum war der Schlüssel herumgedreht, schwang die Tür auch schon auf.

„He, langsam!", knurrte der Mensch, wurde aber sowohl von Meron, als auch von Tayel ignoriert.

Der Mischling war binnen eines Wimpernschlages bei ihm und Tayel keuchte, als er ihm um den Hals fiel.

„Ich hatte solche Angst um dich!", raunte Meron und Tayel konnte das Zittern in dessen Stimme hören.

Nach einem kurzen Zögern legte er die Arme um den etwas kleineren Mann und drückte ihn an sich.

„Es ist alles gut, bitte, beruhige dich", raunte er und war sich den Blicken der Menschen deutlich bewusst.

„Unser Vorsteher erwartet die Gäste in der Taverne", dröhnte die Stimme des zweiten Wachmannes, der wohl gerade zurückgekehrt war, zu ihnen nach unten.

Meron zuckte in Tayels Armen zusammen und trat mit einem Mal schnell von ihm zurück. Die Wangen des Mischlings waren gerötet und jetzt mied er mit einem Schlag seinen Blick. Bevor Tayel dazu etwas sagen konnte, ergriff die Heilerin wieder das Wort.

„Dann sollten wir direkt zur Taverne gehen. Es ist immerhin spät und wir alle wollen langsam zu Bett."

Tayel nickte und zusammen mit Meron, der ihn noch immer nicht ansah, folgte er ihr.

Sie verließen das Gebäude und kamen schon nach kurzer Zeit zur Taverne. Über der Eingangstür hing ein handgefertigtes Holzschild, auf dem in grober Schnitzerei ‚Zum Fass' zu lesen war.

Darin erwartete sie ein Mann mit schütterem grauen Haar, aber messerscharfen braungrauen Augen.

„Es freut mich, dich bei bester Gesundheit zu sehen, Tayel", begrüßte er ihn und Tayel deutete eine Verbeugung an.

„Hab vielen Dank für die Gastfreundlichkeit deines Dorfes. Wir freuen uns, hier Unterschlupf gefunden zu haben."

Der Vorsteher neigte den Kopf, wobei sein Blick zu Meron ging.

„Es ist eine ganze Weile her, dass ich einen Mischling in unserem Gebiet gesehen habe, doch es ist gut zu wissen, dass deinesgleichen noch nicht alle ausgerottet wurden."

Tayel verzog das Gesicht, der Hass der Drachen gegenüber Mischlingen war überall bekannt.

„Mir läge nichts ferner, als Meron zu schaden", stellte er klar und fühlte plötzlich den Blick Merons auf sich.

„Schön, ich habe mir bereits gedacht, dass ihr beide mehr als nur Reisegefährten seid", meinte der Mensch und Tayel unterdrückte einen Fluch.

Hatte die Heilerin denn gleich das ganze Dorf darüber unterrichtet?

„Wir sprechen morgen über alles Weitere", meinte der Dorfvorsteher. „Jetzt ist es spät und wir alle brauchen Ruhe. Ich gehe nicht davon aus, dass ihr meinem Dorf und meinen Leuten Ärger machen werdet?"

Tayel verneinte und auch Meron schüttelte den Kopf.

„Gewiss nicht", versicherte Tayel, was der Vorsteher nach einem Moment mit einem Nicken quittierte.

„Inga wird euch auf euer Zimmer bringen. Ruht wohl und bis morgen."

Damit ging der Mann an ihnen vorbei und die Heilerin wies auf eine Treppe am Ende des Raumes. „Kommt, mir nach."

Erneut folgten sie ihr hinauf und Tayel bekam einen Schlüssel in die Hand gedrückt, als sie vor einer Tür Halt machten.

„Gute Nacht", brummte die Heilerin und wandte sich daraufhin ab.

Tayel sah ihr kurz nach, ehe er den Schlüssel ins Schloss steckte und aufsperrte.

Er öffnete die Tür, ließ Meron den Vortritt, ehe er selbst ins Zimmer ging und die Tür hinter sich wieder verriegelte.

„Ein Bett", war das Erste, was er von Meron hörte.

In der Tat, dort stand nur eines und es war auch nicht sonderlich groß.

„Ich kann auf dem Boden schlafen, du musst es nicht mit mir teilen", meinte Tayel und trat sich die Stiefel von den Füßen.

Meron drehte sich zu ihm herum, noch immer waren seine Wangen gerötet.

Er hatte ein Lächeln auf den Lippen, aber das war eindeutig gespielt.

„Nein, ich habe kein Problem damit, mein Nachtlager mit dir zu teilen, wirklich. Ich, ähm, wollte mich nur für mein Verhalten vorhin entschuldigen."

Meron senkte den Kopf und kratzte sich den Nacken.

„Ich bin dir einfach um den Hals gefallen und das auch noch vor den Menschen. Das war alles andere als ... richtig."

Tayel seufzte und trat zu dem kleineren Mann.

Ohne zu zögern, nahm er ihn in den Arm und drückte ihn an sich.

„Auch wenn du mich überrascht hast, habe ich mich ebenso gefreut, dich wiederzusehen, Meron. Mach dir also bitte keine Gedanken."

Da blickte der Mischling zu ihm auf und diesmal wirkte das Lächeln schon viel echter.

„In Ordnung."

Vorsichtig schoben sich Merons Arme um ihn und Tayel merkte, wie sein Herz allein deshalb auf einmal schneller schlug.

„Du bist bestimmt erschöpft, willst du dich hinlegen?", fragte er, um sich von seinem dröhnenden Herzschlag abzulenken.

Meron löste sich langsam und setzte sich an die Bettkante.

„Um ehrlich zu sein, gern. Zwar hätte ich auf der Pritsche im Kerker genug Zeit gehabt, um zu schlafen, aber dort bekam ich kein Auge zu. Zumindest nicht lange. Jedes Mal, wenn ich eine Tür hörte, hatte ich die Hoffnung ... dass du es bist."

Tayel stockte der Atem, als er Merons Blick aus warmen grünen Augen begegnete.

„Jetzt bin ich ja hier", murmelte er und setzte sich neben ihn ans Bett. „Willst du mir vielleicht erzählen, was passiert ist, nachdem ich das Bewusstsein verloren habe?"

Auch wenn die Heilerin ihm schon etwas berichtete, so wollte er alles genau von Meron wissen, ihm vertraute er ... Moment, was?

Verdammt, ja, der Mischling ging ihm gewaltig unter die Haut, Tayel konnte dieses Gefühl nicht mehr bestreiten und eigentlich wollte er es auch nicht.

Bei seiner Frage sanken Merons Schultern herab und er blickte starr zu Boden.

„Ich will dir keinen Vorwurf machen", hängte Tayel schnell an. „Ich bin weder wütend noch sonst irgendwas, wirklich. Ich möchte einfach wissen, was geschehen ist und wie es dir jetzt geht."

Er legte einen Arm um den Mischling und drückte ihn sanft an sich.

„Bitte, erzähle es mir."

KAPITEL 14

MERON

Als Tayel ihn an sich drückte, begann Merons Herz zu rasen. Die Hitze in seinen Wangen breitete sich über seinen Hals und seine Brust aus. Es war ihm unglaublich peinlich, wie er im Kerker reagiert hatte, aber er hatte sich nicht zügeln können.

Alles an dem Golddrachen zog ihn mittlerweile an und Meron konnte sich diesem Sog einfach nicht entziehen.

„Wie hast du es geschafft, deine dämonische Hälfte unter Kontrolle zu bringen?", fragte Tayel und streichelte ihm dabei über die Seite.

Meron hob den Blick und lächelte leicht.

„Zu Beginn gar nicht", gestand er. „Ich hatte keine Chance, er war übermächtig und ich in meinem Inneren gefesselt. Es war schrecklich, zum Zusehen verdammt zu sein, während mein Körper tat, was der Dämonenanteil befahl."

Er musste schlucken und atmete tief durch, als sich ein Kloß in seiner Kehle bildete.

Himmel, er durfte sich nicht so gehen lassen! Tayel würde sonst noch glauben, er wäre weinerlich.

Was zwar der Wahrheit entsprach, doch das musste er sich nicht anmerken lassen.

„Doch als du aufgetaucht bist, habe ich gemerkt, dass sich die Ketten lockerten", erklärte er weiter. „Nicht so stark, dass ich durchbrechen konnte, aber wenigstens habe ich es geschafft, ein paar Worte an dich zu richten."

Er schloss die Augen und ballte die Fäuste.

„Was zu wenig war ... er hat dich angegriffen. Ich habe alles getan, um die Kontrolle zurückzuerlangen, und irgendwann hat es auf einmal funktioniert. Warum, weiß ich nicht, es war, als würde mich neue Stärke erfüllen und ich konnte den Dämonenanteil zurückdrängen. Gott sei Dank, denn sonst wärst du jetzt tot."

Die Vorstellung ließ ihn schaudern und er hob den Blick zu Tayel.

„Es tut mir so leid, ich wünschte, ich wäre stärker gewesen, dann wäre das alles nicht passiert."

Der Golddrache schüttelte den Kopf.

„Du kannst nichts dafür. Deine Dämonenseite ist vorher nie durchgebrochen und niemand hat dich darauf vorbereitet, wie du zu handeln hast, wenn es passieren sollte", erklärte er. „Mach dir keine Gedanken, mir geht es gut und dir auch. Mehr ist nicht wichtig. Im Dorf der Menschen haben wir jetzt die Gelegenheit, uns auszuruhen und für die Weiterreise zu stärken."

Meron blinzelte, seine Lippen öffneten sich einen Spalt.

„Weiterreise", wiederholte er das Wort. „Willst du mich begleiten?"

Tayel starrte ihn an, anscheinend wurde ihm gerade erst selbst klar, was er da von sich gegeben hatte.

„Ich, also", stammelte der sonst so wortgewandte Drache und eine leichte Röte legte sich auf seine Wangen, was ihn unverschämt gut aussehen ließ.

Meron lächelte traurig.

„Du hast nicht nachgedacht, richtig?", fragte er leise. „Schon gut, mir ist klar, dass du nicht mit mir kommen willst oder kannst. Du hast Verpflichtungen und eine Schwester, die dich braucht."

Noch während er sprach, griff Tayel plötzlich seine Hand.

„Langsam", bat er. „Nichts davon würde mich abhalten, dich zu begleiten. Doch zuvor sollten wir darüber sprechen, findest du nicht auch?"

Das hatte Meron nicht kommen sehen. Er blickte Tayel erstaunt an und drehte die Hand unter der des Golddrachen, um ihre Finger miteinander zu verflechten.

„Ja, stimmt", gab er zu und schon stieg Nervosität in ihm auf. Er wusste nicht, was er sagen sollte, es war, als hätte er die Fähigkeit zu sprechen verlernt.

„Wir kennen uns kaum", begann Tayel und Meron nickte lediglich stumm. „Und doch habe ich für dich schon mehr auf mich genommen als für die meisten anderen."

„Und dafür bin ich dir unglaublich dankbar", beeilte sich Meron, klarzustellen. „Du hättest nichts davon tun müssen und hast dich für mich in Lebensgefahr gebracht. Ich weiß nicht, wie ich das je wieder gut machen soll."

Tayel schüttelte den Kopf und drückte seine Hand.

„Ich habe nicht darum gebeten und alles aus freien Stücken getan. Da gibt es nichts wiedergutzumachen."

Mit viel zu schnell schlagendem Herzen sah Meron dem schönen Mann in die rotbraunen Augen.

„Warum?", fragte er. „Warum bist du so gut zu mir, obwohl ich ein Mischling bin?"

Das ließ Tayel einen Moment schweigen, ehe er seine Hand losließ. Es fuhr Meron wie ein Messerstich ins Herz und er ahnte, dass er zu viel in das Geschehene hineininterpretiert hatte.

„Weil ich zum einen noch nie dafür gewesen bin, dass man Mischlinge tötet", erwiderte Tayel und legte ihm die Hand an die Wange, was Meron den Atem anhalten ließ.

„Zum anderen habe ich vom ersten Moment etwas in dir gesehen, auch, wenn ich es mir nicht eingestehen wollte", sprach Tayel weiter. „Dein Leben ist nicht weniger wert als das meine oder eines anderen dort draußen. Keiner verdient den Tod ..."

In den letzten Worten schwang unverkennbar Trauer mit und kurz senkte Tayel den Blick.

„Aber was viel wichtiger ist, ich mag dich ... oh, das klang jetzt so richtig schön plump, nicht wahr?"

Meron blinzelte, während Tayel die Hand von seiner Wange nahm und sich durchs Haar fuhr.

„Ich kann unglaublich schlecht mit Worten umgehen, merkt man das?", fragte der Golddrache und schenkte ihm ein schiefes Lächeln.

Meron musste lachen und schüttelte den Kopf.

„Gar nicht, du machst das hervorragend. Ich wäre schon längst an meinem Gestotter erstickt, glaub mir."

Das ließ Tayel schmunzeln und er zog ihn enger an sich, was Meron nur zu gern zuließ. Die Wärme und der Geruch des Mannes beruhigten ihn ungemein.

Tayel ließ ein Brummen hören.

„Dennoch bin ich eher ein Mann der Tat", raunte er und senkte dabei den Kopf.

Meron erstarrte und als ihre Lippen sich berührten, durchfuhr es ihn wie ein Blitzschlag. Der Kuss war sanft, fast schon fragend und Meron drückte sich an Tayel, wobei er ihm die Arme um den Hals legte.

Das schien der Golddrache als Bestätigung zu sehen, denn seine Hände glitten auf Merons Hüften und mit einem Ruck saß er plötzlich auf Tayels Schoß.

Es hätte ihm peinlich sein müssen, als Mann auf dem Schoß eines anderen Mannes zu sitzen, aber Tayel ließ ihm keinen Moment Zeit zum Nachdenken.

Der Kuss wurde intensiver, leidenschaftlicher und Meron erzitterte am ganzen Körper.

Als sie sich lösten, schnappte er regelrecht nach Luft und keuchte atemlos. Blinzelnd sah er Tayel in die wunderschönen rotbraunen Augen.

„Was machst du mit mir?", fragte er heiser. „Es ist beinahe so wie in der ... Traumebene."

Tayel nickte, weiterhin lagen seine Hände auf Merons Hüften, was ihm bei jeder kleinen Bewegung erneute Schauer über den Körper jagen ließ.

„Ich weiß bis heute nicht, wie es dir gelungen ist, mich dorthin zu rufen", meinte Tayel, was Meron stutzen ließ.

„Was? Ich habe dich nicht gerufen, ich wüsste nicht einmal, wie das geht", erklärte er und versuchte, trotz der Hände auf sich, einen klaren Kopf zu bewahren.

Tayel runzelte die Stirn.

„Ach nein? Dafür ist es dir aber hervorragend gelungen."

Irritiert dachte Meron zurück, er war dort gerade bei Raylan gewesen und hatte geschlafen.

„Es ist im Schlaf passiert", meinte er. „Also wohl eher unterbewusst, oder?"

Tayel zuckte die Schultern.

„Ich kann es dir nicht sagen, ich war zuvor noch nie in der Traumebene. Und ich habe im Gegensatz zu dir nicht geschlafen, ich war wach und du hast mir quasi den Boden unter den Füßen weggezogen."

Erneut wurden Merons Wangen heiß und er senkte den Blick.

„Verzeih", murmelte er, hörte Tayel aber lachen.

„Nein, keine Entschuldigungen. Das war eine wahrlich intensive Erfahrung und ich freue mich, dass ich sie mit dir machen durfte."

Die Worte waren so liebevoll und Meron fühlte, dass jedes davon ernst gemeint war.

Er sah auf und sogleich trafen sich ihre Blicke.

„Danke", raunte Meron. „Für alles."

Tayel lehnte sich zu ihm und erneut küsste ihn der schöne Golddrache. Diesmal war Meron darauf vorbereitet und konnte den Kuss sofort ebenso leidenschaftlich erwidern. Tayels Hände schoben sich unter sein Hemd und strichen über seine erhitzte Haut.

Begehren regte sich in ihm, es zog in seinen Lenden und Meron fühlte, wie er hart wurde.

Es war nicht so, als hätte er nicht schon an sich selbst herumgespielt, aber noch nie hatte ihn ein Mann so in seinen Bann gezogen wie Tayel.

Als dieser ihn in die Laken drückte, ließ Meron es bereitwillig geschehen.

„Du raubst mir den Verstand", knurrte der Golddrache und griff den Saum von Merons Hemd, um es ihm auszuziehen.

Meron hatte die Arme erhoben, was es leichter machte.

Sein Herz raste, oh wie nervös er doch war!

„Und du mir meinen", erwiderte er und griff seinerseits nach Tayels Hemd. „Weg damit."

Die Forderung wurde mit einem kleinen Lächeln entgegengenommen und Tayel zog sich zurück, um es auszuziehen.

Sich die Lippen leckend, ließ Meron den Blick über die glatte helle Haut gleiten.

„Komm her", bat er und schon war Tayel über ihm.

Erneut vereinten sich ihre Lippen, während Meron die Hände über den Rücken seines Drachen gleiten ließ.

Sein Drache ... ja, das fühlte sich richtig an. Ob Tayel das schließlich auch so sehen würde, blieb abzuwarten, aber für Meron war es so.

Er kratzte über die warme Haut und hörte Tayel knurren.

Das Geräusch vibrierte an seinen Lippen und ließ das Begehren in ihm wachsen.

„Bist du dir sicher, dass du das willst?", fragte Tayel plötzlich und hob den Kopf etwas an, um ihm in die Augen sehen zu können.

Meron stutzte kurz, dann lächelte er und nickte.

„Ja, das bin ich", antwortete er, ohne zu zögern. „Du bist derjenige, den ich will. Also nimm mich, ich gehöre ganz dir."

Er schien die richtigen Worte gewählt zu haben, denn Tayels rotbraune Augen verdunkelten sich und er konnte das Verlangen darin erkennen.

„Meron, hast du schon ...?", setzte Tayel an und wieder stieg Meron die Röte in die Wangen.

„Nein, wie denn auch? Ich war mein Leben lang allein und hatte kaum Kontakt zu irgendwem. Und wer von mir wusste, hatte gewiss kein Interesse an intimen Kontakt", antwortete er und als sich ihre Lippen erneut vereinten, erwiderte er den Kuss und drückte die Fingernägel in Tayels Schultern.

„Ich verstehe, entschuldige die Nachfrage", raunte sein Golddrache. „Ich wollte nur sichergehen, immerhin möchte ich dich nicht verletzen."

„Verletzen?", wiederholte Meron verwirrt und beobachtete, wie Tayel sich zurückzog und dabei auf die Knie setzte.

„Gerade beim ersten Mal kann alles sehr viel, sehr intensiv sein", erklärte der Golddrache. „Ich will, dass es dir gefällt, dass du dich fallenlassen kannst."

Merons Gesicht glühte, doch auf seinen Lippen breitete sich ein Lächeln aus.

„Ich vertraue dir, Tayel, sonst wäre ich nicht mit dir in diesem Bett. Also zeig es mir, zeig mir alles."

Wieder lehnte Tayel sich über ihn und Meron schlang sofort seine Arme um den Hals des schönen Mannes. Der Kuss ließ erneut Verlangen in seinen Lenden erwachen, seine Haut spannte und er wand sich unter Tayel.

„Bitte", wisperte Meron, wenn er auch gar nicht genau wusste, worum er eigentlich bat.

Tayel schien damit keine Probleme zu haben, sein kehliges Knurren vibrierte an Merons Lippen und wieder zog er sich zurück.

„Dreh dich für mich um."

Umdrehen?

Meron schluckte, folgte der Aufforderung aber.

Sofort fühlte er Tayels große Hände auf seinen Hüften, die Fingernägel kratzten über die Haut.

„Bleib auf den Knien, aber mach es dir bequem", hörte er Tayel sagen und nach kurzem Zögern ließ Meron den Oberkörper in die Laken gleiten. Jetzt kam er sich zwar wie auf dem Präsentierteller vor, doch sein Herz schlug rasend schnell und das Verlangen in ihm ließ jede Scham verschwinden.

Geschickte Finger machten sich am Bund seiner Hose zu schaffen und als Meron der Stoff bis zu den Knien nach unten gezogen wurde, biss er sich auf die Unterlippe.

„Hilf mir mal", bat Tayel und Meron hob nacheinander eines seiner Beine am, sodass die Hose schlussendlich auf dem Boden landete.

„Verflucht, du bist ein unverschämt heißer Anblick", knurrte Tayel und Meron stützte sich mit den Händen im Laken ab, um über die Schulter spähen zu können.

„Das sagt der Richtige", raunte er. „Aber du hast im Gegensatz zu mir noch zu viel an."

Meron beobachtete, wie Tayel sich erhob und seine eigene Hose auszog.

Allein der Anblick des schönen Golddrachen raubte Meron den Atem.

Und ganz offensichtlich wollte Tayel ihn. Die große Erregung des Mannes glänzte bereits an der Spitze und Meron leckte sich die Lippen.

„Zufrieden?", wollte Tayel wissen und Meron hob den Blick, um ihm in die Augen zu sehen.

„Jetzt schon", gab er mit einem kleinen Grinsen zurück, was Tayel amüsiert schnauben ließ.

Der Golddrache kniete sich erneut aufs Bett und dabei strichen seine Hände über Merons Seiten.

Instinktiv schloss Meron die Augen, ein Schauer durchzog ihn und er senkte den Oberkörper zurück in die Laken. So konnte er sich besser im weichen Stoff vergreifen. Tayels weiche Lippen glitten über seine Wirbelsäule und hinterließen dabei eine Spur von Küssen, die seine erhitzte Haut noch mehr verbrannten.

Meron konnte sich immer weiter entspannen, sein Herz schlug zwar weiterhin wahnsinnig schnell, aber es fühlte sich berauschend an.

Als Tayels Hände sich auf seinen Hintern legten, durchzuckte ihn erneute Nervosität.

„Das Atmen nicht vergessen", hörte er den Golddrachen sagen, der einen Augenblick später seine Backen spreizte.

Meron schnappte nach Luft, er kam sich schrecklich entblößt vor, doch viel Zeit zum Nachdenken blieb ihm nicht, denn plötzlich konnte er Tayels Zunge an seinem Eingang fühlen.

„Himmel! Mit der Zunge?", keuchte er, was viel mehr nach einem erschrockenen Quietschen klang.

Sehr männlich, Meron ...

„In der Tat, mein heißer Mischling", brummte Tayel. „Vertrau mir, ich will dir Lust schenken und keine

Schmerzen bereiten. Lass dich von den Gefühlen treiben, kämpfe nicht gegen sie an."

Das war leichter gesagt als getan, wie Meron fand, doch er schloss erneut die Augen und zwang sich, durchzuatmen.

Tayel schien sein Unbehagen zu bemerken, denn er ließ Meron Zeit, sich wieder zu entspannen.

„Stell die Beine für mich breiter", bat Tayel und Meron gehorchte.

„So?", fragte er, wobei seine Stimme von den Laken gedämpft wurde, in die er gerade sein Gesicht drückte.

„Genau so", bestätigte Tayel und Meron stöhnte überrascht auf, als eine große Hand sich um seinen harten Schwanz legte.

Der Druck ließ völlig neue Empfindungen durch ihn schießen und Meron erzitterte.

Tayel massierte seine Erregung, wodurch er die Zunge an seinem Eingang völlig vergessen konnte.

Selbst als sie plötzlich in ihn glitt, konnte Meron entspannt bleiben.

Er stöhnte erregt und fühlte, wie sein Schwanz erste Lusttropfen verlor.

Tayel brachte ihn um den Verstand und Meron genoss es so sehr!

Nie hätte er geglaubt, diese Erfahrung machen zu dürfen, und dann auch noch mit Tayel.

Die Zunge verschwand und wurde durch einen Finger ersetzt, der sich tief in ihn schob.

„Ah!", entkam es Meron, als der Finger sich in ihm krümmte und dabei eine Stelle in seinem Inneren berührte, die sprühende Funken durch Merons Körper zucken ließ.

„Tayel!", stöhnte er laut, denn der Höhepunkt brach unvermittelt über ihn herein und ließ ihn nach Atem ringend zurück.

„Wie soll ich mich zurückhalten und geduldig sein, wenn du so heiß meinen Namen stöhnst?", wollte Tayel mit einem dunklen Knurren in der Stimme wissen.

Meron hatte etwas erwidern wollen, doch als ein zweiter Finger in ihn geschoben wurde, entkam ihm ein Zischen.

Das brannte und kurz schloss er die Augen.

Aber das unangenehme Gefühl verschwand, als Tayel erneut den Punkt in seinem Inneren berührte, der seinen Körper in Brand setzte.

Stöhnend drückte Meron sich den Fingern entgegen und krallte sich dabei fester in die Laken.

„Das ist so intensiv", keuchte er und holte dabei zittrig Luft.

„Ja, ich weiß, mein heißer Anblick", brummte Tayel, und massierte Merons Schwanz erneut.

Merons Kopf wurde mit jedem Moment leerer, jegliche Gedanken verschwanden und er konzentrierte sich vollkommen auf Tayel.

Die Finger in ihm bewegten und spreizten sich immer wieder, und der anfängliche Schmerz wurde stetig weniger.

Meron schaffte es, sich wieder zu entspannen und dabei verlangte sein Körper nach mehr.

Mehr von allem.

Mehr von Tayel.

Sein Golddrache entzog ihm in diesem Moment die Finger, was eine unerwartete Leere in Meron zurückließ.

„Bist du dir wirklich sicher?", hörte er Tayel erneut fragen.

„Bitte", raunte Meron mit vor Lust heiserer Stimme und sah über die Schulter. „Ich will dich endlich spüren!"

WAS EMPFAND ER
FÜR MERON?

KAPITEL 15

TAYEL

Etwas Schöneres hätte Meron jetzt nicht sagen können.

Natürlich hätte Tayel aufgehört, hätte sein Mischling das verlangt, denn man konnte ihm vieles nachsagen, aber er würde sich niemals an jemandem vergehen.

„Ganz wie du wünscht", raunte Tayel.

Seit Everts Tod hatte er mit niemandem mehr geschlafen, es hatte sich nie richtig angefühlt, doch diesmal war es anders.

Und das lag allein an Meron.

„Konzentriere dich auf deine Atmung", bat Tayel und griff ihn bei den Hüften. „Und entspann dich, versuche, locker zu lassen."

Meron nickte zwar, aber er konnte sehen, wie sich dessen Finger in die Laken krallten.

Er gab ihm noch einen Moment Zeit, ehe er seine Erregung gegen Merons gut gedehnten Eingang drückte.

Fast sofort glitt seine Spitze in den Mischling, was Tayel aufstöhnen ließ.

Er hörte Meron keuchen, aber tatsächlich blieb der schöne Mann locker.

„Du bist riesig!", stöhnte Meron, wobei er den Kopf in den Nacken warf.

Tayel musste grinsen, verdammt war das ein heißer Anblick.

„Lass dich gehen", bat er und schob sich tiefer in Meron. Dessen enge Hitze brachte ihn fast um den Verstand und wieder musste er an sich halten, um nicht einfach in seinen Mischling zu stoßen.

Als ein Zischen zu hören war, griff Tayel mit einer Hand wieder Merons Schwanz und begann ihn zu massieren.

„Tayel!", keuchte Meron und erzitterte heftig, wobei er sich wieder etwas entspannte.

„So ist es gut", raunte Tayel und musste die Zähne zusammenbeißen, um sich zu beherrschen.

Erst nach einem Moment stieß er das letzte Stück auf einmal in Meron, was diesen nach Luft schnappen ließ.

„Mein Gott ist das viel!"

Ja, das fand Tayel auch, aber es fühlte sich unfassbar gut an. Er war wie im Rausch und massierte Merons Erregung härter.

„Stöhne für mich", verlangte er und begann, sich langsam in Meron zu bewegen.

Meron wurde mit jedem Moment lockerer, sein Stöhnen verlangender und er drückte sich ihm entgegen.

Erst jetzt wagte Tayel es, härter und schneller in seinen Bewegungen zu werden. Die anfänglichen

Schmerzen schienen sich bei Meron komplett aufgelöst zu haben und sein Mischling genoss es offensichtlich.

Als sich Merons Muskeln um seinen Schwanz anspannten, stöhnte Tayel.

„Verdammt, so gut!", knurrte er und ließ die freie Hand auf Merons Hintern klatschen, während er sich immer hemmungsloser in ihn versenkte.

Dabei massierte er Merons Erregung weiter, was seinen Mischling sogar aufschreien ließ.

Viel zu schnell fühlte Tayel einen Höhepunkt nahen und konnte sich ihm nicht entziehen.

„Meron!", stöhnte er und kam heftig, wobei Tayel nur einen Moment später fühlte, wie Merons Erregung in seiner Hand zuckte, als auch er kam.

Merons Keuchen war wie Musik in seinen Ohren und erst, als ihrer beider Höhepunkt abgeklungen war, entzog Tayel sich ihm und ließ sich in die Laken sinken.

„Du bist einfach unglaublich", raunte er und zog Meron in die Arme.

Sein Mischling atmete noch etwas hektisch, aber er kuschelte sich sofort an ihn.

„Das sagt der Richtige", murmelte Meron und schloss die Augen.

Die Röte auf seinen Wangen ließ ihn gleich noch schöner wirken, wie Tayel fand, und sein Herz zog sich in seiner Brust zusammen.

Was empfand er für Meron?

Er war der erste Mann, mit dem er seit Everts Tod zusammen gewesen war, und es war auch Meron zu verdanken, dass die Schmerzen der Vergangenheit erträglicher geworden waren.

Dieser Mischling war für ihn auf jeden Fall etwas Besonderes.

Er drückte Meron sanft an sich und küsste ihn aufs Haar.

„Ruh dich aus", bat er und streichelte ihm liebevoll über den Rücken.

Ein leises Brummen war zu hören, zusammen mit ein paar unverständlichen Worten, dann war Meron auch schon eingeschlafen.

Tayel blieb wach, er war zu aufgewühlt, um jetzt zu schlafen.

Es war nicht so, als hätte es ihm nicht gefallen, ganz im Gegenteil.

Meron hatte ihn mit seiner Art völlig vereinnahmt und das hatte sich unglaublich gut angefühlt.

Bis jetzt waren auch keine Gewissensbisse in Tayel aufgekommen, warum also war er mit einem Mal so neben sich stand.

Er lauschte in sich hinein, sein Drache war entspannt und schien sich wohlzufühlen. Seine bessere Hälfte hatte von Anfang an keine Probleme mit Meron gehabt und sich bereitwillig für ihn in den Kampf gegen Raylan gestürzt.

Tayel blickte auf den schönen Mischling in seinen Armen, der vertrauensvoll an ihn geschmiegt schlief.

Das Gefühl, was er bei diesem Anblick empfand, war einerseits vertraut und doch völlig neu.

Es erinnerte ihn an seine Zeit mit Evert, auch wenn die beiden Männer nicht zu vergleichen waren.

Das wäre auch keinem von ihnen fair gegenüber.

So wie Tayel Evert geliebt hatte, so ...

Ja, ... so, was?

Es war, als würde sich der verletzte Teil in ihm, der an jenem Tag vor zwei Jahren zurückgeblieben war, weigern, einen neuen Mann in sein Herz zu lassen.

Doch Meron hatte sich seinen Platz darin eigentlich längst gesichert.

Liebe ... könnte Tayel das nochmal zulassen?

Die Gefahr eingehen, erneut verletzt zu werden oder gar Meron zu verlieren?

Als Mischling würde das Leben für Meron nie einfach werden, jeder Drache, der sich mit dem Gesetz identifizierte, wäre hinter ihm her.

Der Gedanke daran schmerzte Tayel und diesmal hob sein Drache mit einem Schnauben den Kopf.

Ja, sie könnten ihn beschützen und vielleicht würden sie dieses Mal nicht versagen, wenn es wirklich darauf ankäme.

Er drückte Meron an sich und hauchte ihm einen Kuss aufs Haar.

Liebe war dennoch ein großes Wort dafür, dass sie sich erst wenige Tage kannten.

Er sollte sich zurückhalten und abwarten, wie die nächsten Tage verlaufen würden.

Wenn sich die Dinge zum Guten wenden sollten und sie die Weiterreise zum Königreich der Menschen antreten könnten ...

Oh verflucht, was dachte er denn da?

Er konnte doch nicht einfach alles zurücklassen!

Seine Sippe ... Ravina!

Tayel unterdrückte ein Knurren, nein, so leicht war es dann leider doch nicht.

Es gab viel zu bedenken, aber er würde Meron auf keinen Fall einfach so zurücklassen.

Das könnte er gar nicht übers Herz bringen, dafür war ihm der schöne Mann zu wichtig geworden.

Tayel rauchte mittlerweile der Kopf und seine Schläfen begannen zu pochen.

Er schloss selbst die Augen, um etwas Ruhe zu finden, denn der Schlaf mied ihn.

Stattdessen rührte Meron sich nach kurzer Zeit.

„Oh weh, da bin ich ja schnell eingeschlafen", hörte er ihn murmeln, beschloss aber, sich vorerst schlafend zu stellen. Irgendwie hatte er kein gutes Gefühl dabei, jetzt ein Gespräch anzufangen.

Er würde nicht wissen, was er sagen sollte und allein deshalb fühlte er sich schlecht.

Meron löste sich sanft aus seinen Armen und Tayel hörte, wie er aufstand und das Zimmer durchquerte.

Die Tür zur Waschkammer quietschte leise und erst, als sie sich geschlossen hatte, öffnete er die Augen.

„Feigling", schimpfte er sich selbst tonlos.

Erst schlief er mit Meron und jetzt ging er einem einfachen Gespräch aus dem Weg.

Er überlegte, ob er seinem Mischling folgen sollte, immerhin war es eigentlich seine Pflicht, sich um den Mann zu kümmern. Das machte man nach dem Sex, zumindest hatte er das immer so gehandhabt.

Dennoch brauchte er einen Moment, ehe er aufstand und zur Waschkammer ging. Doch bevor er den Türgriff fassen konnte, hörte er leises Schluchzen.

Tayel erstarrte, weinte Meron?

Hatte er ihm wehgetan?

Er zog die Hand vom Griff und klopft stattdessen.

„Meron? Darf ich reinkommen?", fragte er. „Ist alles in Ordnung?"

Sofort wurde es still in der Kammer.

„Ähm, verzeih, ich wollte dich nicht wecken", sagte Meron, wobei seine Stimme mühsam beherrscht klang und noch immer ein leises Zittern mitschwingen ließ „Es ist alles gut, ich bin gleich fertig."

Tayel machte sich Sorgen, das gefiel ihm nicht.

Also drückte er die Klinke und schob die Tür auf.

Meron fuhr herum, er hatte vor einem kleinen Wasserfass gestanden und wischte sich die Augen aus.

„Ich sagte doch, ich bin gleich fertig", murrte er, aber ohne Nachdruck.

„Was ist los?", fragte Tayel, trat zu ihm und nahm ihn einfach in den Arm. Es schmerzte ihn, Meron so zu sehen und die Sorge, dass er etwas falschgemacht hatte, wuchs.

Doch statt sich ihm zu entziehen, suchte Meron die Nähe und schmiegte sich an ihn, dabei schlang er die Arme um ihn und schniefte.

„Verzeih mir, ich bin wirklich nahe am Wasser gebaut", erklärte der Mischling. „Wenn es mich überkommt, kann ich kaum etwas dagegen tun."

Tayel schüttelte den Kopf.

„Nicht doch, alles in Ordnung. Willst du mir sagen, was los ist? Habe ich etwas falschgemacht?"

„Nein, ganz gewiss nicht", erwiderte Meron und seufzte. „Es ist alles ... einfach viel. Die ganzen neuen Eindrücke und das in kurzer Zeit. All die Entscheidungen, die ich getroffen habe, ohne darüber nachzudenken, was es für Folgen hat."

Tayel ahnte, wohin das Gespräch führen würde.

„Denkst du an deine Mutter?"

Meron nickte.

„Ja, auch an sie, natürlich. Ich will gar nicht wissen, was sie seit meiner Flucht ertragen muss. Die anderen Dragos werden nicht erfreut sein und sie gewiss beschuldigen, mir geholfen zu haben. Raylan ist zudem ebenso weg und du …"

Das stimmte und Tayel hatte ebenfalls schon mehrfach darüber nachgedacht, was Ravina wohl gerade tat.

Ob sie auf der Suche nach ihm war, oder doch, wie abgemacht, die Heimreise angetreten hatte?

Selbst wenn sie bleiben wollte, sie hatte ihre Verpflichtungen als Dragos und die standen auch vor der eigenen Familie und dem Stellvertreter.

„Deine Mutter ist eine starke Frau", versuchte Tayel seinen aufgelösten Mischling zu beruhigen. „Sie wird sich gegen die Anschuldigungen wehren können, zudem war sie bei der Feierlichkeit anwesend, sie hätte dir nicht einmal helfen können. Raylan können sie es anlasten, immerhin war er dein Leibwächter und ich denke nicht, dass in der Festung jemand über seine wahren Ziele Bescheid weiß. Das mit mir hingegen wird Fragen aufwerfen. Tatsächlich kann ich dir nicht sagen, wie die Leute auf mein Verschwinden reagieren werden. Einige vermuten gewiss, dass ich tot bin, weil ich mich euch in den Weg gestellt habe. Aber das soll uns jetzt nicht interessieren, Meron. Im Moment haben wir wichtigere Dinge, über die wir nachdenken müssen."

Meron sah zu ihm auf.

„Das ist mir bewusst und dennoch lässt es mich nicht los. Ich weiß, eigentlich müsste ich meine weitere Reise planen und zusehen, dass ich irgendwie ins Königreich der Menschen komme, aber irgendetwas hält mich davon ab."

Etwas hielt ihn ab?

Irritiert legte Tayel den Kopf schief.

„Wie meinst du das? Willst du nicht weiterreisen? Dir ist klar, dass du nicht ewig hierbleiben kannst, oder?"

„Natürlich, aber ich bin mir einfach nicht sicher", erwiderte Meron. „Es ist keine leichte Entscheidung und auch, wenn ich zu Beginn gedacht habe, dass das Reich der Menschen der beste Ort für mich wäre ... ich weiß es einfach nicht. Wahrscheinlich brauche ich schlichtweg etwas Zeit zum Nachdenken."

Das hatte bei ihrem letzten Gespräch noch ganz anders geklungen, dachte sich Tayel.

Doch da hatte er selbst auch angedeutet, mit Meron ziehen zu können. War es das, was seinen Mischling zurückhielt?

Wollte er nicht ohne ihn gehen?

Tayel stach es in der Brust und er hörte seinen inneren Drachen bestätigend schnauben.

Das Tier wollte bei Meron bleiben, das war offensichtlich.

Leider war es nicht ganz so einfach, wie seine bessere Hälfte sich das vorstellte.

„Noch ist Zeit", meinte Tayel. „Heute brauchst du dich nicht mehr zu entscheiden und mit ein wenig Glück auch morgen nicht. Wenn die Menschen uns etwas länger Unterschlupf gewähren, können wir in Ruhe über alles sprechen und planen."

„Was wirst du tun?", fragte Meron und genau das konnte Tayel einfach nicht beantworten ... er wusste es selbst nicht.

Alles in ihm schrie, wenn er daran dachte, Meron zurückzulassen, aber es gab daneben eben auch seine Sippe und Ravina.

Wie könnte er seine Schwester zurücklassen?

Als er zu lange schwieg, seufzte Meron.

„Ich verstehe und es ist in Ordnung", teilte er ihm mit und küsste ihn sanft. „Gehen wir wieder ins Bett, so langsam wird mir kalt."

Tayel kam sich schäbig vor, begleitete Meron jedoch wieder ins Schlafzimmer.

„Moment, lass mich das Laken wechseln", bat er und Meron wartete geduldig, während Tayel alles sauber machte.

Danach legten sie sich wieder hin und er nahm seinen Mischling wie selbstverständlich in den Arm.

„Versuch du ebenfalls zu schlafen", bat Meron und lächelte ihn an. „Du grübelst die ganze Zeit, da kommt bereits wieder Rauch aus deinen Ohren."

Den Spruch hatte er schon einmal genutzt, als Tayel sich dazu entschlossen hatte, ihm zu helfen.

„Das passiert erst, seit du bei mir bist", erklärte er, was Meron lachen ließ.

„Na sicher, jetzt ist es meine Schuld!"

Tayel nickte.

„Natürlich, irgendjemand muss ja schuld sein."

Das lockere Geplänkel tat ihnen beiden gut und die Anspannung, die seit ihrem Gespräch geherrscht hatte, lockerte sich ein wenig.

„Sag mal, hast du eigentlich außer deiner Schwester noch Familie?", fragte Meron und brachte ihn damit komplett aus dem Konzept.

Mit einer solchen Frage hatte er nicht gerechnet.

„Wo kommt das denn auf einmal her?", murmelte er und Meron zuckte die Schultern.

„Nun ja, wir sprachen davon, was ich zurückgelassen habe und dass deine Schwester sich Sorgen machen wird. Und da kam die Frage in mir auf, ob du denn sonst noch Familie hast. Eltern? Weitere Geschwister?"

Tayel schüttelte den Kopf.

„Nein, meine Mutter starb kurz nach meiner Geburt, es gab Komplikationen. Was genau geschah, weiß ich leider nicht und mein Vater verließ uns, wenige Monate nachdem Ravina 18 wurde. Er schlief eines Abends ein und wachte einfach nicht mehr auf. Niemand weiß, wieso er starb, es geschah plötzlich. Seither sind da nur noch Ravina und ich."

In Merons Miene spiegelte sich Trauer.

„Das tut mir leid. Du warst ein Kind, als dein Vater starb, Ravina ist älter als du, nicht?"

Das bejahte Tayel.

„Sie ist mittlerweile 35 und ich 29. Ich war 12, als Vater starb, und ja, das hat mich stark getroffen. Es tat unglaublich weh und wir haben beide sehr gelitten. Aber Gott sei Dank hatten wir noch einander und unser geschwisterliches Verhältnis ist mit der Zeit immer stärker geworden."

Nun lächelte Meron wieder.

„Es ist schön zu wissen, dass ihr wenigstens einander hattet. So war keiner von euch je allein."

Da war eine Sehnsucht in Merons Stimme, die Tayel regelrecht das Herz zerriss. Man hörte in jedem Wort, wie sehr sich sein Mischling jemanden an seine Seite gewünscht hatte. Und nun lagen sie hier, gemeinsam im Bett und Tayel konnte nicht abstreiten, dass er etwas für Meron fühlte. Doch ob er bei ihm bleiben konnte, war fraglich ...

„Gute Nacht, Tayel", raunte Meron und schloss die Augen.

Er sah auf den Mann nieder, ehe er es ihm gleichtat.

„Gute Nacht, Meron."

KAPITEL 16

MERON

Das laute Geschrei eines Hahns weckte Meron.

Er brummte unwillig und drückte das Gesicht gegen die warme Brust. Dabei atmete er tief ein und ein Lächeln schlich sich auf seine Lippen.

Er hatte mit Tayel geschlafen! Verdammt, das hätte er nie für möglich gehalten.

Jetzt hob er den Blick und sah zu dem schönen Mann auf, der leise schnarchte und sich von dem Federvieh nicht stören ließ.

So hatte Meron die Möglichkeit, Tayel einmal in Ruhe zu mustern. Der Mann war sonst immer auf hab acht, in der Regel angespannt und hatte eine stoische Miene aufgesetzt.

Jetzt waren seine Gesichtszüge weich, die Lippen einen Spaltbreit geöffnet.

Meron hätte ihn zu gern geküsst, wollte ihn aber nicht wecken.

Stattdessen stützte er den Kopf auf eine Hand und den Ellbogen im Bett ab. Mit der freien Hand strich er sanft durch Tayels Haar, das ihm etwas in die Stirn hing. Die dunklen Strähnen fühlten sich weich und glatt an. Das wenige Sonnenlicht, das gerade durch ihr Fenster drang, ließen es regelrecht schimmern.

Merons Blick glitt immer tiefer.

Man sah Tayel an, dass er ein geübter Krieger war. Nicht nur war sein gesamter Körper gut definiert, er hatte trotz seiner drachentypischen Heilkräfte Narben, die von harten Kämpfen herrühren mussten.

Die Decke lag seinem Golddrachen über den Hüften und Meron schluckte, als er daran dachte, was sie gestern getan hatten.

Da stieg ihm glatt die Röte in die Wangen und wieder musste er lächeln.

Doch dabei zog sich das Herz in seiner Brust zusammen.

Er seufzte und ein Gefühl der Trauer flutete ihn.

Wie ging es jetzt weiter?

Würde Tayel ihn nun verlassen?

Meron fürchtete sich davor, Antworten auf diese Fragen zu bekommen.

„Jetzt steigt der Rauch aber aus deinen Ohren", brummte Tayel mit vom Schlaf rauer Stimme und er zuckte zusammen.

„Du bist ja wach!", stellte Meron geistreich fest und sah auf. „Habe ich dich geweckt?"

Tayel schüttelte den Kopf.

„Nein, das war eher dieser Hahn, der keine Ruhe geben will, ehe das gesamte Dorf auf den Beinen ist. Jemand sollte das Vieh für den Mittagstisch herrichten."

Meron hatte das Tier längst vergessen und schmunzelte, während er Tayel nochmals durchs Haar strich, ehe er die Hand zurückzog.

„Meldest du dich freiwillig?", fragte er, ehe er aufstand und sich durchstreckte.

„Jederzeit", antwortete Tayel sogleich und als es raschelte, lugte Meron hinter sich.

Er blinzelte irritiert und wandte sich um.

Tayel hatte sich die Decke über den Kopf gezogen und machte keinerlei Anstalten, das Bett zu verlassen.

War er wohl kein Frühaufsteher?

Grinsend ging Meron in die Waschkammer, wusch sich die Nacht vom Leib und zog die Kleidung an, die die Menschen ihm gegeben hatten.

Als er fertig war, schlenderte er zurück ins Schlafzimmer ... und Tayel lag regungslos im Bett.

„Ich werde nach unten gehen", ließ er ihn wissen und erntete nur ein Brummen.

Meron seufzte, er hatte gehofft, sein Golddrache würde mit ihm frühstücken, doch daraus schien nichts zu werden. So ließ er ihn allein und verließ das Quartier.

Der Duft von gebratenem Schinken hing in der Luft und Merons Magen knurrte erfreut, während er die Treppe nach unten lief.

In der geräumigen Stube der Taverne herrschte reger Betrieb, aber die Schankmaid, die gerade hinter der Theke arbeitete, entdeckte ihn sofort.

„Guten Morgen", grüßte sie und wies auf einen leeren Tisch beim Fenster. „Mein Mann hat mich darüber informiert, dass wir letzte Nacht zwei Gäste dazubekommen haben. Wo ist denn dein Begleiter?"

Meron hatte auf ihre Anweisung hin Platz genommen und lächelte sie an.

„Ebenfalls einen guten Morgen. Tayel liegt noch im Bett, ihn scheint die Müdigkeit nicht loszulassen", erklärte er und die Frau schmunzelte.

„Woran das wohl liegt? Ich bringe dir gleich etwas zu Essen."

Damit wandte sie sich ab und Meron sah ihr mit großen Augen hinterher. Sofort stieg ihm Hitze in die Wangen. Oh Gott, waren sie so laut gewesen?

Das war ihm jetzt aber unangenehm!

Dennoch behielt er sein Lächeln bei, als sie nach kurzer Zeit mit einem Tablett voller Essen und mit dampfendem Tee zurückkam.

„Vielen Dank", sagte Meron und schon ließ sie ihn wieder allein.

Erneut knurrte sein Magen und ihm lief das Wasser im Mund zusammen. Ein guter Esser war er schon immer gewesen und so frisch aus der Küche war es einfach etwas Besonderes.

Er vertilgte genüsslich alles, wobei er hin und wieder den Blick aus dem Fenster gleiten ließ. Es war schön in diesem Dorf, idyllisch und ruhig. Hier könnte er es durchaus aushalten, es wäre ein guter Ort zum Verweilen. Leider würden die Sippen das niemals dulden und er müsste täglich in Angst leben, von den Drachen gefangengenommen und getötet zu werden.

So schade es war, ein Dorf kam für ihn nicht in Frage.

Etwas später hatte Meron nur noch einen Becher Tee vor sich und überlegte, es auf einen kleinen Spaziergang ankommen zu lassen, als Tayel die Treppe hinunterschritt.

„Hast du dich endlich vom Bett trennen können?", wollte Meron schmunzelnd wissen, als der Golddrache sich ihm gegenüber auf dem Stuhl niederließ.

„Es ist bequem", meinte dieser lediglich und gähnte. „Hast du dich schon entschieden, wie es weitergeht?"

Meron zog die Nase kraus und sah auf die Tischplatte.

„Nein, ich weiß es einfach nicht", gestand er und hörte seinen Drachen seufzen.

„Es ist schwer, keine Frage, doch du kannst nicht hierbleiben, das weißt du."

Natürlich wusste er das, aber es hing so viel von dieser einen Entscheidung ab.

„Was wirst du denn tun?", wollte er von Tayel wissen. „Kehrst du jetzt zur Festung zurück?"

Dieser schüttelte den Kopf.

„Lenk nicht ab, denn das hat gerade nichts mit mir zu tun."

Meron knurrte und schlug die Hand auf den Tisch.

„Ach nein? Und was war das dann gestern Nacht? Hat es dir gar nichts bedeutet?"

Diesmal zuckte Tayel zusammen und plötzlich mied er seinen Blick.

„Das habe ich doch gar nicht gesagt", brummte sein Golddrache und rieb sich den Nacken. „Ich möchte ja gerne bei dir bleiben, aber ..."

Der Satz blieb unvollendet, doch es brauchte nicht mehr Worte, Meron hatte verstanden.

215

Auch, wenn er es bereits geahnt hatte, so schmerzte es trotzdem.

„Natürlich", murmelte er und erhob sich. „Ich gehe spazieren, vielleicht fällt mir dabei ein, was ich machen werde. Bis nachher."

Er ließ Tayel sitzen und verließ die Taverne.

Sein Herz schmerzte und ein Teil von ihm wollte Tayels Entscheidung nicht respektieren.

Wieso wollte er ihn verlassen? War Meron nicht gut genug für den Golddrachen?

Was für eine Frage, gewiss nicht.

Immerhin war er nur ein Mischling.

Meron schüttelte den Kopf und lief den Weg durch das Dorf entlang.

Nein, so dachte Tayel nicht über ihn, das wusste er. Gerade war er einfach verletzt und reimte sich diese Sachen zusammen.

Mit einem Seufzen kickte er einen kleinen Stein davon, der gegen eine Hauswand prallte, an der jemand lehnte.

Nur knapp hatte Meron den Mann verfehlt.

„Oh verzeiht", entschuldigte er sich schnell und setzte ein Lächeln auf. „Das wollte ich ... nicht."

Die hellen grauen Augen fixierten ihn und Merons Herz begann zu rasen.

„Was tust du hier?", wisperte er und wich zurück.

Raylan verzog die Lippen zu einem hinterhältigen Grinsen.

Er löste sich von der Wand und trat mehrere Schritte in seine Richtung.

„Dir die Möglichkeit geben, ein Blutbad zu verhindern", antwortete er. „Du willst doch sicher nicht, dass den Leuten im Dorf etwas geschieht, nur, weil du dich unter ihnen versteckst?"

Meron schluckte und wich mit jedem Schritt, den Raylan auf ihn zumachte, einen zurück.

„Wieso tust du das?", wollte er wissen. „Warum hasst du mich so sehr, dass du andere dafür umbringst, nur um mich in die Dämonenzone zu schleppen?"

Raylan schnaubte geringschätzig.

„Du verstehst es nicht, Meron und das wirst du auch nie, aber das tut nichts zur Sache. Ich will dir die Chance geben, das hier unblutig enden zu lassen und als gehorsamer Mischling mit mir zu kommen", ließ er ihn kalt wissen. „Solltest du dich weigern, werden die Dämonen, die ich um den Ort postiert habe, angreifen."

Verdammt, noch mehr Dämonen?

„Wie ist es möglich, dass sich diese Kreaturen hier aufhalten können?", wollte Meron wissen und betete, dass Tayel ihm gefolgt war. Er brauchte seine Hilfe, und zwar ganz schnell!

„Wieso sollten sie nicht?", fragte Raylan und zog dabei die Brauen zusammen.

Meron schnaubte.

„Meine Mutter lässt doch die Grenze zur Aschezone bewachen, damit genau so etwas nicht passiert", erinnerte er seinen ehemaligen Leibwächter.

Raylan lachte und schüttelte den Kopf.

„Ach du Narr! Natürlich ist die Grenze bewacht, aber es kommt immer darauf an, wer sich dort aufhält. Ich habe meine Kontakte sowohl unter den Drachen als auch unter den Dämonen. Es ist ein Leichtes für mich, die Grenze offen zu halten, wenn ich es will. Du hast in mir nur immer einen einfachen Drachen gesehen, der zufällig auch dein Leibwächter ist, aber du täuscht dich, Meron, ich bin viel mehr als das."

Glaubte Raylan das etwa wirklich?

„Du warst mein einziger Freund", ließ er den Nachtdrachen wissen. „Ich habe dir vertraut, all meine Ängste, Sorgen und Hoffnungen mit dir geteilt. Zu behaupten, ich hätte in dir nur einen Leibwächter gesehen, ist schlichtweg falsch. Was ich nie in dir sah, Raylan, war ein Verräter ... und genau das bist du."

Da blitzten die hellgrauen Augen und ein Knurren hing in der Luft.

„Wie du es siehst, ist mir egal", wies Raylan ihn scharf zurecht. „Du hast jetzt die Möglichkeit, mit mir zu kommen. Tust du es nicht, greifen wir an. Wie entscheidest du dich?"

Meron ballte die Fäuste, verdammt, was sollte er nur tun? Niemals würde er wollen, dass den Dörflern etwas zustieße, immerhin hatten sie ihm Unterschlupf gewährt und ihn bei sich aufgenommen.

„Ich komme ...", setzte er an, als ein weiteres dunkles Grollen erklang.

„Nichts tust du!", fauchte Tayel und trat plötzlich an seine Seite. „Hast du noch immer nicht genug, du Mistkerl? Soll ich dir endlich dein Herz herausreißen und deine jämmerliche Existenz beenden?"

Meron war zusammengezuckt und blickte nun zwischen Tayel und Raylan hin und her.

Die beiden warfen sich messerscharfe Blicke zu, während die wenigen Menschen, die sich gerade in ihrer Nähe aufhielten, stehenblieben.

„Holt den Vorsteher", hörte Meron jemanden murmeln.

218

„Tayel", sprach er seinen Golddrachen an. „Er hat Dämonen um den Ort postiert, ich muss gehen."

Sichtlich unbeeindruckt schnaubte dieser nur.

„Er lügt", knurrte Tayel. „Woher sollen all diese Dämonen kommen? Er kann unmöglich bei der Grenze zur Aschezone gewesen sein, Verstärkung geholt haben und jetzt schon zurück sein. Vielleicht hat er noch Unterstützung, aber die genügt niemals, um ein Dorf zu vernichten. Lass dich von seinem Geschwätz nicht beeindrucken."

Unsicher lugte Meron zu Raylan, der jetzt wieder breit grinste.

„Oh, du hast ja keine Ahnung, Golddrache. Das Gebiet gehört vielleicht unserer Dragos, aber Serafia weiß längst nicht alles, was hier vonstattengeht."

Tayel zog sein Schwert und richtete die Spitze auf Raylan.

„Ach und du schon?", wollte er wissen. „Mit deinem Geschwätz hast du vielleicht Einfluss auf Meron, auf mich jedoch nicht. Und es wird Zeit, dass wir endlich zu Ende bringen, was längst hätte getan werden müssen."

„Halt!", erklang eine weitere Männerstimme und Meron sah über die Schulter. Er war nicht verwundert, als er den Vorsteher in Begleitung mehrerer bewaffneter Wachen erblickte. „Keine Sippenkämpfe in meinem Dorf, habt ihr verstanden?"

„Du gewährst einem fremden Drachen aus der Goldsippe und einem Mischling Unterschlupf", zählte Raylan mit grollender Stimme auf. „Somit bist du der Letzte, der irgendwelche Forderungen stellen kann. Ich gebe dir die Chance, die beiden aus deinem Dorf zu werfen, damit entgehst du einem blutigen Kampf, Menschenmann."

Der Vorsteher schnappte empört nach Luft und seine Wachen zogen ihre Waffen.

„Du wagst es, so mit mir zu sprechen?", donnerte er aufgebracht. „Wenn wir Schutz gewähren, dann hören wir nicht damit auf, nur weil ein unzufriedener Drache das befiehlt. Weder wir noch Dragos Serafia führen einen Krieg gegen die Goldsippe, somit sind sie hier willkommen. Und du weißt genau, dass wir Mischlinge nicht so sehen, wie ihr das tut. Aus diesem Grund ist der Einzige, der das Dorf verlassen wird, du. Tu es freiwillig, oder wir werden dir den Weg zeigen müssen."

Meron war erstaunt, nie hätte er damit gerechnet, dass die Menschen sich auch noch schützend vor sie stellen würden. Er hoffte inständig, dass Tayel recht hatte und Raylan tatsächlich keine Verstärkung besaß. Ansonsten würde die Sache sehr hässlich enden.

„Das werdet ihr bereuen", zischte sein ehemaliger Leibwächter und Tayel machte einen Schritt in seine Richtung.

„Du glaubst nicht wirklich, dass ich dich einfach gehen lasse, oder?"

Da schob sich der Vorsteher zwischen die beiden Drachen und Meron bewunderte den Menschen für seinen Mut.

„Keine Kämpfe in meinem Dorf, habt ihr mich verstanden?", erinnerte er und Tayel ließ sein Schwert sinken.

„Verzeih, natürlich." Dann sah er zu Raylan. „Flieh, du Feigling, das kannst du immerhin am besten."

Raylan ließ einen Fluch hören, ehe er sich abwandte und aus dem Dorf schritt.

„Folgt ihm und geht sicher, dass er sich von unseren Leuten fernhält", befahl der Vorsteher seinen Wachen, ehe er sich Tayel und Meron zuwandte.

„Und was euch betrifft, ich habe euch meine Heimat geöffnet und Unterschlupf gewährt, aber ich möchte weder den Zorn der Dragos auf mich ziehen noch ein Gemetzel in meinem Dorf riskieren. Deshalb will ich, dass ihr uns heute verlasst."

Meron konnte den Mann nur allzu gut verstehen und neigte sofort den Kopf.

„Selbstverständlich, hab Dank für deine Gastfreundlichkeit. Wir werden euch so schnell wie möglich verlassen."

Erst, nachdem Tayel bestätigend genickt hatte, war der Vorsteher zufrieden und wandte sich ab.

„Ich begleite dich", teilte Tayel ihm mit und griff ihn am Arm. „Wir holen in der Taverne unsere Sachen, dann verschwinden wir."

Meron blickte auf die Hand, die ihn festhielt und hob unschlüssig den Blick.

„Du kannst nicht mit mir kommen, denk an deine Schwester und auch an deine Sippe", erinnerte er seinen Golddrachen, auch wenn es schrecklich wehtat.

Tayel schüttelte den Kopf.

„Für den Moment müssen beide hinten anstehen, ich werde dir helfen, so, wie ich es versprochen habe. Also komm, holen wir die Sachen, dann fliegen wir. Oben am Himmel kann uns Raylan nicht einholen und auch die Mitglieder der Sippen nicht, die sich in der Festung aufhalten."

Meron legte die Hand auf Tayels.

„Bist du dir wirklich sicher?"

Er wollte nicht dafür verantwortlich sein, dass sein Drache mit seiner Familie brach.

Der Blick aus rotbraunen Augen heftete sich auf ihn und wie bei jedem einzelnen Mal zuvor, war es Meron, als könnte Tayel bis auf den Grund seiner Seele sehen.

„Das bin ich, jetzt lass uns keine Zeit mehr verschwenden."

Diesmal widersprach er nicht und sie liefen zur Taverne zurück.

In ihrem Zimmer sammelten sie die wenigen Habseligkeiten ein, die ihnen geblieben waren, wobei Meron mittendrin ein Gedanke kam.

„Wo hast du eigentlich das Schwert her?", fragte er neugierig. „Deines ist doch abhandengekommen."

Tayel nickte und legte die Hand auf den Griff der Klinge.

„Eine der hiesigen Wachen schenkte es mir, damit wir für die Reise auch gewappnet sind."

Meron lächelte, die Menschen waren wirklich gute Leute, wenn sie sogar ihre Schwerter mit ihnen teilten.

Das war keinesfalls selbstverständlich.

„Gut, dann verschwinden wir", meinte Tayel und Meron folgte ihm schweigend aus der Taverne.

Draußen herrschte auf einmal reges Treiben, die Arbeiter, die gerade von den Feldern gekommen waren, was man an ihrer dreckigen Kleidung erkannte, wirkten aufgebracht.

„Was ist los?", wollte Meron wissen, als einer von ihnen an ihm vorbeihetzte. Der Mensch blieb stehen und starrte ihn feindselig an.

„Was los ist, willst du wissen, Mischling? Ein Drache zündet unsere Ernte an! Wenn er so weiter macht, haben wir keine Vorräte für den nahenden Winter!"

Erschrocken keuchte Meron und sah zu Tayel, der einen düsteren Fluch knurrte.

„Dieser jämmerliche Mistkerl!"

„Bitte, du musst ihnen helfen", drängte Meron. „Wenn Raylan alles vernichtet, steht den Leuten ein grausiger Winter bevor. Sie werden ihn ohne genug Proviant nicht überleben."

Er konnte Tayel ansehen, wie sehr er mit sich rang, aber schließlich nickte er.

„Du hast recht und wir schulden es ihnen, diesen feigen Schuppenhaufen von Drachen zu verjagen. Du wartest hier, verstanden? Ich komme dich holen."

Meron neigte zustimmend den Kopf und nach einem letzten Blick in seine Richtung lief Tayel zum Ende des Dorfes, wo sein Körper mit einem Mal in tausende Funken zerbarst und einem gewaltigen rotbraunen Drachen Platz machte.

Meron hielt den Atem an, als Tayel die Flügel entfaltete und sich mit einem lauten Brüllen in die Luft erhob.

„Pass auf dich auf", wisperte er und ballte die Fäuste.

Oh, wie gern würde er ihm helfen, aber mit einer unkontrollierbaren dämonischen Hälfte und einem schlafenden Drachenanteil war das kaum möglich.

AUF DER STRASSE
lagen MENSCHEN, TOT,
IN GROSSEN LACHEN
DER ROTEN FLÜSSIGKEIT.
UND DANEBEN KONNTE
TAYEL NOCH ETWAS
ANDERES WITTERN.
DÄMONEN!

KAPITEL 17

TAYEL

Was wollte Raylan mit dem Angriff auf die Felder erreichen?

War der Mann so frustriert, weil er Meron nicht mit sich nehmen konnte, dass er die unschuldigen Menschen darunter leiden ließ?

Wahrscheinlich, denn diesem Bastard war offensichtlich jedes Mittel recht, um an sein Ziel zu kommen.

Tayel schlug mit den Flügeln und stieß ein Brüllen aus, als er Raylans dunklen Drachen über einem der Felder erblickte, welches bereits lichterloh in Flammen stand.

Dieses Mal würde er ihn nicht mit dem Leben davonkommen lassen!

Tayel war niemand, der leichtfertig tötete, aber Raylan hatte es nicht anders verdient. Zu sehr hatte er Meron verletzt und ihn sogar entführt.

Er beschleunigte und fletschte die scharfen Zähne, während er die Klauen zum Angriff hob.

Raylans Kopf schwang herum, das Maul öffnete sich und ein breiter Feuerstrahl schoss in seine Richtung.

Als Drache machte ihm Feuer nicht wirklich etwas aus, die Hitze konnte unangenehm werden, doch solange er keine Verletzungen hatte, schirmten ihn seine Schuppen vor den Flammen ab.

Die Flammen schlossen ihn ein, als er durch sie hindurch schoss und weiter auf Raylan zuhielt. Durch das Feuer konnte Tayel kurzzeitig kaum etwas sehen und bemerkte zu spät, dass Raylan sich absinken hatte lassen.

Knurrend schlug er mit den Flügeln, um abzubremsen, und beobachtete dabei, wie der andere auf das Dorf zuhielt.

Oh nein, das würde er nicht tun! Sollte er die Häuser in Brand stecken, würden die Menschen alles verlieren!

Schnell hatte er Raylan eingeholt, doch statt ihn niederzureißen, rammte er ihn nur von der Seite.

Wenn zwei Drachen in ein Menschendorf stürzten, würden sie eine gewaltige Zerstörung anrichten. Außerdem war Meron da unten und Tayel wollte auf keinen Fall riskieren, dass seinem Mischling etwas zustieß.

Raylan grollte und schnappte nach ihm.

Hör endlich auf, dich überall einzumischen! Der Mischling gehört mir!

Tayel fletschte die Zähne und konnte dem Biss nur knapp ausweichen.

Jetzt hatten sie das Dorf überflogen, die Leute und Meron waren sicher, für den Moment.

Meron gehört niemandem, teilte Tayel dem Mistkerl mit und rammte ihn erneut, doch diesmal mit mehr Wucht.

Wie er schon bei ihrem letzten Kampf festgestellt hatte, war Raylans linker Flügel geschwächt und genau das nutzte er jetzt aus.

Der andere Drache brüllte, als der Flügel unter der Attacke wegknickte und Raylan sofort an Höhe verlor.

Als der Boden rasant näherkam, stieß Tayel sich von Raylan ab und schlug hart mit den Schwingen, um den Aufwind zu erwischen.

Mit einem befriedigten Knurren sah er zu, wie Raylan das ebenfalls versuchte, aber vergeblich. Er prallte auf den unnachgiebigen Boden und schnappte nach Luft.

Tayel fixierte ihn und legte die Flügel an.

Er würde Raylan mit einem gezielten Angriff töten, dann wäre der Mistkerl nie wieder eine Bedrohung für Meron. Doch bevor seine Krallen den Mann zu fassen bekamen, forderte eine Bewegung zu seiner Linken seine Aufmerksamkeit.

Im Dorf standen Häuser in Flammen und panische Schreie drangen an seine Ohren.

Der Moment der Unaufmerksamkeit genügte Raylan, um sich in Sicherheit zu bringen.

Er hatte sich zurückverwandelt und eilte in Richtung Wald. Tayel bremste seinen Sturz und ließ den Feigling erneut flüchten.

Er kam auf allen vieren am Boden auf, faltete die Flügel zusammen und lief los.

Bei ihrem Kampf hatten sie die Siedlung überflogen, doch Tayel brauchte nicht lang, ehe er die ersten Häuser erreichte.

Sofort hatte er Blutgeruch in der Nase und davon nicht wenig.

Auf der Straße lagen Menschen, tot, in großen Lachen der roten Flüssigkeit. Und daneben konnte Tayel noch etwas anderes wittern.

Dämonen!

Womöglich hatte Raylan zumindest teilweise die Wahrheit gesprochen und sich Verstärkung gesucht.

Er ließ ein lautes Brüllen erklingen, um die Dämonen dazu zu bringen, die Menschen in Ruhe zu lassen.

Als geübter Kämpfer nahm er es in seiner Drachengestalt auch mit mehreren Dämonen auf.

Aber in erster Linie wollte er Meron mitteilen, dass er hier war. Hoffentlich war seinem Mischling nichts zugestoßen!

Oder hatte der Dämon in ihm erneut die Kontrolle übernommen und wütete ebenfalls unter den armen Menschen?

Bei Gott, alles, nur das nicht!

„Tayel!"

Erleichterung durchflutete ihn, als er Merons Stimme hörte, und sofort eilte er tiefer ins Dorf, darauf bedacht, auf keine der Toten zu treten.

Die Leute waren in Panik und rannten auch vor ihm davon. Nur einer bahnte sich seinen Weg in Tayels Richtung.

Meron wirkte unverletzt, aber in seinen Augen stand die pure Angst.

„Hilf ihnen! Bitte!", rief sein Mischling ihm zu und Tayel knurrte.

Steig auf meinen Rücken, dann mache ich das, aber ich lasse dich nicht zurück. Wo sind die Dämonen?

228

Endlich kam Meron bei ihm an und Tayel ließ sich etwas absinken, sodass er auf ihn klettern konnte.

„Ich weiß es nicht", antwortete Meron keuchend. „Es waren acht, sie hatten sich wie Raylan unter die Menschen gemischt und als ihr gekämpft habt, haben sie begonnen, die Leute zu töten! Dabei haben sie alles in Brand gesteckt!"

Meron klang beinahe hysterisch und Tayel fürchtete, dass die Dämonenseite seines Mischlings ausbrechen könnte, wenn er sich nicht beruhigte.

Atme durch, Meron, wir helfen ihnen, so gut wir können, und dann informieren wir die Festung, damit die Menschen Hilfe bekommen.

„Die Festung?", fragte Meron keuchend, während Tayel sich erneut in die Lüfte erhob, jedoch nicht weit, denn er wollte den Wind der Flügelschläge ausnutzen, um einige Feuer zu löschen, sodass sie sich nicht weiter ausbreiten konnten.

Keine Angst, wir werden weit weg sein, wenn sie hier eintreffen, versuchte er Meron zu beruhigen.

„Das ist alles meine Schuld", murmelte dieser. „Wäre ich gleich weitergezogen, hätte ich die armen Leute nie in Gefahr gebracht."

Fang nicht damit an, dafür haben wir jetzt keine Zeit!

Tayel sah sich um und als erneut Schreie erklangen, konnte er zwei Dämonen erspähen, die über mehrere Menschen herfielen.

Sofort hielt er darauf zu und riss das Maul zu einem erneuten Brüllen auf.

Die Dämonen ließen von ihren Opfern ab und hetzten in den Schutz einiger Häuser.

Feiglinge!, zischte Tayel knurrend und setzte zur Landung an.

„Ich kümmere mich um die Verletzten, erledige du die Dämonen!", befahl Meron und ehe Tayel widersprechen konnte, rutschte der Mischling auch schon von seinem Rücken.

Pass auf dich auf, schärfte er ihm ein und hielt dann auf das Haus zu, in dem die Dämonen Unterschlupf gefunden hatten.

Es tat ihm leid, dass die Menschen vieles verlieren würden, aber wenn sie die Bestien nicht unschädlich machten, wäre bald niemand mehr übrig.

Also holte Tayel tief Luft und fühlte das Feuer in sich ansteigen.

Er riss das Maul auf und schickte einen orange-rot-glühenden Feuerstrahl direkt auf das Gebäude.

Binnen eines Wimpernschlages stand es in Flammen und schon sprangen die beiden Dämonen aus einem Fenster an der Seite der Hauswand.

Wieder ließ Tayel das Feuer in sich sprechen und schickte einen weiteren Strahl in ihre Richtung.

Die Schreie der Kreaturen waren wie Musik für seine Ohren und er setzte ihnen erbarmungslos nach.

Plötzlich legte sich ein Schatten über ihn und Tayel riss den Kopf in die Höhe, doch zu spät. Raylan stieß vom Himmel herab und prallte mit seinem vollen Gewicht auf ihn. Tayel brüllte, seine Beine gaben nach und er landete unter dem anderen Drachen im Dreck.

Scharfe Klauen rissen an seinen Schuppen und Schmerz explodierte in ihm, als Raylan das Maul um seine linke Schulter schloss und zubiss.

Die Pein raubte ihm den Atem.

Tayel riss die Klauen hoch und trieb sie in Raylans Schädel, dabei erwischte er das rechte Auge des Mistkerls.

Sofort ließ Raylan von ihm ab und zog den Kopf mit einem lauten Zischen zurück.

Tayel schnappte nach seiner Kehle, bekam aber nur Haut zu fassen, die unter seinen Zähnen zerriss.

Raylan drückte ihn nochmals nieder und sprang dann mit einem gewaltigen Satz zurück.

Der Erdboden erbebte, als der riesige Drache auf allen vieren landete. Zeitgleich erhob Tayel sich, wobei ihm warmes Blut über die Schulter und den Arm lief.

Er knurrte und zog die Lefzen zurück.

Das büßt du mir!, schrie Raylan, aus dessen rechtem Auge ebenfalls Blut lief. Erledigt ihn und bringt mir den Mischling!

Oh nein, das würde Tayel nicht zulassen.

Die Verletzung schmerzte, aber sie würde ihn nicht am Kämpfen hindern.

„Helft ihm! Tötet die Dämonen!"

Überrascht blickte er nach hinten, wo sich mehrere Wachen der Menschen zusammengerottet hatten und mit gezogenen Klingen auf sie zueilten. Zu den zwei verwundeten Dämonen hatten sich indes zwei weitere gesellt und Raylan ließ ein donnerndes Lachen hören.

Nutzloses Menschenpack!

Als Raylans Maul sich öffnete und ein Feuerstrahl auf die Wachen zu rauschte, entfaltete Tayel einen seiner Flügel, um das Feuer abzufangen.

Erst verbündest du dich mit einem Mischling und jetzt schützt du auch noch Menschen? Was bist du für ein lächerlicher Drache?

Raylans niederträchtiges Geschwätz könnte Tayel nicht weniger bedeuten.

Einer, der für andere einsteht und nicht nur seine eigenen Ziele verfolgt, ließ er ihn wissen und nahm den Flügel hinunter, als er einen der Menschen „Jetzt!", rufen hörte.

Schon segelten Pfeile an ihm vorbei, die vielleicht Raylan nichts antun konnten, wohl aber so manchem Dämon. Denn nicht alle besaßen lederdicke Haut.

Einer der vier schrie auf, als ein Pfeil in seiner Seite landete und ihn zu Boden riss.

Tayel rechnete es den Wachen hoch an, sich in den Kampf einzumischen, denn es war bekannt, dass die Menschen jedem anderen Volk körperlich unterlegen waren. Doch das nahm ihnen offensichtlich nicht den Mut.

Bringen wir es zu Ende, knurrte Tayel und fixierte Raylan, der den gewaltigen Kopf schwang.

Du glaubst doch nicht, dass es hier zu Ende ist? Das ist der Anfang, Golddrache und selbst, wenn du mich niederstreckst, werden andere kommen. Es wird keinen Ort geben, an dem du mit deinem Mischling sicher sein wirst. Gejagt und gehasst bis zum Lebensende!

Tayel stieß ein Schnauben aus und als einer der Dämonen auf ihn zuhielt, fixierte er ihn und riss das Maul auf, um ihm einen Feuerstoß zu verpassen.

Nur, dass das den Kerl nicht interessierte.

Die Flammen prallten an ihm ab und hinterließen absolut keinen Schaden.

Der Dämon grinste, wobei er zwei Reihen messerscharfer Zähne entblößte. Dabei hob er die Hand, in

232

der er ein Schwert hielt, von dessen Klinge eine dunkle Flüssigkeit tropfte.

Gift, schoss es Tayel durch den Kopf. Noch einmal würde er sich davon nicht schwächen lassen.

Da riss er die Augen auf, als der Dämon mit einem Mal taumelte, das Schwert fiel nutzlos zu Boden, ehe der Mann zusammenbrach.

Ein Armbrustpfeil steckte in seinem Schädel und Tayel drehte den Kopf, um zu dem Schützen zu blicken.

Meron ...

Sein Mischling hatte die Armbrust noch in Händen, seine Miene war entschlossen, wenn ihm auch Schweißperlen über die Schläfen liefen.

Blut klebte an seiner Kleidung, doch anscheinend war er unverletzt.

„Verschwinde, Raylan", rief er. „Du hast hier genug angerichtet, aber den Sieg wirst du nicht davontragen. Deine Dämonen sind besiegt, du hast die Menschen unterschätzt."

Da hatte Meron recht, wie Tayel feststellte.

Hinter ihm hatten sich weitere bewaffnete Dörfler versammelt und die Feuer, die in dem Ort gewütet hatten, waren bis auf ein paar vereinzelte, gelöscht worden.

Von Dämonen keine Spur mehr, bis auf den einen, der sich noch in Raylans Nähe aufhielt.

Tayel stieß ein grollendes Knurren aus und grub die Klauen in die Erde.

Wir lassen ihn nicht gehen, nicht noch einmal, stellte er klar. Er wird nicht aufhören und immer wieder kommen, Meron. Er muss sterben.

Schweigen antwortete ihm und als Tayel zu seinem Mischling blickte, erkannte er den Zwiespalt in dessen Miene.

„Du hast recht", stieß Meron regelrecht hervor.

Wirklich?, fauchte Raylan, dessen dunkle Schwingen sich etwas öffneten, ebenso wie sein Maul. Darin konnte Tayel glühendes Feuer erkennen.

Als wärst du Manns genug, mich zu töten, Meron! Du schickst lieber deinen sogenannten Freund in den Kampf, statt dich mir persönlich zu stellen!

Tayel schnaubte und richtete sich zur vollen Größe auf, wobei er ebenfalls seine Schwingen ein wenig entfaltete, um die Menschen, wenn nötig, vor Raylans Feuer schützen zu können.

„Deine Worte treffen mich nicht", entgegnete Meron, der weiterhin die Armbrust in Händen hielt, wobei der Pfeil jetzt auf Raylan gerichtet war. „Könnte ich es, würde ich dir gern eigenhändig die gespaltene Zunge herausreißen. Aber wie du stets so treffend festgestellt hast, bin ich nur ein Mischling, der seine beiden Seiten nicht kontrollieren kann. Also verlasse ich mich in diesem Punkt lieber auf Tayel. Du übernimmst das doch gern für mich, oder?"

Tayel schnaubte und ließ die Zähne hart aufeinanderschlagen.

Nichts lieber als das, grollte er und wollte in den Angriff übergehen.

Der Dämon bei Raylan blickte zu ihm hoch, wobei der Drache den Kopf neigte. Tayel setzte nach vorne, als der Dämon beide Hände auf den Boden schlug. Plötzlich brach die Erde unter ihnen auf und Tayel kam ins Straucheln, wobei er panische Schreie hinter sich vernahm. Er beobachtete noch, wie Raylan sich in die Lüfte erhob, während der Dämon nach vorne sackte und sich nicht mehr bewegte.

Knurrend wirbelte Tayel herum und leitete die Verwandlung ein. Sogleich fand er sich auf zwei Beinen wieder und lief zu Meron, der gestürzt war und mit einem Fuß in einer Erdspalte steckte.

„Bist du verletzt?", fragte er besorgt und ging neben ihm in die Hocke. Er griff Merons Bein und zog daran, um ihn aus der Spalte zu befreien.

Sein Mischling verzog das Gesicht, schüttelte aber den Kopf.

„Nein, alles gut. Was zur Hölle war das gerade? Wie hat der Dämon das gemacht?"

Tayel lugte zu dem Kerl, der noch immer regungslos im Gras lag.

„Ich habe nicht die geringste Ahnung, aber es ist bekannt, dass manche Dämonen über größere Fähigkeiten verfügen. Jedoch scheint mir, als hätte dieser hier das Freisetzen seiner Gabe nicht überlebt."

Er stand auf und half Meron hoch.

„Gut so, dann müssen wir ihn nicht töten", murmelte der Mischling und Tayel staunte. So hatte er den Mann noch nie sprechen hören.

„Wir müssen den Leuten helfen, es gibt viele Verletzte und wohl noch mehr Tote", meinte Meron jetzt und Tayel nickte.

„Ja, du hast recht, aber wir sollten alsbald aufbrechen, es ist besser, wir verschwinden so schnell wie möglich. Raylan und ich haben mehrfach Feuer gespuckt, es kann gut sein, dass jemand das aus der Ferne gesehen und die Sippe alarmiert hat."

Meron schluckte und wurde weiß um die Nase.

„Dann beeilen wir uns lieber."

Tayel folgte seinem Mischling und den Wachen, die noch bei ihnen waren und das Erdbeben unverletzt überstanden hatten, ins Dorf.

Die Schäden waren gravierend, viele Häuser waren ausgebrannt, teils schmerzerfülltes Stöhnen war zu hören, während sich die Leute, die sich auf den Beinen halten konnten, um die anderen kümmerten.

Tayel biss die Zähne zusammen, dieser verdammte Raylan, wieso musste er unbedingt Unschuldige in seine Machenschaften hineinziehen?

Er sah Meron an, wie betroffen und schockiert er war, dennoch hielt er sich wacker und blickte sich immer wieder um.

„Das ist meine Schuld", hörte Tayel ihn murmeln und griff ihn am Arm.

„Hör damit auf", bat er. „Es ist nicht dein Vergehen, du hast Raylan weder befohlen Dämonen auf das Dorf und die Menschen zu hetzen noch die Häuser und Felder niederzubrennen."

Meron mied seinen Blick, er war sichtlich niedergeschlagen und Tayel zog ihn sanft mit sich in eine Seitengasse.

„Hör mir zu", bat er und legte eine Hand an Merons Wange. „Wir helfen hier, so gut wir können, den Rest wird deine Sippe erledigen. Wenn sie eintreffen, werden du und ich schon weit weg sein. Außer ihrer Reichweite und mit etwas Glück sind wir dieses Mal auch endlich Raylan los."

Meron sah ihm in die Augen und ein kleines Lächeln legte sich auf seine Lippen.

„Ich hoffe, du hast recht", entgegnete er und schlang die Arme um ihn. „Ich kann dir gar nicht genug danken, Tayel."

Etwas irritiert erwiderte Tayel die Umarmung und drückte seinen Mischling an sich.

„Du musst mir nicht danken, ich bin aus freien Stücken hier und habe vor, es auch zu bleiben."

Da sah Meron ihm in die Augen und in dem warmen Grün begann es, verdächtig zu glitzern.

„Und dennoch danke ich dir", wiederholte sein Mischling und lehnte sich zu ihm. „Für alles."

Tayel schloss die Augen, als ihre Lippen sich berührten. Der Kuss war liebevoll, sanft und irgendwie ... verzweifelt.

Als plötzlich scharfer Schmerz durch seine Halsseite schoss, keuchte er und riss die Augen auf.

Meron hatte ihn niedergeschlagen!

Tayel fiel zu Boden, kraftlos konnte er nur noch eine Hand in Merons Richtung heben und sah, wie dieser sich abwandte.

Dann verlor er das Bewusstsein und entglitt in die Schwärze.

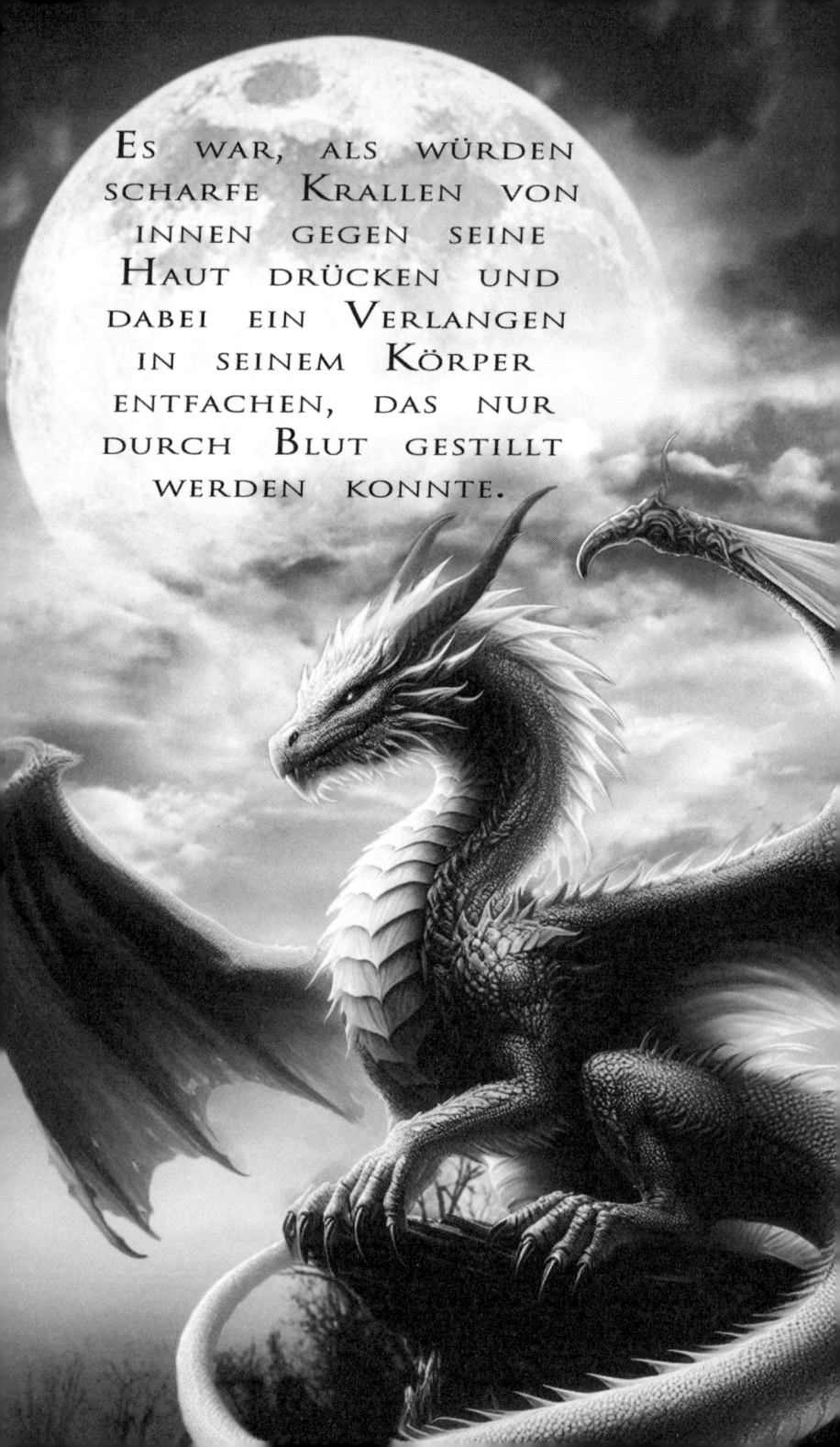

Es war, als würden scharfe Krallen von innen gegen seine Haut drücken und dabei ein Verlangen in seinem Körper entfachen, das nur durch Blut gestillt werden konnte.

KAPITEL 18

MERON

Meron blutete das Herz und er kämpfte mit den Tränen. Seine Hand, mit der er Tayel niedergeschlagen hatte, brannte und er ballte sie zur Faust.

Schweren Herzens nahm er das Schwert an sich, das Tayel bei sich trug und wandte sich ab.

Im Hintergrund hörte er die Menschen, die sich um ihre Verwundeten kümmerten. Sie würden zurechtkommen, hoffte er zumindest.

Er wäre hier sowieso keine große Hilfe, denn allein seinetwegen befanden sich die Leute erst in dieser grauenhaften Lage.

Also lief er los und ließ das Dorf hinter sich.

Sein Ziel war das Königreich der Menschen, er kannte nur in etwa die Richtung, das musste genügen.

Hoffentlich würde ihm Tayel das nicht allzu übelnehmen, aber es war besser so ... für alle.

Meron seufzte und rieb sich über die Brust.

Dass sein Golddrache sogar dazu bereit gewesen wäre, bei ihm zu bleiben, hatte ihm neue Kraft verliehen.

So gern er auch gemeinsam mit ihm losgezogen wäre, aber das würde nicht gut enden.

Nein, er war eine Gefahr und als solche war es besser, wenn er allein bliebe. Seine Dämonenseite war im Gegensatz zu dem Drachenanteil in ihm wach und das fühlte er bei jedem Atemzug.

Es war, als würden scharfe Krallen von innen gegen seine Haut drücken und dabei ein Verlangen in seinem Körper entfachen, das nur durch Blut gestillt werden konnte.

Die Kämpfe im Dorf, die Toten, all das hatte das Monster in Meron regelrecht erregt, was ihn fürchterlich anwiderte.

Unternehmen konnte er aber nichts dagegen und das machte ihn verrückt.

Er hatte Angst, erneut die Kontrolle zu verlieren und sie dann nicht mehr zurückzubekommen.

Beim letzten Mal hätte er um ein Haar Tayel getötet, nein, das durfte auf keinen Fall nochmal passieren.

Er griff das Schwert, das er bei sich trug, fester und beschleunigte seine Schritte.

Die Geräusche des Dorfes waren mittlerweile verklungen und er musste sich zusammenreißen, um keinen Blick zurückzuwerfen ... denn dann wäre er womöglich umgekehrt.

Stattdessen lief er über die weite Steppe, bis die Nacht hereinbrach.

Erst dann ließ er sich mitten im Gras nieder und streckte die schmerzenden Beine von sich.

„Ich bin ein Narr", murmelte er und leckte sich die trockenen Lippen.

Ohne Proviant und ohne Wasser war er losgelaufen und mittlerweile war sein Mund staubtrocken.

Die Dunkelheit senkte sich jedoch bereits über das Land und Meron wollte jetzt nicht mehr nach Wasser suchen.

Auch wenn er im Dunkeln gut sehen konnte, wollte er keinesfalls ein unnötiges Risiko eingehen.

Es war schon schlimm genug, dass es keine richtigen Versteckmöglichkeiten gab.

Er saß quasi auf dem Präsentierteller und fühlte sich äußerst unwohl.

Dennoch legte er sich hin und zog die dünne Jacke, die er trug, enger um sich.

Was Tayel wohl gerade tat?

Ob er schon auf dem Rückweg zur Festung war?

Ihn suchen würde er kaum, ansonsten hätte Meron längst einen Drachen am Himmel sehen müssen.

Es schmerzte ihn, doch so, wie es aussah, hatte Tayel seine Entscheidung akzeptiert und ließ ihn ziehen.

Meron drehte sich auf die Seite und zog die Beine an. „Es ist besser so", sagte er leise zu sich selbst und schloss die Augen.

Hufgetrappel riss ihn unsanft aus dem Schlaf und Meron setzte sich erschrocken auf.

Pferde hatte er schon aus der Ferne gesehen, doch in der Festung seiner Mutter hatten sie keines der Tiere, denn sie bekamen in der Nähe von Drachen Panik.

„Vorsicht!", rief eine Frau und Meron kam stolpernd auf die Füße. Dabei griff er sein Schwert, bekam es aber nicht richtig zu fassen, sodass es ihm aus der Hand fiel.

Dafür fand er sich plötzlich einem großen weißgrauen Pferd gegenüber, das nur ganz knapp vor ihm zum Stehen kam. Die Nüstern blähten sich, ehe das Tier mehrere Schritte zurücktrat, jedoch nicht flüchtete.

„Ganz ruhig", bat Meron und hob die Hände. Sein Herz raste und er fühlte, wie der Dämonenanteil in ihm sich regte. Mit Gewalt drückte er ihn nieder und konzentrierte sich auf die Frau, die jetzt schnell näherkam. Sie ritt auf einem hellbraunen Pferd, das etwas kleiner war als das, was vor ihm stand.

„Mein Gott, ein Glück! Ist Euch etwas passiert, mein Herr?", wollte sie wissen, als sie bei ihm ankam und von ihrem Tier stieg. Dabei hielt sie eine Art Geschirr in der Hand und trat zu dem weißgrauen Pferd. „Er ist ein Künstler, wenn es ums Ausbrechen geht. Ich dachte schon, er rennt bis zum nächsten Dorf."

Meron musste sich erst einmal fassen, ehe er der aufgebrachten Frau antworten konnte.

„Mir geht es gut, er ist mir nicht zu nahegekommen", antwortete er und versuchte sich an einem Lächeln. „Ich wusste nicht, dass es hier zwei Dörfer auf der Steppe gibt."

Sie warf ihm einen etwas irritierten Blick über die Schulter zu, nachdem sie dem Pferd das Geschirr angelegt hatte und jetzt die Zügel beider Tiere in Händen hielt.

„Woher kommt Ihr denn? Die Steppe grenzt ans Königreich, natürlich gibt es hier viele Dörfer. Ihr seht nicht gut aus, ist Euch etwas zugestoßen?"

Meron blickte an sich hinab, ja, da war eindeutig zu viel getrocknetes Blut an ihm.

„Es gab einen Überfall, in den ich verwickelt wurde", erklärte er und wies auf das Schwert, das auf dem Boden lag. „Das ist alles, was mir geblieben ist. Sie nahmen meine Habseligkeiten an sich, ich habe weder Proviant noch Wasser, nichts."

Ihre Miene blieb skeptisch, doch sie trat an ihr braunes Pferd heran und zog aus der Tasche, die am Sattel befestigt war, einen Trinkschlauch.

„Hier, für Euch. Als Entschädigung, dass mein Pferd Euch beinahe verletzt hätte."

Meron zögerte, in dem Schlauch könnte alles Mögliche sein. Aber wie hätte die Menschenfrau wissen können, dass sie auf ihn treffen würde? Oder überhaupt auf irgendjemanden?

„Habt Dank", sagte er, zog den Korken und trank den halben Schlauch leer.

„Wie lange seid Ihr schon unterwegs und was ist Euer Ziel?", fragte die Menschenfrau neugierig.

Meron wischte sich mit dem Handrücken den Mund ab und verschloss den Trinkschlauch.

„Meine Reise begann vor vier Tagen und mein Ziel ist die Hauptstadt des Königreiches", erzählte er wahrheitsgemäß.

„Seid Ihr ein Söldner?", wollte sie weiter wissen und musterte ihn genau.

Meron überlegte, er kannte den Begriff, wusste aber nicht, ob es von Vorteil wäre, das zu bejahen.

„Nein", antwortete er deshalb nach kurzer Überlegung. „Ich bin ein einfacher Reisender. Das Schwert führe ich nur zum Selbstschutz mit mir, nicht, um jemandem zu schaden. Und wie meine Aufmachung wohl zeigt, bin ich zudem nicht gerade gut darin, auf mich selbst aufzupassen."

Er lächelte schief und tatsächlich brachte das auch sie zum Lachen.

„Offensichtlich, mein Herr!"

Meron rümpfte die Nase.

„Mein Name ist Meron. Bitte, ich bin niemandes Herr und möchte es auch nicht sein."

Sie musterte ihn erneut, ehe sie ihm die Hand hinstreckte.

„Amina. Mein Dorf liegt zwei Tagesritte von hier entfernt. Wenn du willst, dann begleite mich, so kommst du auf jeden Fall näher an die Hauptstadt unseres Königs heran."

Das war ein verlockendes Angebot, aber Meron war noch nie geritten.

Außerdem war er ein Mischling, wie würde das Pferd darauf reagieren, wenn er versuchen sollte, aufzusteigen?

Eigentlich wollte er Amina nichts davon erzählen, immerhin könnte sie ebenso mit Abscheu reagieren, wie die meisten anderen.

„Ich kann leider nicht reiten", meinte er deshalb ausweichend, aber sie winkte nur ab.

„Das ist kein Problem. Elrik hier ist ein erfahrenes Pferd, er wird dir schon zeigen, wie du sitzen musst. Ich nehme unseren Sturkopf und wir reiten zur Herde zurück. Mein Vater hält so lange dort Wache", erklärte sie und winkte ihn zu sich.

Es wurde immer verlockender, denn bei den Menschen wäre er wenigstens halbwegs in Sicherheit.

Andererseits würde er sie vielleicht in Gefahr bringen, was er tunlichst vermeiden wollte.

„In Ordnung, vielen Dank für das Angebot", stimmte er schließlich zu und schon reichte sie ihm die Zügel des braunen Tieres.

Etwas unsicher nahm er sie und blickte Elrik dabei in die Augen. Er blieb ruhig und auch, als Meron näher herantrat und ihm vorsichtig über den Hals streichelte, machte das Pferd keine Anstalten zu fliehen.

„Er mag dich", meinte Amina aufmunternd. „Das ist ein gutes Zeichen. Du kannst aufsteigen oder brauchst du dafür Hilfe?"

Meron brummte und musterte den Sattel.

„Nein, so hilflos bin ich nun auch nicht", erwiderte er, griff den Knauf am Sattel, um sich hochzuziehen und das Bein hinüberzuschwingen.

„Das sah schon gar nicht schlecht aus", kommentierte Amina, die sich selbst auf den weißgrauen Hengst schwang. „Folge mir einfach."

Schon lief das Pferd mit Amina los und Meron starrte ihr hinterher.

„Und wie?", murmelte er und blickte auf Elrik. „Los? Lauf?"

Ein schriller Pfiff ertönte und plötzlich rannte Elrik los. Meron keuchte und hatte Mühe, sich oben zu halten. Es dauerte eine ganze Weile, ehe er begriff, wie das Tier sich bewegte und wie er sich darauf zu verhalten hatte. Schließlich funktionierte es, aber Meron ahnte, dass ihm nachher alles wehtun würde ...

Dennoch kamen sie so zügig voran und ritten der Sonne entgegen, die am Firmament immer höher kletterte.

Merons Dämonenseite hatte sich halbwegs beruhigt und er wagte es, sich zu entspannen.

„Dort vorne ist unsere Herde!", rief Amina ihm zu, die etwas vor ihm ritt. „Geht es noch? Hältst du dich?"

Meron umklammerte die Zügel fest und sein Herz schlug ziemlich schnell, aber er fiel nicht.

„Alles gut", antwortete er, wenn er auch insgeheim hoffte, dass der Ritt bald zu Ende wäre!

Die Herde kam immer näher, es mussten an die 20 Tiere sein, zudem konnte Meron einen Menschen erkennen, einen Mann, der ihnen entgegenblickte.

„Das ist mein Vater", erklärte Amina. „Er kann etwas sonderbar wirken, aber er hat einen guten Kern. Lass dich von seiner Art nicht täuschen."

Gut zu wissen, dachte sich Meron, der sich weiter darauf konzentrieren musste, nicht zu fallen.

Er ahnte irgendwie, dass auch Elrik froh wäre, wenn er ihn endlich los war.

„Wen bringst du da mit?", wollte Aminas Vater mit forscher Stimme wissen, als sie bei ihm ankamen und sie Elrik mit einem Pfiff zum Stehen brachte.

Meron atmete erleichtert durch, er hätte keine Ahnung gehabt, wie er das bewerkstelligen sollte.

„Sein Name ist Meron", antwortete Amina. „Und unser Sturkopf hätte ihn fast umgerannt."

Meron stieg vom Pferd, er wollte ihren Vater wenigstens höflich begrüßen.

Doch seine Beine machten ihm da einen Strich durch die Rechnung, denn er hatte jedes Gefühl darin verloren, sodass sie sein Gewicht nicht trugen.

Und er sich vor Aminas Vater auf den Hosenboden setzte.

„Und reiten kann er augenscheinlich auch nicht", brummte der Mensch, der ihn skeptisch musterte.

Amina und ihr Vater sahen sich ziemlich ähnlich. Beide verfügten über hellbraunes Haar, wobei ihres lang war und bis über den Rücken fiel, während das ihres Vaters kurz und von grauen Strähnen durchzogen war.

Die Augen von Vater und Tochter waren ebenfalls identisch und leuchteten in einem hellen Blau.

Wobei Aminas Blick eher sanft und weich war, im Gegensatz zu ihrem Vater, der ihn argwöhnisch anstarrte.

„Soso", brummte der Mensch und hielt ihm die Hand hin. „Und woher kommst du, Meron? Was führt dich hierher?"

Meron griff zu und ließ sich auf die Füße ziehen, wobei er inständig hoffte, sie würden ihn dieses Mal tragen.

Was Gott sei Dank der Fall war.

„Ich komme von weit her, meine Heimat liegt hinter der Festung der Nachtdrachen", erklärte er und hoffte, damit nichts Falsches zu sagen.

Der Mensch ließ ein Brummen hören, nickte aber.

„Aha und wohin willst du?"

„In die Hauptstadt des Königreiches", antwortete er erneut wahrheitsgemäß.

Aminas Vater musterte ihn noch einen langen Moment, ehe er sich von ihm abwandte.

„Wir ziehen morgen weiter", erklärte er, was Amina die Stirn runzeln ließ.

„Warum nicht heute? Der Tag ist doch noch jung."

Ihr Vater schnitt mit der Hand durch die Luft.

„Wir würden die Etappe, die wir uns vorgenommen haben, heute nicht mehr schaffen und dein Freund hier kann sowieso bis morgen nicht reiten, das würden seine Beine gar nicht mitmachen. Also rasten wir, sorgen dafür, dass unser Sturkopf, wie du ihn nennst, nicht noch einmal ausbricht, und reiten morgen bei Sonnenaufgang weiter."

Amina wirkte nicht allzu begeistert, aber nachdem sie einen Blick in Merons Richtung geworfen hatte, seufzte sie resigniert.

„Ich kümmere mich um die beiden, ruh du dich aus", sagte sie zu ihm, nahm Elrik und führte ihn zusammen mit dem weißgrauen Tier zu den anderen Pferden.

Meron sah ihnen nach und ließ sich dann wieder auf dem Boden nieder. Seine Beine zitterten vor Anstrengung und wie er geahnt hatte, tat ihm alles weh.

Er gönnte sich die Ruhe, denn er wollte die Menschen morgen keinesfalls aufhalten.

Also streckte Meron sich auf dem weichen Grasboden aus und schloss die Augen.

Blut bedeckte den dunklen Steinboden, der ihm allzu bekannt vorkam. Jeder Schritt erzeugte ein nasses Geräusch und Meron stellten sich die feinen Härchen im Nacken auf.

Die ganze Situation kam ihm seltsam vertraut vor.

Er lief direkt auf den Thronsaal seiner Mutter zu, obwohl er doch wusste, dass er hier nichts verloren hatte. Er sollte in seinem Quartier bleiben und nur herauskommen, wenn sie bei ihm war. Dennoch war er hier und streckte die Hand nach dem Griff der Flügeltüre aus.

Dabei erinnerte er sich daran, dass sie eigentlich hätte bewacht sein müssen.

Wieso jetzt niemand hier war, wusste er nicht, aber es war ihm auch egal.

Meron zog die Türe auf und blickte in den Saal.

Tot ... so viele Tote.

Sie lagen überall, alles Drachen aus der Nachtsippe.

Nein, das stimmte nicht ...

Panik erfasste Meron und er sprang über einige Leichen hinweg, schob den großen Tisch zur Seite und fiel auf die Knie.

„Nein", keuchte er und legte zitternd die Hände auf Tayels Brust. Die Augen des Golddrachen starrten an die Decke, sie waren vor Schreck geweitet ... tot.

„Nein!", schrie Meron und sein Herz drohte ihm aus der Brust zu springen. Tränen liefen ihm über die Wangen und er zitterte am ganzen Körper.

„Du ... du warst das", drang es wispernd an seine Ohren. „Es ist deine Schuld, nur wegen dir sind sie alle tot ... tot ... TOT!"

Meron zuckte heftig zusammen und sprang auf die Beine, dabei rutschte er im Blut aus und fiel direkt auf Tayel. So sah er ihm in die leblosen Augen, aus denen mit einem Mal Blut lief. Meron konnte sich nicht bewegen, nur zusehen, wie immer und immer mehr Blut strömte.

Er öffnete mit aller Kraft den Mund und schrie!

„Meron! Wach auf!"

Eine Frauenstimme drang zu ihm durch, doch was sie weckte, war nicht nur Meron.

„Lauf!", keuchte er und spürte, wie seine dämonische Seite die Ketten zerriss, die er um sie geschlungen hatte. Er wurde zurückgeworfen, als der Dämon die Kontrolle über ihn erlangte und nun war er es, der in Ketten lag.

„Nein! Lass sie in Frieden!", rief Meron panisch und konnte nur zusehen, was geschah.

Amina schaffte es nicht einmal mehr, zu schreien, da hatte sein Dämon sie schon an der Kehle gepackt und ihr mit einer schnellen Bewegung das Genick gebrochen. Dann sprang die Bestie auf die Füße und plötzlich ging ein Ruck durch seine linke Schulter.

Ein Pfeil steckte darin, abgeschossen von Aminas Vater, der ihn mit schreckensgeweiteten Augen anstarrte.

„Du Monster!", brüllte der Mensch, warf den nutzlosen Bogen weg und versuchte, sich auf ein Pferd zu flüchten.

Doch Merons Dämon war schneller.

Er packte den Menschen und riss ihn zu Boden.

Der Schrei seines Opfers spornte ihn nur noch an und er vergrub die scharfen Zähne im Hals des Mannes.

Gurgelnde Geräusche waren zu hören, kraftlose Hände griffen an seine Schultern, dann lag der Mensch still. Sein Körper erschlaffte im Tod und Merons Dämon tat sich an seinem Opfer gütlich.

Wie im Rausch kam er auf die Füße, Blut lief ihm über das Kinn und tropfte zu Boden. Doch seine Sicht war nicht klar, es war, als wäre er betrunken. Sein Dämon taumelte und stürzte sogar, wobei er höchst unzufrieden knurrte.

Ein gewaltiger Schatten zog über ihn hinweg und Meron hob den Blick, gerade, als ein riesiger Drache nicht weit von ihm entfernt landete.

Einen kurzen Moment keimte Hoffnung in ihm ... doch nein, es war nicht Tayel ... sondern Raylan.

Merons Dämon knurrte, als der Mann sich zurückverwandelte.

„Du bist schwach, Dämon, du musst nach Hause und deshalb bin ich hier. Lass mich Meron dorthin bringen, wo euch beiden geholfen werden kann."

Wovon sprach Raylan da? Wieso sollte sein Dämon auf so etwas ... reagieren?

Doch genau das tat die Kreatur. Sie zog sich zurück, die Ketten lösten sich von Meron und mit einem Mal hatte er die Kontrolle zurück.

Er fand sich in seinem eigenen Körper wieder und starrte auf die Zerstörung, die er angerichtet hatte.

Amina und ihr Vater ... beide tot.

„Raylan", krächzte er und Tränen liefen ihm über die Wangen. „Bitte, wenn du dir je etwas aus mir gemacht hast, dann töte mich!"

Er flehte und betete regelrecht, dass sein ehemaliger Leibwächter Gnade walten lassen würde.

Doch stattdessen trat Raylan auf ihn zu und ließ sich in die Hocke sinken.

Sein rechtes Auge war getrübt, dort hatte Tayel ihn mit der Klaue erwischt.

„Nein, Meron, es gibt keine Erlösung für dich", teilte Raylan ihm mit. „Aber du hast die Möglichkeit, zu lernen und mit deiner dämonischen Seite eins zu werden. Diesmal ist niemand hier, der dich retten wird. Jetzt kommst du endlich mit mir."

KAPITEL 19

TAYEL

Eisig kalte Flüssigkeit klatschte ihm ins Gesicht und Tayel schnappte nach Luft, als er schlagartig wieder zu Bewusstsein kam. Sein Schädel pochte und er musste mehrfach blinzeln, um seine Sicht zu klären.

„Steh auf, Drache", brummte ihn ein Mann an, der einen Holzeimer zu Boden fallen ließ. „Ich dachte, du willst helfen, stattdessen liegst du hier faul herum!"

Tayel musste erst einmal richtig zu sich kommen, ehe er langsam den Kopf schüttelte und dann eilig auf die Beine kam.

Die Welt drehte sich viel zu schnell und er stützte sich an einer Hauswand ab, wobei er die Zähne zusammenbiss.

„Wo ist er?", wollte er wissen, doch der Mensch runzelte nur irritiert die Stirn.

„Von wem sprichst du?"

„Dem Mischling!", zischte Tayel. „Wo ist Meron?"

Der Mann zuckte die Achseln und hob den Eimer wieder auf.

„Das weiß ich nicht, aber hier brauchen die Leute Hilfe. Mach dich also nützlich oder sieh zu, dass du verschwindest."

Die barschen Worte kümmerten Tayel nicht, er hob witternd die Nase und versuchte, Merons Spur aufzunehmen.

Dieser verdammte Mistkerl!

Er hatte ihn einfach niedergeschlagen!

Tayels Herz stach schmerzhaft, er fühlte sich hintergangen und verraten, aber nein, so einfach war die Sache nicht.

Meron musste glauben, dass er allein schuld am Angriff auf das Dorf war. Jetzt wollte der Narr flüchten, sich von allem zurückziehen und ja, ein Teil von Tayel konnte das durchaus nachvollziehen.

Doch so würde ihm sein Mischling auf keinen Fall davonkommen!

Erst schlich der Mann sich in sein Herz, verdrehte ihm den Kopf und holte ihn sogar in die Traumebene.

Und im nächsten Moment, als die Lage schwierig wurde, schlug er ihn einfach nieder und ließ ihn zurück. Nein, so nicht, nicht mit ihm.

Tayel tastete an seiner Hüfte nach dem Schwert, das einer der Menschen ihm gegeben hatte.

Es war fort.

Meron musste es an sich genommen haben.

Er knurrte einen Fluch und ließ das Menschendorf hinter sich. Seine Beine zitterten bei jedem Schritt und schon nach kurzer Zeit musste er sich eingestehen, er brauchte Ruhe.

So würde er Meron auf keinen Fall hinterherkommen. Er war viel zu geschwächt.

Unwillig ließ Tayel sich ins Gras sinken, wobei seine linke Schulter protestierend stach.

Er zischte und blickte auf die Wunde, die Raylans Zähne hinterlassen hatten. Dank seiner Heilfähigkeiten war von der Verletzung bereits nicht mehr viel zu sehen. Aber genau das war der Grund, wieso Tayel sich schwach fühlte.

Die Heilung verbrauchte Kraft und er hatte weder Essen noch Trinken, um sich zu stärken.

Wieder zu den Menschen zu gehen, kam nicht in Frage, denn dort würde er gewiss keinen warmen Empfang erhalten.

Er wusste nicht, wie groß der Schaden schlussendlich war, den das Dorf erlitten hatte, jedoch waren genug Tote auf der Straße gelegen und der bittere Blutgeruch überall präsent.

Die Leute würden auch ihm eine Schuld an dem Unglück geben und Tayel konnte es ihnen nicht verübeln.

Wären Meron und er nicht in den Ort gekommen, wäre das nie passiert.

Er stieß ein Seufzen aus und streckte sich im Gras aus. Etwas Ruhe würde ihm guttun und hoffentlich könnte er dann auf die Suche nach seinem sturen Mischling gehen und ihm Verstand einbläuen.

Tayel schloss nur für einen Moment die Augen, als plötzlich eine starke Windböe über ihn hinwegfegte.

Sofort setzte er sich auf und zischte einen Fluch.

Ein Drache war ganz in seiner Nähe gelandet und sogleich nahm dieser seine menschliche Form an.

„Dann haben meine Augen mich nicht getäuscht", meinte die Frau, deren hellblondes Haar im Wind wehte. „Du bist der Stellvertreter von Dragos Ravina. Wir dachten schon, du wärst tot."

Tayel kam auf die Beine und trat zu ihr.

„Wie du siehst, bin ich es nicht", erwiderte er. „Das Dorf wurde angegriffen. Bist du hier, um zu helfen?"

Sie runzelte die Stirn und schon glitten große Schatten über sie hinweg.

„Wir sind auf der Suche nach den Verschwundenen. Raylan, dem Mischling, und dir", klärte sie ihn auf und Tayel unterdrückte einen Fluch.

Verdammt, das hatte er befürchtet.

„Ich bin weder verschwunden noch sonst etwas, ich habe eine Mission zu erledigen", ließ er sie wissen und machte einen Schritt zurück. „Ich suche ebenfalls den Mischling und bin ihm auf der Fährte. Kümmert ihr euch um das Dorf, den Rest übernehme ich."

„Auf keinen Fall", dröhnte eine Männerstimme und Tayel wandte sich um.

Ein weiterer Drache war hinter ihm gelandet und auch der hatte seine menschliche Form angenommen.

„Wir haben die klare Anweisung, dich zurück zur Festung zu bringen. Deine Dragos ist nicht heimgekehrt, sie wartet dort auf dich und ist in großer Sorge."

Oh, Tayel hatte absolut kein Verlangen danach, sich Ravina zu stellen!

„Wie ich gerade gesagt habe, bin ich dem Mischling auf der Fährte", teilte er dem Nachtdrachen mit. „Ich komme zurück, sobald ich ihn habe."

Der andere schüttelte den Kopf.

„Du besitzt nicht die Befugnis, die Befehle unserer Dragos aufzuheben, also wirst du uns begleiten. Tust du das nicht freiwillig, wenden wir Gewalt an."

Das war deutlich, Tayel hatte keine Wahl.

Gegen zwei Drachen hätte er vielleicht noch den Hauch einer Chance gehabt, doch über ihm kreisten drei weitere. Ein Entkommen war unmöglich.

Verdammt, Meron, wieso hatte er ihn nur zurückgelassen?

„Verstanden", knurrte er, wies aber auf das Dorf der Menschen. „Dennoch wurde der Ort angegriffen, sie brauchen Hilfe."

Der Nachtdrache deutete gen Himmel.

„Sobald wir abheben, landen sie und werden sehen, was sie tun können. Aber jetzt verlieren wir keine Zeit, verwandle dich, dann fliegen wir zur Festung."

Tayel fügte sich, es blieb ihm nichts anderes übrig.

Er ließ seinen Drachen frei und wandelte sich.

Die beiden Nachtdrachen taten es ihm gleich, wobei die Frau sich sofort in die Lüfte erhob, während der Mann noch wartete.

Tayel grollte, sie wollten ihn in ihrer Mitte haben, damit er auch ja keine Möglichkeit hätte, einen Fluchtversuch zu unternehmen. Er entfaltete die Flügel und schwang sich in die Luft, dabei lugte er kurz zurück und sah, wie der andere ihm auf dieselbe Weise folgte.

Auch wenn Tayels Herz ihm zuschrie, er solle fliehen und nach Meron suchen, es würde ihm in dieser Situation nichts bringen.

Jetzt blieb ihm nur zu hoffen, dass sein Mischling sich allein durchschlagen würde können.

Sie flogen bis zum Abend und gerade, als die Sonne unterging, landeten sie auf der Lichtung, unweit von Serafias Festung.

Tayel wandelte sich, ebenso wie die beiden Nachtdrachen, und sie setzten ihren Weg zu Fuß fort.

Es herrschte drückendes Schweigen und keiner von ihnen versuchte, ein Gespräch zu beginnen.

Als sie die Festung erreichten, wurde ihnen das Tor geöffnet und mehrere Nachtdrachen taxierten ihn argwöhnisch, als er eintrat.

„Die Dragos sind im Thronsaal", teilte ihm eine der Wachen mit. „Du solltest schleunigst zu ihnen gehen."

Das war eine klare Anweisung und unter normalen Bedingungen hätte Tayel nichts darauf gegeben, doch gerade musste er sich fügen.

Also betrat er das Hauptgebäude, wobei ihn die Frau weiterhin begleitete, wenn auch mit Abstand.

Er kannte den Weg zum Saal und fand sich alsbald vor der großen Flügeltür wieder.

Auch diese wurde ohne ein Wort geöffnet und schon drangen die Stimmen der beiden Dragos zu ihm durch.

„Es wäre nicht vertretbar, Ravina", hörte er Serafia eindringlich sagen. „Ohne wirklichen Grund kann ich dich hier nicht länger verweilen lassen. Meine Leute sind schon aufgebracht genug, auch ..."

Der Satz blieb unvollendet, denn Tayel schritt in den Raum und die beiden Frauen wandten sich ihm zu.

„Tayel", hauchte Ravina und schien ihre Position als Dragos völlig zu vergessen.

Sie rannte zu ihm und fiel ihm um den Hals.

Mit einem Keuchen fing er sie auf und drückte sie fest an sich.

„Hallo, Schwester", murmelte Tayel leise und atmete den vertrauten Duft tief ein.

„Wo warst du?", wollte sie wissen, wobei er hörte, dass sie mit den Tränen kämpfte.

„Berichte!", verlangte Dragos Serafia von der Nachtdrachenfrau, die ihn begleitet hatte.

„Wir fanden ihn bei einem Menschendorf, das augenscheinlich angegriffen wurde", teilte sie ihrer Anführerin mit. „Er behauptet, den Mischling zu suchen, und wollte uns nicht begleiten. Aber nach einem etwas eindringlicherem Gespräch tat er es doch."

Ravina löste sich von Tayel und sah ihm strafend in die Augen.

„Du schuldest mir Antworten!", knurrte sie und war nun wieder ganz Dragos.

„Uns", korrigierte Serafia und schickte die Kriegerin, die Tayel hergebracht hatte, aus dem Saal.

Die Türen schlossen sich und Ravina bedeutete ihm, mit an den Tisch zu kommen.

Tayel folgte und setzte sich, wobei er den unbewusst angehaltenen Atem ausstieß.

„Was ist passiert?", fragte Ravina erneut. „Erzähle uns alles, Tayel, von Anfang an."

Er zögerte, doch es würde nichts bringen, wenn er jetzt lügen sollte. Das könnte seine Lage schlussendlich nur noch verschlimmern.

Also begann er zu erzählen.

Ab dem Abend, als Meron geflohen war und er dies von seinem Fenster im Quartier beobachtet hatte.

Raylans Verrat und seine Versuche, den Mischling gefangen zu nehmen, bis hin zum Ausbruch von Merons Dämonenseite und dem Angriff auf das Dorf.

Allein seine Gefühle für seinen Mann und ihre gemeinsame Nacht ließ er außen vor.

Das musste er seiner Schwester und Merons Mutter nicht auf die Nase binden.

Vorerst nicht.

„Raylan", murmelte Serafia und schüttelte sichtlich erschüttert den Kopf. „Darauf wäre ich niemals gekommen. Ich hoffe sehr, du belügst mich nicht!"

Tayel hob die Hände.

„Nein, das tue ich nicht, darauf habt Ihr mein Wort, Dragos Serafia."

„Wieso hast du den Mischling nicht zurückgebracht, so wie du es hättest tun sollen?", wollte Ravina mit scharfer Stimme wissen.

„Aus mehreren Gründen", antwortete er. „Als ich es versuchte, wäre seine dämonische Seite um ein Haar ausgebrochen und dieses Risiko wollte ich inmitten des dichten Waldes nicht eingehen. Ich hätte ihn nicht besiegen können und hatte nicht das Verlangen danach, mein Leben zu verlieren. Und als wir ein wenig zusammen unterwegs waren, wurde mir klar, dass es schlichtweg falsch ist ... Meron ist ein guter Mann und kein Monster. Er mag ein Mischling sein, aber er verdient den Tod nicht."

Nun stellte er sich offen gegen eines der ältesten Gesetze der Drachen.

Hoffentlich würde das gutgehen.

Ravina starrte ihn fassungslos an und zischte einen Fluch, ehe sie begann, auf und abzulaufen.

„Ich glaube das nicht! Hat er dir so den Kopf vernebelt, dass du jetzt auch noch unsere Regeln in Frage stellst?"

„Meron ist wahrlich ein guter Mann", meinte nun Serafia. „Es freut mich, dass du das erkannt hast."

„Darum geht es nicht!", fauchte Ravina und donnerte die Faust auf den Holztisch, der daraufhin ein bedrohliches Ächzen von sich gab. „Namika und Kayla mögen abgereist sein, aber sie fordern weiterhin seinen Kopf. Können wir ihnen den nicht liefern, werden sie alsbald mit Krieg drohen! Eine Woche, die Frist wird verstreichen, was willst du mit den Leuten aus den anderen Sippen machen? Sie fortschicken ohne einen Beweis von Merons Tod? Das könnte Kayla für eine Kriegserklärung reichen!"

Tayel biss die Zähne zusammen, das konnte doch wohl nicht wahr sein! Diese sturen Frauen!

„Du weißt, dass sie sich nur Luft gemacht haben", hielt Serafia dagegen. „Und wenn Meron jetzt weg ist, dann haben wir keine Möglichkeit, ihn zurückzuholen. Sie können mit ihrem Krieg drohen, wie sie wollen, aber ich werde keine Ressourcen verschwenden, nur um einen einzelnen Mischling ausfindig zu machen. Ja, ich werde die Sippenmitglieder von Namika und Kayla nach Ablauf der Frist zurückschicken, so, wie es abgemacht war. Sie bekommen einen Bericht der Geschehnisse mit, dann sollen die beiden tun, was sie wollen. Wenn es ihnen beliebt, können sie in ihren eigenen Gebieten auf die Suche gehen, wer ungefragt in mein Territorium eindringt, hat mit meinem Zorn zu rechnen."

Ravina knurrte.

„Das ist mir klar, aber dir sollte ebenso bewusst sein, dass es nicht so leicht aus der Welt zu schaffen ist. Du kennst gerade Kaylas Einstellung und ich traue ihr zu, einen Krieg einzuläuten."

„Im Moment weiß niemand, wo Meron ist", mischte sich Tayel ein. „Er schlug mich nieder und als ich erwachte, war er längst fort. Mein Schwert nahm er an sich, also ist er bewaffnet. Er wird seinen Weg gehen und wir sollten ihm nicht in die Quere kommen. Seine dämonische Seite hat schon mehr als einmal bewiesen, dass sie fähig ist, ihn zu schützen."

Ravinas Blick war eiskalt, als sie ihn fixierte.

„Es scheint, als hättest du hier jetzt auch ein Wort mitzureden, Stellvertreter?", grollte sie und Tayel musste den Blickkontakt nach einem Moment abbrechen. Sein Drache zog sich in seinem Inneren zurück, er wollte seiner Anführerin nicht den Rang streitig machen.

„Nein", murrte Tayel und ballte die Fäuste.

„Seine dämonische Seite sollte auf gar keinen Fall unterschätzt werden", meinte Serafia und Tayel lugte zu der Frau, die den Blick zu einem der Fenster gerichtet hatte. „Er trägt mächtiges Blut in sich."

„Wie meinst du das?", wollte Ravina wissen. „Wer ist überhaupt Merons Vater?"

Die Frage rief Schweigen hervor und es war Serafia anzusehen, dass sie das Geheimnis gern mit ins Grab nehmen würde, doch nach einem langen Moment sprach sie dennoch.

„Regent Aegon."

Tayel klappte der Mund auf, er konnte nicht glauben, was er gerade gehört hatte, und augenscheinlich ging es

Ravina genauso. Sie griff sich den Stuhl neben ihm und ließ sich darauf nieder.

„Sag das nochmal", bat sie mit emotionsloser Stimme.

„Merons Vater ist der Dämonenregent der Aschezone, Aegon", sagte Serafia nun laut und deutlich.

„Wie, um alles in der Welt, ist das passiert?", verlangte Ravina zu wissen, diesmal klang sie schon fast hysterisch.

Serafia verzog das Gesicht.

„Ich war jung und naiv", murmelte sie und strich sich das helle Haar zurück. „Wie ihr wisst, war meine Mutter vor mir die Dragos der Nachtsippe und sie führte Verhandlungen mit der Aschezone. So waren wir einmal ins Schloss des Regenten geladen. Mutter nahm an und sie befand, dass ich sie begleiten sollte, immerhin trug ich das Mal der Dragos und hatte zeitnah zu lernen, wie die Dinge mit den Dämonen funktionierten."

Tayel schluckte, er ahnte, worauf das hinauslief.

„Die Gespräche liefen erstaunlich gut und Aegon zeigte sich als vorbildlicher Gastgeber. Er gab uns zu Ehren sogar eine Feier ... und diese wurde mir zum Verhängnis."

Serafia atmetet tief durch und legte dabei die Hand auf ihren Unterbauch.

„Während Mutter gut angetrunken in ihrem Bett lag, blieb ich noch länger, denn die Gesellschaft Aegons gefiel mir. Er war zuvorkommend und nun ja, er ist auch ein schöner Mann. Dämon hin oder her, das kann man nicht bestreiten. Als junge Frau fühlte ich mich in meiner Naivität geschmeichelt, dass er mir so viel Aufmerksamkeit schenkte."

Tayel konnte in diesem Punkt nicht mitreden, er hatte den Dämon noch nie persönlich getroffen. Auch Ravina ließ nur ein nichtssagendes Brummen hören.

„Ich ließ mich auf ihn ein und dachte mir, nur eine Nacht, was kann schon Schlimmes passieren?", erzählte Serafia und lachte leise. „Und dieses eine Mal hat mir meinen Sohn beschert. Monate später merkte ich, dass ich schwanger war. Mit Meron."

Tayel schloss die Augen, man konnte so leicht der Lust erliegen, gerade, wenn man noch jung war. Er wäre der Letzte, der Dragos Serafia einen Vorwurf daraus machen würde.

„Wie hat deine Mutter reagiert?", fragte Ravina skeptisch. „Sie war doch eine strenge Anhängerin unserer Gesetze."

Tayel hob die Lider und sah, wie Serafia nickte.

„In der Tat und sie nahm es nicht gut auf. Sie wollte mir mein Kind aus dem Leib reißen und mich verbluten sehen. Sie war außer sich, so habe ich sie in meinem Leben noch nicht erlebt. Als sie mich angriff, habe ich gekämpft ... und gewonnen."

Fassungslos starrte Tayel die Dragos der Nachtsippe an. Serafia hatte nicht nur einen Mischling großgezogen und vor aller Welt geheimgehalten, sie hatte sogar ihre eigene Mutter getötet, um Meron zu schützen. Um ihm eine Chance zu geben, ein Leben.

„Meine Hochachtung für Euch, Dragos Serafia", sprach Tayel und erntete einen tödlichen Blick von seiner Schwester, doch diesen ignorierte er.

Serafia lächelte traurig. „Ich wünschte, es wäre alles anders gekommen, aber meinen Sohn möchte ich nicht einen Augenblick missen."

Ravina schnaubte und schüttelte den Kopf.

„Das macht die Lage nicht gerade besser", murmelte sie und fuhr sich durch die Haare. Einige Strähnen hatten sich aus ihrem Zopf gelöst und hingen ihr wirr ins Gesicht. „Wie soll es denn jetzt weitergehen?"

Serafia erhob sich und wies zum Fenster.

„Die Nacht bricht herein, heute können wir gar nichts mehr tun. Gönnen wir uns Ruhe, dein Bruder scheint sie auch dringend nötig zu haben. Morgen besprechen wir, wie wir weiterverfahren."

Ravina wirkte nicht zufrieden, aber sie nickte.

„Einverstanden ... Der Tod deiner Mutter tut mir leid, ebenso die Umstände, die dazu geführt haben. Ich werde niemandem auch nur ein Wort davon erzählen, versprochen."

Das war ein großes Zugeständnis und Tayel merkte, wie erleichtert Serafia war.

„Hab Dank."

Ravina neigte nur knapp den Kopf und sah dann zu ihm. „Komm, wir gehen."

Fügsam erhob Tayel sich und folgte seiner Schwester aus dem Saal und in ihr Quartier.

Sein Kopf pochte schmerzhaft und das lag längst nicht mehr an dem Schlag, den Meron ihm verpasst hatte. All die Informationen machten sich Raum und Tayel versuchte, sie zu ordnen.

„Ruh dich aus", brummte Ravina, die ihre Stiefel abgetreten hatte und auf ihr Schlafzimmer zuhielt. „Ich brauche jetzt Zeit für mich, aber morgen sprechen wir. Wage es ja nicht, das Quartier zu verlassen, Tayel!"

Das war eine klare Botschaft, doch er hatte nicht vor, erneut zu fliehen. Denn wo sollte er schon hin?

WAREN DIE LEUTE
SEINER MUTTER SO
LEICHT BESTECHLICH?

KAPITEL 20

MERON

Seit fünf Tagen war er nun mit Raylan unterwegs.

Aber nicht nur mit ihm, denn sein ehemaliger Leibwächter hatte für Verstärkung gesorgt.

So liefen sie seit dem zweiten Tag mit zwei Dämonen, die Meron kaum aus den Augen ließen. Eine davon war die Frau, die seiner dämonischen Hälfte im Wald entkommen war. Sie wirkte nicht gerade glücklich, erneut in seiner Nähe zu sein.

„Sieh, dort vorne ist die Grenze zur Aschezone", sagte Raylan und Meron zog die Brauen zusammen.

Er hatte sich den Bereich irgendwie anders vorgestellt. Es war reines Brachland, er konnte nicht einmal Aussichtstürme sehen.

„Sollten hier nicht Wachen sein?", fragte er und Raylan schnaubte amüsiert.

„Nein, natürlich nicht", teilte er ihm wie selbstverständlich mit. „Dragos Serafia und Regent Aegon haben ein Abkommen, dadurch ist klar geregelt, dass kein Dämon die Aschezone verlassen darf. Wenn es doch jemand wagt, droht demjenigen der Tod. Das reicht in der Regel, um die Leute unter Kontrolle zu halten. Wachen der Nachtdrachen kommen hier in unregelmäßigen Abständen vorbei. Die Kontrollflüge sind schon vor Jahren Stück für Stück ausgeweitet worden, um auch den Grenzbereich im Auge zu behalten."

„Und trotz all dieser Maßnahmen laufen wir mit Dämonen durch das Land", murmelte Meron und hörte Raylan schnauben.

„Ich verfüge über genug Mittel, um dafür zu sorgen, dass sie bei der Überquerung der Grenze nicht gesehen werden. Immerhin kenne ich jede Wache in unserer Sippe und die Dinge regeln sich auch leicht, wenn man über Gold und Met verfügt."

Meron schauderte.

Waren die Leute seiner Mutter so leicht bestechlich?

Sie passierten die Grenze und ein merkwürdiges Gefühl überkam ihn. Er hatte erwartet, dass die Gegend anders aussehen würde, immerhin lebten hier Dämonen.

Doch er konnte keinen Unterschied feststellen.

Das Land war weder vertrocknet, noch wirkte es düster. Grünes Gras spross aus der Erde, die Sonne schien hier genauso hell wie hinter der Grenze.

Irgendwie hatte er sich die Aschezone völlig anders vorgestellt.

Mehr ... tot.

Er hatte rußigen Boden erwartet, Ascheflocken in der Luft, die einem vielleicht sogar das Atmen schwer machten. Und überall Dämonen, die ihr Unwesen trieben.

Aber da hatte er sich getäuscht.

So schrecklich die Erzählungen über dieses Volk waren, schlussendlich lebten sie auch ihren normalen Alltag, so unvorstellbar das im ersten Moment war.

Meron ließ den Blick schweifen, es war schön, und wäre er nicht in Gefangenschaft gewesen, hätte er sich die Zeit genommen, alles genauer auszukundschaften. Für ihn war so gut wie alles, was außerhalb der Festung seiner Mutter war, neu und Merons Wissensdurst war schon immer groß gewesen.

„Du wirkst überrascht", meinte Raylan und Meron zuckte ertappt zusammen.

„Ein wenig", gestand er und sein ehemaliger Leibwächter schnaubte geringschätzig.

„Die Aschezone trägt ihren Namen nicht, weil Asche auf dem Boden liegt, sondern der erste Regent nannte das Land so. Damals, nach den großen Kriegen sah es hier völlig anders aus, da passte es ausgesprochen gut."

Nachdem sie den halben Tag durchgelaufen waren, konnte er in der Ferne die Umrisse hoher Mauern erkennen. Eine Festung?

„Was ist das?", wollte er von Raylan wissen.

„Die Hauptstadt des Regenten", antwortete dieser. „Das ist unser Ziel, denn Aegon wartet schon begierig auf dich."

Meron musste schlucken, er hatte absolut kein Verlangen danach, diesem Mann unter die Augen zu treten, aber da würde ihm leider nichts anderes übrigbleiben.

„Ich sehe nirgends Dörfer", meinte Meron, um sich vom Gedanken an den Regenten abzulenken. „Gibt es hier nur eine Stadt?"

Er wusste nicht, wie groß die Aschezone war, aber lediglich eine Stadt für ein ganzes Volk, kam ihm doch etwas wenig vor.

„Nein, natürlich nicht", beschied ihm Raylan. „Aber die Dörfer fangen erst hinter der Hauptstadt an. Wer will schon so nah an der Grenze leben und immerzu Angst haben, einen Schritt in die falsche Richtung zu tun? Es mag sein, dass die Dämonen von den Menschen und den Drachen gehasst werden, aber ich kann dir sagen, wir Drachen sind auch nicht ohne."

Das glaubte Meron seinem ehemaligen Leibwächter sogar, aber dennoch empfand er die Dämonen als größeres Übel.

Gerade, wenn er seine dämonische Hälfte betrachtete, die so gern und wahllos mordete.

Raylan ließ ihm keine Pause und zum Einbruch der Nacht hin erreichten sie die Stadt.

Ein großes Tor bildete den Eingang, doch es war geschlossen und nirgends waren Leute zu sehen.

„Scheint, als müssten wir die Nacht draußen verbringen", murrte die Dämonin und verschränkte die Arme vor der Brust. „Da hätten wir uns gar nicht so abhetzen müssen."

Raylan knurrte in ihre Richtung und sie verstummte.

„Wachen!", brüllte der Drache und nach einem Moment erschienen tatsächlich mehrere Männer und Frauen auf der Mauer.

„Das Tor wird morgen geöffnet!", rief einer von ihnen. „Ihr seid zu spät."

Raylan wies auf Meron und grinste.

„Ich denke nicht, dass der Regent so lange auf seinen heiß ersehnten Mischling warten will!"

Die Wachen erstarrten, Blicke wurden ausgetauscht und schon knarzte das Tor, als es für sie geöffnet wurde.

„Seht ihr?", sagte Raylan und blickte dabei die Dämonen an. „Und schon könnt ihr die Nacht in einer gemütlichen Taverne verbringen."

Was würde Meron nicht dafür geben, ebenfalls in ein Gasthaus gehen zu können. Aber da griff Raylan schon seinen Arm und zog ihn mit sich.

„Ich komme doch, du musst nicht so grob werden", brummte er, aber sein ehemaliger Leibwächter reagierte gar nicht darauf.

Inmitten der Stadt ragte ein imposantes Schloss auf und er wusste, das war Raylans Ziel.

Ein dunkles Grollen erklang in seinem Inneren und Meron zog die Augenbrauen zusammen. Seine dämonische Seite regte sich, sie fühlte sich ... gut, fast schon geborgen. Ja, sie wollte hier sein, bei all diesen Dämonen und bei ihrem Regenten.

Meron gefiel es gar nicht.

Viel zu schnell erreichten sie das gewaltige Gebäude und wurden von zwei mürrisch dreinblickenden Wachen begrüßt.

„Was ist dein Begehr?", verlangte einer von ihnen zu wissen und Raylan zog Meron näher an sich.

„Ich bringe dem Regenten seinen Mischling", verkündete er stolz.

Wie zuvor bei der Mauer, tauschten die Kerle auch jetzt wieder Blicke, ehe einer von ihnen auf Meron wies.

„Verbinde ihm die Augen und lege ihn in Ketten, dann kannst du eintreten."

Ketten? Augen verbinden?

Meron schluckte, das konnte nicht ihr Ernst sein!

„Mache ich, kein Problem, sofern ihr mir das Material dafür gebt", stellte Raylan klar.

Kurz hoffte Meron, die Dämonen hätten nichts davon hier, doch leider wurde nach einem Moment die Tür geöffnet und Ketten gebracht.

„Hände auf den Rücken", befahl Raylan und Meron gehorchte. Auch wenn sein Herz vor Angst flatterte wie ein Vogel im Käfig, so hatte er keine Wahl.

Das kalte Eisen legte sich um seine Handgelenke und eine breite Augenbinde wurde ihm angelegt.

Nun konnte er rein gar nichts mehr sehen und war auf Raylans Führung angewiesen.

Etwas unbeholfen stolperte Meron teils über seine eigenen Füße, als Raylan ihn wortlos am Arm griff und mit sich zog.

„Ich sehe nichts", erinnert er den Drachen. „Sag mir wenigstens, wo Treppen sind."

Raylan knurrte dumpf.

„Das merkst du schon, jetzt Beeilung, ich will dich endlich loswerden."

Na, das waren klare Worte, ging es Meron durch den Kopf und er schwieg.

„Treppen", erbarmte Raylan sich Gott sei Dank und Meron schaffte es, die schier unzähligen Stufen unbeschadet zu überstehen.

„Du hast den Mischling?", erklang eine Frauenstimme, gefolgt von einem Knarzen, das nach einer Tür klang, die geöffnet wurde. „Er erwartet dich."

Er. Damit konnte nur Regent Aegon gemeint sein.

Erneut wurde Meron von Raylan mitgezogen und mit einem Mal hallte jeder seiner Schritte.

Thronsaal, dachte sich Meron, oder ein anderer großer Raum.

„Regent", sprach Raylan in plötzlich devotem Ton. „Ich bringe Euch den Mischling, den Ihr schon so lange sucht."

„Das ist er also?"

Die dunkle Stimme ließ jedes Haar an Merons Körper zu Berge stehen und der Dämonenanteil in ihm regte sich.

„In der Tat, Regent", bestätigte Raylan eifrig. „Ich habe keine Mühen gescheut, um ihn Euch zu bringen."

„Das ist dir in der Tat anzusehen", entgegnete Aegon. „Du hast dein Auge verloren."

Dies war Tayel zu verdanken, ging es Meron durch den Kopf und ein wenig freute er sich sogar darüber, dass Raylan nicht ohne Schaden aus all den schrecklichen Geschehnissen hervorgegangen war.

„Ja, doch das spielt nichts zur Sache", hörte er Raylan sagen. „Ich komme ohne Probleme damit zurecht."

„Soso", brummte Aegon und plötzlich erklangen Schritte, die eindeutig näherkamen. „Du kannst jetzt gehen, Drache, ich komme morgen auf dich zurück."

„Sehr wohl, Regent", erwiderte Raylan und schon verschwand die Hand von Merons Arm und Raylan verließ den Saal, was ihm das erneute Quietschen der Tür verriet.

„Wie ist dein Name, Mischling?", wollte Aegon wissen und Meron fühlte, wie sich die dämonische Seite in ihm regte.

„Meron", antwortete er und hörte Aegon lachen.

„Sieh an, sie hat dir also den Namen ihres Großvaters gegeben. Wie nobel."

Bitte was? Irritiert zog Meron die Augenbrauen zusammen und als er plötzlich Finger an seinen Schläfen fühlte, keuchte er erschrocken.

„Na, na, keine Sorge, ich tue dir nichts", versicherte Aegon ihm und nahm ihm die Augenbinde ab. „So ist es sicherlich besser, nicht wahr?"

Meron blinzelte mehrfach, denn im Thronsaal brannten allerlei Fackeln und Kerzen. Das helle Licht schmerzte ihn beinahe und er musste sich fangen.

Dann sah er zu Aegon, der ihn fast um eine Kopflänge überragte.

Fassungslos starrte er den Dämonenregenten an, direkt in die Augen ... die ihm allzu vertraut waren. Das gleiche Grün erblickte er jeden Tag, wenn er in den Spiegel sah.

„Es wurde wirklich Zeit, dass wir uns endlich einmal begegnen, findest du nicht, Sohn?", fragte Aegon und strich ihm mit den Fingern durch das Haar.

Meron war wie erstarrt, er wehrte sich nicht einmal und hörte die Worte kaum.

Nur eines stach hervor, Sohn ... Sohn?

„Wie ... wie meinst du das?", wollte er wissen, während sein Herz immer schneller schlug und die dämonische Seite in ihm zufrieden knurrte. Sie sandte das Gefühl von Heimat zu ihm, aber Meron wollte davon nichts wissen.

Nein, das konnte einfach nicht der Wahrheit entsprechen!

„So, wie ich es sagte", erwiderte Aegon. „Du bist mein Fleisch und Blut, mein Sohn. Lange hatte ich geglaubt, Serafia hätte dich nach deiner Geburt getötet, aber irgendwann drangen die Gerüchte zu mir durch. Und da wusste ich, du lebst."

Er verstand, was Aegon von sich gab, doch er wollte es nicht glauben.

Konnte es denn wirklich sein, dass der Regent sein Vater war?

Ihre Augen und die Gesichtsform waren identisch, nur Aegons Haare waren schwarz und lang.

Er war deutlich muskulöser als Meron und auch breiter gebaut.

Gekleidet war der Regent in eine Hose aus feinem, dunklem Stoff und ein etwas helleres Oberteil, wobei die Ärmel bis zu den Ellbogen zurückgekrempelt waren.

So konnte Meron die Unterarme des Mannes sehen, die von einigen Narben bedeckt waren. Doch die auffälligste befand sich in seinem Gesicht. Sie zog sich von der linken Seite des Halses, bis über die Wange und zum Innenwinkel des linken Auges.

„Du bewunderst sie, hm?", wollte Aegon wissen und legte die Fingerspitzen an die Narbe. „Sie zeugt von meinem Triumph, als ich den Thron des Regenten bestieg."

Meron hörte kaum zu, ihm wurde übel, wie konnte das nur sein? Er, der Sohn des Dämonenregenten?

„Nun, Junge, es ist spät, wie wäre es, wenn ich dir für heute erst einmal dein Quartier zeige", schlug sein

Vater vor und Meron stutzte, als er ihm auch noch die Fesseln abnahm.

„Danke", murmelte er und rieb sich die Handgelenke, das Eisen hatte ziemliche Spuren hinterlassen.

„Komm mit", befahl Aegon, doch sein Tonfall blieb erstaunlich sanft.

Meron traute dem nicht, folgte ihm aber dennoch.

Sie verließen den Thronsaal und gingen einen Gang entlang, in dessen Mitte sie in etwa hielten.

„Hier ist dein Quartier", ließ Aegon ihn wissen, zog einen Schlüssel hervor und sperrte die Tür auf, ehe er ihm den Schlüssel reichte.

Unsicher nahm Meron ihn entgegen und folgte dem Dämon ins Quartier.

Der Raum war groß und schloss sowohl den Kochbereich als auch Ess- und Wohnbereich ein. So, wie Meron es von der Festung seiner Mutter kannte.

„Dort geht es in dein Schlafzimmer und hier ist die Waschkammer", erklärte Aegon. „Komm erst einmal an, Sohn. Ich lasse dir gleich etwas zu essen und trinken bringen, sodass du dich von der langen Reise erholen und stärken kannst. Wir sehen uns dann morgen beim Frühstück, meine Wachen werden dich abholen. Bitte, du bist noch neu hier, laufe nicht ohne Begleitung durch das Schloss, es kann sehr verwirrend wirken."

Meron nickte, ihm hatte es völlig die Sprache verschlagen und er hielt auch still, als sein Vater ihm aufmunternd auf die Schulter klopfte und dann schließlich allein ließ.

Meron blickte ihm einen Moment lang nach, ehe er sich abwandte und durch den Wohnbereich zum

Fenster ging. Er legte die Hände auf den Sims und sah hinaus.

„Himmel, ist das hoch", murmelte er und leckte sich die Lippen. Die Treppen waren ihm also nicht nur endlos vorgekommen ...

Das Schloss war definitiv höher als die Festung seiner Mutter und er befand sich weit oben.

Er stützte die Unterarme auf das Fensterbrett und stieß den Atem aus.

Was machte er hier nur?

Aegon war sein Vater?

Konnte er das glauben?

Es könnte immerhin genauso gut eine Täuschung des Regenten sein. Aber wieso und zu welchem Zweck?

Meron rauchte der Kopf, am liebsten würde er sich unter der Bettdecke verkriechen und gar nicht mehr hervorkommen.

Das alles war ihm zu viel ... er wollte ...

Ja, was wollte er?

Sein Herz rief ihm die Antwort entgegen und sofort schmerzte ihm die Brust.

Tayel ... wie gern wäre er jetzt bei ihm.

Ob sein Golddrache ihn schon vergessen hatte?

Wie ging es ihm wohl gerade?

„Ich vermisse dich", wisperte er und rieb sich den schmerzenden Brustkorb.

Meron stieß sich vom Sims ab und ging zur Wasch-kammer, deren Türe nur angelehnt war.

Er öffnete sie und trat hinein. Dank seiner guten Augen benötigte er kein Feuer, um sehen zu können.

Der kleine Raum war schlicht eingerichtet und mit allem bestückt, was notwendig war.

In seinem Quartier in der Festung hatte er allerdings sogar über eine lange Wanne verfügt, in der er hin und wieder hatte baden können.

Wasser war zwar nicht sein bevorzugtes Element, aber in der kalten Zeit war es doch recht angenehm gewesen, sich darin wärmen zu können.

Hier gab es nur ein schmales Becken, in dem er sich nun wusch und dabei das kühle Wasser nützte, das in einem kleinen Fass daneben gelagert wurde.

Kaum war er damit fertig, klopfte es auch schon an der Tür. Meron rubbelte sich das feuchtnasse Haar trocken und öffnete.

„Ja?"

Eine Frau mit stechend roten Augen stand vor ihm und hielt ein Tablett in Händen, worauf eine silberne Abdeckung thronte.

Daneben befand sich ein Krug.

„Ich bringe das Essen, Herr", erklärte sie und Meron trat zur Seite.

Herr ... diese Anrede behagte ihm gar nicht.

„Vielen Dank", erwiderte er und beobachtete, wie sie zum Tisch ging und das Tablett abstellte. Nach einer tiefen Verbeugung huschte sie auch schon wieder aus dem Quartier.

Meron schloss die Tür, zog den Schlüssel hervor, den er eingesteckt hatte, und sperrte ab. So fühlte er sich zumindest ein wenig sicherer.

Bevor er sich dem Abendmahl zuwandte, ging er ins Schlafzimmer, wobei ihm sofort die Kleidung ins Auge stach, die feinsäuberlich aufs Bett gelegt worden war.

Er strich über den feinen Stoff und rümpfte die Nase. Das war noch nie etwas gewesen, was er gern getragen hatte, und er war dankbar, dass seine Mutter auch nie darauf bestanden hatte.

Doch da die Kleidung, die er trug, vor Dreck mittlerweile nur so strotzte, legte er sie dennoch ab und zog die andere an.

Sie passte relativ gut und Meron fragte sich, woher sein sogenannter Vater gewusst hatte, wie er gebaut war? Oder hatte Raylan bereits Informationen über ihn zum Regenten durchgeschleust, noch ehe er die Flucht aus der Festung angetreten hatte?

Meron schüttelte den Kopf, das spielte jetzt keine Rolle.

Er ging zum Esstisch und ließ sich auf einem der Stühle nieder, ehe er das Tablett zu sich zog.

Sein Magen knurrte laut, die spärlichen Mahlzeiten, die es während seiner Reise mit Raylan gegeben hatte, hatten kaum ausgereicht, um ihn auf den Beinen zu halten.

Meron nahm die Haube vom Tablett und begutachtete das Essen.

Allein der Anblick ließ ihm das Wasser im Mund zusammenlaufen.

Er hoffte inständig, dass es nicht vergiftet war, doch was hätte all das für einen Sinn, wenn sein Vater ihn sowieso tot sehen wollte?

Meron aß gierig und trank auch den Saft, der mit dabei war, komplett aus.

Tatsächlich fühlte er sich danach recht gut und wenn jetzt noch Tayel bei ihm wäre ...

Meron seufzte und schüttelte den Kopf. Nein, es brachte nichts, darüber nachzudenken. Tayel würde längst seinen eigenen Weg gegangen sein und ihm den

Schlag im Dorf sowieso niemals verzeihen. Sofort war das gute Mahl vergessen und die Gewissensbisse kehrten zurück.

Meron stand auf und ging ins Schlafzimmer. Dort schälte er sich aus der Kleidung und ließ sich nackt ins Bett fallen.

Die weiche Decke zog er sich bis über den Kopf und schloss dann die Augen.

Wieso musste alles so kompliziert sein?

Meron hätte so gern mehr Zeit mit seinem Golddrachen verbracht, denn Tayel ging ihm weit mehr als nur unter die Haut.

Er hatte sich einen Platz in seinem Herzen gesichert und Meron wusste, diesen würde ihm niemals jemand streitig machen können.

Kapitel 21

Tayel

Sechs Tage ... seit sechs Tagen saß er in Serafias Festung und war zum Nichtstun verdammt.

Ravina ließ ihn kaum noch aus den Augen und Tayel war froh, wenn er einen ruhigen Moment für sich hatte.

Doch jede Nacht suchten ihn die Träume heim.

Wie er es einst von Everts Tod gekannt hatte, war es nun Meron, der ihn verfolgte.

Der letzte Kuss, der Schlag, den sein Mischling ihm versetzt hatte ...

Tayel erlebte es jede Nacht wieder und war stets machtlos, etwas daran zu ändern. Er wusste, was bei dem Kuss passieren würde, und doch entzog er sich Meron nicht.

Jedes Mal aufs Neue machte er den gleichen Fehler.

Es war zum Verrücktwerden!

Gerade lief Tayel durch den Innenhof der Festung und wollte ein wenig die frische Luft genießen. Sein

Kopf pochte schmerzhaft und seine Gedanken kreisten ständig um Meron.

Selbst sein Drache hatte sich zurückgezogen und litt unter der Trennung von ihrem Mischling.

Ravina konnte er davon nichts sagen, seine Schwester hatte genug mit Serafia zu tun, die ihrerseits mit Problemen in ihrer Sippe kämpfte.

Eigentlich hätten Ravina und er längst abreisen sollen, aber seine Schwester hatte sich dazu entschlossen, Serafia zu unterstützen, und das konnte diese gerade gut gebrauchen.

Die beiden Frauen waren unter den Dragos am ehesten als Freundinnen zu bezeichnen, sie hatten bisher immer zusammengehalten, weshalb Serafias Geheimnis Ravina auch so getroffen hatte.

Tayel hatte mit dem, was die Anführerinnen täglich besprachen und umsetzten, so gut wie nichts zu tun, und hing deshalb zumeist seinen Gedanken nach.

Er ließ sich auf eine steinerne Bank nieder, die am Rande des Innenhofes stand und hob den Blick gen Himmel.

Dort funkelten zahlreiche Sterne, es war eine klare und kalte Nacht.

Schon stieg in ihm der Wunsch auf, diesen Anblick zusammen mit Meron genießen zu können.

Er schloss die Augen, verdammt, irgendetwas musste er doch tun können! Hier herumzusitzen, würde ihm nicht dabei helfen, Meron zu finden.

„Denk gar nicht daran", erklang Ravinas Stimme und er hob die Lider. Seine Schwester war an seine Seite getreten und sah zum Nachthimmel auf. „Du denkst doch schon wieder an ihn."

Es klang beinahe wie ein Vorwurf, wenn ihm auch der Nachdruck fehlte.

„Das tue ich", gab Tayel zu und Ravina seufzte.

„Schlag dir den Mischling aus dem Kopf, du hast selbst gesagt, er ist fort und solange wir keinen Anhaltspunkt über seinen Aufenthaltsort haben, ist er für uns außer Reichweite. Und das ist vielleicht auch besser so, denn du weißt, die anderen Dragos fordern noch immer seinen Kopf."

Die anderen Dragos? Das war eine interessante Formulierung. Schloss Ravina sich wohl mittlerweile nicht mehr mit ein?

Er hielt die Frage zurück, denn im Moment spielte das auch keine Rolle.

„Kommst du mit ins Quartier?", wollte sie wissen und er erhob sich.

„Ja, schön langsam kriecht mir die Kälte in die Knochen", brummte er und folgte ihr ins Hauptgebäude der Festung.

In ihrem Quartier drängte sie ihn dazu, noch etwas zu sich zu nehmen.

Tayel gehorchte, wenn er auch keinen Hunger hatte und das Essen, mochte es noch so gut gekocht und gewürzt sein, fade schmeckte.

„Ich gehe zu Bett", ließ er seine Schwester wissen und begab sich in sein Schlafzimmer, wo er sich auszog und ins Laken kuschelte.

Auch hier war es kalt ... und leer.

Wenn er an die Nacht im Menschendorf dachte, mit Meron in seinen Armen, ja, das wäre ihm jetzt auf jeden Fall lieber.

So wüsste er seinen Mischling auch in Sicherheit.

Tayel seufzte geschlagen und schloss die Augen, wobei seine Gedanken weiter um Meron kreisten.

Sonnenlicht traf seine Augenlider und er zog die Brauen zusammen.

Was? Schon Morgen?

Er hatte sich doch gerade erst zu Bett gelegt.

Mit einer Hand wollte er das Laken greifen, um es sich über das Gesicht zu ziehen, erwischte aber nur Gras.

Gras?

Tayel öffnete die Augen und setzte sich auf.

Er befand sich auf einer schönen grünen Lichtung, umringt von Bäumen, die in voller Blüte standen.

Die Luft war angenehm warm und als er durchatmete, traf ihn ein bekannter Geruch.

„Meron!", keuchte er und sprang auf die Füße.

Er drehte sich herum und tatsächlich, der Mischling lag nur wenige Schritte von ihm entfernt im Gras und schien zu schlafen.

Auf sein Rufen hin regte sich sein Mann und setzte sich langsam auf.

„Was? Wo bin ich?", hörte er Meron murmeln und lief sofort zu ihm.

Tayel ließ sich auf die Knie fallen und riss ihn regelrecht in seine Arme.

„Mein Gott, du bist hier", wisperte er und drückte seinen Mischling fest an sich.

Meron keuchte hörbar überrascht, aber nach einem Moment erwiderte er die Umarmung.

„Tayel ... wie sehr ich dich vermisst habe."

Auch wenn Tayel wusste, Meron konnte nicht wirklich hier sein, raste sein Herz dennoch wie verrückt. Die Traumebene, sie waren erneut hier, wer auch immer dafür gesorgt hatte.

„Wo bist du?", wollte er wissen und löste sich etwas, sodass er seinem Mischling die Hand an die Wange legen konnte. „Warum hast du mich niedergeschlagen?"

Trauer spielte sich in Merons warmen grünen Augen und er verzog das Gesicht.

„Weil ich dachte, es wäre besser", erklärte er. „Ich bringe nur Unheil, das haben wir im Dorf der Menschen mehr als deutlich gesehen. Und du bist auch schon häufig meinetwegen verletzt worden. Das ... das konnte ich einfach nicht weiter ertragen. Ich wollte lieber allein bleiben und dafür niemandem mehr eine Last sein. Selbst dir nicht."

Tayel schüttelte den Kopf.

„Verdammt, wieso hast du denn nicht wenigstens mit mir gesprochen? Du bist mir keine Last! Das bist du längst nicht mehr, ich war gern in deiner Gesellschaft und ... und habe mich in dich verliebt."

Merons Augen weiteten sich und seine Lippen teilten sich etwas.

„Du hast ... was?", fragte er ungläubig und blinzelte dann mehrfach. „Verliebt? In mich?"

Die Fassungslosigkeit in Merons Stimme war wirklich süß und wäre die Lage eine andere, hätte Tayel ihn sogar damit aufgezogen, aber ...

„Ja, Meron, ich habe mich in dich verliebt", bestätigte er. „Und das hätte ich dir auch persönlich im Dorf gesagt, hättest du mir nach dem Angriff die Chance dazu gegeben. Wir hatten ja nicht wirklich Zeit, an dem Morgen zu reden, alles geschah so schnell."

Meron sah ihn einfach nur an, dann schlang er die Arme um seinen Hals und küsste ihn.

Sobald sich ihre Lippen berührten, durchfuhr es Tayel wie ein Blitz.

All die Empfindungen, die er zurückgehalten hatte, überfluteten ihn regelrecht und er konnte auch Merons Gefühle spüren.

Die Traumebene verstärkte all das und machte es so gut wie unmöglich, Dinge vor dem Partner geheimzuhalten.

„Ich liebe dich auch", flüsterte Meron mit tränenerstickter Stimme. „Es tut mir so leid!"

„Schon gut", raunte Tayel und küsste seinen Mischling nochmal, diesmal liebevoll und sanft. „Jetzt weißt du es und bitte, so sag mir endlich, wo du bist! Wie nah bist du schon am Königreich der Menschen?"

Da senkte Meron den Blick und seine Finger, die auf Tayels Schultern lagen, vergriffen sich in seinem Oberteil.

„Ich bin nicht weit gekommen", murmelte er. „Erst fand mich eine junge Menschenfrau mit ihrem Pferd. Ich hatte die Möglichkeit, mich ihr und ihrem Vater anzuschließen. Ach Tayel, ich wusste, es war dumm, das zu tun und dennoch habe ich zugestimmt. Meine dämonische Seite hat kurz darauf, nach einem Albtraum, die Kontrolle an sich gerissen und die beiden Menschen getötet."

Tayel schloss die Augen und zog Meron wieder fest an sich.

„Das tut mir leid, aber du kannst nichts dafür. Du hast nie gelernt, deinen Dämonenanteil zu kontrollieren", versuchte er, seinem Mann klarzumachen.

„Und dennoch sind sie tot", hielt Meron dagegen. „Auch wenn ich es nicht bewusst getan habe, sind sie durch meine Hände gestorben. Aber das ist nicht alles."

Tayel horchte auf, was war Meron noch zugestoßen?

„Raylan fand mich, als ich am schwächsten war", berichtete sein Mischling. „Er nahm mich mit sich, ich war machtlos. Ich bin in der Aschezone, im Schloss des Regenten. Meines Vaters."

Das hatte Tayel nicht erwartet.

„Dieser verfluchte Raylan", knurrte er. „Wieso nur habe ich ihn nicht gleich bei unserer ersten Begegnung getötet?"

Meron sah auf und runzelte die Stirn.

„Weil ich dich daran gehindert habe", erinnerte sein Mischling ihn. „Und außerdem, ist das alles? Ich habe dir gerade gesagt, dass der Regent mein Vater ist."

Tayel nickte.

„Ja, das habe ich gehört, aber das weiß ich bereits. Deine Mutter hat Ravina und mir die Wahrheit offengelegt. Wie geht es dir, wie behandelt er dich?"

Seine Sorge wuchs, in den Fängen des Dämonenregenten konnte es Meron nicht lange gutgehen! Was würde der Bastard mit seinem Mann anstellen? Tayel richteten sich alle Haare am Körper auf, darüber wollte er gar nicht nachdenken!

„So weit gut", erwiderte Meron. „Ich wurde in ein Quartier gebracht, bekam Essen und morgen früh will er mich sehen. Ich weiß nicht, was auf mich zukommt."

Zähneknirschend drückte Tayel ihn an sich.

„Ich hole dich dort raus", versprach er, ohne darüber nachzudenken, wie er das eigentlich anstellen wollte. „Ich finde einen Weg, dich ihm zu entreißen."

Meron lächelte und küsste ihn sanft.

„Ich danke dir, Liebster, aber ich will nicht, dass du dich in Gefahr bringst. Es wäre nicht nur der Regent, ich bin in seiner Hauptstadt, hier kannst du nichts ausrichten, Tayel. Versprich mir, keine Dummheiten zu begehen, hörst du?"

Der strenge Tonfall passte nicht zu Merons weichem Blick, doch Tayel neigte den Kopf.

„Ich verspreche es dir, aber dennoch werde ich dich dort rausholen. Auf keinen Fall überlasse ich dich diesem Mistkerl. Du bist mein Mann und gehörst an meine Seite."

Das waren klare Worte, das wusste er, aber genauso empfand Tayel und hier in der Traumebene war es schlicht unmöglich, nicht die Wahrheit zu sprechen.

„Du hast keine Ahnung, wie viel mir deine Worte bedeuten", meinte Meron und schmiegte sich an ihn. „Aber bitte, wir wissen nicht, wie viel Zeit uns hier bleibt. Lass uns nicht über Dämonenregenten und sonst etwas sprechen, ich will einfach nur bei dir sein."

Diese Bitte konnte Tayel absolut verstehen, ihm ging es genauso, wobei es dennoch bereits in seinem Kopf arbeitete.

Er würde seinen Mann zurückholen!

Aber jetzt ließ er sich mit Meron ins Gras sinken und legte erneut einen Arm um seine Mitte, um ihn an sich zu ziehen.

„Du hast mir gefehlt", gestand er und küsste ihn sanft.

Meron brummte und strich ihm durchs Haar, eine Geste, die Tayel unglaublich gern mochte.

„Du mir auch", raunte sein Mischling und biss ihm in die Unterlippe.

In Merons grünen Augen begann eine Flamme zu glühen, ein Verlangen, das sich sogleich auch in Tayel ausbreitete. Er hatte davon gehört, dass selbst der Akt in der Traumebene intensiver war und die Lust einen regelrecht einnehmen konnte.

„Nimm mich", wisperte Meron und Tayel konnte die harte Erregung seines Mannes durch die Hose hindurch fühlen.

„Und schon raubst du mir wieder den Verstand", warf er seinem Mischling vor und drückte ihn ins Gras. „Eigentlich sollte ich dich anschreien, weil du mich zurückgelassen hast."

Er ließ Meron nicht zu Wort kommen und verschloss dessen Lippen mit seinen.

Als sie beide nach Luft schnappten, löste er sich und griff Merons Oberteil.

Er zerriss es einfach, sodass die Stofffetzen sich um sie herum auf dem Boden verteilten.

„Ich leide jeden Tag und das ist deine Schuld", stellte Tayel klar. „Nie hätte ich geglaubt, mich noch einmal verlieben zu können. Bis du kamst, und jetzt bist du einfach von mir davongelaufen."

Meron keuchte, seine Augen weiteten sich, als Tayel sich von ihm löste, aber nur, um ihm die Hose auszuziehen und ebenfalls ins Gras zu werfen.

„Es tut mir leid", wisperte Meron, dessen Hände sich im Gras vergriffen, wobei sich eine leichte Röte auf seine Wangen legte.

„Du bist verboten heiß, weißt du das?", brummte Tayel und streichelte über Merons Seiten bis zu seinen Hüften. „Zieh die Beine für mich an."

Sein Mann gehorchte sogleich und zog die Beine nach hinten.

Dabei lehnte Tayel sich über ihn und küsste ihn leidenschaftlich.

Er genoss es, Meron an seinen Lippen Keuchen zu hören, als er durch dessen Spalte strich und einen Finger in ihn schob.

Sein Mischling drückte sich ihm verlangend entgegen und schon landeten seine Hände auf Tayels Schultern.

Die kurzen Fingernägel bohrten sich durch sein Oberteil in seine Haut und Tayel knurrte.

„Lass dich gehen", raunte er und knabberte an Merons Kinn bis zu seinem Hals, während er den Finger in ihm bewegte und schon nach einem Moment einen zweiten hinzufügte.

„Oh, bei Gott, so nimm mich!", flehte Meron regelrecht, was wie Musik in Tayels Ohren klang.

„So gierig", grollte er und küsste ihn erneut, bis sie beide nach Luft rangen.

Er spreizte die Finger in seinem Mann und erst, als er sich sicher war, dass Meron gut genug gedehnt war, entzog er ihm diese.

Sanft löste er sich von seinem Liebsten und stand auf, um sich auszuziehen.

Meron verschlang ihn dabei regelrecht mit Blicken und leckte sich die Lippen.

„Wenn jemand heiß ist, dann du", raunte er und streckte die Arme nach ihm aus. „Komm zu mir, mein Geliebter, mir ist kalt ohne dich."

Dieser Bitte folgte Tayel nur zu gern und kniete sich zwischen Merons Beine, um sich erneut über ihn zu lehnen. Der Kuss begann sanft, wurde aber mit jedem Moment leidenschaftlicher und als Merons Fingernägel sich erneut in seine Haut drückten, wollte Tayel sich nicht mehr zurückhalten.

Er positionierte sich richtig und schob sich langsam in seinen Mann.

Meron bäumte sich auf, kaum drang die Spitze von Tayels Erregung in ihn, und stöhnte an seinen Lippen.

„Mehr!", verlangte Meron gierig und Tayel gab es ihm nur zu gern.

Mit einem Stoß versenkte er sich ganz in seinem Mann und ließ ihm keine Zeit, zu Atem zu kommen. Stattdessen küsste er ihn immer wieder und bewegte sich dabei hart und tief in ihm.

Meron kam ihm bei jeder Bewegung, so gut es ihm möglich war, entgegen und Tayel verlor sich allzu schnell in den unglaublichen Empfindungen.

War es in der Nacht im Dorf schon gut gewesen, so war es mit diesem Mal hier nicht zu vergleichen.

Sämtliche Gerüchte über die Traumebene schienen der Wahrheit zu entsprechen und Tayel wünschte sich, der Moment würde niemals enden.

„Das halte ich nicht lange aus", stöhnte Meron und drückte den Hinterkopf ins Gras, wodurch seine Kehle freigelegt wurde.

Tayels Drache drängte ihn, zuzubeißen. Ein Biss im Hals hatte für Drachen schwerwiegende Folgen.

Der Paarungsbiss wurde zwar im Nacken vollzogen, aber auch ein Mal am Hals hatte eine klare Bedeutung und eine Botschaft.

Doch von der Traumebene aus würde es nicht mit in die reale Welt wechseln, also hatte es wenig Sinn.

Tayel hielt sich mit dem Biss zurück und beschleunigte stattdessen seine Bewegungen.

„Lass dich gehen", forderte er seinen Mann auf und als Merons Körper sich kurz darauf verkrampfte, wurde Tayel selbst mit über die Klippe gerissen.

Sie kamen fast gleichzeitig und auch dieses Gefühl war schlichtweg unglaublich.

Er hörte Meron seinen Namen stöhnen und als sich seine Muskeln um ihn zusammenzogen, schrie Tayel selbst auf.

„Meron!"

Der Orgasmus hielt eine gefühlte Ewigkeit an und ließ sie beide völlig entkräftet zurück.

Tayel entzog sich seinem Mann und legte sich neben ihn ins Gras, wo er ihn in die Arme nahm.

„Ich liebe dich", raunte er und küsste ihn liebevoll. „Vergiss das nicht, ganz egal, was die nächsten Tage passieren wird, hörst du?"

Meron lächelte und nickte.

„Ich liebe dich auch."

Tayel öffnete die Augen und sofort war die kalte Leere in ihm wieder da. Doch als er sich die Lippen leckte, war es ihm, als könnte er Meron schmecken.

Er zog das Laken von seinem Körper und kam auf die Beine. Ein Blick zum Fenster zeigte, dass die Sonne bereits aufgegangen war und die Traumebene ihn wohl länger in ihren Fängen gehabt hatte.

Doch er wollte nicht einen Moment mit Meron darin missen.

Tayel griff sich frische Kleidung und zog sich an.

Auf die Waschkammer verzichtete er, denn jetzt gab es Wichtigeres.

Stattdessen stieg er in seine Stiefel und ging in den Wohnraum, doch von Ravina war nichts zu sehen.

Ein Zettel auf dem Tisch verriet ihm, dass sie sich mit Serafia zum Frühstück traf und er auf sie warten sollte.

„Vergiss es", brummte Tayel, knüllte das Papier zusammen und warf ihn in die Ecke.

Er verließ das Quartier und ging direkt zum Thronsaal, doch die Türen waren geschlossen und die Wachen hielten ihn auf.

„Die beiden Dragos wollen nicht gestört werden, auch nicht von dir", teilte ihm einer der Männer mit, doch davon wollte Tayel nichts hören.

„Ihr habt zwei Möglichkeiten", ließ er sie wissen. „Entweder, ihr öffnet die Tür freiwillig, oder ich verwandle mich und verschaffe mir Zugang."

Die Wachen wirkten irritiert, doch bevor einer von ihnen noch etwas erwidern konnte, wurde die Tür von innen geöffnet, und Ravina sah ihn strafend an.

„Was ist das für ein Verhalten?", wollte sie barsch wissen und Tayel hielt ihren Blick.

„Das verrate ich dir, wenn du mich reinlässt."

Als sie nickte, gaben die Wachen den Weg frei und Tayel betrat den Thronsaal.

Kaum schlossen sich die Türen hinter ihm, griff Ravina ihn am Arm.

„Rede! Was soll das? Ich hatte dir doch einen Zettel hingelegt!"

Tayel riss sich los und ließ seine Schwester stehen, stattdessen hielt er direkt auf Serafia zu, die sich sogleich erhob.

Sie schien einen Moment zu glauben, dass er ihr etwas antun wollte. Doch als er bei ihr ankam, ließ er sich auf die Knie sinken.

„Dragos Serafia, ich möchte um die Hand Eures Sohnes bitten."

KAPITEL 22

MERON

„Möchtest du noch was?"

Irritiert zog Meron die Brauen zusammen, ehe er träge die Lider hob.

„Was zum ...?", murmelte er, als er sich am großen Tisch des Thronsaals wiederfand.

War er nicht gerade im Bett gewesen?

Die Begegnung mit Tayel in der Traumebene fühlte sich noch allzu real an.

„Ich fragte, ob du noch etwas essen möchtest, Junge?", wiederholte Regent Aegon und sah ihn auffordernd an.

Meron musterte all die Speisen und Getränke, die aufgetafelt worden waren und biss sich auf die Unterlippe. Es schmerzte, also war es kein Traum.

„Ähm, nein danke", murmelte er, denn ein merkwürdiges Gefühl breitete sich in seinem Inneren aus.

„Du bist auf einmal ganz blass", meinte Aegon und griff einen Becher, den er ihm dann hinhielt. „Trink wenigstens was, nicht, dass du mir zusammenbrichst."

Unsicher nahm er das Gefäß und trank.

Die Flüssigkeit schmeckte süßlich, fast wie ein Saft, doch sie hatte auch eine bittere Note.

„Was ist das?", wollte er wissen und musste sich räuspern, weil kaum mehr als ein Krächzen aus seiner Kehle kam.

„Ein Saft aus verschiedenen Beeren", antwortete sein Vater und lehnte sich zurück, wobei er ihn eindringlich musterte. „Geht es besser?"

Erstaunlicherweise fühlte Meron sich nach dem Getränk tatsächlich klarer im Kopf. Es war, als hätte sich ein Nebel aufgelöst.

„Ja, danke", sagte er und lächelte leicht.

„Wenn du dich dazu in der Lage fühlst, will ich dir heute mein Reich zeigen", meinte Aegon und Meron stutzte. Er würde das Schloss verlassen dürfen?

„Sehr gern", entgegnete er, auch wenn er wenig Interesse an der Dämonenstadt hatte.

Viel mehr wollte er wissen, welche Fluchtmöglichkeiten es gab, und da würde ihm ein Spaziergang sicherlich weiterhelfen.

So folgte er dem Regenten kurz darauf aus dem Saal und durch das große Schloss.

Es kam ihm teilweise bekannt vor und Meron runzelte die Stirn.

Er war hier noch nie und beim Eintreten in das Gebäude waren seine Augen verbunden gewesen ...

„Hier lang", riss ihn sein Vater aus den Gedanken und als sie eine breite Treppe hinter sich gebracht hatten, fanden sie sich in einem großen Eingangsbereich wieder.

Die Dämonen, die sich dort befanden, fielen bei Aegons Anblick sogleich auf die Knie und senkten ergeben den Kopf.

Meron rümpfte die Nase.

Seine Mutter war eine Dragos, aber sie ließ sich nicht so hoheitlich von ihren Leuten behandeln.

Die große Flügeltür, auf die sie zuhielten, wurde von zwei Männern flankiert, die sie auf Aegons Nicken hin öffneten.

Es war taghell und die Sonne blendete Meron im ersten Moment. Er blinzelte mehrfach, bis er sich daran gewöhnt hatte, und ließ dann sogleich den Blick schweifen.

Normal, war der erste Begriff, der ihm durch den Kopf ging, als er sich umsah.

Ein großer Freiplatz befand sich vor dem Schloss, auf dem jetzt einiges los war. Stände waren errichtet und Händler priesen ihre Waren an.

Meron hatte die Festung seiner Mutter bis zu seiner Flucht nie verlassen und immer nur von diesen Märkten gehört.

Es zu sehen war überwältigend.

Schweigend lief er Aegon hinterher. Der Regent erklärte ihm immer mal wieder etwas, was Meron allerdings nur am Rande mitbekam. Neben all den neuen Eindrücken versuchte er krampfhaft, einen Fluchtweg zu finden.

Doch das gestaltete sich alles andere als einfach, denn überall waren Dämonen. Nie hatte er so viele Personen an einem Ort gesehen.

Sein Herz begann schneller zu schlagen und er musste schlucken, als sich ein Kloß in seiner Kehle bildete.

„Geht es dir nicht gut?", fragte Aegon und griff ihn am Arm, was Meron zusammenzucken ließ.

„D-doch, alles in Ordnung", versicherte er schnell und entzog sich ihm. „Es ist nur ein wenig viel."

Sein Vater musterte ihn, ließ die Hand aber wieder sinken und versuchte nicht erneut, ihn zu berühren.

„Wenn das so ist, wäre es womöglich besser, wir gehen zurück zum Schloss. Dann kannst du dich ausruhen. Du bist schon wieder sehr blass."

Zwar fühlte Meron sich nicht schlecht, dennoch willigte er ein.

Wieder im Schloss brachte Aegon ihn in sein Quartier und wies ihn an, dortzubleiben und sich auszuruhen.

„Ich werde dir etwas zu essen und zu trinken bringen lassen, du musst dich stärken", erklärte der Regent und verließ ihn daraufhin.

Meron seufzte und setzte sich auf einen Stuhl am Esstisch.

Er blickte auf seine Hände und ballte sie zu Fäusten.

Wieso nur konnte er sich nicht daran erinnern, heute Morgen aufgestanden zu sein?

Es war, als wäre er direkt von der Traumebene in den Thronsaal Aegons gewechselt.

Aber könnte das wirklich sein? Hatte ihn diese Ebene so sehr in ihren Fängen gehabt, dass sein Körper ohne sein Bewusstsein gehandelt hatte?

Er wusste es nicht und das machte ihm Angst.

Meron rieb sich über die Arme und zwang sich, durchzuatmen. Es brachte ihm nichts, jetzt den Kopf zu verlieren, er musste klar denken, um lebend aus diesem Schloss, aus der Aschezone, herauszukommen.

Es irritierte ihn, dass sein Vater so nett zu ihm war und ihn regelrecht normal behandelte. So hatte er den Regenten gewiss nicht eingeschätzt.

Ein scharfer Schmerz schoss durch Merons Schläfen und er stöhnte gequält.

Die Pein hielt an und er griff sich an den Schädel, wobei er die Zähne zusammenbiss.

„Herr? Ich bringe Euer Essen", drang eine weibliche Stimme durch die Quartierstüre.

Meron verdrängte den Schmerz und stand auf.

Der Raum drehte sich und er brauchte einen Moment, um sich zu fangen, ehe er öffnen konnte.

„Vielen Dank", sagte er mit bemüht ruhiger Stimme. „Stell es einfach auf den Tisch."

Die Dämonin tat wie befohlen und verschwand danach wieder ohne ein Wort.

Meron keuchte erleichtert, er zitterte mittlerweile am ganzen Körper und schaffte es kaum noch, den Stuhl zu erreichen.

Mit letzter Kraft hievte er sich darauf, wobei sein Atem stoßweise kam und seine Sicht verschwamm.

Er leckte sich die Lippen, sein Mund war staubtrocken und er griff den Krug, der auf dem Tablett stand.

In einem Zug trank er ihn leer und schloss erleichtert die Augen, als die kühle Flüssigkeit ihm Linderung schenkte.

Im nächsten Moment blinzelte er und starrte den Krug an.

Wie zur Hölle?

Die Schmerzen waren verschwunden, komplett.

Warum?

Er schnupperte, es war wieder der süßliche Saft gewesen, den er heute Morgen schon zu sich genommen hatte.

War dort etwas beigemischt worden?

Sofort stieg Panik in ihm hoch und Meron sprang auf die Füße.

Dabei knallte der Stuhl nach hinten um und erneut erfasste ihn heftiger Schwindel. Diesmal so stark, dass er taumelte.

Hektisch versuchte er, sich am Tisch festzuhalten, aber er fasste ins Leere.

Mit einem Zischen landete er auf dem Boden, wobei sein Kopf gegen einen der Balken knallte, die die Decke stützten.

„Möchtest du noch was?"

Irritiert zog Meron die Brauen zusammen, ehe er träge die Lider hob.

„Was zum ...?", murmelte er, als er sich am großen Tisch des Thronsaals wiederfand.

Er war doch gerade im Quartier gewesen!

Was um alles in der Welt war hier los?

Meron schluckte und schüttelte den Kopf.

„Nein danke, ich ähm, mir geht es gerade nicht so gut, ich würde mich gern ausruhen", murmelte er und hoffte, der Regent würde ihn gehen lassen.

„In der Tat, du bist ganz schön blass, mein Junge. Hier, trink wenigstens etwas, bevor du in dein Quartier gehst. Eigentlich wollte ich mit dir einen Spaziergang durch meine Stadt machen, aber mir scheint, das verschieben wir lieber", erwiderte Aegon und reichte ihm einen großen Becher.

Meron starrte diesen nur an. Einen Spaziergang? Aber das hatten sie doch gerade gemacht!

„Na los, trink", befahl sein Vater und diesmal klang seine Stimme befehlerisch, unnachgiebig.

Meron gehorchte, denn sonst würde er den Thronsaal gewiss nicht verlassen dürfen.

Also trank er den Becher komplett aus und merkte, ja, es war erneut der süßliche Saft.

Dort musste etwas drin sein, aber was?

Und warum?

„Möchtest du noch was?"

Meron fuhr zusammen und starrte zu Aegon.

„Bitte? Das hast du gerade gefragt", erinnerte er ihn, erntete aber nur einen verwirrten Blick.

„Nein, Sohn, habe ich nicht. Geht es dir nicht gut?"

Jetzt raste Merons Herz und Panik flutete ihn.

Er sprang auf und taumelte vom Tisch weg.

„Was ist hier los?", wollte er wissen. „Was tust du mit mir?"

Aegon sah ihm nach und hob die Hände.

„Nichts, mein Junge, ich tue gar nichts. Nun komm, beruhige dich, was ist denn heute los? Hattest du einen schlechten Traum?"

Schlechter Traum?

Verdammt, das war eine Untertreibung!

Meron war regelrecht übel, er wollte nur noch hier weg und zu ... zu ... Tayel. Er zog die Brauen zusammen, die Panik ebbte langsam ab und er blinzelte. Der Name ... Tayel ... Wer war er?

„Junge? Du bist ganz schön blass, komm, iss mit mir, dann wird es dir schnell besser gehen", versicherte Aegon und wies auf den freien Stuhl.

Meron zögerte, etwas stimmte nicht, sein Kopf fühlte sich so leer an und es war, als hätte er etwas schrecklich Wichtiges vergessen.

Aber was? Unsicher trat er näher und ließ sich erneut auf den Stuhl sinken.

„Ich möchte nichts essen", murmelte er und schüttelte den Kopf, als sein Vater ihm einen Becher hinhielt.

„Dann trink zumindest was, der Saft wird dir guttun. Er besteht aus verschiedenen Beeren und ist ein wenig süß", erklärte Aegon, als hätte Meron das Getränk nicht schon zu sich genommen.

Hatte er das denn?

Verflucht, so langsam zweifelte er seinen eigenen Verstand an!

„Mir ist gerade eher übel, wenn ich jetzt was trinke, muss ich mich nur übergeben", erwiderte Meron, was Aegons grüne Augen blitzen ließ.

„So? Na, dann nimm ihn wenigstens mit in dein Quartier, für später. Unseren geplanten Spaziergang verschieben wir auf morgen."

Darauf ging Meron gar nicht ein, ihm war jetzt klar, hier stimmte etwas ganz und gar nicht.

„Danke", murmelte er nur, nahm den Becher und ging in sein Quartier, wo er den Inhalt direkt in den Sandeimer neben dem Klo schüttelte.

„Nicht mit mir", knurrte er und ballte die Fäuste.

Der Dämonenteil in ihm regte sich und stimmte in sein Knurren mit ein.

Wenn sogar diese Seite gegen den Saft war, musste Aegon etwas Gefährliches damit gemacht haben.

Und somit mit ihm.

Meron ging in den Wohnbereich und öffnete das Fenster.

Die frische Luft tat ihm gut und er atmete mehrfach durch, wobei er fühlte, wie das dämonische Blut sich in ihm aufbaute.

„Verdammt", fluchte er und starrte auf seine Finger.

Dort veränderte die Haut sich bereits. Zwar immer nur ein Stück und dann zog sie sich wieder zurück, aber es zeigte, wie nah die Bestie an der Oberfläche saß.

Wenn das so weitergehen sollte, würde Meron sie nicht mehr halten können und das wäre höchstwahrscheinlich sein Todesurteil. Er schloss die Augen und drängte die dämonische Kraft mit allen Mitteln zurück, doch vollständig gelang es ihm nicht.

„Das wird noch zum Problem", murmelte er und biss sich auf die Unterlippe.

Könnte er damit zu seinem Vater gehen?

Wenn er ihm eh schon etwas ins Getränk mischte, wäre es wohl keine gute Idee.

Andererseits war hier niemand, der ihm mit seiner dämonischen Seite helfen könnte ... außer einem Dämon.

„Ob es mir gefällt oder nicht, ich muss", brummte er unwillig und verließ sein Quartier.

Er ging zurück in den Thronsaal, wo ihm die Wachen davor sogleich die Tür öffneten.

Meron trat ein und wollte etwas sagen, stockte jedoch, als er zwei Männer sah, die wütend auf seinen Vater einredeten.

Dieser hatte die Hände erhoben und ein herablassendes Lächeln im Gesicht.

„Na, na, wer wird sich denn gleich im Ton vergreifen?", wollte er wissen. „Wenn ihr euch nicht sofort beruhigt, werde ich andere Saiten aufziehen."

Die Kerle dachten gar nicht daran, im Gegenteil, ihre Stimmen wurden schriller und allein der Klang tat Meron in den Ohren weh.

Töte sie ...

Meron erstarrte, wer hatte das gesagt?

Töte sie ... Jetzt!

Keuchend sank Meron in die Knie, als der Dämon in ihm plötzlich um die Oberhand kämpfte. Er stieß ein Zischen aus und mit einem Mal wurde er nach hinten gerissen.

Wie die letzten Male musste er zusehen, wie sein Körper ohne ihn handelte.

„Nein!", schrie Meron in seinem Inneren, als seine dämonische Seite auf die beiden Männer losging.

Auch sie wandelten sich, aber viel zu spät, denn Meron war deutlich schneller als sie.

Er schloss die Augen und wollte nicht sehen, was geschah. Es genügte ihm, die reißenden und nassen Geräusche zu vernehmen ... und mit einem Mal wurde es still.

Nur zögernd hob er die Lider und fand sich in seinem Körper wieder. Sein Dämon hatte sich nach getaner Arbeit sofort gehorsam zurückgezogen und nun stand Meron vor seinem Vater, der auf ihn herabblickte.

„Ich …", setzte Meron an, doch da lachte der Regent und klatschte in die Hände.

„Ich wusste es, hervorragend!"

Wie bitte? Er freute sich?

Meron musterte die Toten, die er in seinem Anfall der Wut regelrecht zerfetzt hatte, und da begriff er, sein Vater hatte all das geplant. Er hatte gewollt, dass Meron die Kontrolle verlor und … Moment!

Erinnerungen blitzten vor seinem inneren Auge auf und er hörte ein tiefes Schnauben in sich, das definitiv nicht von einem Dämon stammte.

Sein Vater hatte ihn vergiftet! Immer wieder!

Dieses Getränk, der Saft, ließ ihn in eine Art Dämmerzustand verfallen und diesen nutzte Aegon aus, um seine Dämonenseite hervorzulocken und auf ihn zu prägen. Regelrecht abzurichten!

Er hörte, wie sein Vater ihm Kommandos zuflüsterte und ihn immer wieder diesen Saft trinken ließ.

Das war es, was Merons Kopf zu schaffen machte, was ihn am klaren Denken hinderte.

„Du Monster!", fauchte er und schlug Aegon die Faust ins Gesicht.

Damit hatte sein Vater nicht gerechnet, er taumelte zurück und nun funkelten seine Augen wütend.

„Du wagst es, die Hand gegen mich zu erheben?", knurrte er und Meron wusste, er hatte nicht den Hauch einer Chance gegen ihn.

Und dennoch, die Wut überragte den Verstand und statt zurückzuweichen, setzte er seinem Vater nach.

„Wie kannst du nur deinen eigenen Sohn wie einen Hund abrichten?", fauchte er und fühlte, wie sich zu der Wut auch noch Trauer gesellte.

Er hatte nicht geglaubt, hier willkommen zu sein und doch. ... ein kleiner Teil seiner selbst hätte es sich gewünscht. Irgendwie.

Aegon fing seinen Schlag ab und griff ihn an beiden Handgelenken. Im nächsten Moment knallte Meron mit dem Rücken gegen die Wand des Saals. Der Aufprall ließ ihn keuchen und nach Luft schnappen, während Schmerz durch ihn schoss.

„Du gehörst mir", teilte Aegon ihm mit. „Ich tue mit dir, was ich will, und wenn ich fertig bin, wirst du ein perfekter Krieger sein. Mein Krieger! Aber solltest du noch einmal die Hand gegen mich erheben, werde ich dich töten, hast du mich verstanden?"

Meron erzitterte und starrte seinen Vater an.

Diese Augen, sie waren ihm so vertraut und doch so fremd, denn die Kälte darin besaß Meron nicht. Das hatte er nie und würde es auch nie.

Nein, in ihm steckte zwar ein halber Dämon, aber er war nicht wie sein Vater.

„Ich werde dir niemals dienen", knurrte Meron. „Eher sterbe ich!"

„Das lässt sich einrichten", ließ Aegon ihn wissen und donnerte ihm die Faust mitten ins Gesicht.

KAPITEL 23

TAYEL

„Was um alles in der Welt tust du da?", fauchte Ravina, doch er ignorierte sie.

Seine Aufmerksamkeit war auf Serafia gerichtet, die ihn fassungslos anblickte.

„Du ... was?", fragte sie leise. „Du weißt, was er ist, und du willst ihn trotzdem?"

Tayel neigte den Kopf.

„Für mich spielt es keine Rolle, ob er ein Drache, ein Dämon oder ein Mensch ist", stellte er klar. „Ich habe mich nicht in eine Rasse verliebt, sondern in Meron."

„Tayel!", knurrte Ravina und griff ihn an der Schulter.

Hart schüttelte er ihre Hand ab und warf einen Blick zurück.

„Halte dich da raus!", wies er sie barsch zurecht und sah das Erstaunen in ihrem Blick, als sie zu begreifen schien, dass er es ernst meinte.

„Wenn du mir meinen Sohn zurückbringst und er dich genauso liebt wie du ihn, dann ja, dann habt ihr meinen Segen", sprach Serafia mit hörbar gerührter Stimme.

Erleichterung flutete Tayel und er verneigte sich in seiner knienden Position, ehe er sich erhob.

„Habt vielen Dank, Dragos", sagte er und wandte sich dann Ravina zu. „Damit eines klar ist. Ich werde Meron finden, komme, was da wolle ... denn jetzt weiß ich, wo er ist."

Ravina hob die Brauen.

„Ach ja? Wie das und wo ist er?"

Tayel berichtete von ihrem Treffen in der Traumebene und das es bereits das zweite Mal gewesen war, dass sie sich dort begegnet waren.

Der Unglaube war beiden Frauen anzusehen, aber als er von Merons Gefangennahme berichtete und dass er sich jetzt in der Aschezone aufhielt, verschwand dieser Ausdruck schnell.

„Dieser dreckige Mistkerl!", knurrte Serafia und schlug mit der Faust auf den Tisch. „Gott allein weiß, was er meinem Sohn antun wird!"

Das sah Tayel genauso.

„Deshalb müssen wir schnellstmöglich handeln", stellte er klar.

„Langsam", befahl Ravina und trat an seine Seite. „Ich verstehe, dass du Gefühle für den Mischling hegst, aber du kennst unsere Gesetze."

Nicht schon wieder!

„Genug!", knurrte er. „Die Regeln unseres Volkes sind mir einerlei, wenn es um den Mann geht, den ich liebe. Solltest du nicht helfen wollen, gut, dann verschwinde und gib mich frei, sodass ich mich allein um Merons Rettung kümmern kann."

Ravina riss die Augen auf.

„Moment, du würdest mich, deine Schwester, im Stich lassen, den Posten als mein Stellvertreter aufgeben und das nur, um diesen Mischling zurückzuholen?"

Tayel griff sie am Arm und trat vor sie, um Ravina direkt in die Augen zu sehen.

„Du hörst mir nicht zu", zischte er. „Er ist nicht irgendein Mischling oder irgendein Mann. Ich liebe ihn und ja, wenn du mich zu einer Entscheidung zwingst, dann werde ich sie genau so fällen, Schwester. Auch wenn es mich schmerzt, aber ich kann und werde ihn nicht im Stich lassen."

Ravina schwieg.

Sie war sichtlich erschüttert und Tayel gab ihr einen Moment, um nachzudenken.

Dabei ließ er wieder von ihr ab und sah zu Serafia.

„Bist du denn noch irgendwie in Kontakt mit Aegon?", wollte er wissen und sie wiegte den Kopf.

„Kontakt ist zu viel gesagt", erwiderte sie. „Wir haben ein Abkommen und darüber sprechen wir hin und wieder, aber das wirklich nur alle paar Monate bis Jahre. Es war bisher immerhin alles ruhig, da bestand kein Grund zu näherem Kontakt. Und ich war auch nie erpicht darauf, ihn wiederzusehen, wie du vielleicht verstehen kannst."

Tayel nickte, das konnte er in der Tat, dummerweise brachte sie das nicht weiter.

„Euer Abkommen in allen Ehren, aber Aegon hält sich schon lange nicht mehr daran, sonst hätte Raylan nicht so viele Dämonen über die Grenze in Euer Land schmuggeln können, Dragos", erinnerte er sie, was Serafia das Gesicht verziehen ließ.

„Meine Vergangenheit scheint mein Urteilsvermögen getrübt zu haben und meine Leute müssen diesen Preis nun bezahlen. Ich werde mich darum kümmern und die Dämonen an ihren Platz erinnern ... und meinen Sohn zurückholen."

„Dann brauchen wir aber einen guten Plan", meinte Ravina und Tayel drehte sich seitlich, um seine Schwester ansehen zu können.

„Wir?"

Sie nickte und lächelte.

Wenn auch eher freudlos.

„Ich weiß wirklich nicht, wohin das führen soll und wie wir all das den anderen Dragos erklären werden, aber du bist mein Bruder. Was wäre ich für eine Schwester, wenn ich dir nicht zur Seite stehen würde, wenn es darum geht, deinen Liebsten zu retten? Konnte ich dir schon nicht bei Evert helfen, so werde ich es dieses Mal nicht versäumen. Auch, wenn es sich um einen Mischling handelt und es gegen unsere Gesetze ist. Du bist mir wichtiger."

Eine klarere Aussage hätte sie nicht treffen können und es war Tayel egal, dass Dragos Serafia mit ihnen im Saal stand, er zog seine Schwester in die Arme und drückte sie an sich.

„Ich danke dir", raunte er und sie streichelte ihm über den Rücken.

„Danke mir nicht, immerhin ist Meron noch in Gefangenschaft", erinnerte sie und rückte dann von ihm ab.

Sofort gab er sie frei und nickte zustimmend.

„Wie können wir vorgehen?", fragte er und wandte sich dabei an Serafia. Immerhin hatte sie die meiste Erfahrung mit den Dämonen und auch mit Aegon.

„Leicht wird es nicht", meinte die Dragos der Nachtsippe und ließ sich wieder auf ihrem Stuhl nieder. „Wir können auf keinen Fall etwas tun, das das Abkommen gefährden könnte."

Tayel schnaubte.

„Aegon scheint sich nicht gerade viel um besagtes Abkommen zu scheren. Wieso sollten wir das tun?"

„Um einen Krieg zu vermeiden", erklärte seine Schwester. „Oder zumindest, um keinen zu beginnen. Tun sie es, dann haben wir die Unterstützung der anderen Sippen und gewiss auch die der Menschen. Sollte es von uns ausgehen, stehen wir alleine da."

Verflucht, das klang logisch.

Tayel knirschte mit den Zähnen und schüttelte dabei den Kopf.

„Gut, dann ist also eher die Frage, was wir überhaupt tun können, sehe ich das richtig?"

Die beiden Frauen nickten und Tayel ahnte, dass sie so schnell keine Lösung finden würden ...

Und damit sollte er recht behalten, denn zwei Tage lang saßen sie nur mit der Nacht als Unterbrechung zusammen und beratschlagten.

Bloß zu einem Ergebnis schafften sie es nicht.

„Das ist zum Verzweifeln!", knurrte Tayel aufgebracht und donnerte die Faust auf die Tischplatte.

Die Frauen musterten ihn, wobei Serafia ebenso erschöpft aussah, wie er sich fühlte.

„Ich kann ihm eine Botschaft schreiben", meinte die Dragos langsam. „Aegon, meine ich. Wenn wir ihn wissen lassen, dass uns bekannt ist, dass er meinen Sohn bei sich hat, könnte ihn das zum Handeln bewegen."

Ravina runzelte die Stirn und strich sich das dunkle Haar zurück.

„Und was denkst du, wird er tun? Solange er Meron bei sich hat, können wir ihm nichts anhaben, ohne gegen den Pakt zu verstoßen. Das weiß er gewiss."

Serafia nickte zustimmend.

„Richtig, aber ich werde ihn ebenso wissen lassen, dass ich über seine Verstöße im Bilde bin. Wenn wir eine Missionsgruppe zur Grenze entsenden und dort Präsenz zeigen, sollte das Aegon klarmachen, dass wir es ernst meinen."

Tayel verstand es noch nicht vollständig, aber es würde ihn reizen, zur Aschezone zu fliegen, allein, um Meron näher sein zu können. Denn in den vergangenen Tagen hatte er keine Verbindung zu ihm herstellen können.

Die Traumebene hatte sich nicht für sie geöffnet und das, obwohl er es so sehr versucht hatte.

Tayel hatte ein schlechtes Gefühl, er wollte gar nicht wissen, was der Regent seinem Mischling alles antat.

„Eine Botschaft würde den Regenten zumindest dazu zwingen, sich mit uns auseinanderzusetzen", meinte Ravina langsam. „Immerhin wäre es eine grobe Verletzung des Gesetzes, wenn er nicht auf die Nachrichten reagiert. Das können wir auch bei den anderen Dragos und bei den Menschen durchbringen. Wir betreten das Gebiet nicht, drohen mit keinem Krieg, sondern suchen lediglich das Gespräch. Ja, das funktioniert in meinen Augen."

Tayel hob die Hände und die Frauen wandten sich ihm zu.

„Und was soll dabei herauskommen?", wollte er wissen. „Eine Botschaft wird den Mistkerl doch nicht dazu veranlassen, Meron freizugeben. Wir können ihn nicht einschätzen, womöglich wird er ihn töten, weil er sich in die Ecke gedrängt fühlt."

„Niemals", meinte Serafia in selbstsicherem Tonfall. „Dafür hat er zu viele Mühen auf sich genommen, um meinen Sohn zu bekommen. Er will Meron für sich, das steht fest und das wird er nicht aufgeben, nur weil wir in Kontakt mit ihm treten. Sei unbesorgt, sterben wird er gewiss nicht."

Dessen war Tayel sich zwar nicht sicher, aber er konnte den Dragos auch nichts einreden, schließlich trafen sie die Entscheidung und nicht er.

„Aber die Mission zur Bewachung der Grenze, was ist damit?", hakte er nach. „Wird sie ausgesandt werden?"

Serafia neigte den Kopf.

„Ja, ich werde einen Trupp von zehn Wachen entsenden, die den Hauptbereich der Grenze bewachen werden. Und mein Bote wird in die Aschezone fliegen, um die Botschaft persönlich zu überbringen."

Direkt in die Aschezone?

Sofort witterte Tayel seine Chance, aber Ravina blickte ihn warnend an, noch ehe er ein Wort sagen konnte.

„Du wirst diese Aufgabe gewiss nicht übernehmen, denke noch nicht einmal daran! Du bist mein Stellvertreter und gehörst zu meiner Sippe, wir haben damit eigentlich gar nichts zu tun."

Tayel knirschte mit den Zähnen, musste jedoch einsehen, dass seine Schwester recht hatte.

„Wenn du aber meine Leute zur Grenze begleiten möchtest, hätte ich nichts dagegen einzuwenden", ließ Serafia verlauten, was ihr ein dunkles Knurren von Ravina einbrachte.

„Auch das wäre eine Einmischung in eure Belange und das sollten wir vermeiden."

Die Dragos der Nachtsippe winkte ab.

„Jeder weiß, dass wir freundschaftliche Kontakte pflegen, also sollte das kein Problem darstellen. Zudem würde es zeigen, dass dir Aegons Handeln bekannt ist und du es nicht gutheißt."

Abwartend beobachtete Tayel seine Schwester, die über Serafias Worte nachzudenken schien.

„Fein, dann soll es so sein", brummte sie hörbar unwillig. „Tayel, wenn du willst, kannst du die Mission begleiten. Aber du stehst ihr nicht vor und wirst die Anweisungen der Nachtdrachen befolgen, verstanden?"

Damit konnte er leben, dachte sich Tayel und nickte sogleich.

„Selbstverständlich, darauf hast du mein Wort."

Er würde alles in Kauf nehmen, nur um näher an Meron sein zu können. Wenn es irgendwie die Möglichkeit geben sollte, in die Aschezone einzudringen und seinen Mischling zu retten, würde er sie ergreifen.

„Dann sei es so", schloss Serafia die Besprechung. „Ich stelle die Gruppe zusammen und ihr trefft euch morgen bei Sonnenaufgang im Innenhof."

Zufrieden verneigte Tayel sich, ehe er mit seiner Schwester den Saal verließ und in ihr Quartier ging.

„Ich hoffe sehr, wir wagen uns hier nicht zu arg in fremdes Terrain", murmelte Ravina. „Ich will unsere Sippe auf keinen Fall einem Krieg mit den Dämonen aussetzen. Oder gar mit anderen Sippen ... Himmel, wenn ich nur daran denke, wie Kayla und Namika auf die Geschehnisse reagieren würden."

Tayel konnte ihre Sorge durchaus verstehen, aber ihm waren die Konsequenzen gerade einerlei. Es ging um Merons Leben und nur das zählte.

„Einen Schritt nach dem anderen", meinte er deshalb lediglich. „Wir werden es schaffen und kümmern uns später um alles weitere."

Ravina schnaubte und zog ihre Schuhe aus.

„Du hast leicht reden", murrte sie und Tayel schüttelte den Kopf. Es hatte keinen Sinn, mit ihr zu diskutieren, also ließ er sie in Ruhe und ging in sein Schlafzimmer.

Dort trat auch er sich die Stiefel ab und trat ans Fenster. Er öffnete es und atmete mehrfach tief durch.

Die kühle Luft ließ seinen Kopf langsam wieder klar werden und der pochende Schmerz, der sich in seinen Schläfen angekündigt hatte, zog sich zurück.

Tayel packte den Fenstersims, wie gern hätte er jetzt Meron bei sich.

Die Begegnung in der Traumebene war das letzte Mal gewesen, dass er in Kontakt mit ihm gekommen war.

Sorge schnürte ihm die Kehle zu und er musste seinen Drachen zügeln, der ausbrechen wollte, um in die Aschezone zu fliegen.

Das würde nicht gutgehen, das war ihm bewusst, doch die Logik interessierte das Tier in ihm nicht.

Es wollte nur zu seinem Geliebten.

Denn die Verlustangst saß tief in ihnen beiden.

Everts Tod hatte etwas in ihnen zerstört und ein Gefühl der Ohnmacht zurückgelassen.

Schon einmal waren sie nicht in der Lage gewesen, ihren Partner zu retten, das durfte auf keinen Fall ein zweites Mal passieren.

Es wäre ihr Ende, das fühlte Tayel genau.

Niemals würde er Evert und Meron vergleichen, denn die beiden waren komplett verschieden ... und er liebte sie gleichermaßen.

Oder?

Tayel runzelte die Stirn.

War das nicht mehr der Fall? Hatte er die Gefühle für Evert etwa verloren?

Sofort wallte Schuld in ihm auf, aber er verdrängte sie.

Nein, natürlich würde er Evert immer lieben und ihn in Erinnerung behalten. Aber es war die Vergangenheit, die dem schönen Drachen gehörte.

Meron hingegen war Tayels Zukunft.

„Und die werde ich nicht verlieren", sagte er laut, wie um es sich selbst noch einmal zu versichern.

Die Nacht war unruhig, viel Schlaf fand er nicht und am nächsten Morgen war er schon vor Sonnenaufgang im Innenhof.

Gott sei Dank ließen ihn die Nachtdrachen nicht lange warten und schnell war der Missionstrupp versammelt.

Von Ravina hatte er sich bereits im Quartier verabschiedet und von Serafia war nichts zu sehen.

„Wie ihr wisst, wurde mir die Leitung dieser Mission übergeben", sprach eine Frau und sogleich wandten sich alle in ihre Richtung.

Sie war hochgewachsen und hatte schulterlanges hellblondes Haar. Ihre graublauen Augen taxierten jeden Einzelnen von ihnen und sie verschränkte die Arme vor der Brust.

„Niemand und ich kann das nicht genug betonen ... Niemand wird die Grenze der Aschezone passieren! Wir sind zum Schutz dort, zur Wache, nicht zum Angriff. Meine Befehle werden ohne Widerworte befolgt, wer das nicht tut, kann sofort zur Festung zurückkehren, haben wir uns verstanden?"

Tayel war sich bewusst, dass einiges davon direkt an ihn gerichtet war, doch das störte ihn nicht.

Er nickte gehorsam, denn er wollte keinesfalls von der Mission ausgeschlossen werden.

„Gut, dann brechen wir zur Lichtung auf, ab da fliegen wir", befand die Leiterin und Tayel schloss sich der Gruppe an.

Es war nicht verwunderlich, dass sie sich nach kurzer Zeit zu ihm zurückfallen ließ.

„Ich bin Mirana", stellte sie sich vor. „Meine Dragos berichtete mir, dass du uns begleiten wirst. Du kennst unsere Arbeitsweise nicht und bist mit meiner Führung nicht vertraut. Wenn du also ein Problem oder Fragen hast, komm zu mir, ehe du etwas tust, was uns in Schwierigkeiten bringen könnte."

Das waren klare Anweisungen und auch, wenn Tayels Drache in seinem Inneren grollte, zwang er sich zu einem Lächeln.

„Natürlich, ich werde mich an dich halten. Mein Name sollte dir bekannt sein, falls nicht, ich bin Tayel."

Sie nickte nur knapp, musterte ihn nochmal und schritt dann wieder an die Spitze der Gruppe.

Eines war wohl klar, sollte er sich einen Fehltritt erlauben, würde diese Frau ihn sofort zurückschicken. Dabei war es nicht mehr gewohnt, von irgendwem Befehle entgegenzunehmen, mal von seiner Schwester abgesehen. Als Stellvertreter der Dragos musste er vor niemandem kuschen und nur ihr allein Rede und Antwort stehen.

Ja, diese Mission stellte ihn selbst vor neue Herausforderungen, aber allein wegen Meron würde er sich zusammenreißen.

Erneut schnaubte sein Drache geringschätzig in ihm, aber Tayel wies das Tier zurecht.

Sie mussten sich fügen, wenn sie die Chance haben wollten, ihren Mann zu retten.

Er ballte die Fäuste und als sie die Lichtung erreichten, konnte er seinen Drachen kaum noch halten.

„Los!", befahl Mirana und endlich konnte er die Verwandlung zulassen.

Zehn Drachen erhoben sich mit sicheren Flügelschlägen in die Lüfte und er reihte sich in die Schar ein.

Sein Herz schlug schneller, all seine Gedanken waren auf ihr Ziel gerichtet.

Die Grenze der Aschezone ... und Meron.

KAPITEL 24

MERON

Sein gesamter Körper schmerzte und sein linkes Auge war komplett zugeschwollen.

Schon seit mehreren Tagen lag er hier.

Auf eine harte Holzpritsche gefesselt und dabei nur mit einer Hose bekleidet.

Überall hatte er blaue Flecken und teils offene Wunden, denn sein Vater und dessen Schergen zögerten nicht, ihn hart zu bestrafen, wenn er sich nicht fügte.

„Zeit für den zweiten Trunk des Tages, Mischling", dröhnte eine tiefe Stimme und sein persönlicher Foltermeister betrat die karge Kammer.

In Händen, wie nicht anders erwartet, einen hohen Becher. Darin der süßliche Saft, den Meron dreimal am Tag zu sich nehmen musste.

Ob er wollte, oder nicht.

Und Gott wusste, das war nicht der Fall!

Das Gebräu vernebelte seinen Kopf, er konnte nicht klar denken und genau das war es, was sein Vater begehrte, denn dadurch gelang es dem Regenten, ihn zu kontrollieren.

Oder besser gesagt, seine dämonische Seite hervorzuholen und zu befehligen.

„Verschwinde", krächzte Meron kraftlos, aber der Mistkerl lachte nur und trat an die Pritsche heran.

„Willst du dich wirklich erneut weigern?", wollte der Dämon wissen. „Hat es dir heute Morgen nicht gereicht, meine Peitsche zu spüren zu bekommen? Dein Vater will dich zwar lebend, aber das heißt nicht, dass ich dir nicht die Haut vom Körper schlagen darf!"

Meron fing an zu zittern, natürlich hatte er keinen Bedarf nach erneuten Prügeln, aber dieses Gebräu ... Alles in ihm sträubte sich, die Flüssigkeit anzurühren, selbst seine dämonische Hälfte grollte unzufrieden.

„Ver ... schwinde", schaffte er es, erneut hervorzupressen, wobei er die Zähne zusammenbiss.

„Narr", schimpfte ihn der Dämon und schlug ihm die Faust in den Bauch.

Meron schnappte nach Luft und schon griff der Kerl ihm ins Gesicht und hielt ihm die Nase zu.

Panisch riss Meron an seinen Fesseln, aber wie die Male zuvor hatte er keine Chance. Um Luft zu bekommen, musst er durch den Mund atmen und das nutzte der Bastard aus.

„Sei schön brav und trink", befahl der Kerl grinsend und ließ die Flüssigkeit in Merons Mund laufen.

Wie er das hasste!

Kaum war der Trunk darin, spuckte Meron es aus und hustete, als etwas in seiner Kehle landete.

„Verfluchter kleiner Mischling", knurrte sein Peiniger und schlug ihm erneut in den Bauch.

Zu dem Schmerz gesellte sich Übelkeit und Merons Magen zog sich zusammen.

Das schien der andere zu merken, denn er ließ von ihm ab, sodass Meron den Kopf drehen und sich übergeben konnte.

Viel kam nicht heraus, denn zu essen oder trinken bekam er kaum etwas.

Nur der Saft wurde ihm gegeben, jeden Tag.

„Du quälst dich umsonst", ließ der Foltermeister ihn wissen. „Füge dich, dann wird all das schnell ein Ende haben. Wenn deine dämonische Seite die Kontrolle hat, wirst du unserem Regenten hervorragend dienen."

Das war alles, worum es ging.

Er sollte dienen, gehorchen und der perfekte Krieger für den Herren der Aschezone werden.

Was Meron selbst wollte, spielte keine Rolle.

Natürlich nicht.

Sein Kopf fühlte sich so leer an, er schaffte es nur noch selten, einen klaren Gedanken zu fassen, und es war ihm, als würde er vergessen.

Einfach alles.

Wer er war, woher er kam, alles.

Teilweise fiel es ihm schon nicht mehr ein und Meron fürchtete sich davor.

„Eine letzte Chance bekommst du noch, ansonsten wirst du die Peitsche spüren", warnte der Dämon und Meron schloss die Augen.

Es blieb ihm keine Wahl, erneut.

Er öffnete den Mund und trank die Flüssigkeit, bis der Becher leer war.

„Na geht doch", brummte sein Peiniger. „Wenn du nicht immer so einen Aufstand machen würdest, hättest du das längst hinter dir."

Damit verließ er die Kammer und überließ Meron sich selbst.

Die Eisenfesseln schnitten in sein Fleisch, dort, wo er an Hand- und Fußgelenken gefesselt war.

Aber das störte ihn längst nicht mehr.

Schon fühlte er, wie das Gebräu wirkte und alle Gedanken aus seinem Kopf vertrieb.

Er spürte nichts mehr, sein Körper war taub, selbst hören konnte er kaum etwas und seine Sicht war völlig verschleiert.

Angst stieg in ihm auf, wurde aber von der Wirkung des Trankes gedämpft, sodass er die Augen schloss und sich einfach treiben ließ.

Gehorche ...

Du gehörst mir allein ...

Meine Worte sind alles, was du vernimmst ...

Ich bin dein Herr und Meister ...

Du bist ein Nichts ohne mich ...

Immer und immer wiederholten sich die Wörter und prägten sich in Merons Verstand ein. Er war ein Nichts, ein Niemand und hatte zu gehorchen.

„Sehr gut!", hörte er Aegons Stimme und merkte erst jetzt, wie schwer er atmete.

Langsam begann Meron zu begreifen, was geschehen war.

Der Regent hatte ihn zu sich bringen lassen, genau ...
Und wieder hatte er kämpfen müssen, allein zu dessen
Vergnügen.

Erneut hatte er getötet und das auf Befehl.

Meron knurrte, seine Stimme wollte ihm nicht
gehorchen und wie von selbst drehte er sich zu seinem
Herren und Meister um.

„Bleib, wo du bist", befahl sein Vater und Meron
begann zu zittern.

Gehorchen, er musste gehorchen!

Aegon erhob sich von seinem Stuhl, die Augen zu
schmalen Schlitzen zusammengekniffen.

„Wage es, einen Schritt in meine Richtung zu tun,
Sklave, und du wirst meinen Zorn spüren."

Ein Teil von ihm wollte vor dem Regenten auf die
Knie fallen, sich unterwerfen, während ein anderer Teil
den Kampf bevorzugte.

Wieder entkam ihm ein Knurren, diesmal lauter,
aggressiver und Meron ballte die Fäuste, wobei ihn
seine eigenen Klauen in die Handflächen stachen.

„Genug!", donnerte Aegon und es war, als würde eine
Welle reiner Macht über ihn hinwegfegen.

Sofort wurde er ruhig und sank gehorsam auf die
Knie.

„Schon besser", befand der Regent. „Aber er ist noch
zu ungehalten. Bringt ihn zurück und gebt ihm morgen
vier Becher zu trinken. Ich will, dass das funktioniert,
habt ihr mich verstanden?"

„Jawohl, Regent."

Die Antwort kam von mehreren Personen und Meron
wurde kurz darauf an den Armen gegriffen. Er ließ
sich mitnehmen, folgte den Anweisungen und fand sich

alsbald wieder auf der Pritsche, angekettet. Erst etwas später klärte sich sein Kopf und er verstand, was erneut geschehen war.

„Dieser Bastard", wisperte er und schluckte, als sich ein Kloß in seinem Hals bildete.

Sein eigener Vater versuchte, ihn zu einem willenlosen Sklaven zu machen.

Aegon widerte ihn einfach nur an, doch Meron war machtlos, was sollte er gegen den Regenten tun?

Sein Schicksal war besiegelt, er würde hier als Marionette dieses Mannes enden.

Dunkel erinnerte er sich, dass er einst mehr Kampfgeist besessen hatte, aber hier, eingesperrt und angekettet wie ein Tier, gab es keine Schlacht, die er gewinnen könnte.

Ein dunkles Grollen vibrierte durch den Raum und Meron zuckte zusammen.

Schon erwartete er, den Foltermeister zu sehen, der in die Kammer lief, aber nein, es blieb ruhig.

Irritiert zog er die Brauen zusammen, was war das dann gerade gewesen? Hatte es denn niemand gehört?

Unsicher schluckte er.

Erneut erschallte das Grollen, doch diesmal fühlte Meron genau, es kam nicht von draußen ... sondern aus ihm.

War es sein Dämon, der versuchte, mit ihm in Kontakt zu treten?

Nein, dafür war das Grollen zu dunkel und zu laut.

Meron keuchte, er war ein Mischling!

Verflucht, wie konnte ihm das entfallen?

Diese dreckigen Tränke hatten seinen kompletten Verstand zerstört!

„Drache", hauchte er in den leeren Raum und ballte die Fäuste.

Einem Impuls folgend, schloss er die Augen und spürte der Präsenz in sich nach.

Dieser Teil war noch nie erwacht, doch jetzt war er es und plötzlich zogen Bilder an seinem inneren Auge vorbei.

Meron hatte Mühe, bei der Schnelligkeit mitzuhalten, aber egal, welches Bild ihm gezeigt wurde, es war immer ein Mann darauf.

Er kannte ihn, diese rotbraunen Augen, die ihn so intensiv anblickten.

Bis in seine Seele und einen Teil von ihm berührten, der gerade unglaublich tief vergraben war.

„Tayel", wisperte Meron und Tränen liefen ihm über die Wangen.

Es war alles so viel und die Erinnerungen schienen nicht die Seinen zu sein, obwohl sie es waren.

Sein Schädel pochte schmerzhaft, etwas in ihm wollte nicht, dass er all das sah, aber gegen den Drachen kam es nicht an.

Erneut grollte das Wesen in ihm und Merons Verstand klärte sich noch etwas mehr.

Nun konnte er eine gewaltige Festung erkennen, sie war ihm vertraut.

„Mutter", murmelte er.

Drachen flogen direkt in seine Richtung, hielten auf die Aschezone zu und einer davon war Tayel.

Er erkannte den gewaltigen rotbraunen Drachen sofort und sein Herz begann, schneller zu schlagen.

„Hilf mir", flüsterte er und alles in ihm wollte zu diesem Mann.

Seinem Geliebten.

Ein zufriedenes Grollen erklang und Meron merkte, dass sein Drachenanteil genau das hatte erreichen wollen. Ihn wecken, ihm zeigen, dass es sich lohnte, zu kämpfen.

Tayel war auf dem Weg zur Aschezone und auch, wenn Meron klar war, dass sein Golddrache niemals einfach über die Grenze fliegen könnte, war es ein Hoffnungsschimmer.

Und genau dieser reichte aus, um Merons Kampfgeist aufflammen zu lassen.

Der Regent würde ihn nicht brechen, egal, mit wie vielen Tränken er ihn noch zuschüttete!

Der Drache in ihm schnaubte zustimmend und plötzlich spürte Meron eine nie dagewesene Hitze in sich.

Im ersten Moment verkrampfte er sich und Angst flutete ihn, ehe er realisierte, auch das war ein Teil von ihm, von dem Drachenblut, das durch seine Adern floss.

Dem Erbe seiner Mutter.

Nein, er war nicht schwach und würde sich von seinem Vater nicht unterkriegen lassen.

Dieser Gedanke festigte sich mit jedem Atemzug mehr in Merons Kopf.

Und genau in diesem Moment öffnete sich die Tür zu seiner Kammer.

„Sieh an, da sind wir ja schon wieder", begrüßte der Foltermeister ihn und hob den großen Becher. „Durstig?"

Meron ließ ein Knurren hören, er konnte es nicht zurückhalten, doch der andere lachte ihn nur aus.

„Wie niedlich, erneut willst du aufbegehren! Hast du es noch nicht gelernt? Verlangt es dich danach, die Peitsche zu spüren?"

Er merkte, dass der Drache in ihm sich zurückzog, aber nicht, weil er sich fürchtete, es war ... anders.

Meron war zwar irritiert, hörte jedoch auf den Teil seiner selbst und wurde ruhig.

„Schon besser", befand der Dämon und trat zu ihm. „Mach den Mund auf!"

Wenn er das Gebräu erneut zu sich nehmen müsste, dann würde er Gefahr laufen, seine Erinnerungen, die er gerade erst zurückgewonnen hatte, zu verlieren.

Meron zögerte.

Auch wenn der Drache in ihm entspannt blieb, er hatte Angst.

„Na wird es bald?", knurrte der Foltermeister und holte aus.

Schon landete die Faust in Merons Bauch und Schmerz schoss durch ihn hindurch.

Er keuchte gequält, biss aber die Zähne zusammen.

„Narr", raunzte der Dämon und trat zurück. „Diesmal habe ich keine Geduld für deine Spielchen!"

Der Kerl stellte den Becher auf dem Sims des einzigen Fensters im Raum ab und griff die Peitsche, die an der Wand daneben hing. Ohne die geringste Vorwarnung ließ er das Leder auf Merons ungeschützten Oberkörper klatschen.

Ein Schrei entkam ihm und er bäumte sich auf, doch da traf die Waffe ihn auch schon erneut.

Fünf Mal ließ der Dämon ihn die Peitsche spüren, bis Blut über seinen Bauch und seine Brust lief, und ihm schwarze Flecken vor den Augen tanzten.

„Jetzt gehorche, du verdammter Mischling!", keifte der Dämon und schlug ihm die flache Hand gegen die Wange.

Merons Kopf fiel kraftlos zur Seite, der Schmerz war allgegenwärtig und er zitterte in seinen Fesseln.

Ein Bild blitzte in seinem Verstand auf.

Tayel ... sein Golddrache.

Meron ballte die Fäuste und drehte den Kopf zu dem Dämon, der ihn mit wütend blitzenden Augen anfunkelte.

„Mach jetzt den Mund auf oder ich breche dir den Kiefer!"

Und das traute er dem Scheusal sogar zu.

Es widerstrebte ihm, aber er musste es tun ...

Also öffnete Meron den Mund, wobei ihm etwas Blut aus dem Mundwinkel und über seine Wange lief.

Das interessierte den Dämon allerdings wenig, er packte den Becher fester und ließ die Flüssigkeit in seinen Mund laufen.

Meron schluckte, auch wenn alles in ihm schrie, es nicht zu tun.

Als der Becher leer war, warf der Dämon ihn in eine Ecke und verließ fluchend die Kammer.

Meron schloss die Augen, nein, er wollte nicht schon wieder seinen Verstand verlieren!

Er musste ...

Brennende Hitze breitete sich in seinem Bauch und in seinem Hals aus.

Panisch schnappte er nach Luft, als Dampf aus seinem Mund stieg, und Meron riss die Augen auf.

Es roch nach dem Saft und ein dumpfes Grollen in seinem Inneren ließ ihn den Atem anhalten.

Sein Drachenanteil hatte ihm geholfen und die Flüssigkeit in ihm verdampfen lassen.

Wie war das nur möglich, wenn er doch noch nie in Kontakt mit dem Wesen getreten war, das so tief in ihm verwurzelt war?

Egal, dachte Meron, es war völlig einerlei, wichtig war, dass es funktioniert hatte.

So könnte er es schaffen, den Tränken zu entgehen, und wieder zu sich selbst finden.

Wenn ihm das gelingen sollte, dann bestand Hoffnung, dass er ihn wiedersehen würde.

Tayel.

Er knurrte und zum ersten Mal seit einer gefühlten Ewigkeit lächelte Meron.

Es war zu schaffen, er musste nur durchhalten.

TAYEL WAR NICHT UMSONST DER STELLVERTRETER SEINER DRAGOS, ER WAR EIN HERAUSRAGENDER KÄMPFER UND DIE MÄNNER HIER WAREN FAST ALLE JÜNGER UND UNERFAHRENER ALS ER.

KAPITEL 25

TAYEL

„Es kommen stetig mehr", brummte Mirana und verschränkte die Arme vor der Brust, während sie den Blick schweifen ließ.

Tayel konnte ihr nur zustimmen.

Seit sie vor drei Tagen an der Grenze gelandet waren, erschienen sie in Scharen.

Dämonen.

Sie übertraten ihr Gebiet nicht, aber sie behielten die Drachengruppe genau im Blick.

Jede Bewegung wurde registriert und es war allen klar, eine falsche Entscheidung würde einen Kampf auslösen, den keine der beiden Seiten haben wollte.

Dabei wäre es Tayel gerade recht, wenn sie aufeinander losgehen würden ... denn so könnte er die Gelegenheit ergreifen und in die Aschezone eindringen. Seit heute Morgen war es ihm, als könnte er Meron endlich wieder fühlen!

Zwar öffnete sich die Traumebene nicht, aber dennoch war es für Tayel ein Zeichen, dass er seinem Mann näherkam. Denn seit ihrem letzten Aufeinandertreffen in der Ebene hatte er völlig den Kontakt verloren. Es war ihm vorgekommen, als würde Meron ihm entgleiten, jede noch so kleine filigrane Verbindung, die nach ihrem Treffen in der Traumebene bestanden hatte, sich auflösen.

Erst heute hatte er geglaubt, ihm auf einmal wieder näher zu sein.

Seitdem fiel es ihm immer schwerer, seinen Drachen im Zaum zu halten, und Mirana schien genau das zu merken.

Sie blieb stets in seiner Nähe und warf ihm ständig skeptische Blicke zu.

„Wir sollten sie einfach alle niedermetzeln", brummte einer der Nachtdrachen, der ganz in ihrer Nähe stand und sich mit mordlüsternem Blick die Lippen leckte.

„Wir haben unsere Befehle, Rahan", erinnerte Mirana ihn barsch und Tayel musste ein Schnauben unterdrücken.

Wenn es nur damit getan wäre, die Dämonen zu töten, doch wo diese Plagen herkamen, gab es einfach noch so viel mehr von ihnen.

„Pah!", stieß Rahan genervt aus. „Unsere Dragos ist geblendet, sie kann ihr Balg nicht loslassen, obwohl der Mischling längst tot sein sollte. Dass ihr diese Verfehlung überhaupt verziehen worden ist, ist eine Beleidigung unserer Gesetze!"

Jetzt musste Tayel sich zusammenreißen, um dem Mistkerl nicht an die Kehle zu gehen.

Mirana hingegen hatte keine Hemmungen.

Blitzschnell war sie bei Rahan und hatte ihn mit einem harten Tritt zu Boden befördert.

„Wage es noch einmal, so über unsere Dragos zu sprechen, und wir werfen dich den Dämonen zum Fraß vor, hast du mich verstanden?", fauchte sie mit blitzenden Augen.

Rahan verzog das Gesicht und hob abwehrend die Hände.

„Verzeih, meine Zunge war schneller als mein Verstand."

Das war eine lahme Ausrede und nur zu gern hätte Tayel sein Schwert gezogen, um es an dem närrischen Nachtdrachen zu wetzen, aber er tat es nicht.

Allein, weil ein Fehltritt seinerseits genügen würde, damit Mirana ihn zurück zur Festung schicken würde und das wollte er auf keinen Fall riskieren.

Stattdessen wandte er sich von den beiden ab und begann entlang der Grenze zu laufen.

„Bleib in der Nähe!", rief Mirana ihm zu und Tayel hob nur die Hand, um zu signalisieren, dass er sie verstanden hatte.

Er wollte lediglich ein wenig Abstand zwischen sich und die Gruppe bringen, um denken zu können.

Es fraß ihn regelrecht auf, so nah an der Aschezone zu sein und dennoch nichts tun zu können.

Sein Drache grollte zustimmend und ließ ihn die Klauen spüren.

„Beruhige dich", brummte Tayel und blieb stehen.

Er blickte in Richtung der Aschezone und biss die Zähne zusammen.

Von Mirana hatte er erfahren, dass die Hauptstadt des Regenten nur etwa einen Tagesmarsch von hier entfernt lag. Verwandelt würde er die Strecke noch viel schneller zurücklegen, doch was sollte das bringen?

Dämonen konnten nicht fliegen, so war er in er Luft sicher, aber landen würde er nicht können.

Tayel schüttelte den Kopf, egal, wie er es drehte und wendete, auch wenn er die Grenze überschreiten sollte, wäre er Meron doch keine Hilfe.

Zudem hatte er ein Versprechen geleistet, seiner Schwester gegenüber.

Ravina war nämlich nur unter Bedingungen damit einverstanden gewesen, dass er die Gruppe begleiten durfte.

Während Serafia keine Probleme damit gehabt hatte, war seine Schwester langsam in einer recht unschönen Lage, denn als ihr Stellvertreter müsste Tayel eigentlich an ihrer Seite bleiben.

Nicht nur, dass sich Ravina nun schon deutlich länger als ursprünglich geplant im Reich der Nachtdrachen aufhielt, durch seine ständige Abwesenheit wurden auch bereits die ersten Gerüchte unter ihren eigenen Leuten in Umlauf gebracht.

Ihre Schar, mit der sie in Serafias Festung eingetroffen war, war natürlich noch da, sie würden ihre Dragos nie im Stich lassen.

Dennoch, es war bei vielen von ihnen offensichtlich, dass es sie in die Heimat drängte und sie zudem nicht verstanden, wieso Tayel ständig verschwand.

Bevor er aufgebrochen war, hatte Ravina ihm eine Frage gestellt und die Antwort darauf musste er ihr bei seiner Rückkehr liefern.

Und auch, wenn es klar auf der Hand liegen sollte, fürchtete Tayel sich davor.

„He, aufhören, verdammt!"

Er wandte sich um und sah, wie Mirana zwei ihrer Gruppe an der Schulter griff und zurückzog.

Zeitgleich war Gelächter zu hören, was allerdings von den Dämonen kam, die nahe an der Grenze standen.

Manche von ihnen spuckten verächtlich auf den Boden oder riefen ihnen Beschimpfungen zu.

Etwas, das Tayel reichlich wenig störte, aber die beiden hitzköpfigen Nachtdrachen wütend machte.

Kurzerhand lief er zurück, um Mirana zu unterstützen, denn die Stimmung wurde immer geladener und einige von seiner Gruppe brüllten mittlerweile genauso inbrünstig zurück.

„Beruhigt euch!", raunzte Tayel die Schreihälse an. „Verflucht, ihr seid doch wohl besser als diese Dämonen, die sich nicht im Griff haben!"

Drei seiner Mitstreiter ließen sich davon tatsächlich beruhigen und zogen sich etwas zurück. Zwei jedoch traten nun auf Tayel zu.

„Du solltest dein vorlautes Mundwerk ganz schnell halten!", donnerte einer von ihnen. „Immerhin sind wir deinetwegen in dieser misslichen Lage! Nur, weil du nicht dazu fähig warst, den Mischling zu töten!"

Tayel wich keinen Deut zurück, ihm war klar, dass einige der Nachtdrachen davon wissen mussten, dass er zusammen mit Meron unterwegs gewesen war.

Genaueres hatten die Dragos gewiss nicht verlauten lassen, aber kleine Fetzen genügten, damit die Leute sich ihre Meinung bildeten.

„Das hat nichts damit zu tun, dass ich es nicht gekonnt hätte", gab Tayel unbeeindruckt zurück. „Ich wollte ihn schlicht nicht töten."

„Dann bist du also gegen unsere Gesetze?", fragte der zweite Nachtdrache, der ihn dabei abschätzig musterte.

„Das lässt sich nicht so einfach beantworten", erwiderte Tayel. „Viele Dinge sind sinnvoll geregelt, manche aber auch lediglich veraltet."

„Die Reinheit unseres Blutes ist wichtig und keinesfalls veraltet!", empörte sich der erste Drache, wobei seine Nasenflügel regelrecht bebten. „Wie kannst du es wagen, solchen Unsinn von dir zu geben, und dich dabei Stellvertreter einer Dragos nennen? Oder sind alle aus der Goldsippe so schwächlich in ihren Ansichten?"

Tayel ließ sich ohne Probleme beschimpfen, er hatte damit kein Problem. Doch wenn es gegen seine Sippe oder gar seine Schwester ging, sah er rot.

Blitzschnell hatte er dem Großmaul die Faust ins Gesicht gedonnert und der Mann flog regelrecht zurück.

„Tayel!", hörte er Mirana brüllen, war dem Kerl aber sogleich hinterher gestürzt. Er packte ihn am Kragen und drückte ihn knurrend zu Boden.

„Erdreiste dich auch nur noch einmal, ein Wort über meine Dragos oder meine Sippe zu verlieren, und ich werde dir persönlich die Zunge herausschneiden und sie den Schweinen zum Fraß vorwerfen. Haben wir uns verstanden?"

Bewusst hielt er seine Stimme ruhig, aber dafür eiskalt.

Der Nachtdrache schien zu verstehen, dass er einen Schritt zu weit gegangen war.

Er war weiß um die Nase geworden, aus der langsam Blut lief, und nickte nun.

„Verzeih", brachte er über die Lippen, ehe Tayel ihn losließ und er auf die Füße kam.

Sein Blick galt dem zweiten Mann, der mit erhobenen Händen zurückwich.

Tayel war nicht umsonst der Stellvertreter seiner Dragos, er war ein herausragender Kämpfer und die Männer hier waren fast alle jünger und unerfahrener als er.

Mirana und Rahan bildeten die Ausnahme, sie könnten es im Kampf wohl mit ihm aufnehmen und gegen beide zeitgleich würde Tayel mit ziemlicher Sicherheit verlieren, aber nicht gegen die Kerle vor ihm.

Jetzt wandte er sich Mirana zu, die mit schmalen Augen in seine Richtung blickte.

Er schwieg, denn sollte sie auf eine Entschuldigung warten, würde sie enttäuscht werden. Das schien allerdings auch ihr klar zu sein, denn sie stieß ein Schnauben aus und schüttelte den Kopf.

„Die Dämonen sollten unser größtes Problem sein!", rief sie der Gruppe in Erinnerung. „Reißt euch zusammen, wir sind auf Mission! Wenn wir aufeinander losgehen, haben die Bestien leichtes Spiel."

Das brachte endlich etwas Ruhe in die Nachtdrachen und Tayel ließ den Blick zu den Dämonen an der Grenze wandern. Sie hatten ihre Auseinandersetzungen grinsend beobachtet und manch einer hatte mittlerweile eine Waffe gezogen. Von Schwertern und Dolchen, bis hin zu Morgensternen, sie hatten nicht mit ihrem Arsenal gespart.

Ein scharfer Stich fuhr durch Tayels Brust, der plötzliche Schmerz raubte ihm den Atem und er hatte Mühe, seine Miene emotionslos zu halten.

Verflucht, wo kam das auf einmal her?

So schnell die Pein eingesetzt hatte, so abrupt verschwand sie auch wieder.

Sein Drache hatte sich in seinem Inneren aufgerichtet und stieß ein dunkles Grollen aus. Er fühlte die Hitze seines Feuers und auf einmal war es ihm, als würde er einen hallenden Schrei vernehmen.

Weit weg und deutlich abgeschwächt, aber er war da.

Tayel spürte die Krallen seines Drachen und Panik erwachte in ihm.

Meron!

Das musste Meron sein!

Der verfluchte Regent quälte seinen Mann!

Sogleich machte er mehrere Schritte in Richtung der Grenze, wurde aber fast sofort von Mirana am Oberarm gegriffen.

„Ich weiß nicht, was gerade in deinem Kopf vorgeht", zischte sie leise. „Aber ich habe endlich Ruhe hier hereingebracht und das wirst du jetzt nicht kaputtmachen. Bleib hier!"

Tayel zitterte und sein Herz raste, er konnte Miranas Stimme kaum vernehmen, so sehr dröhnte ihm das Blut in den Ohren.

„Er hat ihn in seiner Gewalt", presste er hervor und sie zog die Brauen zusammen.

„Wir wissen, dass er den Mischling hat, was ist dein Problem?", fragte sie.

Anscheinend hatte Serafia ihr nichts von seinen Gefühlen zu Meron gesagt. Aber das war Tayel egal, er stand zu dem, was er fühlte, und vor allem zu Meron.

„Ich will ihn retten!", fauchte er und schüttelte ihre Hand ab.

„Dir ist klar, dass wir ihn nur herausholen, damit er endlich seinem gerechten Schicksal zugeführt wird?", erinnerte Mirana ihn und diesmal konnte Tayel das Knurren seines Drachen nicht zurückhalten.

„Niemand wird ihm ein Haar krümmen", teilte er der Missionsleiterin mit. „Er gehört zu mir!"

Da packte sie ihn erneut und drängte ihn weg von der Gruppe.

„Leise, verdammt!", fauchte sie mit hörbar mühsam unterdrückter Wut. „Ich weiß davon, die anderen jedoch nicht und das soll auch so bleiben."

Sie wusste es? Tayels Wut löste sich auf und er ließ sich von Mirana noch etwas weiter zurückschieben.

„Verzeih", raunte er. „Mich hat ein solch merkwürdiges Gefühl überkommen, da wäre mein Drache um ein Haar ausgebrochen."

Mirana schüttelte den Kopf.

„Schon gut, aber du musst dich zusammennehmen. Nicht alle haben ein Problem mit deinem Mischling, doch der ein oder andere, und wenn die Lage hier eskaliert, kommen wir bei der Rettungsmission gewiss nicht weiter. Denn dann müssen wir abbrechen und zur Festung zurückkehren."

Sie hatte recht und nein, das gefiel Tayel ganz und gar nicht, dennoch musste er sich fügen.

„Verstanden", erwiderte er und senkte dabei den Blick, was Mirana hörbar erleichtert seufzen ließ.

„Vorsicht!"

Beide wirbelten zu ihrer Gruppe herum, wo sich einer der Nachtdrachen etwas von den anderen entfernt hatte, allerdings in die entgegengesetzte Richtung von Tayel und Mirana.

Die Warnung hatte Rahan ausgestoßen, jedoch zu spät. Ihr Kamerad stieß einen Schrei aus, als ein Speer ihn direkt in die Seite traf und zu Boden riss.

Bei den Dämonen löste der Angriff teils Jubel aus, doch Tayel konnte sehen, wie die Frau, die anscheinend die Waffe geworfen hatte, von einem anderen Dämon zu Boden geschlagen wurde.

Sie hatten wohl auch ihre Befehle und dagegen hatte die Dämonin gerade verstoßen.

Mirana war bereits losgestürmt und Tayel hetzte ihr hinterher.

Der Verletzte versuchte, sich aufzurichten, doch der Speer hielt ihn am Boden.

„Ruhig, bleib liegen!", befahl Mirana und fiel auf die Knie. Tayel beobachtete, er war kein Heiler, aber sollte sie seine Hilfe brauchen, wäre er da.

„Ihr dreckigen Bastarde!", hörte er Rahan plötzlich brüllen und sah über die Schulter, gerade, als der Nachtdrache sich verwandelte.

„Rahan, nicht!", rief Tayel ihm zu, doch da riss der fast schwarze gewaltige Drache bereits das Maul auf und ließ ein Flammenmeer auf die Dämonen zuschießen.

„Dieser Narr", zischte Mirana, die dem Verwundeten soeben den Speer aus dem Fleisch gezogen hatte. Dabei hatte dieser nicht einen Ton von sich gegeben, doch er war kreidebleich geworden.

„Wir können ihn hier nicht versorgen", meinte Tayel. „Und Rahan ist nicht mehr zu stoppen, wir müssen hier weg."

Es auszusprechen, fühlte sich an, wie Glassplitter zu kauen, aber es blieb ihnen keine Wahl.

Die Dämonen hatten den Flammen nur teilweise ausweichen können und nun geschah das, was alle eigentlich hatten vermeiden wollen.

Die Bestien der Aschezone griffen an.

„Rückzug!", brüllte Mirana und Tayel ballte die Fäuste. Ja, er kannte die Befehle der Dragos und doch widerstrebte es ihm, einfach zu verschwinden.

Sie waren zehn Drachen, sie könnten die Dämonen in die Flucht schlagen, selbst wenn der Verwundete ihnen nicht helfen konnte.

„Tayel, denk gar nicht dran!", schärfte ihm Mirana ein und er knurrte frustriert.

Er ließ seinen Drachen frei und wandelte sich, ebenso wie die anderen, außer dem Verletzten.

Die Dämonen stürmten geschlossen in ihre Richtung und einige der Gruppe schossen Feuer, um sie zum Umkehren zu bringen.

Leider gab es genug Dämonen, denen Feuer nichts ausmachte, und genau die schien Aegon zur Grenze geschickt zu haben.

Sie rannten einfach durch die Flammen hindurch, als wären sie nichts.

Tayel fletschte die Zähne, nur zu gern würde er in den Kampf einschreiten!

Rahan schien es genauso zu gehen, aber im Gegensatz zu Tayel, hielt er sich nicht zurück.

Nein!, fauchte Mirana in ihrer Drachengestalt, doch Rahan ließ sich nicht abhalten. Er stürzte den Dämonen entgegen und griff an.

Er will es nicht anders, grollte Tayel und entfaltete die Flügel.

Verschwinden wir.

Keiner wird zurückgelassen, wies Mirana ihn barsch zurecht und rannte an ihm vorbei.

Ihr Drache war kleiner als seiner, sie war hellgrau und hatte nach hinten ragende Hörner auf dem Kopf. Ihre Augen glühten in einem dunklen Blau und gerade blitzten sie vor Wut.

Rahan, zurück!, brüllte sie und schlug zwei Dämonen mit dem Schwanz zur Seite.

Ihr Eingreifen schienen die anderen Nachtdrachen aus der Gruppe falsch zu verstehen ... vielleicht sogar bewusst, doch nun griffen auch sie in die Auseinandersetzung ein.

Tayel hielt sich zurück, er blieb bei dem Verwundeten, der sich nicht verwandelt hatte.

Kurz lugte er auf den Mann und zischte, als er erkannte, dass dieser das Bewusstsein verloren hatte.

Mirana hatte die Verletzung notdürftig versorgt und verbunden, doch der Verband färbte sich bereits rot.

Verflucht, der Kerl verlor viel Blut.

Wenn sie nicht bald aufbrechen würden, hätte der Mann kaum noch Überlebenschancen. Trotz der guten Heilkräfte waren die Wunden nicht zu unterschätzen, der Speer hatte die linke Seite des Drachen zerfetzt.

Tayel holte tief Luft und stieß ein langgezogenes Brüllen aus.

Selbst die Dämonen mussten sich teils die Ohren zuhalten oder wankten zur Seite.

Rückzug!, knurrte Tayel und endlich lösten sich die ersten Drachen von ihren Opfern.

Nacheinander schafften sie es, abzuheben.

Tayel grollte, einige Dämonen waren tot, die Drachen teils verwundet.

Nichts davon hätte passieren dürfen.

Sein Blick ging zu Rahan, dem Blut über den Hals lief und dann zu Boden tropfte.

Hätte der Mistkerl sich zusammenreißen können, wäre das nicht geschehen!

Doch jetzt blieb ihnen nichts anderes übrig, als zur Festung zurückzukehren ... auf das Gespräch und die Erklärung, die Mirana und er den Dragos liefern mussten, freute er sich nicht.

Zudem musste er seinen Drachen dazu bringen, nicht zu wenden, denn er wollte nicht weg. Nicht noch mehr Entfernung zwischen Meron und sich bringen.

Jetzt, wo er seinen Mann endlich einmal wieder gefühlt hatte!

Es schmerzte, aber es brachte nichts, Tayel hatte keine Wahl, wieder einmal.

MERON FÜHLTE, WIE
DIESE MACHTKÄMPFE
SEIN BLUT ZUM
KOCHEN BRACHTEN
UND TEILWEISE SOGAR
HEFTIGE SCHMERZEN IN
IHM AUSLÖSTEN.

KAPITEL 26

MERON

Vier Tage war es nun her, dass Merons Drachenanteil zum ersten Mal erwacht war.

Und das war der einzige Grund, wieso er es schaffte, wieder zu klarem Verstand zu kommen, trotz des widerwärtigen Gebräus, das die Dämonen ihm ständig einflößten.

Gerade goss der Speichellecker seines Vaters ihm zum letzten Mal an diesem Abend die Flüssigkeit in den Mund.

Gehorsam und mit halb geschlossenen Lidern ließ er das Zeug seine Kehle hinabfließen, in dem Wissen, der Drache in ihm würde sich darum kümmern.

Sein gesamter Bauch fühlte sich bereits heiß an und als der Dämon sich nach getaner Arbeit wieder aus der Kammer zurückzog, atmete Meron erleichtert aus.

Dabei entwich ihm einiges an Dampf, welcher den Geruch des Saftes trug.

Ja, sein Drachenanteil ließ die Flüssigkeit regelrecht verschwinden, ehe sie ihm schaden konnte, und Meron war unsagbar dankbar dafür!

Nur leider gab es nun ein weiteres Problem, denn der Drachen- und Dämonenanteil in ihm, schienen miteinander zu ringen.

Meron fühlte, wie diese Machtkämpfe sein Blut zum Kochen brachten und teilweise sogar heftige Schmerzen in ihm auslösten.

Ob und was er dagegen tun konnte, wusste er nicht und er hatte auch niemanden, den er fragen könnte.

Wenn sein Vater dahinterkommen würde, dass sein Plan, Meron zu einem willenlosen Sklaven zu machen, längst gescheitert war, hätte er ihn mit ziemlicher Sicherheit bereits getötet.

Deshalb bestand seine oberste Priorität darin, den perfekten Gefangenen zu spielen und dabei irgendwie einen Fluchtplan zu entwickeln.

Wobei Letzteres so gut wie unmöglich war, solange er die Eisenfesseln nicht loswurde, die ihm an Hand- und Fußgelenke angelegt waren.

Mit einem Mal ging ein Schaudern durch seinen Körper und die Härchen in seinem Nacken richteten sich auf.

Dieses Gefühl ... Tayel!

Meron schloss die Augen und konzentrierte sich.

Er betete, dass die Traumebene sich öffnen würde, doch nichts tat sich.

Frustriert verzog er das Gesicht und sein Herz schmerzte in seiner Brust.

Wie hatte er nur den Mann vergessen können, in den er sich verliebt hatte?

Durch den verdammten Trank hatte er so gut wie alles vergessen, seine Vergangenheit, sogar teilweise seine Mutter!

Allein, dass sein Vater ihm das angetan hatte, würde er dem Mistkerl niemals verzeihen.

Die Erinnerungen waren ein Teil von ihm, sowohl die guten als auch die schlechten und niemand hatte das Recht, ihm diese zu nehmen.

Vor allem nicht, wenn sie von Tayel handelten.

Er hob die Lider und blickte zur Decke empor.

Tayel ... wie es ihm wohl erging?

„Verdammte Traumebene", murmelte Meron.

Wieso öffnete sie sich nicht?

Er wollte Tayel sehen, sich vergewissern, das mit ihm alles in Ordnung war und ... er brauchte ihn!

Seit die Wirkung des Tranks nachließ, fühlte Meron sich schrecklich allein. Die Erinnerungen waren Stück für Stück zurückgekommen und somit auch die Gefühle, die er für seinen Golddrachen hegte.

Ein Kloß bildete sich in Merons Kehle und er schluckte hart, wobei er die Fäuste ballte.

„Bitte", wisperte er und fühlte, wie der Dämonenanteil in sich von seinem Drachen unterdrückt wurde.

Es war, als könnte er mit einem Mal leichter atmen und Meron schloss die Augen. Ein Zittern ging durch seinen Körper und plötzlich wehte eine sanfte Brise über ihn hinweg.

Sofort riss er die Augen auf.

„Es hat funktioniert", freute er sich, als er sich auf einer bekannten Lichtung wiederfand. Er war in der Traumebene.

Langsam kam er auf die Füße und blickte sich suchend um.

Tayel, wo war er?

Bei den letzten Malen war sein Drache immer gleich zu ihm gekommen, doch jetzt ... war niemand hier.

„Warum?", wisperte Meron und ohne sein Zutun sammelten sich Tränen in seinen Augen.

Er sank auf die Knie und starrte auf das saftig grüne Gras. Allein, er war allein.

Die Ebene hatte sich zwar geöffnet, aber nur für ihn.

Ein Schnauben war zu hören und Meron brauchte einen Moment, um zu begreifen, dass es aus seinem Inneren kam.

Sein Drachenanteil rührte sich und Meron runzelte die Stirn.

„Was willst du von mir?", fragte er unsicher, aber natürlich bekam er keine Antwort.

Eiskalte Flüssigkeit klatschte ihm ins Gesicht und Meron wurde abrupt aus der Ebene gerissen.

Er keuchte und schnappte nach Luft, als er die Augen öffnete und seinen Vater vor sich sah.

„Na, es geht doch", brummte der Regent und ließ einen Holzeimer zu Boden fallen.

„Vielleicht war der letzte Trank etwas viel für ihn", murmelte er und zog dabei die Brauen zusammen. Meron blinzelte mehrfach, um das Wasser zu vertreiben, und musste sich dann zusammennehmen, um dem Kerl nicht ins Gesicht zu spucken. Stattdessen senkte er unterwürfig den Blick und bemühte sich, normal und ruhig zu atmen.

So, wie er es unter der Wirkung des Gebräus immer getan hatte.

„Ich habe ihm nicht mehr gegeben als sonst", sprach Merons persönlicher Foltermeister, der in der Nähe der Tür stand und die Arme vor der Brust verschränkt hatte. „Ich kann mir nicht erklären, wieso ich ihn nicht wecken konnte. Das hätte nicht passieren dürfen."

„Das Wasser hat das Problem gelöst", meinte der Regent und winkte ab. „Doch sollte es sich wiederholen, müssen wir die Menge anpassen."

Meron graute es allein bei der Vorstellung, noch mehr von dem schrecklichen Zeug schlucken zu müssen.

Seine Drachenseite grollte zustimmend in seinem Inneren und sogleich hielt er den Atem an.

Doch weder der Foltermeister noch Aegon reagierten auf das Geräusch.

Natürlich, sie konnten es nicht hören, erinnerte er sich selbst und war dennoch erleichtert, als die beiden Männer seine Kammer verlassen hatten.

Das war knapp gewesen, er durfte also keinen weiteren Ausflug in die Traumebene wagen. Was leider auch keinen Sinn machte, wenn Tayel nicht dort auf ihn wartete.

Meron hätte es sich so sehr gewünscht, seinen Golddrachen zu treffen, wieso es dieses Mal nicht funktioniert hatte, war ihm schleierhaft. Die letzten beiden Male waren sie sich dort sofort begegnet. Hatte Tayel Probleme? War ihm etwas zugestoßen, vielleicht war er verletzt? Schon schlug sein Herz schneller und Panik machte sich in Meron breit.

Doch das Grübeln brachte ihn nicht weiter, er musste sich darauf konzentrieren, endlich hier rauszukommen, erst dann könnte er sich auf die Suche nach Tayel machen.

Wenn er noch ein wenig länger den braven und gebrochenen Sklaven mimte, würden ihm vielleicht die Fesseln abgenommen werden.

Allerdings würde Meron eines nicht mehr tun, jetzt, wo er endlich bei Sinnen war.

Töten.

Denn das war eines der Dinge, die der Regent ihn hatte tun lassen.

Meron wusste nicht, ob die Dämonen und Dämoninnen, die er regelrecht niedergemetzelt hatte, etwas verbrochen hatten, aber das spielte für ihn auch keine Rolle.

Er war kein Mörder und doch hatte sein Vater ihn genau zu diesem gemacht.

Der Gedanke daran ließ Übelkeit in ihm aufsteigen und schnell verdrängte ihn Meron

Sein Dämonenanteil hingegen knurrte begeistert, ihm hatte es sogar Spaß gemacht.

Meron konnte die Blutlust fühlen und biss die Zähne zusammen. Genau das hatte Aegon in ihm gefördert.

So schrecklich das war, es hatte auch dazu geführt, dass sein Drachenanteil erwacht war, was zudem sein Gutes hatte.

Schmerz schoss durch Merons Körper und er verkrampfte sich.

Ein gepresstes Keuchen kam über seine Lippen.

Es war, als würden die beiden Seiten in ihm um die Vorherrschaft kämpfen. Meron konnte sogar Krallen fühlen, die über seine Haut schrammten, und der Schmerz steigerte sich immer mehr.

Hört auf, hört auf!, rief er in Gedanken, doch das Zittern in ihm wurde nur stärker.

Schwarze Punkte tanzten vor seinen Augen und Meron war es, als würde er Blut schmecken.

Genug!, schrie er innerlich und endlich ließen die beiden Seiten voneinander ab.

Er keuchte atemlos und ja, er hatte tatsächlich Blut an den Lippen. Verdammt, wenn er nicht aufpasste, würden die Wesen in ihm sich gegenseitig töten ... und somit auch ihm das Leben nehmen.

Die Pein in ihm ebbte nur langsam ab, doch nach einer gefühlten Ewigkeit konnte Meron einschlafen.

„Aufwachen!", dröhnte eine dunkle und ihm allzu gut bekannte Stimme.

Meron hob die Lider und sah seinem Vater entgegen, der mit einem Grinsen auf den Lippen die Kammer betrat.

„Das funktioniert schon einmal besser als gestern", befand er und verschränkte die Arme vor der Brust. „Mach ihn los, ich will ihn testen."

Testen? Das klang in Merons Ohren nicht gut.

Der Foltermeister trat ein und löste seine Fesseln, woraufhin sein Vater ihn zu sich winkte.

Mit bewusst emotionsloser Miene erhob Meron sich und trat zu dem Regenten.

„Es scheint alles in Ordnung zu sein", murmelte dieser und taxierte ihn genau. „Gut, dann komm."

Gehorsam folgte er Aegon durch die Flure und direkt zum Thronsaal.

Wie er befürchtet hatte, warteten dort zwei junge Männer, mit auf dem Rücken gefesselten Händen und auf den Knien.

Über ihre Köpfe waren Säcke gezogen und Meron konnte sehen, dass die beiden zitterten.

Sie fürchteten um ihr Leben und er wusste, er war hier, um es ihnen zu nehmen.

„Du kennst deine Pflicht", sprach sein Vater und Meron stellten sich die feinen Härchen im Nacken auf.

Verdammt, nein, er würde das nicht tun!

Er blieb stehen und rührte sich nicht, dabei bemühte er sich dennoch um einen ruhigen Gesichtsausdruck.

Der Regent war zu seinem Thron gegangen und wandte sich nun um, wobei er sich niederließ.

„Beginne!", forderte er und Meron spürte, wie seine dämonische Seite begierig die Klauen wetzte.

Es gelang ihm, das Bedürfnis zu unterdrücken, und er starrte weiterhin auf die Gefesselten.

„Ich wiederhole mich nur ungern", knurrte Aegon und wies auf die Dämonen. „Töte sie!"

Meron hörte seinen inneren Dämon knurren, ja, er wollte es tun, er musste!

Nein, beschied er sich selbst, nichts davon war seine Pflicht, es war lediglich der Wille seines größenwahnsinnigen Vaters, der ihn zu einem willenlosen Sklaven formen wollte.

Meron biss die Zähne zusammen und blieb an Ort und Stelle stehen.

„Nun, das haben wir schon einmal besser hinbekommen", murmelte Aegon gereizt und erhob sich von seinem Thron.

Er griff seitlich neben den großen Sitz und Meron war wenig verwundert, als er einen Becher zu Tage förderte.

Der Trank, natürlich.

Aegon schritt zielsicher zu ihm und hielt ihm das Gebräu hin.

„Trink", befahl er barsch und Meron nahm gehorsam das Gefäß.

Schon wandte der Regent sich wieder ab und ging zurück zu seinem Sitz.

Meron wartete einen Moment, ehe er den massiven Becher gegen eines der Fenster warf.

Die Scheibe ging klirrend zu Bruch und sofort wirbelte Aegon herum.

„Was zum ...?", knurrte der Dämon und ballte die Fäuste. „Was soll das?"

Meron starrte den Mistkerl an.

„Ich bin kein willenloses Werkzeug, wie du es dir wünschst, du Bastard", fauchte er und fühlte, wie sich Hitze in seinem Inneren sammelte.

„Du sprichst?", keuchte Aegon und schüttelte den Kopf. „Wie bist du der Wirkung des Tranks entkommen? Das ist nicht möglich!"

Meron schnaubte.

„Du vergisst, dass ich nicht nur ein halber Dämon bin", erinnerte er seinen Vater.

Mittlerweile dröhnte das Blut in seinen Ohren und Meron fühlte Klauen unter seiner Haut.

Er wollte die Kontrolle nicht abgeben, sie nicht verlieren wie bei seiner dämonischen Hälfte. Viel zu viel

Schaden und Unheil hatte er so über Land und Leute gebracht!

„Sieh an", grollte Aegon und schritt diesmal deutlich langsamer in seine Richtung. „Dann ist also dein Drachenanteil erwacht. Das hätte der Trank eigentlich verhindern müssen."

Meron lächelte freudlos. „Dafür war er anscheinend schon zu wach und jetzt ist er vollständig da."

Aegon blieb stehen, ein Grinsen legte sich auf seine Lippen, ehe er hart lachte.

„Du weißt gar nicht, was das bedeutet, du Narr, nicht wahr?"

Meron stutzte, er blieb auf der Hut, dennoch würde er jede Information mitnehmen, die es zu erhaschen ging.

„Von was sprichst du?", wollte er wissen.

„Davon, dass dein Leben verwirkt ist", teilte Aegon ihm mit. „Mit beiden Wesenshälften in deinem Inneren kannst du nicht existieren. Was denkst du, wieso gibt es keine Mischlinge wie dich? Sicher, die Drachen töten sie, aber immer schon, bevor ihre beiden Hälften erwacht sind. Jemand wie du kann nicht leben, wenn nicht etwas in ihm schläft. Dir wird gewiss bereits aufgefallen sein, dass die beiden Seiten sich bekriegen, nicht wahr? Du hast den Schmerz sicherlich gefühlt, als sie in deinem Inneren aufeinander losgegangen sind. Sie werden sich gegenseitig töten und somit stirbst auch du."

Verflucht, das gefiel Meron nicht, denn alles deutete darauf hin, dass Aegon die Wahrheit sprach.

„Und selbst wenn", stieß er hervor. „Ich werde keiner deiner Sklaven, eher sterbe ich."

Aegons Grinsen blieb an Ort und Stelle.

„Das wirst du, und zwar hier und jetzt."

Damit zog der Regent sein Schwert und stürmte auf ihn zu.

Meron riss die Augen auf, sein Vater war unglaublich schnell und ehe er sich versah, sauste die Klinge auch schon in seine Richtung.

Er konnte nicht einmal blinzeln, alles geschah quasi zeitgleich.

Die tödliche Waffe hatte ihn fast erreicht, als Meron instinktiv den Arm hochriss und die Schneide gegen seinen Unterarm schlug.

Statt ihm das Körperteil abzutrennen, prallte die Klinge daran ab. Weißglänzende Schuppen überzogen seine Hand und verschwanden unter dem Ärmel seines Oberteils.

Meron fühlte den Drachen in sich, er riss an den Ketten und dieses Mal ließ er ihn gewähren.

Dass sein Dämonenanteil dagegen rebellierte, bekam er nur am Rande mit, denn das Wesen wurde fast vollständig unterdrückt, als sein Drache sich seinen Weg bahnte.

Merons Körper handelte ohne sein Zutun und rammte Aegon.

Das Schwert wurde dem Regenten aus der Hand geschlagen und er taumelte zurück.

Mehr brauchte Meron nicht.

Er rannte zur kaputten Fensterscheibe und sprang.

Sofort pfiff ihm eisig kalter Wind um die Ohren und er stürzte, doch nur für einen Moment, dann wurde Meron in sich selbst zurückgezogen und verwandelte sich zum ersten Mal.

Brüllend tat sein Drache seine Anwesenheit kund und breitete die gewaltigen Schwingen aus.

Er schlug gegen den Fall an und schaffte es, den Aufwind zu erwischen.

Anders, als sein Dämon die Kontrolle gehabt hatte, war Meron jetzt weder gefesselt noch eingesperrt. Er konnte alles sehen und jederzeit übernehmen, wenn er denn wollte.

Doch da er noch nie geflogen war, überließ er es seinem Drachen, denn dieser schien genau zu wissen, wo er hinmusste.

Er schlug den Weg zur Grenze der Aschezone ein, von dort waren sie gekommen und Meron wollte nur noch eines.

Zu Tayel!

KAPITEL 27

TAYEL

„Ihr habt einen verdammten Kampf ausgelöst?",
empörte Ravina sich und Tayel verzog das Gesicht.

Mirana und er standen im Thronsaal vor ihr und
Dragos Serafia.

Letztere war jedoch etwas gelassener als seine
aufgebrachte Schwester und saß auf ihrem Thron.

„Gab es Tote?", wollte Serafia wissen und Mirana
neigte den Kopf.

„Leider ja", berichtete sie. „Ich konnte die Lage nicht
schnell genug beruhigen. Die Ersten fielen zügig und
auch einige von uns wurden verwundet."

Ravina schnaubte.

Sie verschränkte die Arme vor der Brust, wobei ihr
kalter Blick aus violetten Augen sich auf Tayel heftete.

„Und du? Was hast du getan?"

„Geholfen, wo ich konnte", antwortete er sofort und
sah ihr dabei in die Augen.

„Ach ja?", hakte Ravina argwöhnisch nach. „Du hast nicht zufällig den Kampf provoziert?"

Dass seine Schwester ihm das unterstellte, ließ seinen Drachen wütend knurren, doch noch ehe er etwas erwidern konnte, sprach Mirana.

„Er half mir und als die Situation eskalierte, war es sein Einschreiten, das unsere Leute zur Vernunft brachte. Hätte er mich nicht unterstützt, hätte es wohl deutlich länger gedauert, sie zum Aufbruch zu bewegen."

„Wir sollten weniger darüber sprechen, was diese Auseinandersetzung ausgelöst hat, sondern mehr darüber, was wir deshalb unternehmen wollen", meinte Tayel und sah zu Serafia, die das Gespräch schweigend verfolgt hatte.

„Was willst du denn tun?", wollte die Dragos der Nachtsippe wissen.

„Einen Gegenschlag planen", antwortete Tayel sofort. „Wir können das nicht einfach so auf uns sitzen lassen, oder seid ihr beide da etwa anderer Meinung?"

„Wenn wir das tun, wäre es eine offizielle Kriegserklärung an die Aschezone", teilte Ravina ihm mit. „Und genau das wollen wir vermeiden. Oder möchtest du unbedingt Krieg, Bruder?"

„Ach?", zischte Tayel. „Heißt das, Krieg kann es nur von unserer Seite geben und die Handlungen der Aschezone lassen wir einfach unter den Tisch fallen? Was denkst du denn, war dieser Angriff, Schwester?"

Es blitzte in Ravinas Augen und sie presste die Lippen zu einem schmalen Strich zusammen.

„Er hat recht", murmelte Serafia. „Egal, was wir tun, es muss gut überdacht sein. Aegon hat klar gezeigt, was er will, er fordert uns heraus, jetzt liegt es an uns, zu reagieren. Tayel, Mirana, verlasst den Saal und schließt die Türen. Wir werden uns beraten."

Tayel knirschte mit den Zähnen, für ihn war klar, was als Nächstes zu geschehen hatte, doch sein Wort stand nicht über dem der Dragos, also musste er gehorchen.

„Jawohl", brummte er unwillig, während Mirana sich verneigte, und zusammen verließen sie den Saal.

„Mach keine Dummheiten", wies die Frau ihn an, ehe sie ihn allein ließ.

Tayel seufzte und fuhr sich durchs Haar.

Das gefiel ihm nicht, nichts davon!

Er ging in sein Quartier, wo er sich wusch und neu ankleidete.

Die Rückreise war ohne Probleme verlaufen und hatte nur gute drei Tage in Anspruch genommen, da sie kaum eine Pause gemacht hatten.

Der Verletzte hatte sich bereits auf dem Weg langsam wieder erholt und war nun vollständig genesen.

So wüst die Wunde zu Beginn gewirkt hatte, sie war gut verheilt und der Mann trug nun eine blasse Narbe als Andenken.

Tayel freute sich für ihn, hin und wieder durfte man etwas Glück haben. Er trat ans Fenster und blickte in den Innenhof hinab. Einige Nachtdrachen tummelten sich dort, auch ein Paar aus ihrer Gruppe.

Da er nicht müde war und so schnell keinen Schlaf finden würde, ging er nach unten.

„Tayel!", rief Rahan ihn sogleich zu sich und er trat zu den drei Männern. „Dich in einem Stück zu sehen, beruhigt mich etwas. Wie habt ihr die beiden Dragos milde gestimmt?"

Er nahm den Becher Met, den Rahan ihm reichte, und grinste schief.

„Indem wir ihnen deinen Kopf anboten. Sie werden sich ihn zum Morgengrauen holen."

Rahan spuckte sein Getränk hustend aus und die anderen beiden beeilten sich, dem nassen Geschoss auszuweichen, wobei sie schallend lachten.

„Dieses Mal hast du es wohl endgültig übertrieben!", meinte einer von ihnen und Rahan rieb sich den Nacken.

„Ich hasse Dämonen nun einmal", verteidigte er sich brummend.

Tayel entspannte sich langsam, die gelöste Stimmung tat gut und vertrieb für einen kurzen Moment die Sorge, die in ihm wütete.

„Das tun wir alle, aber wenn du weiterhin den Zorn der Obrigkeiten auf dich ziehst, wird dir deine Frau irgendwann den Hals umdrehen", erwiderte der dritte Nachtdrache lachend.

Tayel lauschte dem Geplänkel.

Dabei fiel ihm auf, dass Rahan, der sonst immer eine vorlaute Klappe aufwies, sich diesmal ziemlich kleinreden ließ.

„Tayel?"

Fragend wandte er sich um und fand sich einem weiteren Mitglied ihrer Gruppe gegenüber.

„Ah, Aris, richtig?", vergewisserte er sich und der andere Drache nickte.

Der Mann mit den hellgrauen Augen mied seinen Blick und hielt zwei dampfende Becher in Händen.

„Ich hätte Met für dich, wenn du möchtest", meinte Aris und Tayel legte den Kopf schief.

„Danke", murmelte er und nahm den warmen Becher entgegen, während er den eigenen zur Seite stellte.

„Die Nacht ist schön, ich wollte etwas spazieren gehen", sprach Aris weiter. „Möchtest du mich begleiten?"

Tayel runzelte die Stirn, wollte der Nachtdrache etwas von ihm? War vielleicht etwas nicht in Ordnung?

„Ja, sicher, wieso nicht."

Da Rahan und die anderen beiden ihnen sowieso keine große Beachtung schenkten, konnte er genauso gut mit Aris gehen. Ein bisschen Bewegung würde ihm sicher guttun.

Also folgte er dem etwas kleineren Mann aus der Festung und in den Wald.

„Waren die Dragos sehr wütend, dass die Lage an der Grenze eskaliert ist?", wollte Aris wissen und Tayel ließ ein nichtssagendes Brummen hören.

„Erfreut waren sie nicht, das kannst du dir denken", erwiderte er. „Aber wir haben es geklärt und jetzt werden die nächsten Schritte geplant. So, wie es sich gehört."

Aris nickte, dabei merkte Tayel, dass er immer wieder zu ihm lugte.

„Kann ich dir irgendwie helfen?", wollte er nach einem langen Moment des Schweigens wissen und der andere versteifte sich sogleich.

„Mir? Nein, wieso fragst du?"

Tayel blieb stehen und taxierte den Nachtdrachen.

„Du verhältst dich seltsam, holst mich von den anderen weg und gehst mit mir spazieren", zählte er ruhig auf, wobei ihm langsam ein Verdacht kam.

Aris hingegen zuckte nur die Achseln.

„Ich fand es schade, dass es an der Grenze so schlecht abgelaufen ist, und wollte nur wissen, wie die Lage nun ist", erklärte er. „Und vielleicht hätte ich gern ein wenig Zeit mit dir verbracht."

Tayel biss die Zähne zusammen, ja, er hatte es befürchtet.

„Aris, im letzten Punkt muss ich dich enttäuschen, ich bin in festen Händen und habe nicht vor, das zu ändern."

Aris sah auf, Frustration blitzte in seinen hellgrauen Augen.

„Ach wirklich? Verzeih, das wusste ich nicht. Meine Informationen waren andere."

Dann runzelte er die Stirn.

„Wer ist denn dein Partner? Ich habe davon gehört, dass du einen der Höheren während der letzten Feier abgewiesen hast. Hattest du da schon jemanden?"

Tayel schüttelte den Kopf.

„Ich weiß zwar nicht, was das zur Sache tut, jedoch nein, ich hatte damals niemanden, aber nun bin ich in einer Beziehung. Deshalb sollte ich jetzt auch wieder zurück zur Festung gehen. Hab noch einen schönen Abend."

Er wandte sich ab und hielt auf die Festung zu, weit waren sie nicht gekommen, das Tor war in Sicht.

„Du hast meine Frage nicht beantwortet!", rief Aris ihm nach und Tayel blickte über die Schulter.

Er wusste, es war keine gute Idee, seine Gefühle zu Meron offenzulegen, doch es fiel ihm schwer, es geheimzuhalten. Tayel stand zu seinem Mann, ob er nun ein Mischling war oder nicht, das war für ihn einerlei. In dem Punkt interessierten ihn die Gesetze der Drachen keinen Deut, was aber nicht hieß, dass dies auch für die anderen Sippenmitglieder galt.

Und dennoch ... Er dachte an die Frage, auf die Ravina so dringend eine Antwort von ihm wollte, und wenn Tayel ehrlich zu sich selbst war, dann stand diese doch bereits fest.

Er hatte sich verliebt und würde bei Meron bleiben, komme, was da wolle.

„Ich bin mit Meron zusammen", antwortete er in normaler Lautstärke. Aris schnappte nach Luft und schon erklangen schnelle Schritte hinter ihm.

Tayel wirbelte herum und fand sich Aris direkt gegenüber. Seine Augen waren geweitet, Fassungslosigkeit war darin zu erkennen.

„Das ist ein Scherz!", spuckte der Nachtdrache aus. „Du kannst das nicht ernst meinen. Es ist ja in Ordnung, wenn du nichts mit mir zu tun haben willst, aber halte dich mit solch haarsträubenden Gerüchten zurück. Sowas verbreitet sich schnell und dann wirst du deinen Stand verlieren."

Tayel schüttelte den Kopf, er hatte seine Wahl getroffen und würde dazu stehen.

„Es ist weder Gerücht noch eine Lüge", entgegnete er. „Ich liebe Meron und da ist es mir egal, ob er ein Mischling ist oder nicht. Das spielt keine Rolle und wer damit ein Problem hat, soll es mit mir klären."

Aris starrte ihn an, sein Mund stand einen Spaltbreit offen und als kein Laut über seine Lippen kam, wandte Tayel sich erneut ab.

Diesmal blieb er jedoch angespannt, denn sollte Aris ihn wider Erwarten angreifen, wollte er nicht unvorbereitet sein.

Doch die Attacke blieb aus.

Tayel ging in die Festung und war nicht verwundert, als er Rahans schallendes Lachen hörte.

Die Stimmen der drei Nachtdrachen mischten sich und es war deutlich zu hören, dass sie allesamt zu viel Met getrunken hatten.

Tayel vergönnte es ihnen, ihm selbst war die Lust darauf jedoch vergangen.

Er ging an der Gruppe vorbei und ins Hauptgebäude, wo er seinen noch halbvollen Becher in die Küche brachte.

Dann verließ er den Bereich und machte sich auf den Weg in sein Quartier. Dort wartete Ravina wahrscheinlich schon auf ihn. Dieses Gespräch würde nicht leicht werden, aber es war notwendig, das war ihm klar.

Dumpf prallte etwas gegen seinen Rücken und sofort fühlte Tayel die Feuchtigkeit, die durch seine Kleidung drang.

Er drehte sich um und blickte Rahan entgegen, der mit Aris an seiner Seite auf ihn zuhielt.

„Ein Mischling, wirklich?", keifte der Nachtdrache und Tayel knurrte.

Natürlich hatte Aris es gleich dem Hitzkopf der Gruppe erzählen müssen.

„Das geht dich nichts an", teilte Tayel Rahan mit, der knurrend ausspuckte.

„Falsch! Es geht uns alle etwas an! Dieses Denken muss im Keim erstickt werden und das sollte dir verflucht nochmal klar sein!"

Verdammt, der Kerl war nicht nur aufgebracht, er war betrunken. Das war keine gute Mischung.

„Beruhige dich", bat Tayel gelassen, während Aris lachte.

„Sicher, das würde dir so passen!", keifte er Tayel an. „Rahan hat recht und das weißt du! Mischlinge müssen sterben und ich will gar nicht wissen, was diese Missgeburt mit dir gemacht hat, dass du wirklich denkst, du liebst dieses Ding!"

Knurrend ballte Tayel die Fäuste.

„Sprich nicht so über ihn", warnte er Aris. „Du kennst ihn nicht und hast kein Recht, über ihn zu urteilen!"

„Und wie wir das haben", fauchte Rahan. „Und da du es nicht sehen willst, werden wir dir den Verstand eben einprügeln müssen, vielleicht begreifst du es dann."

Tayel spannte sich an.

Betrunken oder nicht, Rahan war ein gefährlicher Gegner und mit Aris hatte er noch nie gekämpft. Ihn wusste er nicht einzuschätzen.

„Jetzt reißt euch zusammen", grollte er und nutzte die Stimme, die er als Ravinas Stellvertreter jahrelang eingeübt hatte. „Niemand wird hier einen Kampf beginnen, wir sind in der Festung eurer Dragos. Was würde das für ein Bild geben?"

Aris zögerte, sein Blick huschte zu Rahan, dessen Lippen sich zu einem fast schon bösartigen Grinsen verzogen hatten.

„Rede, so viel du willst, aber das, was du von dir gibst, interessiert mich nicht. Solange du nicht siehst, dass Mischlinge sterben müssen und deine sogenannte Liebe erstunken und erlogen ist, haben deine Worte für mich keinen Wert."

Tayel kam nicht dazu, etwas zu erwidern, denn Rahan machte Ernst und griff an.

Sogleich verfluchte er sich innerlich, sein Schwert nicht mitgenommen zu haben!

Wenigstens hatte Rahan auch keines, anders als Aris, der die Klinge soeben gezogen hatte, sich jedoch noch nicht einmischte.

Tayel konnte Rahans Schläge abwehren, war aber kaum in der Lage, zu kontern. Der Mann war verflucht stark und ein geübter Krieger.

Im ersten Moment hielt Tayel sich zurück, er wollte dem anderen eigentlich nicht schaden, denn damit würde er gewiss den Zorn von Merons Mutter auf sich ziehen, aber Rahan ließ ihm kaum eine Wahl.

Bei der nächsten Gelegenheit schlug Tayel zu und schon waren ihre Rollen getauscht. Nun war es Rahan, der zurückwich, doch der Met ließ ihn taumeln.

Tayels Faust krachte gegen Rahans linke Schulter und brachte den Nachtdrachen aus dem Gleichgewicht.

Das verräterische Zischen von Stahl ließ Tayels Instinkt reagieren und das keinen Moment zu früh.

Er ließ sich zu Boden fallen und entging nur knapp den sicherlich tödlichen Hieb Aris'.

„Bist du von Sinnen?", keifte er den Mann an und sprang wieder auf, wobei er sofort ausweichen musste, denn Aris setzte ihm nach.

„Wenn einer von Sinnen ist, dann du!", knurrte dieser und schwang erneut sein Schwert. „Mischlinge sind gegen die Natur und dürfen nicht existieren!"

Wieso waren alle so versessen auf die alten Gesetze? So langsam fehlte Tayel dafür auch der letzte Funken Verständnis.

„Genug!", donnerte Serafias Stimme durch den Gang und Tayel sprang nach hinten, weg von Aris.

Dieser strauchelte und ließ die Spitze der Klinge eilig zu Boden zeigen.

„Dragos", murmelte er und senkte den Blick, während Rahan wieder auf die Füße kam, jedoch auch nach unten starrte.

„Was soll das?", wollte Serafia wütend wissen. „Ein Kampf gegen einen Gast inmitten meiner Festung? Solch ein Benehmen dulde ich nicht!"

Aris fuhr zusammen, während Rahan die Fäuste ballte.

„Er ist in den Mischling verliebt!", knurrte Rahan, ließ den Blick aber gesenkt. „Das ist gegen das Gesetz."

Serafia schnaubte.

„Ich bin das Gesetz!", ließ sie ihr Sippenmitglied wissen und jetzt zuckte auch Rahan zusammen.

„Geh zu deiner Dragos, sie wartet auf dich", wies Serafia Tayel an und er neigte den Kopf.

„Sehr wohl", murmelte er und ging zügigen Schrittes an ihr vorbei.

Diesmal hielt ihn niemand mehr auf und als er die Quartierstüre öffnete, konnte er Ravina sogleich im Essbereich entdecken.

„Das hat aber ganz schön gedauert", war die Begrüßung seiner Schwester, die sich dabei erhob und ihm zuwandte.

Sofort legte sich ein Schatten der Sorge über ihre Miene.

„Wie siehst du denn aus? Was ist passiert?"

Tayel blickte an sich herab, seine Kleidung hatte gelitten, ihm war gar nicht aufgefallen, dass Aris'

Klinge ihn gestreift hatte. Sogar ein wenig Blut war zu sehen, doch der Schmerz war im Kampf untergegangen.

„Einige sind nicht damit einverstanden, dass ich Gefühle für Meron habe", erklärte er und Ravina hob die Brauen.

„Und das hast du den Nachtdrachen erzählt, weil?"

Tayel sah seiner Schwester in die vertrauten violetten Augen.

„Weil es so ist und ich es nicht geheimhalten werde. Ich liebe ihn, Ravina, und ... ich habe die Antwort auf deine Frage."

Sie blinzelte, dann trat sie nahe an ihn heran.

„Ich höre."

Die Dragos klang ausgesprochen deutlich in diesen zwei Worten mit und Tayel erschauderte sogar. Wie viel Macht in wenigen Silben liegen konnte, erstaunte ihn immer wieder.

„Ich werde bei ihm bleiben."

Ravina hob den Kopf etwas höher, ließ ihn aber nicht aus den Augen.

„Dann willst du, dass ich dich freigebe? Dass du nicht mehr mein Stellvertreter bist und auch kein Sippenmitglied der Golddrachen mehr?"

Tayel verspannte sich.

„Was? Wieso bin ich dann kein Golddrache mehr?"

Ravina hob die Hand und legte sie in ihren Nacken.

„Du kennst die Regeln, mein Bruder. Ein Stellvertreter kann nur im Tod gehen oder freigegeben werden. Doch eine Freigabe zieht Konsequenzen nach sich. Wenn ich dich gehen lasse, dann aus meiner Sippe."

Schockiert starrte er seine Schwester an, sein Herz raste und sein Drache stieß ein Wimmern in seinem Inneren aus.

Sie waren keine Einzelgänger, die Zugehörigkeit zu einer Sippe war äußerst wichtig für sie.

„Ich ...", setzte er an, sein Mund war jetzt staubtrocken.

Ravina ließ die Hand von ihrem Nacken gleiten und legte sie auf seine Wange.

„Es tut mir leid, es gibt nur diese beiden Möglichkeiten. Du kannst nicht als Golddrache hierbleiben und dich einem Mischling versprechen. Wenn du Glück hast, nimmt Serafia dich bei sich auf."

Tayel schwankte, seine zuvor gefestigte Entschlossenheit bröckelte und sein Herz schmerzte.

Würde er sich von den Golddrachen lossagen, würde ein Teil von ihm sterben ... aber er konnte und wollte Meron nicht gehen lassen.

Was sollte er tun?

Was war mit Tayel geschehen? Hatte er deshalb nicht zu ihm kommen können, weil er verwundet war, ... oder Schlimmeres?

KAPITEL 28

MERON

Seit vier Tagen war er unterwegs, fast vollständig ohne Rast. Seine Flügel schmerzten bei jedem Schlag und er nutzte die Aufwinde, um so viel Kraft wie nur möglich zu sparen.

Meron kam an seine Grenzen, seine Drachenhälfte war restlos erschöpft, aber er wollte nicht landen.

Nein, nicht, bevor er die sicheren Wälder der Festung seiner Mutter erreicht hatte.

Die Aschezone hinter sich zu lassen war ein berauschendes Gefühl gewesen.

Dabei hatte er die erste Zeit Angst gehabt, dass Raylan noch dort sein und ihn vielleicht verfolgen könnte. Doch von dem Drachen war keine Spur zu sehen gewesen.

Zu Merons Glück.

Kurz vor den ersten Baumreihen ging er in den Sinkflug. Wie zuvor überließ er dem Drachen in sich die Führung, denn eine Bruchlandung wollte er nicht riskieren.

So setzten sie sicher zur Landung an und Meron stieß erleichtert den Atem aus, als er endlich wieder festen Boden unter den Füßen hatte.

Sofort zog sich sein Drachenanteil zurück und er verwandelte sich.

Merons Beine zitterten und er sackte in sich zusammen. Seine Knie trafen auf weiches Gras und er musste sich mit den Händen abfangen, um nicht vollständig auf der Erde zu liegen.

„Geschafft", wisperte er ungläubig. „Ich habe es geschafft."

Entkräftet ließ er sich zur Seite kippen und kam auf dem Rücken zu liegen.

Er starrte zum taghellen Himmel empor und lächelte, wenn auch zittrig.

Alles, was geschehen war, die Aschezone, sein Vater, der ihn in einen Sklaven verwandeln hatte wollen. Willenlos und seiner Erinnerungen, seines Lebens beraubt ... Es war so surreal und dennoch war es wirklich passiert.

Nicht zum ersten Mal fragte sich Meron, ob es nicht besser gewesen wäre, einfach in der Festung zu bleiben und sein Schicksal von Anfang an anzunehmen. Aber nein, denn dann wären ihm so viele gute Erlebnisse entgangen. Allein schon das Zusammensein mit Tayel.

Nein, nicht einen Moment davon wollte er missen.

Sein Herz machte einen Satz, allein, wenn er an seinen Golddrachen dachte.

Er wollte ihn wiedersehen, unbedingt! Dass er bei seinem letzten Eintreten in die Traumebene nicht dort gewesen war, hatte Meron schrecklich geschmerzt und mittlerweile hatte sich die damalige Panik in große Sorge verwandelt.

Was war mit Tayel geschehen? Hatte er deshalb nicht zu ihm kommen können, weil er verwundet war, ... oder Schlimmeres?

Meron drückte sich vom Boden hoch und kam auf die Füße. Genau das galt es, herauszufinden.

Und das konnte er nur, wenn er zurück zur Festung seiner Mutter ging. Auf die Gefahr hin, dort schlussendlich den Kopf und sein Leben zu verlieren.

Aber er musste wissen, was mit Tayel geschehen war, also blieb ihm nichts anderes übrig.

Meron schleppte sich in den Wald, jeder Schritt fühlte sich an, als würde er riesige Steine an den Beinen mit sich tragen.

Mühselig hangelte er sich von Baumstamm zu Baumstamm, dabei ging sein Atem immer schwerer und er blinzelte hektisch.

„Verflucht, das schaffe ich niemals", murmelte er und schloss die Augen, als er eine Pause einlegte.

Schmerz schoss durch ihn, ließ ihn keuchen und erneut fand Meron sich auf den Knien wieder.

Er hielt sich den Bauch, denn dort fühlte es sich so an, als würden scharfe Klauen an seinem Fleisch reißen.

Da hörte er seinen Drachen- und auch seinen Dämonenanteil knurren.

„Oh, nicht doch", stöhnte er und presste die Lippen aufeinander, um nicht aufzuschreien.

Meron wusste nicht, ob hier irgendwo Dämonen unterwegs waren. Es war zwar unwahrscheinlich, denn sie waren damals einzig und allein seinetwegen außerhalb ihrer Zone gewesen, aber er wollte auch keine Aufmerksamkeit erregen.

Selbst die der Menschen könnte gefährlich für ihn sein, war es doch seine Schuld, dass vor Kurzem ihr Dorf angegriffen worden war.

Er zitterte am ganzen Körper, der Schmerz steigerte sich und er hatte Mühe, keinen Laut von sich zu geben. Dabei liefen ihm vereinzelt Tränen über die Wangen und es verging eine gefühlte Ewigkeit, bis die beiden Seiten in ihm ihren Kampf aufgaben und sich zurückzogen. Erleichtert keuchte Meron und atmete mehrfach durch.

Nur langsam gelang es ihm, sich aus seiner Position zu lösen und wieder auf die Beine zu kommen.

Hatte Aegon am Ende recht?

Konnte er mit den beiden verschiedenen Wesen in sich nicht existieren?

Dann war sein Ende gewiss, egal, ob die Drachen seiner Sippe ihn richten würden, oder er selbst.

Meron schüttelte den Kopf, es war sinnlos, darüber nachzudenken, so würde er keine Antwort bekommen.

Also kämpfte er sich weiter durch den Wald.

Sein Körper gab ihm jedoch alsbald zu verstehen, dass er am Ende war. Wirklich am Ende.

Geschlagen ließ Meron sich auf den Boden sinken und lehnte sich mit dem Rücken an einen Baumstamm. Er hatte Hunger, die letzten Tage hatte er keine Zeit mit Jagen verschwendet, dafür wenigstens Wasser zu sich genommen.

Aber der Hunger nagte an ihm und er verzog das Gesicht.

Bis zur Festung seiner Mutter war es noch ein Tagesmarsch. Schon ärgerte er sich, nicht bis zur Lichtung geflogen zu sein, an der sich die Scharen der Sippen versammelten, wenn sie eintrafen.

Doch es war fraglich, ob er es überhaupt noch bis dorthin geschafft hätte.

Seine Drachenhälfte ließ ein Schnauben hören, ein eindeutiges Nein.

Meron seufzte und schloss die Augen.

Wenn er sich anstrengte, würde er im Laufe des morgigen Tages die Festung erreichen.

Und was dann?

Diese Frage war ihm schon seit seiner Flucht aus der Aschezone nicht aus dem Kopf gegangen.

Ja, er wollte unbedingt wissen, was mit Tayel war.

Doch er würde seine einstige Heimat gewiss nicht lebend verlassen, wenn er freiwillig dorthin zurückkehren würde.

Was würde seine Mutter tun?

Es war ihr immerhin von den anderen Dragos auferlegt worden, ihn zu töten. Wie gern würde er ihr das ersparen.

Verflucht wäre es ihm doch möglich, Tayel über die Traumebene zu erreichen, dann könnte er es sich vielleicht sogar sparen, zur Festung zu gehen!

Doch seit dem letzten Mal hatte er keine Chance mehr gehabt, dorthin zu gelangen, und seine Drachenseite half ihm auch nicht dabei.

Es schien, als wäre die Ebene mit einem Mal für ihn verschlossen.

Warum, wusste Meron nicht, und das bereitete ihm große Sorgen.

Doch die Müdigkeit drückte ihn langsam nieder, die Gedanken lösten sich auf und kurze Zeit später schlief er ein.

Donnerndes Gebrüll ließ ihn aufschrecken.

Keuchend kam Meron auf die Beine und taumelte erschrocken zurück.

„Wie?", stammelte er und starrte auf den Dämon, der unweit vor ihm einem gewaltigen weißen Drachen mit roten, nach hinten gebogenen Hörnern gegenüberstand. Meron kreuzte die Arme vor dem Gesicht, als der Drache einen Feuerstrahl auf den Dämon schickte, doch diesem machte die brutale Hitze augenscheinlich nichts aus.

Er blieb einfach stehen und fletschte die Zähne, während seine Hände sich zu Klauen krümmten.

Meron verstand das alles nicht, wie zur Hölle war er hierhergekommen und wo war ‚hier' überhaupt?

Der Boden war fast vollständig schwarz, der Himmel weiß, keine Sonne war zu sehen und keine Wolken.

Es blies weder Wind, noch konnte Meron irgendwo Wald, Gras oder ein Dorf erkennen.

Eine endlose Weite, besser konnte er es nicht beschreiben.

Wieder ließ der Drache ein Brüllen hören und setzte auf den Dämon zu.

Dieser war bedeutend kleiner und müsste chancenlos unterliegen, doch das Wesen war blitzschnell. Meron keuchte, als die Pranke des Drachen durch die Luft schnitt, aber der Dämon war längst nicht mehr da.

„Unglaublich", murmelte Meron und leckte sich nervös die Lippen.

Der Kopf des Drachen ruckte herum, die grünen Augen fixierten ihn und Merons Herz setzte einen Schlag aus.

„Das ist nicht möglich", wisperte er und mit einem Mal war auch der Dämon wieder da.

Er stand direkt neben dem Drachen, doch der Zwist der beiden schien vergessen.

Sie starrten ihn an und rührten sich nicht mehr.

„Ihr", begann Meron und seine Augen weiteten sich. „Ihr seid ... ich."

Er stand den beiden Wesenshälften gegenüber, die in ihm vereint waren.

Wie um alles in der Welt konnte das sein?

Es war ihm unbegreiflich und doch war er hier.

„Ist das ein Traum?", fragte er die Kreaturen, die sich jedoch weiter nicht rührten.

Langsam trat Meron näher und fühlte, wie sein Herz bei jedem Schritt schneller schlug.

Je dichter er kam, desto mehr begannen die Wesen sich voneinander zu entfernen, bis Meron schließlich zwischen ihnen stand.

Abwartend blickten sie ihn an und jetzt begriff er, wieso er hier war.

Sie wollten eine Entscheidung, er sollte eine Seite in sich bevorzugen, aber war das denn möglich? Was passierte mit dem anderen Wesensteil in ihm?

Seine dämonische Hälfte hatte ihm bisher nur Schwierigkeiten, Schmerz und Leid bereitet, es sollte Meron leichtfallen, diesen Teil in sich zu verbannen, sich abzuwenden und den Drachen in sich zu wählen.

Wieso also zögerte er?

„Ich ... ich kann nicht", wisperte er und spürte regelrecht die Enttäuschung, die von den beiden ausging.

Dann drehte sein Dämon sich um und lief einfach los, zeitgleich entfaltete sein Drache die Flügel und erhob sich in den wolkenlosen weißen Himmel.

Meron blickte beiden hinterher, er fühlte sich schuldig, aber es war ihm nicht möglich, jetzt und hier eine Entscheidung zu treffen.

Nein, das konnte er nicht, es war nicht richtig.

Ob er sich dadurch jetzt noch mehr Probleme eingebrockt hatte, blieb abzuwarten, aber es war nicht zu ändern.

Zumindest jetzt nicht.

Er schloss die Augen und spürte, wie ein sanfter Sog ihn aus dieser merkwürdigen Welt holte.

Meron hob die Lider und fand sich im Wald wieder.

Er lehnte weiterhin an dem Baumstamm, nur dass mittlerweile tiefste Nacht herrschte.

Seine Brust schmerzte und er rieb sich die Stelle, wobei er das Gesicht verzog. Es war ihm alles zu viel, er wusste nicht, wie er handeln, wie er sich entscheiden sollte. Hilfe, ja, er brauchte Hilfe, sonst würde er zum Schluss noch das Falsche tun. An Schlaf war nicht mehr zu denken, Meron rappelte sich auf und ging langsam weiter.

Sein Mund war staubtrocken, neben dem Hunger nagte jetzt auch Durst an ihm und er sehnte sich nach einem Bachlauf. Selbst mit einer Pfütze würde er sich zufriedengeben, aber es wirkte nicht so, als hätte es in den vergangenen Tagen geregnet.

„Gott sei Dank", murmelte er, als er ein kleines Rinnsal entdeckte. Er ließ sich auf die Knie sinken und musterte die Quelle, die sich ihren Weg zwischen mehreren Gesteinsbrocken bahnte.

Meron ließ die kühle Flüssigkeit in seine hohle Hand laufen und trank gierig, während er weiterhin das Konstrukt der Natur bestaunte.

„Das Leben findet seinen Weg", wiederholte er die Worte seiner Mutter, die sie ihm schon als Kind immer wieder gesagt hatte.

Egal, welche Widrigkeiten der Natur in den Weg gelegt werden, sie schafft es immer.

Vielleicht würde es auch Meron gelingen, mit den beiden Wesen in sich Frieden zu schießen, sie dazu zu bewegen, miteinander zu existieren, statt sich dauerhaft zu bekämpfen.

Nur zusammen würden sie am Leben bleiben, ansonsten waren sie dem Tod geweiht.

Er erhob sich und wischte sich die Hand an seiner Hose trocken.

Als ein einzelner Tropfen auf seiner Nase landete, zog er die Brauen zusammen und blickte gen Himmel.

„Wirklich?", fragte er in die Stille der Nacht, als er die dunklen Wolken musterte, die auch das letzte Licht des Mondes hinter sich verbannten.

Der Regen wurde augenblicklich stärker und Meron seufzte geschlagen.

Er setzte seinen Weg fort und suchte, so gut es ihm möglich war, Schutz unter den dichten Baumkronen.

Dabei horchte er in sich hinein, aber weder sein Drachenanteil noch seine dämonische Hälfte meldeten sich. Sie schienen sich für den Moment beruhigt zu haben und sich in Ruhe zu lassen.

Er wusste, der Friede würde nicht lange halten, dafür hatten die Kreaturen sich bereits zu oft bekämpft.

Die Schmerzen waren für Meron jedes Mal schrecklich gewesen, nur diesmal, als er sich in der gleichen Ebene wie sie befunden hatte, war die Pein ausgeblieben.

Schon hörte er erneut die Worte seines Vaters.

Ein Mischling wie er konnte nicht existieren, es war nicht möglich.

Durch den Trank, den der Widerling Meron ein-geflößt hatte, hätte der Drache in ihm niemals erwachen dürfen. Dass dies dennoch geschehen war, war wohl der Tatsache geschuldet, dass das Wesen bereits teilweise wach gewesen war.

Wann das jedoch passiert sein sollte, war Meron nicht klar ... oder?

Er erinnerte sich daran, in seinem Quartier in der Festung seiner Mutter gewesen zu sein. Er hatte aus dem Fenster geblickt und Tayel gesehen.

Schmerz und Hitze waren in ihm aufgeflammt.

War es dieser Moment gewesen, der seinen Drachen-anteil berührt hatte?

Merons Lippen verzogen sich zu einem Lächeln.

Dann lag es also an Tayel.

Irgendwie führte vieles zu seinem Golddrachen zurück, wie er fand.

Er beschleunigte seine Schritte, die Festung war noch einen knappen Tagesmarsch entfernt, aber er wollte so schnell es ging dorthin. Egal, was für ein Schicksal ihn erwartete, er musste zu Tayel.

Alles in ihm sehnte sich nach dem Mann, der sein Herz erobert hatte.

Meron bereute es wirklich, Tayel im Dorf der Menschen so schändlich hintergangen und zurück-gelassen zu haben.

So vieles wäre nie passiert, hätte er seine Handlungen nur besser überdacht. Ja, es war sein eigener Fehler gewesen, dass er schlussendlich erst bei Raylan und dann bei seinem Vater gelandet war.

Meron rümpfte die Nase, er konnte es nicht mehr ändern, und sich deshalb ständig Vorwürfe zu machen, brachte ihn auch nicht weiter.

Und doch machte er sich Sorgen, ob Tayel ihn überhaupt würde sehen wollen, sofern es seinem Golddrachen gutging.

Die Sorge trieb Meron voran, auch wenn sein Körper die Strapazen der letzten Zeit noch lange nicht verarbeitet hatte.

Als die Sonne aufging, merkte er, dass er erneut keine Kraft mehr hatte.

In der Ferne konnte er die Zinnen der Festung bereits erkennen, sie schien so nah und doch wusste er, es war noch ein gutes Stück Weg.

Entkräftet und unsagbar hungrig ließ er sich zu Boden sinken und legte sich seitlich ins feuchte Gras.

Essen, er musste etwas zu sich nehmen, sonst würde er die Strecke vielleicht nicht auf einen Tag schaffen. Das wollte Meron nicht riskieren.

Nur eine kurze Verschnaufpause, dachte er sich und schloss die Augen.

Einen Moment durchatmen und zur Ruhe kommen, dann würde er sich auf die Jagd begeben, wenn er auch nicht einmal ein verfluchtes Messer bei sich hatte.

KAPITEL 29

TAYEL

Tayel saß am frühen Morgen in seinem Schlafzimmer auf dem Bett, den Blick zum Fenster gerichtet.

Seit der Auseinandersetzung mit Rahan und Aris vor ein paar Tagen, hatte er sein Quartier kaum noch verlassen.

Dass es ein Fehler gewesen war, seine Beziehung zu Meron offenzulegen, war ihm mittlerweile klargeworden.

Zusätzlich noch Ravina, die ihm zu verstehen gegeben hatte, dass er kein Golddrache mehr sein würde, sollte er ihr den Rücken kehren ... Das alles war zu viel für Tayel gewesen.

Er hatte sich zurückgezogen und kaum noch ein Wort gesprochen.

Er dachte nach, Tag für Tag und Nacht für Nacht.

Schlaf fand er so gut wie keinen und er verspürte weder Hunger noch Durst.

Ravina drängte ihn dennoch täglich, etwas zu sich zu nehmen, aber auch ihre Stimmung war merklich getrübt.

Das lag allerdings nicht nur daran, dass seine finale Entscheidung noch ausstand, sondern auch, dass in Serafias Sippe große Unruhe herrschte.

Was sich zudem auf ihre eigene Schar auswirkte, die sie hierher begleitet hatten.

Die Golddrachen waren teils außer sich gewesen, als sie davon erfahren hatten, dass Tayel sich einem Mischling hingegeben hatte.

Ja, auch das hatte seine Schwester ihm erzählt, mit neutralem Ton und emotionsloser Miene.

Ohne Wertung und doch war ihm klar, dass sie ihm zeigen wollte, was er mit seinem Handeln ausgelöst hatte.

Es hätte ihm leidtun sollen, aber das tat es nicht.

„Tayel? Kommst du da auch irgendwann wieder raus?", wollte Ravina wissen und er blickte auf.

„Was ist denn?", fragte er statt einer Antwort.

„Das sage ich dir nur, wenn du mir gegenüberstehst, Bruder", teilte sie ihm mit und er seufzte, als er ihre Schritte hörte, die sich von der Tür entfernten.

Zwar hatte er kein wirkliches Interesse an einem Gespräch, dennoch erhob er sich und ging zu ihr in den Wohnbereich.

Ravina hatte sich in einen der Sessel gesetzt und Tayel nahm den freien, in dem er sich niederließ.

„Ich bin hier", sagte er. „Was ist los?"

Seine Schwester schlug die Beine übereinander und nippte an dem goldenen Kelch, den sie in einer Hand hielt.

„Es wurde ein weißer Drache gesichtet", erzählte sie. „Und keiner scheint ihn zu kennen."

Tayel runzelte die Stirn, weiße Drachen waren äußerst selten, in der Goldsippe gab es nicht einen von ihnen.

„Er gehört wohl nicht zu Serafias Leuten?", fragte er und Ravina schüttelte den Kopf.

„Auch in der Nachtsippe gibt es keinen Drachen mit dieser Färbung. Was aber noch dazukommt, ist, dass seine Hörner anscheinend blutrot sind."

Viele Drachen hatten nach hinten gerichtete lange Hörner auf dem Kopf, Tayel selbst auch, aber diese wichen nur wenig von der eigentlichen Farbe des Schuppenkleides ab.

Waren vielleicht etwas heller oder dunkler, doch ein weißer Drache mit roten Hörnern war weit mehr als eine Seltenheit.

„Dass es so etwas überhaupt gibt", murmelte Tayel und runzelte die Stirn. „Davon habe ich noch nie gehört."

„Wir auch nicht", meinte Ravina und stellte den Kelch auf den kleinen Beistelltisch zwischen den Sesseln. „Deshalb möchte Serafia dem auf den Grund gehen. Es gefällt ihr nicht, dass ein fremder Drache, der nicht zu ihrer Sippe gehört, einfach ungefragt in ihr Territorium eindringt."

Ja, das konnte Tayel verstehen, das war schlichtweg gegen das Gesetz und konnte gefährliche und vor allem schmerzhafte Strafen nach sich ziehen.

„Aber etwas ist komisch", sprach Ravina weiter. „Die Späher, die den Drachen gesichtet haben, behaupten, er sei aus Richtung der Aschezone gekommen."

Tayel merkte auf.

„Was? Kein Drache könnte das Gebiet der Aschezone überfliegen und dann noch den Ozean überqueren, bis zur nächsten Landstrecke. Das ist nicht möglich, der Weg ist viel zu weit."

Seine Schwester nickte.

„In der Tat und doch scheint es der Wahrheit zu entsprechen, sofern man den Spähern Glauben schenken darf."

Seine Gedanken rasten, Tayel versuchte zu begreifen, wie es jemandem gelingen könnte ...

„Moment", murmelte er und sah auf. „Könnte es sein, dass es Meron ist? Kann er sich denn als Mischling wirklich in einen Drachen verwandeln?"

Ravina hob die Hände.

„Ich weiß es nicht, dafür hatte ich bisher zu wenig Kontakt mit Mischlingen, aber du sprachst davon, dass er sich in einen Dämon wandelte. Wieso also nicht in einen Drachen?"

Mit einem Mal war Tayels Mund staubtrocken, sein Herz schlug viel zu schnell in seiner Brust und das Blut rauschte nur so durch seine Adern.

„Wieso erzählst du mir das?", wollte er argwöhnisch wissen, denn ihm war klar, dass seine Schwester seine Gefühle zu Meron nicht billigte.

„Du bist mein Bruder", entgegnete Ravina und lächelte ihn an. „Auch wenn ich nicht verstehe, was du in einem Mann wie ihm siehst, so werde ich dir nicht im Weg stehen. Sofern du ihn wahrhaftig liebst und er dich glücklich macht, dann solltest du auch wissen, dass er womöglich in der Nähe ist."

Tayel hatte damit nicht gerechnet, aber er freute sich ungemein, dass seine Schwester dennoch zu ihm stand.

„Danke", raunte er und neigte dabei den Kopf. „Doch wie könnte Meron dem Regenten entkommen sein? Ist das womöglich eine Falle?"

Hoffnung flammte in ihm auf, aber Tayel blieb vorsichtig. Der Regent der Aschezone war ein starker und fähiger Dämon, wie könnte Meron die Flucht gelungen sein?

„Ich weiß es nicht", antwortete Ravina. „Aber Fakt ist, dass Serafia eine Gruppe von drei Nachtdrachen losschicken wird, um nach dem Fremden zu suchen."

Tayel ballte die Fäuste.

„Ich muss mit ihr sprechen, ich will die Gruppe begleiten, unbedingt. Wenn die Chance auch klein ist, sollte es Meron sein, möchte ich dabei sein, wenn er gefunden wird. Die Nachtdrachen könnten ihn angreifen, immerhin wollen viele von ihnen meinen Mischling tot sehen."

Ravinas Augenbrauen zuckten bei der Formulierung, aber sie kommentierte sie nicht.

„Dann solltest du dich beeilen, denn sie werden schon bald aufbrechen."

Tayel war sofort auf den Beinen, er lief in sein Schlafzimmer und zog sich kampftaugliche Kleidung an, dazu seine Stiefel, ehe er sein Schwert griff und es an der Hüfte fixierte.

„Ich danke dir", sprach er in Ravinas Richtung, die weiterhin vor dem Kamin saß.

„Geh", war ihre einzige Erwiderung und Tayel verließ schleunigst das Quartier.

Auf direktem Weg ging er zum Thronsaal, dessen Türen geöffnet waren, also empfing die Dragos im Moment Besuch.

„Ich würde gern mit Dragos Serafia sprechen", erklärte er den beiden diensthabenden Wachen, woraufhin eine sich zum Saal umwandte.

„Ich habe ihn gehört", erklang Serafias Stimme. „Tayel, komm herein."

Gehorsam trat er in den Saal und bis zum Thron der Dragos heran. Davor hielt er inne und verneigte sich.

„Vielen Dank, dass du mich empfängst."

„Ich kann mir denken, wieso du hier bist", war Serafias Erwiderung. „Du kommst wegen der anstehenden Mission und des gesichteten Drachen."

Er erhob sich und neigte den Kopf.

„Richtig. Ich weiß nicht, in welche Richtung deine Gedanken gehen, aber ich wäre bei der Suche nach dem Fremden gern dabei."

Sie sah ihm einen Moment lang schweigend in die Augen, ehe sie seufzte.

„Ich wage nicht, das Gleiche zu denken wie du, denn ich möchte mir die Konsequenzen nicht ausmalen ... und ich kann verstehen, dass du dabei sein willst. Aber da gibt es etwas, das du wissen solltest."

Tayel spannte sich an.

Ja, er hatte selbst schon darüber nachgedacht, was geschehen würde, wenn sie Meron wieder bei sich hätten.

Die anderen Dragos wollten ihn tot sehen, ebenso wie viele der Nachtsippe ... Was also sollten sie tun, wenn sie ihren Mischling wieder in der Festung hätten?

„Und das wäre?", hakte Tayel nach, als sich erneut Schweigen ausbreitete.

„Rahan und Aris werden Teil dieser Mission sein", erklärte Serafia und Tayel ballte die Fäuste.

„Müssen es gerade diese beiden sein?", fragte er knurrend, worauf Serafia schweigend eine Augenbraue hob.

Sofort senkte er den Blick und zwang sich, durchzuatmen.

„Bitte verzeih, ich habe mich im Ton vergriffen."

„Ja, das hast du, aber ich vergebe dir", erwiderte Serafia. „Du kannst mit der Gruppe gehen, wenn du das wirklich möchtest, doch du wirst dich mit den beiden auseinandersetzen müssen. Und ich will dieses Mal kein Blutvergießen, verstanden?"

Tayel schloss die Augen.

„Ja, verstanden", brummte er unwillig. „Wer steht der Mission vor? Mirana?"

„Nein, sie ist anderweitig beschäftigt", erklärte die Dragos der Nachtsippe. „Diesmal wird Soryn die Leitung übernehmen."

Soryn ... der Name kam ihm bekannt vor, aber er wusste ihn nicht einzuordnen.

„Soryn ist der Sohn meines Stellvertreters", rief Serafia ihm in Erinnerung.

„Ach ja", murmelte Tayel und nickte. „Er hat viele Jahre bei Namika verbracht, nicht wahr?"

Er wusste, dass Serafias Stellvertreter deutlich älter war als er selbst, bereits gut über 100 Jahre. Er hatte schon unter Serafias Mutter gedient und war ein starker und mächtiger Drache.

„Genau", bestätigte Serafia ihm. „Aber seit einem Jahr ist er wieder hier. Er ist ein ausgezeichneter Krieger geworden und ein äußerst fähiger Truppenführer. Er wird der Mission vorstehen. Wenn du damit kein Problem hast, kannst du dich ihnen anschließen."

Tayel war nie in Kontakt mit Soryn gekommen, er hatte lediglich mit dessen Vater über ihn gesprochen. Aber alles war besser, als dass Aris oder gar Rahan die Mission leiteten.

„Natürlich, ich werde ihm gehorchen", versprach er und bekam ein knappes Schreiben von der Dragos, mit dem er sich bei Soryn im Innenhof melden konnte.

Mit dem Ziel, Rahan nicht den Kopf abzureißen und Aris' Kommentare zu ignorieren, eilte er los, um die Gruppe keinesfalls zu verpassen.

Tatsächlich kam er gerade rechtzeitig im Hof an, denn das Tor wurde in diesem Moment geöffnet.

„Soryn!", rief er den Missionsleiter, der augenblicklich innehielt und sich ihm zuwandte.

Der Mann war in etwa so groß wie er selbst und auch ähnlich breit gebaut. Er besaß hellbraune leicht wellige Haare, die ihm in den Nacken fielen und teilweise in die Stirn.

Die scharfen hellgoldenen Augen fixierten ihn und eine Augenbraue hob sich.

„Tayel, nicht wahr?", fragte er und verschränkte die Arme vor der Brust.

„Richtig", bestätigte Tayel und kam vor dem Nachtdrachen zum Stehen. Er reichte ihm das Schreiben Serafias und wartete, während Soryn es überflog.

„Verstehe, dann wirst du uns begleiten", meinte er und Tayel hörte Rahan knurren.

„Was will der Mistkerl hier?", wollte der aufbrausende Kerl wissen und Soryn hob die Hand.

„Ruhe", beschied er Rahan, der mit einem Schnauben schließlich verstummte.

„Unsere Dragos hat es befohlen und somit ist es beschlossen", ließ der Missionsleiter die anderen beiden wissen, die es murrend, aber ohne Widerworte zur Kenntnis nahmen.

Soryn winkte ihn mit sich und Tayel folgte, als sie die Festung verließen.

„Der Eindringling wurde in dieser Richtung gesichtet, also werden wir den Weg einschlagen", sprach der Missionsleiter und mit jedem Schritt stieg Tayels Nervosität.

Er hoffte, dass es wirklich Meron war und zeitgleich fürchtete er sich davor, was mit seinem Mann geschehen würde, sobald die Nachtdrachen ihn in die Finger bekämen. Rahan und Aris spekulierten darüber, wer der Fremde sein könnte, sie schienen nicht auf die Idee zu kommen, dass es Meron war. Das könnte ein Vorteil sein, dachte Tayel sich.

Denn die beiden Hitzköpfe würden gewiss keine Gelegenheit auslassen, Meron in die Finger zu bekommen. Gerade Rahan hatte seine Abneigung gegenüber Dämonen und auch Mischlingen lauthals kundgetan. Tayel wollte nicht riskieren, dass der Mistkerl auf Meron losgehen könnte.

„Du wirkst angespannt", sprach Soryn ihn an und Tayel lugte zu ihm.

„Es ist viel passiert in letzter Zeit und die vorangegangene Mission ging leider nicht gerade gut aus", meinte er ausweichend und Soryn schnaubte schmunzelnd.

„Also davon habe ich tatsächlich gehört", erwiderte er. „Dass ihr gleich einen Kampf an der Aschezone vom Zaun brecht, hätte ich nicht gedacht."

Tayel knurrte dumpf.

„Es lag jedenfalls nicht an mir", meinte er, was ihm einen tödlichen Blick von Rahan einbrachte.

„Ich habe deshalb meine Strafe von unserer Dragos bekommen, also hör auf, darauf herumzureiten!"

Soryn verdrehte die Augen.

„Schrei nicht so herum", beschied er Rahan, der die Lippen aufeinanderpresste.

„Die Sache ging glimpflich aus, wichtig ist, dass es keine Toten auf unserer Seite gab, und der Verletzte hat sich wieder erholt", meinte der Missionsleiter. „Aber dieses Mal wäre es mir recht, wenn es ohne Blutvergießen ablaufen würde. Das war auch ein Anliegen unserer Dragos und daran werden wir uns halten."

Eine klare Ansage, der Tayel sich nur anschließen konnte, aber bei Rahan war er sich nicht sicher.

Aris hielt sich vollkommen zurück, doch Tayel fühlte die Blicke, die der Jüngere ihm immer wieder zuwarf.

Sie liefen tiefer in den Wald und als es langsam Mittag wurde, traf ihn ein bekannter Geruch.

Sofort waren all seine Sinne hellwach und sein Drache erhob sich in seinem Inneren.

Meron, er roch seinen Mischling!

Keiner der anderen sollte seinen Geruch kennen und Tayel überlegte schon, einfach loszurennen, um als erster bei seinem Mann ankommen zu können.

Doch da wurde er am Oberarm gegriffen.

„Denk gar nicht daran", raunte Soryn leise. „Ich rieche ihn auch, aber wir bleiben zusammen. Keine Alleingänge und keine Kämpfe."

Tayel wäre um ein Haar der Mund aufgeklappt.

„Du ... kennst seinen Duft?", fragte er ebenso leise, um die Aufmerksamkeit von Aris und Rahan nicht zu wecken. Die beiden liefen etwas vor ihnen und tuschelten beinahe ununterbrochen.

„In der Tat", bestätigte Soryn und ließ ihn los. „Ich habe Meron auch schon einmal getroffen, kurz bevor ich die Festung damals verlassen habe. Es ist lange her, doch ich erinnere mich an ihn."

Verdammt, Tayel wusste nicht, ob das jetzt gut oder schlecht für sie war. Er konnte Soryn nicht einschätzen.

„Ich will keinen Kampf riskieren", wisperte Tayel. „Doch unsere Begleiter werden das anders sehen."

Soryn neigte den Kopf.

„Das ist mir klar und deshalb werden wir die beiden auch im Auge behalten. Ich will mich an die Anordnung unserer Dragos halten und solange diese Mission meiner Leitung unterstellt ist, wird nicht gekämpft und auch kein Blut vergossen."

Soryn klang zuversichtlich, aber das konnte Tayel nicht wirklich teilen, dafür hatte er Rahans Hitzköpfigkeit schon viel zu gut kennengelernt.

Aris war ebenfalls schwer einzuschätzen, aber der Kerl würde sich wohl eher an Rahan halten als an Soryn oder gar ihn.

Er musste sich zügeln, sein Drache knurrte frustriert und kratzte von innen an seiner Haut. Das Wesen wollte hinaus und ihren Mischling finden, ihn beschützen und mit ihm ... verschwinden.

Tayel stach es in der Brust, wenn er das täte, hätte er seine Entscheidung getroffen, würde den Status als Stellvertreter seiner Schwester verlieren und auch kein Golddrache mehr sein.

Konnte er wirklich sein komplettes bisheriges Leben hinter sich lassen und eine Zukunft auf der Flucht wählen? An der Seite seines Mischlings?

Und was noch wichtiger war ...

Würde Meron das überhaupt wollen?

Es war so viel geschehen und er konnte sich nicht ausmalen, was sein Liebster in den Fängen der Dämonen hatte durchmachen müssen.

Das konnte nicht spurlos an Meron vorbeigegangen sein und irgendwie hatte es anscheinend dazu geführt, dass dessen Drachenanteil erwacht war.

Tayel wurde immer unruhiger, er wollte loslaufen und konnte kaum noch an sich halten, denn Merons Geruch wurde stärker.

Er ballte die Fäuste und fixierte Rahans Hinterkopf.

Sollte der Mistkerl versuchen, seinen Mann anzugreifen, würde er ihn in der Luft zerfetzen, egal, was die Dragos befohlen hatte.

Dann würde Blut fließen.

KAPITEL 30

MERON

Seine Beine waren zittrig, jeder Schritt kostete ihn Kraft, aber stehenbleiben war keine Option mehr.

Meron hatte sich schon die Zeit genommen, etwas zu sich zu nehmen, wenn es auch nur ein paar Beeren gewesen waren. Zum Jagen fehlte ihm die Ausrüstung, er hatte keine Waffe bei sich und war zudem gar nicht geübt darin.

Also hatte er sich mit dem begnügt, was der Wald ihm gab, und es hatte ihn zumindest für den Moment gestärkt.

Mittlerweile kam die Festung seiner Mutter immer mehr in greifbare Nähe und bald würde er sie erreicht haben. Und hoffentlich Tayel wiedersehen.

Allein der Gedanke an seinen Golddrachen ließ ihn wieder an Stärke gewinnen.

Er kämpfte sich voran und als ein bekannter Geruch seine Nase kitzelte, keuchte er.

„Tayel", stieß er heiser hervor und starrte in die Richtung, aus der die Duftspur kam.

War er womöglich auf der Suche nach ihm? Hatte er Merons Drachen gesehen?

Aber wie könnte er wissen, dass es tatsächlich Meron war?

Verdammt, das war ihm gerade völlig egal!

Tayel war in der Nähe und er wollte zu ihm.

Jetzt!

Meron lief los, so schnell es seine Füße zuließen, und hielt sich dabei immer wieder an Baumstämmen fest.

Und da war er.

Tayel tauchte zwischen den Bäumen auf, doch er war nicht allein.

Dennoch war Meron nicht mehr zu halten.

„Tayel!", rief er und rannte los, oder torkelte, besser gesagt, denn etwas anderes ließen seine Beine nicht zu.

Tayel hatte dagegen kein Problem, er stieß einen der Männer, der vor ihm lief, zur Seite, und eilte zu Meron.

Er konnte es nicht glauben und als Tayel ihn in die Arme schloss, entkam ihm ein Schluchzen. Er drückte sich an seinen Golddrachen und merkte, wie seine Beine komplett nachgaben. Meron sackte gegen Tayel, der ihn problemlos halten konnte.

„Du bist wirklich hier", hörte er seinen Mann murmeln und lächelte, während vereinzelt Tränen über seine Wangen liefen.

„Na, sieh an, die rührselige Wiedervereinigung", höhnte einer von Tayels Begleitern. „Wenn das beendet ist, können wir den Mischling endlich töten?"

Tayels Knurren schnitt durch die Luft und hallte in Meron wider.

„Versuche nur, ihn anzufassen, und ich beende, was wir in der Festung begonnen haben!"

Meron löste sich langsam von seinem Mann, der sich sogleich mit dem Rücken zu ihm positionierte, um ihn vor dem wütenden Drachen zu schützen.

„Rahan", wurde dieser von einem weiteren Nachtdrachen zurechtgewiesen. „Wir haben andere Befehle und das weißt du."

Meron musterte den Sprecher, er kam ihm irgendwie bekannt vor.

„Ich wusste, dass Rahan sich wieder nicht zügeln würde können", brummte Tayel, der besagten Kerl nicht aus den Augen ließ.

„Du willst nur dein Spielzeug schützen!", fauchte Rahan und zog sein Schwert. Der etwas kleinere Mann neben ihm tat das ebenso, wobei er sich die Lippen leckte.

Ob nervös oder kampfeslustig konnte Meron nicht erkennen.

„Soryn, es tut mir leid", meinte Tayel. „Aber komplett ohne Blutvergießen wird es wohl nicht enden."

Soryn, so hieß der Mann, der ihm so bekannt vorkam, ging es Meron durch den Kopf.

Er wusste noch immer nicht, wo er ihn einordnen musste, aber der Name war ihm ein Begriff. Rahan fletschte bereits die Zähne und während Soryn fluchte, griff der Kerl an. Meron hätte gern geholfen, aber er war zu erschöpft, so musste er Tayel den Vortritt lassen, und beobachtete, wie der Golddrache sein Schwert aus der Scheide riss, um Rahans Angriff zu begegnen.

„Verflucht, genug jetzt!", rief Soryn, der in dem Moment seine Waffe zog.

Keiner hörte auf ihn und nun mischte sich auch noch der dritte Mann ins Geschehen ein. Als er auf Tayel losgehen wollte, versperrte Soryn ihm den Weg.

Meron biss die Zähne zusammen, verdammt er musste doch helfen! Sein dämonischer Anteil knurrte und wallte in ihm auf, aber er drückte ihn nieder.

Er konnte mit diesem Teil von sich einfach nicht umgehen, sein Dämon war immer nur auf Blut und Tod aus und genau das wollte er eigentlich vermeiden.

Da geriet Rahan aus dem Tritt und wurde von Tayel niedergeschlagen.

Das Schwert des Nachtdrachen flog in den nächstgelegenen Busch und Tayel richtete die Spitze seiner Klinge auf Rahans Kehle.

„Eine Bewegung und ich bringe dich um", knurrte sein Mann und Meron hielt den Atem an.

Es sollte nicht schon wieder seinetwegen Tote geben! Das war bereits viel zu oft vorgekommen und er würde es kein weiteres Mal verkraften.

„Tayel", raunte er leise und hoffte, sein Golddrache würde Gnade walten lassen.

Rahans Hände vergriffen sich im Gras, er hatte die Zähne so fest zusammengebissen, dass die Linien seines Kiefers weiß hervortraten, doch hinter der starren Fassade konnte Meron die Angst in seinen Augen erkennen.

Er fürchtete sich davor, dass Tayel Ernst machen und ihn wahrhaftig töten könnte.

„Keine Toten!", rief Soryn, der in diesem Moment den dritten Drachen entwaffnete und ihn von sich stieß. Der Mann landete auf dem Hintern und verzog schmerzerfüllt das Gesicht.

Tayels Blick war derweil noch immer auf Rahan gerichtet, er schien abzuwägen, wie er weitermachen sollte.

„Bitte", wisperte Meron und trat zu seinem Mann. Er legte ihm eine Hand auf die Schulter und drückte sie. „Kein weiterer Toter, Liebster. Es ist genug."

Tayel schielte zu ihm, doch das Schwert blieb auf Rahan gerichtet.

„Er wollte dich töten", erinnerte sein Golddrache ihn.

„Stimmt", erwiderte Meron und lächelte freudlos. „Aber wollen das nicht viele? Wir können nicht alle von ihnen auslöschen, wir müssen eine andere Lösung finden, wenn es weitergehen soll. Das weißt du."

Sein Golddrache wirkte nicht sonderlich zufrieden, doch er ließ das Schwert zur Seite gleiten und schob es dann in einer fließenden Bewegung zurück in die Scheide.

„Du hast recht", brummte Tayel und legte einen Arm um ihn. „Aber wenn er es noch einmal versucht, erledige ich ihn."

Dass Rahan direkt vor ihnen lag und jedes Wort hörte, schien Tayel nicht zu kümmern, was Meron schon beinahe schmunzeln ließ.

Der Nachtdrache kam auf die Füße, wich aber sogleich zurück und schon hatte Soryn ihn am Arm gepackt. Er riss ihn zu dem dritten Nachtdrachen, der noch immer auf dem Boden saß und funkelte nun beide an.

„Ihr seid eine Schande für die gesamte Sippe!", fauchte er ungehalten. „Euer Verhalten ist unentschuldbar und ich werde euch bei unserer Dragos dafür melden. Nicht nur, dass ihr meinen direkten

Befehl mehrfach ignoriert habt, nein, jetzt wolltet ihr auch noch den Stellvertreter von Dragos Ravina attackieren."

Meron blinzelte und drückte sich an Tayel.

Dieser scharfe und barsche Tonfall ließ ihn regelrecht schaudern und er hoffte, dass Soryn nie so wütend auf ihn sein würde.

„Komm", wisperte Tayel und nahm seine Hand.

Meron folgte seinem Mann etwas von den dreien weg und als Tayels Arme sich um ihn schlossen, seufzte Meron und schmiegte sich an ihn.

„Ich kann gar nicht glauben, dass ich wirklich wieder bei dir bin", murmelte er und erwiderte die Umarmung.

„Es ist wie im Traum", stimmte Tayel zu. „Und doch bin ich noch immer wütend auf dich."

Meron zuckte zusammen und presste die Lider aufeinander.

„Ich weiß", gestand er, immerhin hatte er Tayel im Dorf der Menschen niedergeschlagen und dadurch den ganzen Schlamassel erst in die Wege geleitet.

Sein Liebster drückte ihn fester an sich und er hörte ihn seufzen.

„Egal ... wichtig ist, dass du bei mir bist. Erzählst du mir, was vorgefallen ist?", bat Tayel und Meron nickte. Er hob die Lider und blickte ihm in die vertrauten rotbraunen Augen.

„In der Traumebene habe ich dir ja schon von Raylan berichtet und wie ich in die Aschezone gekommen bin", begann er. „Mein Vater, wenn er sich denn überhaupt so schimpfen darf, hat mir einen Trank eingeflößt, der mein Gedächtnis manipuliert hat. Ich habe begonnen, alles zu vergessen, auch dich. Es war grauenhaft. Ich fühlte, dass etwas nicht in Ordnung war, aber ich konnte es einfach nicht greifen. Erst als meine Drachenseite erwachte und mir Bilder davon zeigte, was ich bereits alles vergessen hatte, wurde mir klar, dass ich in Schwierigkeiten steckte."

Meron hielt kurz inne, es schmerzte, all das aufzuzählen. Es war, als würde er es noch einmal durchleben müssen, und doch war es wichtig. Seiner Mutter würde er es später auch sagen, sie würde genauso alles wissen wollen.

„Als ich mich gegen ihn aufgelehnt habe, hat er mich niedergeschlagen und in eine Kammer gesperrt, gekettet an einen Tisch", sprach Meron weiter. „Nur durch den Drachenanteil in mir war ich in der Lage, der Wirkung des Trankes zu entkommen und wieder ich selbst zu werden. Die Flucht gelang mir, als der Regent mich zwingen wollte, zwei Unschuldige zu töten. In seinem Thronsaal. Er glaubte zu dieser Zeit, dass er mich vollkommen unter Kontrolle hatte. Ich sprang aus dem Fenster und nun ja, verwandelte mich."

Tayel schüttelte den Kopf.

„Es ist erstaunlich, dass in dir tatsächlich ein vollständiger Drache schlummert."

Meron hob die Brauen.

„Das ist es, was dich an der Geschichte interessiert?", wollte er wissen und schnell verneinte Tayel.

„Nicht doch, versteh mich bitte nicht falsch. Was dieser Mistkerl von Regent getan hat, ist unentschuldbar und sollte ich je die Möglichkeit haben, ihn zu töten, werde ich sie ergreifen, keine Frage. Du bist allerdings viel erstaunlicher, denn du hast all das überlebt und bist hier, mein Liebster. Der Trank konnte dich nicht brechen, ebenso wenig wie Aegon selbst."

Meron schmunzelte und senkte den Blick zu Boden.

„Das sind lobende Worte, die ich gar nicht verdient habe. Ohne mein unbedachtes Handeln wäre all das nicht passiert."

„Hör auf, bitte", meinte Tayel. „Es ist, wie es ist, und ich verstehe, wieso du mich niedergeschlagen hast. Auch wenn ich wütend bin. Aber Meron, du hast alles überlebt, du hast es geschafft und bist zurück. Das ist eine Leistung, die du dir selbst nicht aberkennen solltest, denn das hätten nicht viele gekonnt."

Meron widersprach nicht mehr, auch wenn er es gerne wollte, da er die Dinge nicht so wie Tayel sah. Doch diskutieren brachte ihm nichts.

„Danke", raunte er deshalb nur und sah zu seinem Golddrachen auf. Es zog in seiner Brust, ein Sehnen breitete sich in ihm aus und Tayel schien es zu teilen.

Er senkte den Kopf und Meron legte die Arme um seinen Hals, als ihre Lippen sich trafen.

Sofort durchfuhr ihn wohlige Wärme ... angekommen, er war endlich angekommen.

Der Kuss war sanft, liebevoll und forschend. Als würden sie beide nicht glauben können, endlich wieder zusammen zu sein.

„Ich möchte euch ja nur ungern stören", erklang Soryns Stimme und Meron verfluchte den Kerl in Gedanken. Hätte er sich denn nicht einen etwas besseren Zeitpunkt aussuchen können?

„Aber ich will den Rückweg antreten, damit wir die Nacht nicht im Wald verbringen müssen", sprach Soryn weiter und widerwillig löste Meron sich von seinem Mann.

„Natürlich", brummte Tayel, hielt ihn aber bei sich. „Wir kommen sofort, geht schon einmal vor."

Soryn hob die Brauen.

„Wenn du denkst, ich lasse euch allein, damit ihr erneut verschwinden könnt ...", setzte er an, aber Tayel schüttelte den Kopf.

„Glaub mir, wir gehen nirgendwo hin, außer zur Festung. Auch wir haben genug und müssen die Dinge ein für alle Mal klären. Wir kommen nach, darauf hast du mein Wort."

Das schien Soryn zu genügen, denn er wandte sich ab und verschwand wieder zwischen den Bäumen.

„Nur einen Moment", meinte Tayel und Meron lächelte, während er sich an ihn schmiegte.

„Eine kleine Weile, ehe wir uns dem stellen müssen, was vor uns liegt", beendete Meron den Satz und küsste Tayel erneut.

So sehr er die Nähe gerade genoss, die Angst keimte bereits in ihm.

Was würde ihn in der Festung erwarten, wie würde seine Mutter reagieren und die anderen Drachen?

„Ich höre dich denken", raunte Tayel an seinen Lippen. „Egal, was geschieht, ich werde nicht zulassen, dass dir jemand auch nur ein Haar krümmt."

Allein die Worte wärmten Merons Herz, aber ihm war klar, dass Tayel nichts würde tun können, wenn sich die Drachen der Festung zusammenschließen würden. Dann wäre selbst seine Mutter machtlos.

„Lass uns zu den anderen gehen, wir müssen los, wenn wir es noch bis vor dem Sonnenuntergang schaffen wollen", meinte Meron und küsste Tayel sanft, ehe er sich von ihm löste.

Er konnte den Blick seines Liebsten nicht deuten, aber dafür hatten sie nun keine Zeit.

Zusammen gingen sie in Richtung Festung und trafen nach wenigen Augenblicken schon auf Soryn, Rahan und die anderen.

Gemeinsam setzten sie ihren Weg schweigend fort. Dabei war die Anspannung in der Luft beinahe greifbar. Der Mann, dessen Namen Meron unbekannt war, warf ihm immer wieder giftige Blicke zu, was er vorerst ignorierte.

Er wollte keinesfalls einen neuen Streit entfachen, wenn gerade erst Ruhe eingekehrt war.

Doch seine Beine machten nicht lange mit, er war zu geschwächt, zu müde.

So taumelte er und stieß dabei gegen Tayel, der ihn auffing.

„Was ist mit dir?", fragte sein Golddrache besorgt und Meron lächelte entschuldigend.

„Ich bin erschöpft, habe tagelang nichts gegessen und keine Rast eingelegt", erklärte er und Tayel zog die Brauen zusammen.

„Verdammt, wieso sagst du das denn nicht gleich?", wollte er wissen und deutete auf seinen Rücken. „Ich trage dich."

Das war Meron absolut unangenehm und die Blicke der Männer ließen ihm die Röte ins Gesicht steigen. Dennoch blieb ihm nichts anderes übrig, denn an weiterlaufen war nicht zu denken.

„Danke", murmelte er deshalb und kletterte auf Tayels Rücken.

„Nicht doch", brummte sein Mann und lächelte ihm über die Schulter zu. „Ich wollte dich schon im Dorf auf Händen tragen."

Dieser Spruch sorgte dafür, dass jetzt auch Merons Ohren glühten, und wahrscheinlich war sogar Dampf zu sehen, der ihm aus besagten Ohren stieg.

„Tayel", wisperte er und drückte das Gesicht an dessen Schulter. „Sag sowas nicht."

Er hörte seinen Mann lachen, ehe dieser weiterging, und Meron schmiegte sich sogleich an Tayel.

Seine Arme hatte er dabei um den Hals seines Liebsten gelegt und konnte sich so gut festhalten.

Die Wärme und Tayels Duft, der ihm irgendwie intensiver vorkam als bei ihrem letzten Treffen, ließen ihn schnell entspannen und er fühlte, wie die Müdigkeit ihn niederdrückte.

„Kämpfe nicht dagegen an", hörte er Tayel raunen. „Ich bin da und passe auf dich auf. Dir wird nichts geschehen, da sei dir sicher."

Meron lächelte und schloss die Lider.

Er vertraute seinem Golddrachen und auch, wenn die Angst weiterhin in ihm präsent war, ließ er sich von der Schwere der Dunkelheit niederdrücken.

Es dauerte nicht lange, da war er auch schon eingeschlafen.

Tayel war nicht überrascht, dass seine Schwester bei Dragos Serafia war. Die beiden Frauen hatte schon immer ein zartes Band der Freundschaft verbunden, sofern das bei Dragos möglich und erlaubt war.

Kapitel 31

Tayel

Tayels Herz hatte sich noch immer nicht beruhigt.

Er hatte Meron endlich wieder bei sich, es war schlichtweg nicht zu glauben.

Ab und an lugte er über die Schulter, um sich zu vergewissern, dass dies auch kein Traum war.

Die Auseinandersetzung mit Rahan und Aris war bereits weit in den Hintergrund gerückt.

Die Meinungen der beiden Kerle interessierten Tayel nicht und er würde ihnen die Köpfe abhacken, sollten sie auch nur versuchen, Meron anzufassen.

Sein Drache knurrte zustimmend und Tayel fühlte tief in sich, dass seine Entscheidung unumstößlich feststand. Er würde nie wieder von Merons Seite weichen, komme, was da wolle.

Erst zum Einbruch der Nacht erreichten sie die Festung.

Tayel schmerzten die Beine, aber er gab nicht einen Laut von sich und schritt erhobenen Hauptes durchs Tor, als es ihnen geöffnet wurde.

Sogleich war Luftschnappen zu hören und Getuschel wurde laut. Doch Soryn bereitete dem schnell ein Ende, indem er die Leute zurück auf ihre Posten schickte.

„Ihr beide", sprach er mit barschem Tonfall und blickte Aris und Rahan an. „Ihr geht in eure Quartiere und bleibt dort. Ihr seid vorläufig unter Arrest und sollte ich mitbekommen, dass ihr auch diesen Befehl missachtet, werde ich euch persönlich aufsuchen, seid euch da sicher. Und jetzt verschwindet!"

Die Männer gaben keinen Laut von sich, sie waren weiß um die Nase geworden und beeilten sich, davonzukommen. Dann wandte der Missionsleiter sich Tayel und Meron zu.

„Wir gehen direkt zum Thronsaal. Ich denke, unsere Dragos ist erpicht darauf, ihren Sohn wiederzusehen."

Dessen war Tayel sich sogar sicher, also nickte er und folgte Soryn ins Hauptgebäude der Festung.

Mit jedem Schritt wuchs seine Nervosität und als sie das richtige Stockwerk erreicht hatten, hielt er inne.

„Meron", sprach er seinen Liebsten an, der langsam blinzelte.

„Hm? Oh, wir sind da", murmelte sein Mischling und Tayel ließ ihn auf die Beine.

„Geht es?"

Meron hielt sich kurz an ihm fest, nickte aber.

„Ja, es muss, ich will meiner Mutter auf eigenen Füßen entgegentreten."

Das konnte Tayel gut verstehen.

Soryn hatte auf sie gewartet, nun gingen sie gemeinsam zum Thronsaal, dessen Türen bei ihrem Anblick sogleich geöffnet wurden.

Tayel war nicht überrascht, dass seine Schwester bei Dragos Serafia war. Die beiden Frauen hatte schon immer ein zartes Band der Freundschaft verbunden, sofern das bei Dragos möglich und erlaubt war.

Doch mit den Geschehnissen der letzten Zeit war dieses Band zu einer starken Kette geworden, die ihre beiden Sippen nachhaltig verändern würde.

Die Türen wurden hinter ihnen geschlossen und sofort eilte Serafia durch den Saal.

Sie ließ Soryn stehen und riss Meron in die Arme.

Tayel hielt sich zurück, er lächelte und als seine Schwester neben ihn trat, hörte er sie schnauben.

„Das Protokoll ist ihr gerade entfallen, denke ich", murmelte Ravina und Tayel schüttelte den Kopf.

„Sie hat ihren Sohn wieder, da spielt kein Gesetz der Welt eine Rolle", erklärte er und Ravina seufzte.

„Ich freue mich ja für sie ... und für dich ... aber habt ihr euch Gedanken darüber gemacht, wie es jetzt weitergehen soll?"

Tayel biss die Zähne zusammen.

„Egal, was passiert, ich werde nicht von Merons Seite weichen und ihn mit meinem Leben verteidigen."

Ravina schwieg einen Moment, dann lachte sie leise.

„Das sagtest du einst zu mir, erinnerst du dich?"

Wie ein Messerstich fuhr ihm beißender Schmerz durch die Brust.

Sein Schwur als Ravinas Stellvertreter ... ja, diese Worte waren ihm dabei über die Lippen gekommen.

Und jetzt würde er ihn brechen und sie verlassen.

„Es tut mir leid", krächzte er und fühlte ihre Hand auf seiner Schulter.

„Ich weiß und du kennst die Konsequenzen. Wenn du bereit bist, sie zu tragen ... dann sei frei."

Sein Drache wimmerte in seinem Inneren.

Sie wollten beide bei ihrem Mischling sein und doch tat es so schrecklich weh.

Warum musste all das so kompliziert sein?

Weshalb konnten sie nicht einfach zurück zur Festung der Goldsippe fliegen und Meron mitnehmen?

So sehr Tayel es sich wünschte, so leicht war es nicht.

„Dragos, ich höre Stimmen", meinte Soryn plötzlich. „Die Leute scheinen sich zu sammeln, die Sippe wird unruhig."

Tayel biss die Zähne zusammen.

Die Rückkehr Merons hatte sich gewiss wie ein Lauffeuer verbreitet und jetzt würde es nicht lange dauern, bis die ersten Forderungen ausgerufen werden würden.

Sein Blick ging zu Serafia, deren Miene versteinert war.

„Ich werde mich heute zu nichts äußern", stellte sie klar, was Soryn die Stirn runzeln ließ.

„Das könnte auf Unverständnis stoßen", mahnte er und sie fixierte ihn.

„Wer etwas gegen meine Entscheidung einzuwenden hat, kann sich gern persönlich an mich wenden."

Tayel verkniff sich ein Grinsen, aber auch nur gerade so, denn was Serafia sagte, gefiel ihm.

Sie hatte anscheinend beschlossen, hinter ihrem Sohn zu stehen und in diesem Fall sogar vor ihm.

„Mutter", sprach Meron und trat zu ihr. „Ich möchte nicht, dass du meinetwegen Probleme bekommst, das wäre nicht gut für die Sippe. Es ist sowieso schon genug geschehen, da sollte ein weiterer Aufruhr vermieden werden, denkst du nicht auch?"

Serafia griff die Hand ihres Sohnes und drückte sie.

„Auseinandersetzungen sind unumgänglich, mein Junge, aber du hast recht, wir sollten das nicht verschieben. Soryn! Mache die Sprecher dieser Versammlung ausfindig und bringe sie zu mir."

Soryn verneigte sich und schritt aus dem Saal, wobei Tayel ihm hinterherblickte.

„Ob das wirklich eine gute Idee ist", murmelt er leise und hörte Ravina schnauben.

„Es ist klüger, die Dinge sofort zu regeln, und falls nötig, durchzugreifen", erklärte sie. „Wenn man zu viel Zeit verstreichen lässt, könnten die Leute auf gefährliche Gedanken kommen."

Tayel war sich dessen bewusst, aber er ahnte, dass eine Konfrontation nicht gut enden würde.

„Komm", befahl Ravina und er folgte ihr an Serafias Seite, wobei er den Platz zwischen seiner Schwester und Meron wählte.

Auch er wollte eine klare Stellung beziehen und zeigen, zu wem er stand.

Schon kurze Zeit später wurden die Flügeltüren nach einem lauten Klopfen geöffnet.

Soryn schritt einer Gruppe von vier Drachen voran, zwei Männern und zwei Frauen.

„Wie befohlen, bringe ich Euch die Sprecher und Sprecherinnen", sprach er und stellte sich etwas seitlich zwischen den vieren und Serafia.

„Weshalb veranstaltet ihr einen solchen Aufruhr?", verlangte die Dragos der Nachtsippe mit eisig kalter Stimme zu wissen.

„Das könnt Ihr nicht ernst meinen!", keifte eine der Frauen aufgebracht. „Ihr lasst dieses Ding einfach zurück in unser Heim kommen und nun steht es auch noch bei Euch im Thronsaal! Als wäre es sein Recht!"

Tayel biss sich auf die Zunge und unterdrückte nur mit Mühe ein Knurren.

Wie abfällig dieses Miststück über seinen Mann sprach, gefiel ihm ganz und gar nicht.

Gott sei Dank sah Serafia das genauso.

Ihre Augen verengten sich zu schmalen Schlitzen und man hatte das Gefühl, dass es im gesamten Saal mit einem Mal kühler wurde.

„Wage es nie wieder, so von meinem eigen Fleisch und Blut zu sprechen", hauchte sie leise und doch hallte ihre Stimme regelrecht von den Wänden.

Die Frau, die zuvor gesprochen hatte, wurde weiß um die Nase und wich einen Schritt zurück.

„Es ist gegen unsere Gesetze", mischte sich nun einer der Männer ein. „Wir haben diese Vorschriften nicht umsonst aufgestellt, vor so vielen Jahren. Jeder ist verpflichtet, sie zu achten, auch Ihr, Dragos. Es gibt nur ein Schicksal, das diesen Mischling zu ereilen hat."

„Ist dir schon einmal in den Sinn gekommen, dass die Gesetze veraltet sind?", meinte Ravina plötzlich und verschränkte die Arme vor der Brust.

„Wie bitte?", fragte der Mann blinzelnd. „Nein, sind sie nicht, gewiss nicht! Mischlinge waren und sind bis heute eine Abscheulichkeit, wider die Natur und eine Gefahr für alle Völker!"

„Warum?", fragte Soryn und fixierte den Sprecher.

Dieser blickte wiederum zu dem Nachtdrachen.

„Weil sie unberechenbar sind und gefährlich!"

„Ach ja?", brummte Tayel. „Und wie vielen Mischlingen bist du in deinem Leben bisher begegnet? Einmal von Meron abgesehen, der ja jetzt vor dir steht."

Das ließ den Mann in Schweigen verfallen.

„Dachte ich mir", murmelte Tayel schnaubend. „Ihr bildet euch euer Urteil auf Grund von Zeilen, die vor vielen Jahrhunderten niedergeschrieben wurden. Niemand ist je auch nur in Kontakt mit einem echten Mischling gekommen und dennoch behauptet ihr, alles über sie zu wissen. Das ist erbärmlich und kleingeistig."

„Wie kannst du es wagen?", knurrte der Sprecher und machte einen Schritt in seine Richtung.

Oh, wie Tayel hoffte, der Kerl würde ihn angreifen. Gegen einen Kampf hätte er gerade nichts einzuwenden. Vielleicht würde es ihm gelingen, dem Mistkerl Verstand einzuprügeln.

„Versuchst du gerade, einen meiner Gäste zu attackieren?", fragte Serafia kühl und sofort wich der Mann wieder zurück.

„Natürlich nicht, Dragos, bitte verzeiht."

„Es ist egal, ob alle die Gesetze für richtig oder falsch halten", meinte nun die zweite Frau. „Sie müssen geachtet werden und das heißt, der Mischling wird sterben. Das wisst Ihr, Dragos, also tut Eure Pflicht, die Sippe ist wegen dieses Wesens zweigeteilt und die ersten Auseinandersetzungen hat es bereits gegeben. Ihr könnt es beenden."

Serafias Lippen verzogen sich zu einem eisigen Lächeln und Tayel schauderte. Den Zorn dieser Frau wollte er gewiss niemals auf sich ziehen.

„Das Einzige, was ich jetzt beende, ist dieses Gespräch", teilte sie den vier Sprechern mit. „Verschwindet und lasst verlauten, dass mein Sohn mir willkommen ist. Wer ein Problem damit hat, soll mir das ins Gesicht sagen und wir regeln das ein für alle Mal. Ist das bei euch klar verständlich angekommen?"

„Aber Dragos!", empörte sich einer der Männer, doch auf eine knappte Handbewegung von Serafia hin trat Soryn vor die vier.

„Ihr habt unsere Anführerin gehört. Jetzt raus hier."

Der Widerwille war den vieren anzusehen, aber sie fügten sich, offensichtlich waren sie klug genug, die Konsequenzen einer Befehlsverweigerung zu fürchten.

Tayel sah zu Meron, dessen Blick zu Boden gerichtet war. Die Augenbrauen seines Mannes waren zusammengezogen und die Fäuste geballt.

„He", sprach Tayel leise und legte die Hand auf eine von Merons Fäusten. „Das hier ist nicht deine Schuld."

Meron hob den Blick und lächelte freudlos.

„Natürlich ist es das und das weißt du. Ich bin der Störenfried, der nicht existieren darf. Dessen Leben keinen Wert besitzt und der nur den Tod verdient."

Die Worte schnitten regelrecht in Tayels Herz und er zog Meron in die Arme.

„Nein", widersprach er. „Das ist nicht wahr und hör auf, dir solch einen Unsinn einzureden. Dein Leben ist ebenso wertvoll wie das eines jeden anderen. Keiner verdient den Tod, nun ja, fast keiner, auf jeden Fall nicht du, verstanden?"

414

Meron ließ sich gegen ihn sinken und lehnte die Stirn an seine Schulter.

„Ich würde es gern glauben, aber alles und jeder vermittelt mir das Gegenteil", murmelte er. „Ich hätte nie fliehen sollen, sondern mein Schicksal annehmen, damit wäre wohl allen mehr geholfen gewesen."

Tayel schluckte.

„Und was ist mit mir?"

Das ließ Meron erstarren und er hob den Blick.

„Dir?"

Tayel nickte.

„Ja, mit mir. Ich würde nicht einen einzigen Moment mit dir missen wollen. Als du mich im Dorf der Menschen zurückgelassen hast, habe ich dich vom ersten Augenblick an vermisst. Mein Drache war außer sich, er wollte dich suchen, doch mir wurde die Möglichkeit verwehrt, als Nachtdrachen mich ausfindig machten und zurück zur Festung holten" erklärte er. „Wäre es nach mir gegangen, hätte ich sofort die Verfolgung aufgenommen und vielleicht sogar verhindern können, dass Raylan dich in seine dreckigen Finger bekommt. Es tut mir so leid, dass ich nicht da war, als du mich gebraucht hast."

Merons Augen wurden groß und er legte eine Hand an Tayels Wange.

„Nicht doch, bitte, hör auf", bat er. „Es war meine Entscheidung, meine eigene Dummheit ... aber es ist schön zu hören, dass ... du mich vermisst hast."

Tayel schnaubte und lachte auf.

„Sieh an, dir gefällt also mein Leid!"

Meron jetzt lachen zu sehen, ließ ihn innerlich aufatmen. Dieser schrecklich betrübte Gesichtsausdruck war verschwunden und Tayel hoffte, er würde seinen Liebsten davon überzeugen können, dass er ebenso viel wert war wie alle anderen auch.

Noch einmal drückte er Meron an sich, ehe er ihn losließ.

„Jetzt werden sich die Dinge ändern, du wirst sehen", meinte er. „Deine Mutter hat dich offen empfangen und die Sippe wird sich an deine Anwesenheit gewöhnen."

Da schüttelte Meron den Kopf.

„Nein, wird sie nicht ... denn ich kann nicht bleiben. Auf gar keinen Fall."

Tayel strauchelte, hatte er sich eben verhört?

„Was? Wieso denn das?", wollte er wissen und Meron griff seine Hand, um ihn etwas von den beiden Dragos wegzuziehen, die sich rege mit Soryn unterhielten, der zurückgekommen war, als er die Sprecher des Saales verwiesen hatte.

„Ich bin gefährlich, sehr sogar", erklärte Meron so leise, dass Tayel ihn kaum verstand. „Seit die beiden Wesensseiten in mir erwacht sind, fühle ich, wie sie um die Vorherrschaft kämpfen. Wenn sie ausbrechen, kann ich sie nicht kontrollieren, gerade meine dämonische Hälfte ist immer auf Blut und Tod aus. Dieser dauerhaften Bedrohung will ich meine Mutter und auch der Sippe nicht aussetzen. Lange werde ich also nicht in der Festung bleiben. Ursprünglich kam ich hierher zurück, weil ich wissen wollte, was mit dir geschehen ist."

Tayel war sprachlos, er konnte nur den Kopf schütteln, damit hatte er nicht gerechnet.

„Kann man denn gar nichts dagegen tun? Was ist, wenn eine Seite den Kampf gewinnt?"

Meron lächelte traurig.

„Sobald eine Wesenshälfte stirbt, sterben alle und somit auch ich."

Fassungslosigkeit machte sich in Tayel breit und Angst kam in ihm hoch.

„Ich ... nein, das kann und will ich nicht akzeptieren, es muss einen Weg geben, dir und den Wesen in dir zu helfen!", beharrte er und diesmal war es Meron, der ihn umarmte.

„Ich wünschte es wirklich, aber mir ist keine bekannt und da sich niemand groß mit Mischlingen auskennt, ist meine Situation aussichtslos."

Das wollte Tayel nicht hören und auch nicht akzeptieren, aber ihm fiel kein Weg ein, Meron aus seiner misslichen Lage zu befreien.

Sein Mann hatte recht, niemand kannte sich in irgendeiner Form mit Mischlingen aus, denn sie wurden immer gejagt und getötet. Keiner hatte sich je damit auseinandergesetzt, was man tun könnte, um ihnen zu helfen.

Ihm war mit einem Mal speiübel und das Herz schmerzte ihm in der Brust.

Jetzt hatte er endlich seinen Mann wieder bei sich und sogar die Entscheidung getroffen, aus seiner Sippe auszutreten und Ravina zurückzulassen ...

Und nun sollte er Meron so schnell wieder verlieren?

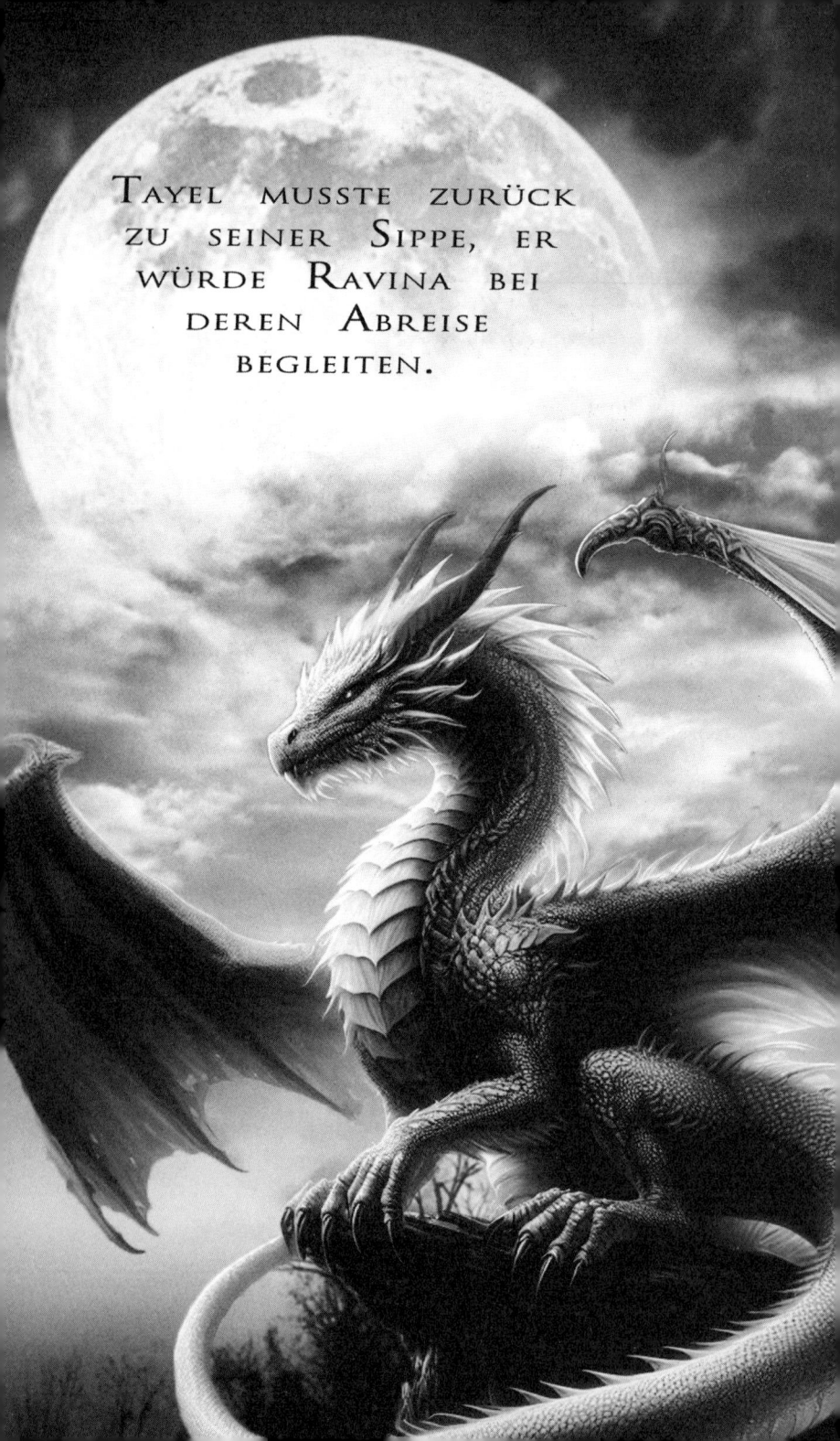

TAYEL MUSSTE ZURÜCK
ZU SEINER SIPPE, ER
WÜRDE RAVINA BEI
DEREN ABREISE
BEGLEITEN.

KAPITEL 32

MERON

Tayels Blick traf ihn mitten ins Herz, es schmerzte und er musste sich abwenden.

„Meron", hörte er seine Mutter nach ihm rufen und da Tayel sich weiterhin nicht rührte, ging er an ihm vorbei zu ihr.

„Ja?"

Sie legte die Hand auf seine Schulter und lächelte sanft.

„Dein Quartier steht bereit, ich habe alles herrichten lassen. Die Reise muss dich erschöpft haben. Geh und finde etwas Ruhe."

„Hab vielen Dank", erwiderte er und umarmte sie, ehe er den Thronsaal verließ.

Es fühlte sich falsch an, Tayel zurückzulassen, aber sein Golddrache hatte sich noch immer nicht vom Fleck gerührt.

Also ging Meron allein in sein Gemach.

Dort angekommen blieb er im Wohnraum stehen und blickte sich um.

Vertraut und normal ... und dennoch kam er sich wie ein Eindringling vor.

Jemand, der nicht hierhergehörte, der fehl am Platz war und verschwinden sollte.

Diese vier Wände waren von Geburt an sein Reich gewesen und zugleich sein Gefängnis.

Vielleicht hatte er deshalb das Gefühl, nicht mehr hierher zu gehören. Weil er die Außenwelt kennengelernt und für eine kurze Zeit wirkliche Freiheit verspürt hatte.

Und Liebe.

Er legte die Hand auf seinen Brustkorb und schloss die Augen.

Tayel hatte sein Herz gestohlen und Meron würde alles dafür tun, bei seinem Mann bleiben zu können, aber er wusste, es wäre unvernünftig und war schlichtweg nicht machbar.

Tayel musste zurück zu seiner Sippe, er würde Ravina bei deren Abreise begleiten.

Und Meron?

Wahrscheinlich wäre es das Klügste, die Festung früh wieder zu verlassen. Das musste er nur noch seiner Mutter begreiflich machen. Irgendwie.

So wie es aussah, hatten die beiden Dragos sich dazu entschlossen, ihn nicht zu töten.

Was das für Konsequenzen nach sich ziehen würde, wollte Meron sich gerade gar nicht vorstellen, aber vielleicht könnte man die Dinge so zurechtlegen, dass die Nachtdrachen glaubten, er wäre tot, dabei würde er lediglich die Festung verlassen.

Irgendwie mussten sie einen Weg finden, denn er wollte gewiss nicht der Grund für eine Auseinandersetzung oder gar für einen Sippenkrieg sein!

Meron schauderte und ging in seinen Kochbereich. Dort öffnete er die Tür der Speisekammer und fand allerlei frische Lebensmittel vor.

Mutter hatte alles für ihn auffüllen lassen.

Ein Lächeln legte sich auf seine Lippen und er nahm sich etwas heraus, setzte sich an den Tisch und aß.

Er wusste, die Sachen schmeckten gut, aber irgendwie war alles fade. Zu viele Gedanken kreisten in seinem Kopf und ließen ihn nicht zur Ruhe kommen.

Noch im Wald hatte er damit keine Probleme gehabt.

Weil da Tayel an seiner Seite gewesen war, wisperte eine kleine Stimme in seinem Hinterkopf.

Meron ließ das Brot auf den Tisch fallen und ballte die Faust, denn seine Hand bebte.

Schmerz durchzuckte ihn und er krümmte sich zusammen. Scharfe Klauen rissen innerlich an seiner Haut und er stöhnte vor Pein.

Nur dumpf bekam er mit, wie er vom Stuhl fiel und jetzt auf dem kalten Boden lag.

Die beiden Wesensseiten in ihm hatten einen erneuten Kampf begonnen und Meron zitterte immer heftiger.

Würde es nun enden?

„Meron!"

Starke Hände griffen ihn und hoben ihn hoch.

Er keuchte und als ein vertrauter Duft in seine Nase stieg, klammerte er sich regelrecht an seinen Helfer.

„Ich bin hier, alles ist gut", hörte er Tayel sagen und bei Gott, wie gern würde er ihm glauben!

Er hörte den Dämon in sich knurren und fauchen, doch als das Grollen seines Drachen erklang, gesellte sich ein zweites mit dazu.

Seine Dämonenseite schien zu erstarren, dann zog sie sich zurück und nahm die Qualen mit sich, die Merons Körper in ihren Klauen gehabt hatten.

„Geht es wieder?", fragte Tayel und Meron blinzelte langsam.

„Ja", murmelte er und blickte sich um.

Tayel hatte sich mit ihm auf dem Schoß in den Sessel vor dem Kamin gesetzt. Die Wärme des Feuers tat gut und er lehnte sich an seinen Golddrachen.

„Wie hast du das gemacht?", fragte er, denn das zweite Grollen in seinem Inneren musste von Tayels Drachen gekommen sein. Er hatte ihn regelrecht gefühlt, wenn Meron auch nicht klar war, wie das überhaupt möglich sein konnte.

„Ich?", hörte er Tayel irritiert fragen. „Ich habe rein gar nichts getan. Was meinst du?"

Hatte er es sich eingebildet?

Dabei war Meron sich sicher, Tayels Gegenwart in diesem Moment gefühlt zu haben. Oder bekam er jetzt schon Wahnvorstellungen?

„Vergiss es", meinte er leise seufzend und schloss die Augen. „Aber nun hast du gesehen, was passiert, wenn die beiden Hälften in mir miteinander kämpfen."

Da legten sich Tayels Arme fester um ihn.

„Es tut mir leid, dass du das durchmachen musst", murmelte sein Mann. „Ich wünschte, ich könnte dir helfen."

Womöglich hatte er das gerade getan und war sich dessen nicht bewusst, ging es Meron durch den Kopf.

„Niemand kann mir helfen", meinte er leise. „Deshalb muss ich die Festung verlassen, ich will keine Gefahr für irgendjemanden darstellen. Es sind bereits zu viele Leute wegen mir in Probleme geraten ... oder gestorben."

„Nichts davon war deine Schuld", erwiderte Tayel, doch Meron schüttelte den Kopf.

„Ich wollte es vielleicht nicht, aber dennoch habe ich es getan. Ich habe Menschen getötet, Tayel. Ein Vater mit seiner Tochter, sie wollten mir helfen und als Dank, habe ich sie in einem dämonischen Anfall ermordet. Ich bin eine Gefahr für alle."

„Und dennoch kannst du nichts dafür", beharrte Tayel. „Niemand hat dir je beigebracht, wie du mit den beiden Hälften in dir umgehen musst. Wie sollst du etwas wissen, wovon hier in der Festung keiner eine Ahnung hat? Es gibt hier keine anderen Mischlinge, die das durchgemacht haben, was du gerade durchlebst. Niemand, der dir mit Rat und Tat zur Seite stehen kann und deine Probleme versteht. Es ist schrecklich, was geschehen ist, und die Toten mögen in Frieden ruhen, aber Meron, du kannst nichts dafür."

Er merkte, es war aussichtslos, Tayel umstimmen zu wollen, er schien auf seiner Meinung zu beharren und Meron hatte keine Kraft, die Diskussion auszuweiten.

Sein Golddrache wollte ihm die Schuld nehmen, die sich auf seinen Schultern angesammelt hatte, doch das war nicht möglich, das konnte niemand.

Was er getan hatte, war unentschuldbar und dafür gehörte er eigentlich nach den Gesetzen jedes Volkes gerichtet. Dass er noch lebte, war ungerecht gegenüber seinen Opfern und doch wollte Meron nicht sterben.

Ja, das konnte man durchaus egoistisch nennen, aber er fürchtete sich vor dem Tod.

„Wann werdet ihr abreisen?", fragte er, um sich von den trüben Gedanken abzulenken.

Tayel brummte unbestimmt.

„Ravina sprach davon, die Schar bereits in wenigen Tagen zusammenzurufen, aber ein genauer Zeitpunkt wurde noch nicht festgelegt."

Meron nickte.

„Ich freue mich, dass deine Schwester meiner Mutter beisteht, das kann sie in diesen schwierigen Zeiten wahrlich gut gebrauchen."

Als Tayels warme große Hand über seine Seite und den Rücken strich, entspannte sich Meron und lächelte leicht. Das fühlte sich schön an.

„Sie sind tatsächlich so etwas wie Freundinnen geworden, sofern das als Dragos möglich ist. Mir scheint, sie tun einander gut und dieses Verhältnis wird die beiden Sippen nachhaltig verändern."

„Ein schöner Gedanke", erwiderte er.

Vielleicht würde für die Drachen ein neues Zeitalter anbrechen, ging es Meron durch den Kopf.

Es wäre wünschenswert, wenn gewisse Gesetze überdacht werden würden, gerade, was Mischlinge betraf.

Es gab sicherlich einige wie ihn dort draußen, wenn sie auch im Verborgenen oder unter den Menschen lebten.

Würden sich die Dragos ihnen gegenüber mehr öffnen, könnte eine neue Gemeinschaft entstehen ... Und jemandem wie Meron in Zukunft womöglich sogar geholfen werden.

Er horchte in sich hinein, doch die beiden Wesenshälften hatten sich zurückgezogen und waren ruhig.

„Und hoffentlich bald mehr als das", hing Tayel an und sah auf ihn nieder. „Gib nicht auf, versprich mir das."

Meron blinzelte, damit hatte sein Golddrache ihn überrumpelt.

„Ich versuche es", wisperte er und blickte Tayel in die Augen.

Diese rotbraunen Augen hatten ihn schon bei ihrem ersten Treffen in den Bann gezogen.

Sein Herz setzte einen Schlag aus und Meron fehlten mit einem Mal die Worte.

Er wollte seinen Golddrachen nicht verlieren ... aber wie könnte er von Tayel verlangen, sein bisheriges Leben zurückzulassen? Für einen Mischling, der wahrscheinlich die nächsten Wochen nicht überleben würde. Nein, das war absolut unmöglich.

So sehr es ihn schmerzte, er würde die Festung allein verlassen und Tayel zurück zur Sippe der Golddrachen kehren, zusammen mit Dragos Ravina.

Dort gehörte er hin.

„Ich sehe dich denken", raunte Tayel und senkte den Kopf. „Hör auf damit, zumindest für einen Moment."

Als sich ihre Lippen berührten, zerstoben alle Gedanken in Merons Kopf und er schlang die Arme um Tayels Hals.

Der Kuss begann sanft, doch schnell wurde er leidenschaftlicher.

Tayels Hände glitten über seinen Körper, schoben sich unter sein Oberteil und ließen Meron keuchen.

„Warum bist du nicht zu mir gekommen?", wollte er wissen, als sie für einen Moment Luft holten.

Stirnrunzelnd hielt Tayel inne.

„Wann? Wovon sprichst du?"

Meron leckte sich die Lippen und versuchte, einen klaren Gedanken zu fassen.

„Als ich in der Aschezone war, habe ich probiert, mit dir in Kontakt zu treten. Über die Traumebene ... Ich gelangte hinein, aber ... du warst nicht da."

Da weiteten sich Tayels Augen und erneut legte er eine Hand an seine Wange.

„Ich habe nichts gespürt, wirklich", erklärte er eilig. „Hätte ich das gewusst, wäre ich zu dir gekommen. Ich verstehe nicht, wieso es dieses Mal nicht funktioniert hat, ... es tut mir leid, dass ich nicht für dich dagewesen bin."

Meron drehte den Kopf und küsste Tayels Handinnenfläche.

„Schon gut, ich hatte nur ab diesem Moment die Sorge, dass etwas mit dir passiert sein könnte. Deshalb bin ich überhaupt zur Festung zurückgekommen, statt direkt zu fliehen ... wenn ich auch nicht gewusst hätte, wohin."

Jetzt, wo er es laut aussprach, kam er sich kindisch vor. Sie waren nicht verpaart, die Traumebene sollte ihnen gar nicht offenstehen. Es war ein Wunder, dass sie überhaupt schon einmal dortgewesen waren.

„Vielleicht habe ich nichts gefühlt, weil ich selbst unterwegs gewesen bin", erwiderte Tayel mit gerunzelter Stirn. „Wir sind nach wenigen Tagen bereits von der Grenze der Aschezone wieder aufgebrochen, da es ... Komplikationen gegeben hatte.

Wenn du mich gerufen hast, als wir in der Luft waren, hat mein Drache vielleicht deshalb nicht reagiert."

Meron sah auf, ja, das war eine Möglichkeit.

Er musterte seinen Golddrachen und ein Fünkchen Hoffnung wollte in seinem Herzen glimmen.

Würde es ihnen womöglich gelingen, über die Traumebene in Kontakt zu bleiben, auch wenn sie körperlich getrennt waren? Eine Beziehung, ohne wirklich zusammen zu sein?

Dieser Gedanke war lächerlich, Tayel hatte Besseres verdient.

„Hatte ich nicht gesagt, du sollst aufhören, zu denken?", fragte Tayel soeben. „Ich kann den Rauch regelrecht sehen, der aus deinen Ohren kommt."

Meron schmunzelte und schüttelte den Kopf.

„Ich kann nicht aus meiner Haut", erwiderte er entschuldigend.

„Das habe ich auch nicht verlangt", entgegnete Tayel und legte ihm die Hand an die Wange. „Ich hoffe nur, du glaubst mir. Wann immer du mich in die Traumebene rufst, ich würde stets zu dir kommen, wenn es möglich ist. Ich war gewiss im Flug und konnte deshalb nicht reagieren."

Meron drehte den Kopf und hauchte einen Kuss auf die raue Handfläche.

„Ich glaube dir", raunte er und blickte Tayel in die warmen rotbraunen Augen.

Wie sehr er ihn vermissen würde. Es schmerzte in seiner Brust, schon beim Gedanken daran, dass er seinen Golddrachen nie wiedersehen würde.

Allein deshalb sollte er die verbleibende Zeit genießen und aufhören, sich über alles den Kopf zu zerbrechen.

So ließ er die Hand in Tayels Nacken wandern und zog ihn sachte zu sich.

Ihre Lippen vereinten sich und der Kuss ging ihm durch Mark und Bein.

Tayels Hand fuhr unter sein Oberteil und kratzte über seine Brust, was ihm eine Gänsehaut bescherte.

Meron keuchte und drückte sich an seinen Mann.

„Ich will dich", wisperte er, denn das Verlangen pulsierte bereits heiß in seinen Venen.

Nach Luft schnappend krallte er sich an Tayel, als dieser ohne Vorwarnung vom Sessel aufstand und ihn dabei festhielt.

„Nur keine Sorge, ich lasse dich nicht fallen", versicherte sein Golddrache schmunzelnd und Meron kniff die Augen zusammen.

„Nicht witzig", kommentierte er brummend, ließ es aber zu, dass sein Liebster ihn durch den Raum und ins Schlafzimmer trug.

Tayel legte ihn in die Laken und der kühle Stoff ließ Meron erneut erzittern.

Die geschickten Hände seines Mannes zogen ihm in wenigen Bewegungen sämtliche Kleidung aus und schon fand Meron sich den begierigen Blicken Tayels ausgeliefert.

Sein Herz raste und er vergriff sich in den Laken, während er sich die Lippen leckte.

„Das ist ungerecht", beschwerte er sich heiser. „Du hast zu viel an."

Tayel lächelte wissend und strich mit den Fingerspitzen über Merons Brust bis zum Bauchnabel.

„Ich weiß, aber nur so kann ich mich zurückhalten."

Meron blinzelte.

„Zurückhalten? Wieso solltest du das wollen?"

Da lehnte Tayel sich über ihn und erneut verschmolzen ihre Lippen zu einem leidenschaftlichen Kuss, der Meron den Atem raubte.

Er griff mit beiden Händen an Tayels Schultern und drückte die Fingernägel hinein.

Mit Druck musste er ihn von sich schieben, um überhaupt Luft holen zu können.

„Tayel, was ...", setzte er an, doch da umfasste eine starke Hand seine Erregung und alle Gedanken zersplitterten.

Meron stöhnte auf und wieder landeten seine Hände in den Laken.

Tayels Lippen hinterließen eine heiße Spur, als sie an seiner Wange bis zum Hals glitten.

„Ich will dich stöhnen hören", schnurrte sein Mann und allein der Laut ließ ihn keuchen.

Tayel massierte seinen Schwanz und Meron sah bereits jetzt Sterne. Das eine Mal, da er mit seinem Liebsten geschlafen hatte, war schon eine Weile her und sein Körper schien regelrecht ausgehungert nach mehr zu sein.

„Tayel bitte!", stöhnte Meron und wölbte sich ihm entgegen. „Lass mich nicht warten!"

Doch genau das schien sein Golddrache im Sinn zu haben, denn er ließ von ihm ab.

„Du bist ganz schön gierig", hörte er Tayel sagen, ehe sein kehliges Lachen an seinem Hals vibrierte.

„Ich habe dich eben vermisst", versuchte Meron sich zu rechtfertigen, wobei ihm die Röte in die Wangen stieg. Es war ihm beinahe peinlich, wie bedürftig er gerade reagierte.

Aber immerhin war es wohl das letzte Mal, dass er die Nähe seines Mannes genießen konnte. Da wollte er jeden noch so kleinen Moment in sich aufsaugen.

„Bitte", wisperte er und blickte Tayel in die Augen.

Sein Golddrache legte den Kopf fragend zur Seite, er schien sein Drängen nicht zu verstehen.

„Bitte", wiederholte er und streckte die Hand nach Tayel aus. „Bis zum Morgengrauen will ich dir gehören."

KAPITEL 33

TAYEL

Der Schmerz in Merons Stimme war nicht zu überhören und Tayel brauchte einen Moment, ehe er verstand.

Sein Mischling dachte, nach der kommenden Nacht würden sie getrennte Wege gehen.

Meron hatte bereits davon gesprochen, die Festung alsbald wieder zu verlassen.

Sein Drache grollte wütend in seinem Inneren, aber Tayel drängte ihn zurück.

Es würde nichts bringen, mit Meron zu schimpfen oder auf ihn einzureden. Jetzt war auch nicht die Zeit dafür, gerade galten nur sie beide. Eigentlich hatte er es langsam angehen wollen, aber das würde für Meron kein Vergnügen, sondern eher Folter bedeuten, und das wollte er keinesfalls.

Er ließ die Hand seines Mischlings los und stand auf, um sich seiner Kleidung zu entledigen. Dabei war er sich der begehrlichen Blicke Merons durchaus bewusst.

Und ja, er genoss sie!

Nein, verdammt, er würde nicht zulassen, dass der Mann, der ihm das Herz gestohlen hatte, allein durch die Welt zog.

Tayel vertrieb die dunklen Gedanken und kletterte aufs Bett und über seinen Mann.

Sofort krallte Meron sich an seinen Schultern fest und eroberte seine Lippen für einen fast schon verzweifelten Kuss.

Er strich mit einer Hand über Merons Seite bis zur Kniekehle, wo er nur kurz dagegen drückte.

Sein Mann verstand sofort und zog die Beine nach hinten. Bei der Bewegung rieben ihre Erregungen aneinander und Tayel knurrte vor Lust.

„Nimm mich", keuchte Meron und biss ihn in die Unterlippe.

„Geduld", raunte Tayel und leckte sie, ehe er bis zu Merons Hals wanderte und an der weichen Haut knabberte.

Zeitgleich strich er durch Merons Spalte und schob langsam einen Finger in ihn.

Das frustrierte Keuchen seines Liebsten jagte ihm Schauer über den Rücken.

„Tayel, du quälst mich", wimmerte Meron.

„Ich will dir nicht wehtun, da ist ein Unterschied", erklärte Tayel mühsam beherrscht. Wenn sein Mann sich weiter so unter ihm räkeln würde, wäre es bald dahin mit seiner Selbstkontrolle.

Er krümmte den Finger in Meron und schon bäumte dieser sich auf. Sein Stöhnen war wie Musik für Tayels Ohren und da die Muskeln seines Mannes sich nicht verkrampften, konnte er einen zweiten Finger in ihn drücken. Nun jammerte Meron nicht mehr, stattdessen kam er ihm bei jedem Stoß seiner Finger entgegen und stöhnte voller Verlangen.

Verdammt, allein bei diesem Anblick hätte Tayel kommen können!

Seine Erregung tropfte und sehnte sich nach Aufmerksamkeit.

Erneut bäumte sein Mischling sich auf und schrie dabei seinen Namen. Merons Schwanz zuckte und sein Erguss schoss nur so aus ihm heraus.

„Verdammt", knurrte Tayel und küsste seinen nach Luft schnappenden Liebsten.

Er entzog ihm die Finger und griff ihn bei den Hüften, als er seine Erregung an Merons Eingang drückte.

Sofort glitt er in seinen Mischling und die enge Hitze umfing ihn.

Tayel stöhnte auf und legte den Kopf in den Nacken, als er sich langsam tiefer schob.

Er achtete auf Meron, wollte ihm auf keinen Fall Schmerz bereiten, aber sein Mann zeigte ihm klar, was er begehrte. Mehr!

Tayel bewegte sich erst langsam, doch dann immer schneller. Merons lustvolles Stöhnen spornte ihn zusätzlich an und er griff dessen Erregung, um sie hart zu massieren.

„Lass dich gehen", forderte er seinen Liebsten auf, der sich in den Laken vergriffen hatte.

Seine Lippen waren einen Spaltbreit geöffnet und er keuchte atemlos bei jedem Stoß.

Merons Muskeln spannten sich um seine Erregung an und jetzt war es Tayel, der nach Luft schnappte.

Sofort wurden seine Bewegungen schneller und auch härter, er verlor mehr und mehr die Beherrschung und gab sich den Empfindungen hin.

Viel zu bald fühlte er einen Höhepunkt nahen und konnte ihn nicht zurückdrängen.

„Meron!", stöhnte Tayel laut und hörte seinen Liebsten fast zeitgleich mit ihm aufschreien.

Dass ihre Orgasmen beinahe zur selben Zeit über sie hereingebrochen waren, ließ Tayels Drachen in seinem Inneren zufrieden knurren.

Er spürte den Drang seiner tierischen Hälfte und gab ihr nach.

Tayel entzog sich seinem Mann und drehte Meron geschickt auf den Bauch.

Sein Mischling wehrte sich nicht, er ließ es mit sich machen und Tayel zog ihn an den Hüften hoch, um sich erneut tief in ihn zu versenken.

Wieder schrie Meron auf und drückte dabei den Kopf in den Nacken.

„Ah!"

Tayel gab ihm keine Pause.

Hart und schnell stieß er immer wieder in seinen Mann und genoss das Geräusch von Haut auf Haut.

Erneut hörte er seinen Drachen grollen und merkte, wie sein Zahnfleisch prickelte.

Das Gefühl war völlig neu und irritierte Tayel im ersten Moment, doch sein Drache sandte ihm klare Signale, dass es normal war.

Während er unablässig in Meron stieß, strich er mit einer Hand dessen Wirbelsäule entlang bis zum Nacken. Sofort sackte Merons Kopf nach vorne und Tayel fixierte die freigelegte Haut.

Mit der Zunge leckte er über seine Zähne und fühlte die Veränderung. Sie waren schärfer, spitzer und ähnelten mehr dem Gebiss seines Drachen.

Das war es, was er fühlte! Den Drang, sich mit Meron ein für alle Mal zu paaren. Zu verbinden, auf dass jeder im Land wissen würde, dass sein Mischling zu ihm allein gehörte.

Sein Herz raste und das Gefühl, welches als Wispern in seinem Hinterkopf begonnen hatte, wurde schnell zu einem ausgewachsenen Brüllen.

Meron gehörte zu ihm!

Er nahm die Hand von Merons Nacken und griff ihn stattdessen an der Schulter.

Dabei versenkte er sich bis zur Wurzel in ihm, senkte den Kopf und biss Meron in den Nacken. Fest.

Der überraschte Schrei seines Liebsten vermischte sich mit dem Höhepunkt, der ihn durchzuckte.

Kupfriges Blut benetzte seine Zunge und Tayel schluckte, während Meron unter ihm keuchte.

Sein Drache knurrte zufrieden, genau so sollte es sein.

Nur langsam ließ er von Merons Nacken ab, die frische Wunde schloss sich binnen eines Wimpernschlages. Zurück blieb das Paarungsmal, welches deutlich zeigte, dass Meron in festen Händen war. Vergeben, verpaart.

„Was ... was hast du getan?", hörte er seinen Mischling wispern und Meron legte eine Hand auf das Mal.

Er zuckte zusammen und keuchte.

„Du hast ...", murmelte Meron und Tayel zog sich sachte aus ihm zurück, um sich neben ihn in die Laken sinken zu lassen.

Er griff seinen fassungslosen Liebsten und zog ihn in seine Arme.

„Ja, habe ich", bestätigte er und legte die Hand auf Merons Nacken. „Ich liebe dich und das soll jeder wissen."

Meron blinzelte hektisch, seine grünen Augen glänzten verdächtig, doch er war kreidebleich geworden.

„Das hättest du nicht tun dürfen", wisperte Meron, wobei seine Stimme bei jedem Wort lauter wurde.

Abrupt riss sein Mischling sich von ihm los und sprang auf die Beine.

„Du Narr!", schrie er ihn an und Tayel sah, wie Tränen über Merons Wangen liefen. „Du machst alles kaputt!"

Meron wirbelte herum und rannte aus dem Zimmer.

Tayel blickte ihm einen Moment nach, ehe er aufstand und ihm nachging.

„Meron, bitte", sagte er in normaler Lautstärke, denn die Tür zur Waschkammer war nur angelehnt und dem Geruch nach war sein Mann darin verschwunden. „Habe ich mich so getäuscht? Empfindest du nichts für mich?"

Wie erwartet wurde die Tür jetzt aufgerissen und Meron funkelte ihn wütend an.

„Doch, verdammt! Und genau darum geht es! Wir haben keine Zukunft, Tayel, wir können nicht zusammen sein. Ich bin ein Mischling, ausgestoßen von den Sippen, ich werde immer gejagt werden. Und selbst wenn die Sippen es nicht schaffen sollten, mich zur Strecke zu bringen, werden es die beiden Wesenshälften in mir tun. Du hast es doch gesehen! Wieso hast du dich mit mir verpaart? Ich habe dir nichts zu bieten und kann dich nicht zur Goldsippe begleiten!"

Die ganze Wut war nur Schau, das erkannte Tayel sofort. Meron hatte Angst und auch Sorge war in seiner verzerrten Miene zu erkennen.

Er trat näher und zog Meron in seine Arme.

„Jetzt atme bitte erst einmal durch", murmelte Tayel und strich ihm über den Rücken. „Ich habe es vorhin gesagt und ich wiederhole es gerne. Ich liebe dich, Meron, und ich werde nicht von deiner Seite weichen."

Sein Mischling schniefte und stand stocksteif in seiner Umarmung, doch er wehrte sich nicht.

„Du wirfst dein Leben weg", wisperte Meron geschlagen. „Ich bin ein toter Mann."

„Das bist du nicht", widersprach Tayel mit fester Stimme. „Ich werde nicht zulassen, dass ..."

„Du kannst nichts tun!", fauchte Meron und riss sich los. „Was willst du gegen die vier Drachensippen ausrichten, hm? Selbst deine Schwester oder meine Mutter können mir nicht helfen! Und gegen die beiden Seiten in mir kann niemand etwas tun. Sie gehören zu mir und sie werden mich töten! Wieso akzeptierst du das nicht?"

„Weil ich dich nicht verlieren will!", brüllte Tayel zurück und ballte die Fäuste. „Wenn mir erneut das Herz aus der Brust gerissen wird, werde ich daran zu Grunde gehen. Meron, du hast mich aus dem Loch geholt, aus der tiefen Schwärze, in die mich Everts Verlust geworfen hat. Ohne dich wäre ich noch immer dort. Doch jetzt ... jetzt habe ich Hoffnung und ich fühle. Etwas, dass ich seit seinem Tod nicht mehr getan habe. Du bist der Grund, weshalb ich wieder zu mir selbst zurückgefunden habe. Nur wegen dir, deiner wundervollen Art, deinem Lachen, deinem Wesen ... wegen dir. Du hältst mein Herz in Händen, Meron, und du allein entscheidest, was du damit tun möchtest."

Merons grüne Augen waren geweitet, er starrte ihn an und kein Ton kam über seine Lippen.

„Aber ... deine Schwester", hauchte Meron nach einem langen Moment des Schweigens.

Tayel schüttelte den Kopf.

„Ich habe Ravina meine Entscheidung bereits mitgeteilt und auch, wenn es mich schmerzt, aus meiner Sippe verbannt zu werden, so ist es mir das wert. Du bist es mir wert."

„Was?", keuchte Meron und trat nun wieder auf ihn zu, um ihn an den Schultern zu packen. „Sie verstößt dich aus der Sippe? Warum?"

Tayel lächelte und ja, es schmerzte ihn, doch es war die einzig richtige Wahl, die er treffen konnte.

„Weil ich als ihr Stellvertreter versagt habe", erklärte er. „Ich trete zurück und lege das Amt nieder, was eigentlich nur durch meinen Tod und durch Ravinas Entscheidung möglich ist. Ich habe es zuerst selbst nicht verstanden, aber nur auf diesem Weg kann sie mich gehen lassen. Ich bin dann ein Verstoßener, doch ich bin bei dir. Mehr will ich nicht."

Meron schüttelte gar panisch den Kopf.

„Tayel, deine Bemühungen in allen Ehren, aber mein Leben wird äußerst kurz sein. Ich kann es nicht genug betonen! Du hast doch gesehen, was passiert, wenn die Wesensseiten in mir kämpfen! Sie werden mir das Leben nehmen und dann bist du allein. Einmal von der Sippe verstoßen, gibt es kein Zurück mehr."

Das entsprach alles der Wahrheit und doch stand Tayels Entscheidung fest.

„Wir werden eine Lösung finden", beharrte er und legte die Hände auf Merons Hüften. „Und wir werden bis zum letzten Augenblick kämpfen. Ich weiche nicht mehr von deiner Seite und wage es ja nie wieder, mich niederzuschlagen!"

Es war scherzhaft gemeint, doch die Worte verfehlten ihre Wirkung, Merons Miene verdunkelte sich zusehends.

„Ja, das war ein Fehler und ich bereue ihn", erwiderte sein Mischling. „Und doch ist das, was du jetzt tust, ebenfalls ein Fehler. Du hättest mich niemals markieren dürfen. Das muss irgendwie rückgängig zu machen sein!"

Bitte was?

Tayel knurrte und als Meron sich lösen wollte, packte er ihn nur fester.

„Jetzt hör mir genau zu", zischte er und blickte ihm in die Augen. „Du hast es damals getan, weil du verzweifelt warst und dachtest, du hättest keine andere Wahl. Jetzt aber hast du sie und wenn du dich dazu entscheiden willst, mich von dir zu stoßen, dann sag es, verdammt! Wenn du mich nicht an deiner Seite haben willst, dann sag es mir ins Gesicht und versteck dich nicht hinter sonst was!"

Meron zuckte zurück.

„Aber das habe ich gar nicht gesagt", meinte er und senkte kurz den Blick. „Ich liebe dich ... doch ich will nicht, dass du meinetwegen dein Leben wegwirfst."

Tayel schnaubte. „Was denkst du, wie es mir gehen wird, sobald du mich zurücklässt?", fragte er. „Wenn du mich zwingst, mit Ravina zurückzukehren und dich nie wiederzusehen? Der Tod wäre gnädiger als das, was du von mir verlangst."

Da hob Meron den Blick und sah ihm in die Augen.

Tränen schimmerten in dem vertrauten Grün und Meron schluckte hart.

„Du bist ein Narr", wisperte er und Tayel nickte.

„Das hast du jetzt mehrfach klargestellt", entgegnete er. „Aber ich verlange nun eine Entscheidung von dir. Willst du mich als deinen Mann an deiner Seite?"

Das Schweigen zog sich in die Länge und es fühlte sich wie eine gottverdammte Ewigkeit an, doch dann schniefte Meron und nickte.

„Natürlich will ich das", wisperte er und warf sich in seine Arme. „Ich liebe dich ... du Narr."

Tayel schmunzelte und drückte ihn fest an sich.

Die Erleichterung fiel ihm wie ein Stein vom Herzen.

Für einen kleinen Augenblick hatte er tatsächlich geglaubt, Meron würde ihn von sich stoßen, und das hätte er wahrlich nicht überlebt.

„Ich dich auch", gab er zurück und hauchte einen Kuss auf Merons Schläfe.

„Sag mal ... ist die Paarung denn jetzt eigentlich komplett?", hörte er Meron fragen und stutzte.

Sein Drache knurrte in seinem Inneren, als würde er ihn jetzt auch noch einen Narren schimpfen.

„Nein", antwortete Tayel. „Ich trage dein Mal nicht, solange ist sie nicht vollständig."

Sofort raste sein Herz allein beim Gedanken daran, dass Meron die Zähne in seinen Nacken versenken und ihn markieren würde.

Zum ersten Mal wünschte er sich das.

„Die Vorstellung scheint dir zu gefallen", raunte sein Mann und hob den Blick.

Tayel keuchte, als sich Merons Finger um seinen erneut harten Schwanz legten.

„Ja, das tut es", gestand er und leckte sich die Lippen. „Willst du es denn?"

„Was für eine Frage", schnurrte Meron und der Griff um seine Erregung verstärkte sich.

Tayel stöhnte und drückte sich der Berührung entgegen.

„Ich gehöre ganz dir."

Meron küsste ihn hart und drängte ihn dabei gegen die Wand.

Kurz fragte Tayel sich, ob sein Mischling ihn würde nehmen wollen, doch da ließ Meron auch schon von ihm ab.

„Dreh dich zur Wand", verlangte er und Tayel gehorchte ohne Zögern.

Wieder legten sich Merons Finger um seine Erregung und er stöhnte vor Lust. Die Hände legte Tayel gegen die Wand, um sich abzustützen.

Er spürte Merons warmen Atem in seinem Nacken und sein Herz drohte ihm aus der Brust zu springen.

„Ich liebe dich", wisperte Meron nah an seinem Ohr und Tayel schrie auf, als sich scharfe Zähne in seinem Fleisch versenkten.

Der Schmerz war kurz, ging ihm aber durch und durch, und landete schlussendlich direkt zwischen seinen Beinen.

„Meron!"

Der Höhepunkt riss ihn mit sich und sein Drache stieß ein lautes Brüllen in seinem Inneren aus.

Es war, als würde mit einem Mal ein weiteres Herz in seiner Brust schlagen, und das Gefühl ließ ihn regelrecht nach Luft schnappen.

Nur langsam kam Tayel zurück im Hier und Jetzt an.

Er blinzelte und merkte, dass Meron von ihm abgelassen hatte.

Auf wackeligen Beinen drehte er sich zu seinem Mann um, der ihn mit einem liebevollen Lächeln auf den Lippen anblickte.

„Das ist unglaublich", wisperte Meron und Tayel nickte. „Das ist es", stimmte er zu und zog ihn zu einem innigen Kuss an sich.

KAPITEL 34

MERON

Der Morgen graute gerade erst und Meron lag schon eine ganze Weile wach im Bett.

Die eine Hälfte der Zeit war er damit beschäftigt, das Paarungsmal in seinem Nacken zu betasten, die andere verbrachte er damit, Tayel anzustarren.

Freude und Gewissensbisse rangen in ihm, denn so glücklich er darüber war, dass sein Golddrache sich offen zu ihm bekannte und bei ihm bleiben würde, so sehr fürchtete er den Tag, an dem Tayel dies bereuen würde ... und dass das passieren würde, war in Merons Augen unumgänglich.

Sanft strich er Tayel, der auf dem Bauch lag und leise vor sich hin schnarchte, durchs Haar und über den Rücken. Die warme weiche Haut ließ seine Fingerspitzen kribbeln und Meron seufzte.

Kurz horchte er in sich hinein und war erleichtert, als er feststellte, dass die beiden Wesensseiten sich ruhig verhielten. Er war nicht erpicht auf einen neuen Kampf und den damit verbundenen Schmerzanfall.

Und doch musste er an den letzten denken.

Er runzelte die Stirn, ob es wirklich Tayels Drache gewesen war, der ihm sozusagen zu Hilfe gekommen war?

Das würde sich wohl beim nächsten Mal zeigen, sofern Tayel da in seiner Nähe wäre.

Sein Blick heftete sich auf das Bissmal im Nacken seines Mannes und Meron musste grinsen.

Er leckte sich die Lippen, als er an das Gefühl erinnert wurde, das ihn durchströmt hatte, als er Tayel biss. Dieses Glücksgefühl, das Wissen, endlich angekommen zu sein ... es war unbeschreiblich gewesen.

Ein dumpfes Grollen erklang in seinem Inneren und Meron richteten sich die Nackenhaare auf. Sogleich hielt er den Atem an und wartete auf die Pein, wenn die Wesen in ihm aufeinander losgehen würden.

Doch nichts passierte.

Es war lediglich sein Drache gewesen, der seine Zustimmung signalisiert hatte.

Erleichtert atmete Meron durch und ließ die Hand auf Tayels Rücken liegen.

„Nicht aufhören", raunte Tayel verschlafen und Meron zuckte zusammen.

„Habe ich dich geweckt?"

Tayel schnaubte und ließ die Augen geschlossen.

„Ja, und als Strafe musst du mich jetzt streicheln."

Leise lachend tat Meron genau das und hörte seinen Golddrachen zufrieden brummen.

„Du denkst schon wieder", schalt dieser ihn Momente später und Meron schnaubte.

„Kannst du mir das vorwerfen, nach dem, was gestern passiert ist?"

Endlich hoben sich Tayels Lider und er blickte zu ihm auf.

„Nein, aber ich hoffe, dir ist klar, dass du mich nicht mehr loswirst?"

Kopfschüttelnd strich Meron seinem Mann durchs Haar.

„Du wirst es bereuen, wenn ich nicht mehr da bin", meinte er und senkte den Blick zu Boden.

„Wir finden eine Lösung", beharrte Tayel. „Seit wann bist du so negativ eingestellt? Wo ist der Mann, der die Flucht aus der Festung gewagt hat, obwohl er quasi noch nie in Kontakt mit der Außenwelt gewesen ist? Wo ist mein mutiger Meron?"

Meron schloss die Augen.

„Wahrscheinlich ist er auf der Folterbank seines Vaters gestorben", meinte er leise und stand auf. „Wie dem auch sei, ich muss mich fertigmachen, meine Mutter wird mich zum Frühstück sehen wollen."

Die Laken raschelten und schon fühlte er Tayel hinter sich.

Sein Mann legte ihm die Arme um die Mitte und zog ihn an seine Brust.

„Es tut mir leid, ich wollte dich nicht an die Zeit dort erinnern", sagte Tayel und Meron dreht sich in der Umarmung.

„Nicht doch", erwiderte er und lächelte leicht. „Begleitest du mich zu Mutter?"

Tayel nickte sofort.

„Natürlich, ich denke, meine Schwester wird auch dort sein."

Sie machten sich fertig, doch bevor sie das Quartier verließen, sprach Tayel ihn nochmals an.

„Wohin willst du eigentlich?"

Blinzelnd hielt Meron inne, gerade hatte er den Türgriff packen wollen.

„Na, zum Thronsaal", erklärte er verwirrt.

„Das weiß ich, aber mich interessiert, wohin wir reisen, sobald wir die Festung verlassen", meinte Tayel und Meron ließ die Hand sinken.

„Du hast es selbst gesagt, ich kenne die Außenwelt nicht wirklich, von daher weiß ich auch nicht, wohin ich gehen kann", meinte er langsam. „Du sprachst jedoch vom Königreich der Menschen und dort wäre sogar ein Mischling wie ich in gewissem Maß sicher."

Tayel nickte.

„Richtig. Also zu den Menschen?"

Meron zögerte, er leckte sich die Lippen.

Auch die Menschen würde er mit seiner Anwesenheit in Gefahr bringen. Er wollte nicht noch einmal einen solchen Anfall riskieren und erneut töten.

Niemals.

„Nein", antwortete er deshalb. „Ich will irgendwohin, wo ich keine Bedrohung bin. Fort von allem und jedem."

Tayels Brauen hoben sich.

„Das halte ich für keine gute Idee. Immerhin müssen wir einen Weg finden, dir zu helfen. Da wäre die Stadt der Menschen ein guter Anfang. Wenn es Mischlinge gibt, dann dort. Meinst du nicht auch?"

Da war etwas Wahres dran, doch der Gedanke, von so vielen Leuten umgeben zu sein und womöglich die Kontrolle zu verlieren ...

Meron schauderte und schüttelte den Kopf.

„Nein, es ist keine Option, Tayel. Ich will weg und auf keinen Fall jemanden in Gefahr bringen."

Er sah es seinem Golddrachen an, dass es ihm nicht recht war, dennoch neigte er jetzt den Kopf.

„Wie du willst. Nun komm, deine Mutter und meine Schwester warten nicht gern."

„Ist hier eine Versammlung?", murmelte Meron, als sie den Gang betraten, der zum Thronsaal führte.

Dutzende Nachtdrachen tummelten sich darin, allesamt waren sie den geschlossenen Flügeltüren zugewandt.

„Wir sollten verschwinden", knurrte Tayel und packte ihn am Arm.

Meron keuchte und stolperte seinem Mann hinterher, als er ihn zurück in den vorherigen Flur zog.

„Was machst du denn?", schimpfte Meron und schüttelte Tayel ab.

„Denkst du nicht, diese Leute sind deinetwegen da?", zischte dieser. „Sie werden dich wohl kaum freudig erwarten! Lass mich also allein vorgehen und sehen, was genau hier los ist. Warte und versteck dich hier."

Verstecken?

Meron knirschte mit den Zähnen, doch es wäre unvernünftig, nicht auf Tayel zu hören.

„Gut, aber beeil dich", erwiderte er. Sein Mann nickte und huschte um die Ecke.

Meron blickte sich um, eine wirkliche Versteck-möglichkeit gab es hier nicht, also ging er etwas weiter zurück, bis er ein tiefes Fenstersims fand, auf das er sich setzte und die Beine anzog. Dann griff er den bodenlangen Vorhang und zog ihn vor sich. So wäre er verdeckt und würde man ihn nicht suchen, würde man ihn auch nicht sehen. Hoffte er. Sein Blick ging aus dem Fenster.

Von hier konnte er den Innenhof gut überblicken und sogar den Teil der Mauer sehen, die er genutzt hatte, um auszubrechen. Ein Lächeln legte sich auf seine Lippen, hier hatte sozusagen alles angefangen.

Sein ‚Abenteuer' ... auf das er größtenteils durchaus verzichten hätte können!

Und doch war er auch froh, dass alles so gekommen war, denn nur dadurch hatte er Tayel kennengelernt und sich in diesen großartigen Mann verliebt.

Der sogar seine eigene Sippe zurückließ, um mit ihm ein Leben als Verstoßener zu führen.

„Meron?"

Er zuckte zusammen, zu tief war er in seinen Gedanken versunken gewesen. Da hatte er nicht einmal mitbekommen, dass sich Tayel genähert hatte.

„Hier", antwortete er, schob den Vorhang weg und stieg vom Sims.

Tayel blinzelte, dann schüttelte er den Kopf.

„Nicht gerade sicher ..."

Meron zog eine Augenbraue hoch und verschränkte die Arme vor der Brust.

„Ich hatte nicht gerade viele Möglichkeiten!", verteidigte er sich und sofort hob Tayel die Hände.

„Ich sage ja schon nichts mehr. Aber komm bitte mit. Tatsächlich sind viele der höherrangigen Nachtdrachen hier und auch einige aus meiner Sippe, zusammen mit Ravina. Sie warten auf dich."

Meron schluckte, aus dem gemütlichen Frühstück, auf das er gehofft hatte, wurde jetzt wohl eine hochoffizielle Anhörung.

Mit einem mulmigen Gefühl im Bauch folgte er Tayel.

Noch immer war der Gang gut gefüllt mit Männern und Frauen, die ihnen mit teils argwöhnischen, aber auch hasserfüllten Blick entgegensahen.

Meron ließ sich davon nicht beeindrucken, er schritt an Tayels Seite durch sie hindurch und war nicht überrascht, dass niemand es wagte, Hand an ihn zu legen. Sie mochten ihn verabscheuen, aber seine Mutter hatte ihren Stand klargemacht und sie war immerhin die Dragos der Nachtsippe.

Ohne ein Wort wurden ihnen die Flügeltüren geöffnet.

Im Saal selbst zählte Meron 14 Männer und Frauen, allesamt hochrangige Mitglieder seiner Sippe.

Zudem konnte er Ravina und ihre Gefolgsleute hinter dem Thron erblicken.

Die Dragos der Goldsippe saß neben seiner Mutter. Beide hatten sie eine kühle, undurchsichtige Miene aufgelegt.

Kaum traten sie in den Saal, wurden die Türen auch schon hinter ihnen geschlossen und alle Blicke lagen auf ihnen ... nein, natürlich nicht, sie waren auf Meron allein gerichtet.

„Verzeih den Aufruhr", sprach Serafia und erhob sich. Schon durch die Entschuldigung brach sie eigentlich das Protokoll, denn eine Dragos musste sich bei niemandem entschuldigen. „Ich dachte, wir hätten einen ruhigen Vormittag vor uns, doch die Sippe hat andere Pläne. Bitte, kommt zu mir."

An der Seite seines Mannes ging er an den versammelten Männern und Frauen vorbei, bis zu seiner Mutter.

„Schon gut, wir wussten, dass es so kommt", meinte Meron schlicht und lächelte.

Der Ausdruck seiner Mutter veränderte sich nicht, aber er konnte das kleine Blitzen in ihren Augen sehen und wusste, sie war alles andere als erfreut über diesen frühmorgendlichen Überfall.

„Wir sollten das hier nicht hinauszögern", dröhnte eine weibliche Stimme und Meron kam sie sogar ein wenig bekannt vor.

Er lugte zu der Frau mit dem braungrauen Haar, die ihn voller Abscheu taxierte.

„In der Tat", stimmte seine Mutter mit kalter Stimme zu. „Meine Entscheidung ist längst gefallen."

Meron hielt den Atem an, die feinen Härchen auf seinen Armen richteten sich auf.

Ja, seine Mutter war eine Dragos durch und durch. Sie war wie geschaffen für diese Position und konnte so gut wie jeden allein durch ihre Stimme zum Schweigen bringen. Auch jetzt konnte er sehen, wie einige hier im Saal blass um die Nase wurden.

„Die Gesetze", fing die Sprecherin von eben erneut an und Serafia schnitt mit der Hand durch die Luft.

„Wer ist die Dragos der Nachtsippe?", fragte sie in ruhigem Tonfall.

Die Anwesenden tauschten Blicke, ehe einvernehmlich: „Ihr, Dragos Serafia", gesagt wurde.

„Und wer trifft die Entscheidungen in der Nachtsippe?", fragte seine Mutter weiter und ließ dabei den Blick über jeden im Saal schweifen.

„Ihr", kam erneut die einstimmige Antwort.

„Wir alle achten unsere Gesetze, doch ebenso wissen wir, dass es an der Zeit ist, gewisse Dinge zu ändern", teilte seine Mutter ihnen mit. „Viel zu lange haben wir uns auf alte Schriften berufen, die in Zeiten niedergeschrieben wurden, in denen wir es nicht besser wussten. Es waren gute Gesetze, doch jetzt sind sie veraltet. Wir stehen über ihnen und das werden wir ab sofort auch zeigen."

Getuschel wurde laut und erstarb abrupt, als Ravina die Faust auf den Tisch knallen ließ.

Serafia schenkte der anderen Dragos ein kleines Lächeln, ehe sie sich wieder an die Sippe wandte.

„Zusammen mit Dragos Ravina und ihrer Goldsippe werden wir die Gesetze ändern, um allen als geschlossene Einheit voranzugehen."

Sie legte die Hand auf Merons Schulter und blickte ihm einen langen Moment in die Augen.

„Du bist nicht nur mein Sohn, Meron, sondern auch ein vollwertiges Mitglied der Nachtsippe. Du bist hier willkommen, immer, und brauchst nie wieder zu befürchten, dass dir in deinem Zuhause ein Leid angetan wird." Damit hatte er nicht gerechnet.

Merons Lippen teilten sich einen Spaltbreit und ein berauschendes Gefühl brandete durch seinen Körper.

Zuhause ... er hatte ein Zuhause!

„Aber Dragos!", empörte sich die Sprecherin und sofort wurde sie von seiner Mutter fixiertsie.

„Wer es wagt, meine ..." Sie hielt inne und blickte zu Ravina, die ihr zunickte. „... unsere Worte anzuzweifeln oder gegen sie handelt, wird der Sippen verwiesen. Denn wer nicht fähig ist, mit der Zeit zu gehen und sich Neuem zu öffnen, ist keine Bereicherung für unsere Gemeinschaft."

Schweigen senkte sich über den Raum und selbst die fassungslose Sprecherin war verstummt.

„Ihr habt einen Tag Zeit, darüber nachzudenken", sprach Serafia und wies zur Tür. „Wer die Sippe verlassen will, kann das tun, ohne jegliche Konsequenz. Teilt mir eure Entscheidung morgen mit. Und jetzt geht, wir haben hier noch andere Dinge zu besprechen."

Meron blieb stumm, er war überwältigt und seine Beine fühlten sich mit einem Mal viel zu schwach an.

Er griff Tayels Hand, sofort war sein Mann bei ihm und drehte ihn zu sich herum.

„Atme", raunte Tayel und Meron bemühte sich, ruhig durchzuatmen. Das war alles sehr viel.

Stühle quietschten, als sie nach hinten geschoben wurden und sich die Leute erhoben. Das Knarzen der Flügeltüren erklang und plötzlich schnappte jemand nach Luft.

„Ein Paarungsmal!", schrie ein Mann. „Der verfluchte Mischling ist verpaart!"

Meron zuckte hart zusammen und schloss die Augen. Schnell legte er die Hand in den Nacken, fühlte das Mal, doch der Schaden war bereits angerichtet.

„Wie könnt Ihr das dulden, Dragos?", keifte der Mann erneut. „Neue Zeit, dass ich nicht lache! Ihr wollt lediglich euer Balg schützen und nehmt dabei in Kauf, die gesamte Sippe in den Krieg zu stürzen!"

Genau das hatte Meron vermeiden wollen.

„Schweig still, du Narr!", zischte Serafia. „Wage es, noch einmal in diesem Ton mit mir zu sprechen, und du wirst den nächsten Sonnenaufgang nicht mehr erleben! Hast du mich verstanden?"

Die Stimmung war zum Zerreißen gespannt und Meron biss die Zähne fest zusammen.

All das war seine Schuld ...

„Natürlich, Dragos, er hat sich vergessen, bitte verzeiht ihm", ertönte eine leise weibliche Stimme und erneut wurden Schritte laut.

Die Türen schlossen sich und Meron sackte in die Knie.

„Es tut mir leid", wisperte er und schlug die Hände vors Gesicht. „Ich hätte nie herkommen dürfen."

„Sag so etwas nicht", erwiderte Serafia und feingliedrige Hände legten sich auf seine Schultern.

Er keuchte und sah auf. „Mutter, du kannst doch nicht hier knien!"

Als Dragos tat man das nicht, vor niemandem, auch nicht vor dem eigenen Sohn.

Doch Serafia lächelte lediglich und blieb, wo sie war.

„Es ist in Ordnung, Meron. Hier ist keiner, der über mich oder dich richtet. Ravina und ihre Leute stehen hinter uns, wir haben uns offiziell verbündet und das werden wir auch in die Welt hinaustragen. Sollen Namika und Kayla es erfahren, es kommt, wie es kommen muss. Du bist mein Sohn und gehörst an meine Seite."

Meron schluckte und zog seine Mutter in eine feste Umarmung.

„Ich danke dir", wisperte er und schloss für einen kleinen Moment die Augen. „Für alles."

Sie lösten sich nur langsam und kamen dabei wieder auf die Beine.

Tayel hatte sich neben seine Schwester gestellt und lächelte ihm zu, wobei er kaum merklich nickte.

„Auch, wenn ich dein Angebot, mir hier ein Zuhause zu geben, sehr schätze, Mutter, so kann ich es nicht annehmen", erklärte Meron und zum ersten Mal konnte er sehen, wie Serafia die Gesichtszüge entglitten.

„Wie bitte?"

KAPITEL 35

TAYEL

„Ich stelle eine Gefahr für alle hier da", erklärte Meron und Tayel hörte seine Schwester nach Luft schnappen.

„Ihr werdet nicht bleiben?", fragte sie leise und stieß ihn in die Seite.

Tayel schüttelte den Kopf.

„Nein, das ist nicht möglich und ich werde Meron begleiten, wie ich es von Anfang an vorgehabt hatte."

Sie zischte einen Fluch und verschränkte die Arme vor der Brust.

„Die Welt ist grausam, mein Bruder", erinnerte sie ihn. „Und nicht nur Namika und Kayla werden auf der Jagd nach deinem Mischling sein."

„Das ist mir bewusst", teilte er ihr mit. „Ich habe die Schrecken der Welt kennengelernt, wenn auch gewiss nicht alle. Jedoch genug, um zu wissen, auf was ich mich einlasse."

Sie brummte unbestimmt.

„Aber ihr werdet doch hierher zurückkommen, oder?"

Gute Frage, Tayel hatte nicht den Hauch einer Ahnung.

„Ich weiß es nicht", gestand er. „Wir müssen eine Lösung für Meron finden, das hat oberste Priorität, alles andere, Schwester, hat deshalb zu warten."

„Wie meinst du das?", hörte er Serafia fragen. „Kann dir denn niemand helfen?"

Tayel trat jetzt zu seinem Mann, der anscheinend händeringend nach einer Antwort suchte, die seine Mutter nicht verletzen würde.

„Nein", erwiderte Tayel. „Niemand hat Meron je gezeigt, wie er mit den Seiten in sich umgehen muss. Sie waren ja bis vor Kurzem noch nicht einmal erwacht. Doch jetzt sind sie es und wenn er nicht lernt, mit ihnen umzugehen, werden sie ihm den Tod bringen."

Er fühlte Merons erschütterten Blick, doch es gab in seinen Augen keine Möglichkeit, diese Tatsache schonend zu erklären.

Serafia keuchte und sah ihn einen Moment lang an, ehe sie die Hand ihres Sohnes ergriff.

„Ich muss mich entschuldigen, erneut", wisperte sie geschlagen. „Wenn ich nicht so starrsinnig und vernarrt in die Gesetze gewesen wäre, hätte ich mich längst um Hilfe für dich kümmern können. Ich bin eine Närrin und habe das Wohl meines Kindes hinter den Eigensinn meiner Sippe gestellt."

„Nicht doch", entgegnete Meron schnell und drückte die Hand seiner Mutter. „Du hast getan, was du tun musstest, und ich werfe dir nichts vor. Aber genau deshalb kann ich nicht bleiben. Die Wesensseiten in mir sind unberechenbar und wenn ich die Kontrolle verliere, töte ich alles um mich herum. Das will ich keinesfalls riskieren."

Tayel lugte zu seiner Schwester, die Meron genau musterte. Sie schien zu überlegen, aber Tayel wusste nicht, wie sie ihm helfen könnte.

„Wann wirst du aufbrechen?", fragte Serafia und er trat sogleich neben Meron.

„Wir", korrigierte er. „Ich werde meinen Mann natürlich begleiten."

Serafias Augen weiteten sich, dann lächelte sie.

„Gewiss, ich vergaß, das Paarungsmal. Ihr gehört zusammen und es freut mich ungemein, dass mein Sohn nicht allein durch die Welt ziehen wird."

Tayel nickte, während Meron seufzte.

„Er hat sich nicht abbringen lassen", meinte sein Mischling. „Es ist wohl besser, so schnell wie möglich aufzubrechen, damit du in der Festung wieder Ruhe einkehren lassen kannst. Auch, wenn die Veränderungen allesamt gut sind, wird es immer Leute geben, die sich dagegen sträuben werden."

Da hatte Meron recht. Serafia und seine Schwester hatten sich kein leichtes Ziel gesetzt, aber wenn es jemanden gab, der es schaffen konnte, alte und verbohrte Drachen in eine neue Zukunft zu führen, dann diese beiden Dragos.

„Ihr seid hier immer willkommen und ihr müsst mir versprechen, zurückzukehren, sobald ihr eine Lösung gefunden habt", beharrte Serafia und Tayel neigte gehorsam den Kopf, während Meron seiner Mutter das Versprechen gab.

„Tayel!", rief Ravina ihn zu sich und er trat zu ihr. „Wir müssen noch etwas tun, ehe du gehen kannst."

Er zog die Brauen zusammen und ein Stich fuhr ihm in die Brust.

Natürlich ... sie musste ihn als ihren Stellvertreter bannen. Somit würde er kein Mitglied der Goldsippe mehr sein und als Verstoßener gelten.

„Gewiss", kam es ihm krächzend über die Lippen und er musste schlucken.

Sein Drache wimmerte in seinem Inneren, er fühlte sich der Goldsippe und Ravina zugehörig und wollte nicht von ihnen fort.

Doch sie hatten keine andere Möglichkeit.

Wenn sie bei Meron bleiben wollten, mussten sie diesen Schritt gehen. Er ließ sich vor Ravina auf die Knie sinken und senkte den Blick zu Boden.

Schon fühlte er ihre kühlen Finger in seinem Nacken und erzitterte.

„Tagein, tagaus hast du als mein Stellvertreter gedient", sprach seine Schwester in ruhigem Ton. „Stets warst du an meiner Seite und ich wusste, ich konnte mich immer auf dich verlassen. Doch nun ist der Tag gekommen, an dem ich dich gehen lassen muss. Denn du hast eine neue Pflicht, der du dich mit ganzem Herzen widmen musst. Aus diesem Grund entlasse ich dich als mein Stellvertreter ... doch du bist und bleibst bis zum Ende deiner Tage ein Mitglied der Goldsippe."

Tayel keuchte, er ballte die Fäuste und konnte nicht verhindern, dass einige wenige Tränen über seine Wangen liefen.

Sein Drache jauchzte voll Freude in seinem Inneren und er konnte nicht fassen, was er eben gehört hatte.

Ravinas Finger verschwanden und Tayel hob den Blick.

„Ich ... ich danke dir, Dragos", wisperte er und sie nickte mit undurchsichtiger Miene.

Doch in ihren vertrauten violetten Augen schimmerte es und Tayel wusste, es fiel ihr ebenso schwer, ihn loszulassen, wie ihm selbst, sich von ihr und somit von der Sippe zu verabschieden.

Bedächtig kam Tayel auf die Füße und auch, wenn es gegen jedes Gesetz war, erst recht jetzt, wo er kein Stellvertreter mehr war ... er griff Ravina und zog sie in seine Arme.

„Ich liebe dich", raunte er und sie drückte sich fest an ihn.

„Ich dich auch ... pass verdammt nochmal auf dich auf, hörst du? Und melde dich!"

Er schmunzelte und nickte ergeben.

„Werde ich, hab keine Sorge."

Schweren Herzens, aber mit der Gewissheit, weiterhin in seiner Sippe willkommen zu sein, löste er sich von Ravina und verließ zusammen mit Meron den Saal.

Sie gingen in ihr Quartier und begannen zu packen.

Nach Frühstück war keinem von ihnen mehr, es war an der Zeit, aufzubrechen, damit die aufgeheizte Stimmung in der Festung abkühlen konnte.

Tayel hatte gerade seine Habseligkeiten in einen Rucksack gestopft, als Meron zu ihm trat.

Er legte die Sachen weg und richtete sich auf.

„Ist alles in Ordnung?", fragte er seinen Mann, der nach kurzem Zögern nickte.

„Ich denke schon", meinte Meron und lehnte sich an ihn.

Tayel legte die Arme um ihn und drückte ihn an sich.

„Willst du doch etwas länger hier verweilen, ehe wir aufbrechen?", fragte er und streichelte seinem Mischling über den Rücken.

„Nein, es ist besser, wir gehen. Mutter und Ravina werden alle Hände voll zu tun haben, jetzt, wo sie die großen Änderungen verkündet haben. Das werden nicht viele gut aufnehmen, wie wir schon im Thronsaal festgestellt haben."

Das stimmte allerdings, musste Tayel zugeben.

„Ich bleibe bei dir, egal, wohin dein Weg dich führt", versichert er seinem Mann und als Meron den Kopf hob, küsste er ihn liebevoll. „Zusammen werden wir eine Lösung finden."

Epilog

Meron

„Habt eine gute Reise", verabschiedete Ravina sie am Tor der Festung.

Meron nickte ihr zu, während er die Hände seiner Mutter drückte.

„Vielen Dank, wir kommen zurück, sobald wir können", erwiderte er und lächelte Serafia an, die nickte.

„Denke an dein Versprechen", erinnerte sie ihn und Meron schmunzelte.

„Ich werde es niemals vergessen, Mutter."

Sie schulterten ihr Gepäck und verließen die Festung. Meron fühlte die Blicke der Dragos und auch der Wachen auf sich, die am Tor versammelt gewesen waren.

Instinktiv war er angespannt, doch als Tayel seine Hand ergriff und ihre Finger miteinander verflocht, fiel ein Teil der Anspannung von ihm ab.

Sie gingen in den Wald und waren alsbald für die Leute der Festung nicht mehr zu sehen.

Erst jetzt konnte Meron durchatmen und hob den Blick gen Himmel.

„Wo genau müssen wir eigentlich hin?"

„Die Stadt der Menschen liegt in nördlicher Richtung", erwiderte Tayel und Meron hielt inne.

„Ich habe dir gesagt, dass ich nicht zu den Menschen möchte", erinnerte er seinen Mann. „Das ist mir zu riskant, ich will niemanden verletzen."

„Er hat recht", erklang eine bekannte Stimme und Meron runzelte die Stirn, als er Soryn erblickte, der ihnen augenscheinlich gefolgt war.

„Was tust du denn hier?", fragte Tayel und sie wandten sich dem hochrangigen Nachtdrachen zu.

„Nun", erwiderte Soryn. „Mein Vater erinnerte mich an einen Bekannten, den ich lieber vergessen würde, ... doch in diesem Fall könnte er euch von großem Nutzen sein. Sofern er uns nicht zuvor tötet."

Meron blinzelte. „Du sprichst in Rätseln, Soryn."

Dieser lächelte, doch darin lag keine Freude.

„Als ich ein dummer Junge war, habe ich einmal mit meinem Vater das Land bereist. Dabei wäre ich fast ums Leben gekommen. Es ist eine Geschichte, die wir lieber für uns behielten, denn mein Retter ist ein Mischling gewesen. Er lebt fernab von allem und will mit niemandem etwas zu tun haben. Er ist, ebenso wie du, Meron, ein Mischling aus Dämon und Drache. Aber er ist bereits viel älter und wenn ich meinem Vater glauben darf, hat er beide Seiten in sich vollkommen unter Kontrolle. Wenn dir also jemand helfen kann, dann er."

Meron starrte Soryn an, er wagte es nicht, die Worte des anderen zu glauben. Gab es Hoffnung?

„Wieso sollte der Kerl uns helfen?", fragte Tayel und Soryn seufzte.

„Ich werde euch begleiten und versuchen, zu ihm durchzudringen. Dabei bin ich mir nicht sicher, ob er sich an mich erinnert, aber ich trage ein Amulett bei mir, das er damals meinem Vater verkaufte. Es ist nichts weiter als ein Versuch, doch Zarek ist in meinen Augen die einzige Möglichkeit für Meron, zu lernen."

Merons Herz raste und er nickte sofort.

„Ich will es versuchen", erwiderte er überschwänglich. „Wenn dieser Zarek wie ich ist und etwas weiß, dann muss ich mit ihm sprechen!"

Tayel knurrte.

„Langsam, Soryn sprach auch davon, dass der Kerl uns vielleicht tötet."

Da war erneut dieses freudlose Lächeln.

„Ja, er ist sehr eigen und will niemanden in seiner Nähe. Wäre ich damals nicht bereits in großer Gefahr gewesen, hätte er mich wohl als Eindringling gesehen und tatsächlich gerichtet."

Meron schauderte, das klang nicht gerade nach einem guten Mann, doch so wie es aussah, hatte er keine Wahl.

„Ich will es dennoch versuchen", erwiderte er und drückte Tayels Hand, ehe er Soryn ein richtiges Lächeln schenkte.

„Bitte, bring uns zu ihm."

ENDE
BAND 1

DANKSAGUNG

Ihr Lieben,

ich weiß gar nicht, wo ich anfangen soll. Ich möchte so vielen grandiosen Menschen danken, dass sie mir bei der Verwirklichung von Clans of Dragons 1 – Mischlingsblut, geholfen haben.
Es war und ist ein Herzensprojekt, an dem ich extrem hänge. Umso mehr freut es mich, dass ich so unglaublich viel Unterstützung dafür erhalten habe.

Meine Testleserinnen: Mit eurem Feedback und eurer Hilfe konnte ich sowohl dem Skript als auch dem Cover den finalen Schliff geben. Ihr seid spitze und ich freue ungemein darauf, die weiteren Bände mit euch zu gestalten! Ich danke euch!

Meine Lektorin Claudia Fischer: Bei dir wiederhole ich mich irgendwie immer, meine Liebe, aber es ist einfach die Wahrheit. Du hilfst mir, auch wenn ich noch so zickig bin, das Beste aus meiner Geschichte herauszuholen. Bleibst am Ball und greifst mir unter die Arme, wenn ich mal nicht weiterweiß. Ohne dich wäre keines meiner Bücher, wie es heute dasteht. Dafür danke ich dir!

Meine Verlagsbloggerinnen: Clans of Dragons ist das erste Buch, das ich allein im eigenen Verlag veröffentliche, und ihr habt den Weg bis zum Release zu etwas Besonderem gemacht. Ich danke euch für eure Unterstützung!

Jana Stehr: Als ich die finale Version der Paarillustration von Tayel und Meron gesehen habe, war ich den Tränen nahe. Du hast genau das auf Papier gebracht, was in meinem verrückten Hirn vor geht. Vielen Dank dafür!

Sophia Brock: Ich habe dich gefragt, ob du Tayel und Meron als Drachen illustrieren möchtest. Als ich diese Frage gestellt habe, hätte ich nie für möglich gehalten, wie sehr du mich umhauen würdest! Ich danke dir so sehr für die grandiosen Bilder und bin noch immer jedes Mal sprachlos, wenn ich sie betrachte. Danke, danke, danke!

Und jetzt zu euch, ihr lieben Leser/innen: All die Arbeit, das Herzblut und der Schweiß würden nichts bringen, wärt nicht ihr da. Ihr, die meine Geschichte lest, in die fremde Welt abtaucht und sie euch nahebringen lässt. Ich danke euch, dass ihr euch die Zeit genommen habt, Clans of Dragons – Mischlingsblut zu lesen und freue mich über jedes Feedback!

Eure Isabell

LEST WEITER IN

Clans of Dragons 2
Dezember 2024

TRIGGERWARNUNG

Achtung!

Die Liste ist womöglich unvollständig. Bei Fragen, wendet euch bitte an:

info@lycrowverlag.de

- Explizite Szenen
- Folter
- Kampfszenen
- Blut
- Verletzungen
- Zurückweisung
- Mord
- Hass und Krieg
- Formen von Rassismus

Weitere Bücher aus dem Lycrow Verlag

Aurox -1- Liam & Silvan
Isabell Bayer & Liesa Marin
Dark Romantasy Gay
Taschenbuch 17,99 €
eBook 5,49 €

Soulkeeper
Seine Küsse schmecken nach Blut
Liz Rosen
Dark Romantasy
Taschenbuch 16,99 €
eBook 5,49 €